Im Vorfrühling 1950 entwarf Carl Zuckmayer ein noch während der Arbeit an *Barbara Blomberg* konzipiertes Stück – »wieder ein ›modernes‹, kein historisches« –, *Der Gesang im Feuerofen*: »ein Stück, das stilistisch, in seiner theatralischen Form aus dem Rahmen oder dem Typus fällt«. Es beginnt wie ein Mysterienspiel, wie es der Anspielung auf das Alte Testament (Daniel, 3) entspricht – die Personen des Stückes selbst sind aber durchaus real; es spielt im Milieu der deutschen Frankreichbesetzung und der Résistance. Im Jahr 1943 werden Widerstandskämpfer, von einem Landsmann verraten, von deutschen Truppen in dem Schloß, in dem sie am Weihnachtsabend einen Ball feiern wollen, verbrannt. Zuckmayer setzt sich hier mit dem furchtbaren Geschehen auf metaphysischer Ebene auseinander und fügt naturmystische Figuren ein: Vater Wind, Mutter Frost, Bruder Nebel. Die Frage von Schuld und Unschuld wird hier ins allgemein Ethische gehoben. – Drei Jahre später, 1953, griff Carl Zuckmayer sein *Bellman*-Stück von 1938 wieder auf: er hatte sich seinerzeit gleich nach der Uraufführung in Zürich eingestanden, den Stoff nicht richtig, nämlich mit den dramatischen Akzenten einer Staatsaktion belastet zu haben. Die Gestalt, das Leben und die Lieder des schwedischen Anakreon des Rokoko Carl Michael Bellman (1740–1795) faszinierten ihn seit seiner Studienzeit, wo er mit Kommilitonen um die Lieder kleine Szenen improvisierte. Etwas von dieser Erfahrung hat er dann viel später in diese Szenen um *Musik und Leben des Michael Bellman* einfließen lassen. Sie tragen den Namen der Geliebten des Poeten, dessen Schicksal sich mit dem des Königs Gustav III. verbindet, der gegen den Adel vergeblich soziale Reformen durchzusetzen versucht. Lied und Musik bestimmen die Bühne, begleiten die Handlung.

Carl Zuckmayer wurde am 27. Dezember 1896 in Nackenheim am Rhein geboren. Nach dem Abitur in Mainz meldete er sich als Kriegsfreiwilliger und wurde an der Westfront eingesetzt. 1918 begann er ein kurzes Studium der Geistes- und Naturwissenschaften in Frankfurt a. M. und Heidelberg; wichtiger als alle Theorie waren ihm jedoch die in diesem Umfeld geschlossenen Freundschaften. 1920 ging er nach Berlin. Erste Stücke blieben ohne Erfolg, obwohl sie ihn »dichterisch legitimierten« – ›Der fröhliche Weinberg‹ brachte ihm 1925 den Durchbruch und den Kleist-Preis. 1933 verhängten die Nationalsozialisten ein Aufführungsverbot über ihn. Er zog sich daraufhin mit seiner Familie nach Henndorf bei Salzburg zurück; dort besaß er seit 1926 ein Haus. 1938 floh er in die Schweiz, ein Jahr später emigrierte er in die USA, wo er bis 1946 als Farmer in den ›Grünen Bergen‹ (Vermont) lebte. Von 1947 bis 1957 hielt er sich abwechselnd in der Schweiz und in den USA auf; 1958 kehrte er endgültig in die Schweiz zurück und wurde in Saas-Fee (Wallis) ansässig, seit 1966 als Schweizer Bürger. Am 18. Januar 1977 ist er als einer der über Jahrzehnte erfolgreichsten deutschsprachigen Autoren in Visp (Wallis) gestorben.

Carl Zuckmayer
Gesammelte Werke in Einzelbänden

Herausgegeben von Knut Beck
und Maria Guttenbrunner-Zuckmayer

Carl Zuckmayer
Der Gesang im Feuerofen

Theaterstücke 1950–1953

Fischer
Taschenbuch
Verlag

Veröffentlicht im Fischer Taschenbuch Verlag GmbH,
Frankfurt am Main, August 1996

Lizenzausgabe mit freundlicher Genehmigung
des S. Fischer Verlags GmbH, Frankfurt am Main
Für diese Ausgabe:

Gesamtherstellung: Clausen & Bosse, Leck
Printed in Germany 1996
ISBN 3-596-12710-6

Gedruckt auf chlor- und säurefreiem Papier

Der Gesang im Feuerofen

Drama in drei Akten

Unter der Rubrik ›Kurze Nachrichten‹ veröffentlichte die ›Basler National-Zeitung‹ am 8. Oktober 1948 folgende Meldungen:

VERRÄTER ZUM TODE VERURTEILT

Von den vielen blutigen Dramen, die sich während der Besetzung Frankreichs in dem Genf benachbarten savoyischen Gebiet abspielten, hat kaum eines einen so nachhaltigen Eindruck hinterlassen, wie die Tragödie von H...

Sie wirkte um so grausiger, als sie auf einen Weihnachtsabend – es war im Jahre 1943 – fiel. Damals hatte sich in dem alten Schloß des genannten Dorfes eine Schar junger Leute dieser Gegend, von denen viele der Widerstandsbewegung angehörten, aber an die Deutschen verraten waren, zu einem Ball eingefunden. Mitten in ihre Feststimmung platzte das Eindringen der deutschen Heerespolizei, die zwanzig von den Tänzern niederschoß oder in den Flammen des Brandes umkommen ließ, den sie um das Gebäude gelegt hatte. Die Verantwortung für diese Untat trifft nach der Auffassung des Militärgerichts von Lyon, das sich soeben mit dem Fall zu befassen hatte, den achtundzwanzigjährigen Franzosen Louis C., der seit 1943 im Dienste der Gestapo stand. Dieser hatte eine ganze Woche in dem Schloß von H. zugebracht, das ein Treffpunkt der Refraktäre des obligatorischen Arbeitsdienstes und anderer Widerstandselemente war. Louis C. hat, unter anderem, auch das Widerstandslager von Estellon an die Deutschen verraten ... Der Angeklagte hat seine Schandtaten eingestanden. Das Gericht hat den Verräter zum Tode verurteilt.

44 WALE GESTRANDET

44 Walfische schwammen am Donnerstag aus dem hochgehenden Meer der Küste Floridas zu und ließen sich von den Wellen auf den Sand spülen, wo die meisten nach kurzer Zeit verendeten. Nur wenige blieben am Leben und wurden von Fischern ins Meer zurückgeschleppt. Sachverständige erklären, daß in letzter Zeit mehrmals ganze Wal-

fischherden sich in unerklärlicher Absicht von den Wellen auf die Sandküste Floridas schwemmen ließen. Wenn man sie wieder ins Meer zurückgestoßen habe, seien sie immer wieder der Küste zugeschwommen.

Diese beiden Meldungen, so wie sie ohne erkennbaren Zusammenhang aufeinander folgten, bildeten den Anlaß zur Fabel und zum Inhalt dieses Dramas, dem keine anderen Tatsachen oder Dokumente zugrunde liegen.

C. Z.

Personen

LOUIS CREVEAUX, stellungslos, genannt Der Erfinder
MARCEL NEYROUD, Mechaniker, genannt Der Tambour
} Junge Männer aus dem Ort

FRANCIS LEROY, Dorfkaplan

MICHELLE NEYROUD
SYLVAINE CASTONNIER
FRANCINE LEROY
BLANCHE
} Junge Mädchen aus dem Ort

ALBERT
GEORGE
MARTIN
PIERRE
} Soldaten der Garde Mobile (französische Polizeitruppe)

CASTONNIER, Gastwirt und Schloßkastellan
NEYROUD, Ortsgendarm
LA SOULARDE (Die Schnapseule)
MAJOR MÜHLSTEIN, Ortskommandant
LUTZ SPRENGER, Truppführer der Heerespolizei
SYLVESTER IMWALD, Funker

ALBERT
GEORG
MARTIN
PETER
} Soldaten der deutschen Heerespolizei

EINE FLÜCHTLINGSFAMILIE NAMENS ASKENASI:
DER VATER
DIE MUTTER
DER SOHN
DER VATERSBRUDER, ein reicher Mann, der alles verloren hat
SEINE FRAU, ehemals seine Haushälterin
VATER WIND
MUTTER FROST
BRUDER NEBEL
ZWEI ENGEL

Das Stück spielt in und bei Haut-Chaumond, einem Dorf am Fuße der savoyischen Alpen, im Dezember 1943 und ums Kriegsende.

Albert, George, Martin, Pierre – die Soldaten der Garde Mobile, und Albert, Georg, Martin Peter, die Soldaten der deutschen Heerespolizei, werden von den gleichen Schauspielern dargestellt, die den Rollentausch jeweils nur durch verschiedene Kopfbedeckung, französische Chasseurmützen oder deutsche Wehrmachtskappen, andeuten. Die Uniformen seien durch gleichartige Trainings- oder Arbeitsanzüge ersetzt. Überhaupt soll bei der Kleidung aller Personen die Andeutung vorherrschen, wie bei einer Probe oder einer improvisierten Aufführung, bei der nur die notwendigsten Kostümstücke – etwa die Soutane eines Geistlichen, das Cape eines Polizisten – vorhanden sind, und die Schauspieler im übrigen das anhaben, was zu ihnen paßt. Denn was hier gespielt wird, geschieht zwar zu einer bestimmten Zeit, ist aber nicht von Zeitverhältnissen bestimmt.

Die beiden Engel sollen von den Darstellern der Michelle Neyroud und des Francis Leroy gespielt werden.

Auch Mutter Frost und La Soularde werden von der gleichen Schauspielerin gegeben und sind wohl dieselbe Person, obschon sie in den beiden Rollen einander kaum gleichen und erst am Schluß zu einer Gestalt werden, wenn sie nur noch ›Die Mutter‹ heißt.

Die Szene bedarf keiner Dekoration im Sinne des Bildwechsels, soll aber architektonisch so gegliedert sein, daß verschiedene Auftritte und Spielflächen in verschiedener Höhe und Tiefe möglich sind, und daß die Personen sich je nach der Handlung aufwärts und abwärts bewegen können. Zur Realisierung der einzelnen Schauplätze und Vorgänge innerhalb dieser Gliederung soll, mit Ausnahme weniger Gegenstände, hauptsächlich L i c h t benutzt werden.

Wo eine Bühne mit größerem Horizont zur Verfügung steht, kann – mittels Projektion oder skizziertem Prospekt – die Landschaft der Hautes-Savoies während des ganzen Stückes den Hintergrund bilden, wie man sie von der Schweizer Seite des Genfer Sees aus erblickt: ein mächtig geschlossenes, steil aufragendes Bergmassiv, unzugänglich und kaum bewohnt, schroff, nackt, felsig, in einem kalten Winterlicht, die Schluchten und Schrunden mit Schnee gefüllt, von dunklen Waldhängen und fahlen Halden gefleckt, von engen Tälern gekerbt. Ein paar Dörfer liegen zwischen Bergwurzel und See, ihre Häuser sind im schmalen Raum auseinandergezogen und dünn gesät. In geringer Höhe über dem mittleren Dorf, auf einen Bergvorsprung gebaut, die bröckligen Mauern und der beschädigte Wachturm des alten Schlosses von Haut-Chaumond.

Erster Akt

Alle Schauspieler betreten die Bühne, ihr Gang ist ruhig und gelassen, ohne feierlichen Schritt. Die am Ende des Stückes tot sind, tragen eine schmale weiße Binde dicht über den Brauen, die Lebenden ein Aschenkreuz auf der Stirn, die beiden Engel silberne Masken.

Der Darsteller des Louis Creveaux wird, mit gefesselten Händen, von zwei Polizisten (im Stück George und Albert) über die Szene geführt und setzt sich abseits auf die hinter einem Gitter aufgestellte Anklagebank. Er hält den Kopf gesenkt, sein Gesicht ist im Schatten. Die beiden Polizisten begeben sich zu den anderen Schauspielern, die, wie die Zuschauer bei einem Gerichtsverfahren, auf den Stufen oder Podesten der Bühne Platz nehmen. Die beiden Engel treten rechts und links auf höhere Stufen.

DER ERSTE ENGEL *(Michelle)*
Hier wird ein Mensch verklagt
Vor Gott und vor den Menschen,
Vor den Lebendigen und den Toten.
Vor seinen Opfern, vor seiner Opfer
Gebrochnen Augen, vor Qual und Jammer
Aller gequälten Kreatur,
Und vor sich selbst.
DER ZWEITE ENGEL *(Francis)* Wer vertritt die Klage?
ALLE MITSPIELENDEN Wir.
DER ZWEITE ENGEL Wer vertritt den Beklagten?
ALLE Wir.
DER ZWEITE ENGEL Wer sind die Zeugen?
ALLE Wir.
DER ZWEITE ENGEL *zum ersten*
So sei die Klage erhoben
Durch deinen Mund, der nicht mehr
Irdisch ist, und dessen Zunge schon
Gekostet hat vom feurigen Äther.

Zu den Menschen
Wie aber der Prophet, als er den Brief des Herrn
Verschlang, erst Grimmen spürte
In seinem Bauch, bevor der Wohlgeschmack
Der Weisheit ihn entzückte,
So fühle jeder jetzt
Die Krallen des Geschicks, und des Gerichtes
Glühnden Stahl, im eignen Fleische.
Denn im eignen Fleisch, darin die Seele
Verwebt ist, wie die Strahlung
Des Weltraums in den kleinsten Kern
Gebundnen Stoffes – nur im eignen Fleische
Erfährst du Laut und Klage, die Zeichen
Für Lust und Schmerz, für Ahnen und Erschrecken,
Für den geheimen Auftrag, für das Rufen
Der Stimme aus unterirdschen Höhlen, das Rauschen in
Der Muschel, das Brausen und Wehn
Der Gezeiten, und für das Rieseln
Im Stundenglas.
Ach, was die Worte sagen
Ist wenig, kaum ein Deut von dem,
Was euch zu denken schon vermessen scheint,
Und was ihr doch im Drang der ungeheuren Fragen
Zu denken wagt. Ist dieses tolle Wagnis
Nicht euer Fluch – und dieser hohe Mut
Nicht eure Gnade? Wer aber hißt die Flagge
An so verlaßnen Polen, bevor er stirbt?
Der Geist
Wohnt hinterm Packeis, in weißer Mitternacht.
Da bleibt, was jedem bleibt: das stumme Blut,
Das immerwache Vibrieren
Des Nervgeflechtes, bis in den Kiesel
Der Zähne und in der Knochenhaut, das Wirken
Der zarten Fibern, das Fließen
Der inneren Sekrete. Da bleibt,
Was jedem zufällt: Fühlen und Vergessen.

Besinnt euch nur! Hast du nicht gestern
Um ein zerbrochnes Spielzeug geweint?
Um das verstreute Sägmehl aus dem Leib
Der aufgeschnittnen Puppe? Um ein entlaufnes
Kätzchen, einen toten Vogel, ums Ende eines
Sonntags, um die Vergänglichkeit? Die Schwermut
Der viel zu schönen Feste, den Ekel
Vorm nächsten Tag, den steilen, stets versäumten
Ablauf allen Lebens, ums Scheiden
An einem Grab, ums Nimmerwiedersehen, um das
Dunkle Erinnern an die große Einheit, an
Die verlorene Heimat!
Zum ersten Engel
Nun klage an.
DER ERSTE ENGEL Ich klage
Den Menschen an, der dies und alles,
Was ihm zuteil ward, mißbrauchte,
Der den Atem in seinem Leib verdarb.
Der den Verrat beging aus böser Lust
Am Bösen. Der die gemeine Krankheit
Wissend weitergab, Ansteckungsgifte, wissend,
Aus Haß und Rache, in die Augen
Der Kinder spie, und Gottes Ebenbild
Heillos verseuchte.
Denn den ärgsten Frevel
Tut nicht die Hand, die tötet. Jeder Henker
Ist eines Henkers Knecht, und wer das Schlachtbeil schwingt,
Trifft auch sich selbst.
Doch wer das Opfer wehrlos durch Vertrauen
Zur Marterzelle lockt, wer lächelnd ihm
Den Weg zur Kammer weist, darin das Röcheln
Der Angst, das Keuchen der Erstickung
Nie mehr verstummt –
Wer schlaffen Armes, feigen Herzens,
Schalen, luren Sinnes
Die fremde Qual genießt, und aus den fremden Schmerzen

Lust und Gewinn erschachert für sein eignes
Verworfnes Leben, das im Keim schon
Nach Verwesung stank –
Wer das Vertrauen bricht,
Das von der Mutter Brust dem Kinde
In die Lippen rinnt –
Der hat die Gnade
Verwirkt.
Der Hauptmann unterm Kreuze
Mag Verzeihung finden, der Schinderknecht,
Der Mörder Barrabas, der arme Schächer, ja
Der Spötter, der Zweifelsrichter.
Doch gibt es Gnade noch
Für Judas?
Weint noch um ihn ein Auge?

Stille. Unter den Schauspielern, inmitten der andern, schluchzt kurz eine alte Frau und schlägt ihr Gesicht in die Hände. Wieder Stille.

DER ERSTE ENGEL *beugt seinen Kopf.*

DER ZWEITE ENGEL

Die Waage schwingt.
Die Träne fiel ins Meer
Des Blutes.
Ich rufe zum Gericht
Und frage nochmals:
Wer vertritt die Klage?

ALLE *wie vorher* Wir.

DER ZWEITE ENGEL Wer vertritt den Beklagten?

ALLE Wir.

DER ZWEITE ENGEL Wer sind die Zeugen?

ALLE Wir.

DER ZWEITE ENGEL

Was macht euch eins,
Die ihr doch viele seid?
Was bindet euch
Zu Opfern, Tätern, Zeugen?

ALLE Die Erde.
DER ZWEITE ENGEL Wer soll dann Richter sein?
ALLE Die Erde.
DER ZWEITE ENGEL
Die Erde richtet
Nach tödlichem Gesetz. Die Erde
Kennt kein Erbarmen.
Wer soll Richter sein?
ALLE *stark* Die Erde.
DER ZWEITE ENGEL *tritt mitten unter sie, nimmt seine Maske ab*
So ruf ich dich, Erde.
Schöne, grausame Mutter.
Furchtbare Mutter.
Wöchnerin der Toten.
Gotterschaffene,
Gottesträchtige
Wehmutter der Liebe.
DER ERSTE ENGEL *tritt mitten unter sie, nimmt seine Maske ab*
Laß uns denn einmal noch
Aus deinem Schoß kriechen,
Gesalbt mit deinen Säften,
Den süßen, den bitteren,
Schenk uns den Schlaf
Des Lebens, die leichten und schweren
Träume, das weiße Mondlächeln
Der Tage, die roten Sonnenströme
Der Nacht.
DER ZWEITE ENGEL
Denn auch der ganz Verworfne
Kroch aus deinem Schoße, der
Bespuckte und Krätzige,
Der mit dem Brandmal und mit dem
Schlechten Atem und dem faulen Mark,
Er kroch aus deinem Schoß, und
Wusch sich in deiner Quelle.

DER ERSTE ENGEL

Geht, und träumt euer Leben.

DER ZWEITE ENGEL

Geht, und sucht eure Spur.

Die Sitzenden, von den Fingern der Engel flüchtig berührt oder auf ihren Wink, erheben sich und verlassen in einzelnen Gruppen, lautlos, fast wie Schlafwandler, die Bühne.

DER ERSTE ENGEL *tritt allein nach vorn*

Jeder bleibt, der er ist,
Wie ein Baum in seiner Rinde,
Und wächst von der Erde zum Himmel
In seinen eignen Kreisen,
Und selbst wenn der Blitz ihn spaltet,
Hat er noch Hoffnung,
Daß er neu austreibe und grüne
Im Dufte des Wassers.

DER ZWEITE ENGEL *tritt zu dem Angeklagten*

Wer sich im Schnee verirrt hat,
Tut gut, auf seiner eignen Spur zurückzugehn,
Damit er heimfinde zu seinem Ausgang.
Aber wehe, wenn die Nacht fällt
Und seinen Blick verdunkelt,
Oder der Nebel kreist,
Oder der Wind neuen Schnee treibt
Und die Spur verwischt.
Dann gnade ihm Gott.

Die beiden Polizisten sind ihm gefolgt, nehmen Gitter und Bank mit sich fort, während der zweite Engel die Hände des Angeklagten entfesselt.

DER ERSTE ENGEL

Das letzte Urteil
Bleibt unbekannt, und unerkennbar, wie
Die Macht, die es vollstreckt.
Die aber wirkt gewaltig
In uns und außer uns, es hilft nichts,
Daß wir die Augen schließen

Vor ihrem Glutschein,
Er bricht durch unsre Lider
Und sengt uns die Wimpern ab.
Drum seht die Zeichen, bevor sie erscheinen.
Erkennt die Schrift an der Wand,
Eh' sie geschrieben ist. Denn wenn
Die entsetzliche Hand hervorbricht,
Nutzt kein Fluch mehr.

DER ZWEITE ENGEL *tritt neben ihn*

Wollt ihr denn fliehn? Wohin?
Glaubt ihr, man kann entfliehn?
Ach, es gibt keinen Ort der sicher ist.
Das Unheil, ist es entfesselt,
Folgt es euch nach,
Ihr tragt es mit euch, es wächst
Und wuchert, wie eine Saat
Von Keimen im sanften Mull
Der Gewebe.

DER ERSTE ENGEL *lächelnd*

Und wenn es andere heimsucht, Fremde,
Und wenn es in einem Spiel geschieht,
An Fremden, die Masken tragen in ihrer Hand
Oder vor ihren Gesichtern,
So ist es doch immer
An euch geschehn und ist eure Tat,
Und wenn sie gut ist,
Liebt euch nicht zu sehr,
Und wenn sie böse ist, sagt nicht:
Das waren andre. Sagt nicht:
Das war ein andres Volk. Sprecht nie:
Das ist der Feind.
Sprecht immer: Das bin Ich,
Ein Mensch mit seinem Namen,
Der nur einmal ist, geboren
Um zu sterben, doch lebend
Um zu leben über seinen Tod.

DER ZWEITE ENGEL

Denn was auf Erden atmet,
West und verwest, verbrennt und
Verwandelt sich, und das Getrennte
Will sich vereinen. Drum bindet,
Bindet, was zersprengt wird
Von den Kräften der Zeit.

BEIDE ENGEL

Was zersprengt wird
Von den Kräften der Zeit,
Bindet, bindet neu
In euren Werken.

Die beiden Engel haben einander die Arme um die Schultern gelegt und verlassen die Szene.

Lichtwechsel

Die Wintersonne bricht kurz aus treibenden Wolken. Näherkommend hört man das angestrengt singende, kurzatmig anziehende Motorengeräusch von schweren Lastwagen auf einer steilen, kurvenreichen Gebirgsstraße.

LOUIS CREVEAUX, *der die Bühne nicht verlassen hat, schlendert zur Straßenkreuzung oberhalb des Dorfes. Man sieht jetzt zum erstenmal sein Gesicht: es ist nicht ungewöhnlich, fast hübsch, mit leicht umschatteten Augen. Er trägt einen etwas zu knapp geschnittenen Sportanzug, der nicht mehr neu ist, mit gewürfeltem Pullover, Sportmütze und ein locker geschlungenes, buntes Halstuch. Während er auf das Näherkommen der Lastwagen lauscht, holt er ein Tabaksäckchen und ein einzelnes, dünnes Papierblatt aus der Tasche, dreht sich langsam eine Zigarette.*

LUTZ SPRENGER *im grauen Uniformrock, mit einigen Abzeichen und Auszeichnungen, eine Reitgerte in der Hand, kommt aus einer anderen Dorfstraße zur Kreuzung, von den Soldaten Peter und Martin gefolgt. Obwohl von kräftiger Gestalt und robusten Gesichtszügen, hat er etwas Käsiges. Auch sie lauschen auf das Geräusch der Wagen.*

SPRENGER Die schnaufen wie die asthmatischen Kamele im Wüstensand. Man kann die Auspuffgase riechen bis hierher.

PETER Das ist weil Westwind ist, Herr O'achmeis'er.

SPRENGER Schlaukopp merkt alles. Wenn Ostwind wäre, hätten wir den Rauch und Modder von unserm Luxuskaff in der Nase, bei Südwind den Mist von den Feldern und den Schlick vom See, und der Nordwind rollt schon wieder den Nebel vom Gebirg herunter. In so einer Gegend muß ein Mensch Dienst kloppen, der einmal, ohne Übertreibung, der Schrekken von Oslo geheißen hat, und die Geißel von Tripolis. In so einer Lausegegend.

PETER Weltberühmte Sommerfrische, Herr O'ach'ster.

SPRENGER Aber kein Skigelände, Dussel! Keine Abfahrten! Sommerfrische, is was für reiche Juden. Ich bin Sportsmensch, Mensch! Ich mensche den Sport, wo er sich menschen läßt. Zu Weihnachten will ich nach Chamonix hinauf, mich an der Sprungkonkurrenz beteiligen.

PETER Na, denn ma ruff und kaputt.

SPRENGER Was hast du gesagt?

PETER Hals- und Beinbruch hab ich gesagt, Herr O'ach'eis'er.

SPRENGER *lauschend* Bin gespannt, ob sie den Schloßberg pakken, ohne Raupenschlepper. Ein Glück, daß es getaut hat. Saustraßen in diesem Land. Wir müssen die Löcher zuschütten, bevor's wieder friert. Ist der Schotter abgeladen?

MARTIN *ein Mann mit schwerer Zunge* Jawohl, Herr Oberwachtmeister.

SPRENGER *zu Peter* Der neue Funker kann deine Bude im Wirtshaus übernehmen, wenn du jetzt in die Kommandantenvilla ziehst. Dann hab ich ihn gleich in der Nähe. Die andren Ersatzmannschaften kommen in die Baracken.

PETER Der Patron hat gesagt, er braucht die Bude für seine Tochter, die beim Roten Kreuz war und mit der Kolonne geschnappt worden ist, im Jahr 40. Die ist jetzt entlassen worden und kommt nach Hause.

SPRENGER Da wird sie im Stall schlafen, bei den andren Ziegen. Wehrmachtquartier geht vor. Oder, wenn sie hübsch ist, ich hab ein Doppelbett. *Er lacht ohne Echo – schaut Louis Creveaux an, der etwas näher gekommen ist, jetzt das Papier seiner fertig gewickelten Zigarette anleckt und die Enden zudreht.* Was für Klabusterkraut rauchst du denn da?

CREVEAUX Caporal, Monsieur. Nix bon. Noch von der Grande Armée. Man kriegt nix anderes.

SPRENGER Schwarz wie Pech und schmeckt auch so, was? Abgeschnittene Bartstoppeln! Na, zeig mal her. Mich interessiert das Zeug, experimentell. Ich geb dir 'ne bessere. *Er holt das Zigarettenetui heraus, gibt Creveaux eine Zigarette, nimmt dessen selbstgedrehte an sich, legt sie in sein Etui, klappt es zu und steckt es wieder ein.*

CREVEAUX Merci, Monsieur. *Er steckt sich die Zigarette an, geht ein paar Schritte weiter, bleibt stehen.*

SPRENGER Da halten Sie endlich, an der Ausweichstelle. Der beim ersten Fahrer scheint der neue Funker zu sein.

PETER Der springt herunter wie die Prinzessin vom Pferd.

SPRENGER Hast du mal eine Prinzessin vom Pferd springen sehn?

PETER Ehrenwort Herr O'eister. Ecke Tiergartenstraße–Siegesallee.

SPRENGER Das muß in vorsintflutlicher Zeit gewesen sein.

PETER Nein, zu Führers Geburtstag. Det war ne Begeisterte.

SPRENGER *nach rückwärts schauend, wo das Motorengeräusch jetzt verstummt* Was soll das heißen? Die zweite Karre ist leer! Es waren sechzig Mann angefordert, das können kaum dreißig sein, der Rest ist unser Ersatz, und ein paar Passagiere – Teufel nochmal! Hee! Neyroud! Constable!

Er läuft nach rückwärts, verschwindet um die Straßenecke.

PETER *pfeift durch die Zähne.*

SYLVESTER IMWALD *kommt von rückwärts, wo man Sprenger unverständlich schreien hört. Auch er trägt einen Uniformrock mit den Abzeichen eines Unteroffiziers, der vorne offensteht, hat einen Rucksack über die Schulter geworfen. Aus seiner Rocktasche ragt ein länglicher Gegenstand, der mit einem Tuch umwickelt ist. Er hat ein klares, helles Gesicht, das sich oft plötzlich ohne erkennbaren Grund verändert und verschließt.*

PETER UND MARTIN *grüßen militärisch.*

SYLVESTER Laßt das Affentheater. Wir sind unter uns. Ist das euer Spieß, der da hinten so schreit? Wie ist er sonst?

PETER Vorne wie hinten.

SYLVESTER So sieht er auch aus. *Schaut Martin an* Den kenn ich doch. Bist du nicht – du bist der Masuren-Martin! Der Heilige der Letzten Tage!

MARTIN *froh, aber schwerfällig* Immer noch der selbe.

SYLVESTER *Martins Hand schüttelnd, zu Peter* Wir haben zusammen vor Smolensk gelegen, mit den 21er Pionieren.

MARTIN Das ist der Peter. Echter Kerl, guter Junge.

PETER Na laß man. Mich bringste doch nich in die Kirche, wenn ich zwo Stunden tippeln soll bis zum protestantischen Feldgottesdienst. Da bin ich fußkrank, am Sonntag.

SYLVESTER *lacht* Will er euch immer noch erwecken! *Gibt Peter die Hand* Ich heiße Sylvester.

PETER Komischer Name. Nie gehört außer in Verbindung mit Punsch.

SYLVESTER Was will man machen, so was passiert, wenn man am 31. Dezember auf die Welt kommt, noch dazu Schlag Mitternacht, außerhalb der Zeitrechnung, sozusagen. Die Kameraden haben mich Weß gerufen. *Er verändert sich* Ruft sich ganz gut. So im Dunkel, wenn einer nicht mehr mit kann. Weß! Weß! *Wendet sich ab, nimmt den Rucksack herunter.*

MARTIN *betrachtet ihn ernst.*

PETER *hat nichts gemerkt* Doofes Datum. Das hätte sich dein Vater schließlich ausrechnen können.

SYLVESTER Mein Vater – der war von damals. Die haben sich gar nichts ausgerechnet. Die haben nur – richtig gelebt, glaub ich. Oder auch nicht.

MARTIN *leise* Sie sind alle bei Gott, Weß.

SYLVESTER Wer weiß, ob man dort Einlaß kriegt, mit so krummgefrorenen Gliedmaßen.

PETER Wovon sprecht ihr eigentlich? – Ich heiße, in Wirklichkeit, Fritz, aber wir hatten schon vier Fritze, und ich wollte immer gern Peter heißen, ich hab keine Ahnung, warum, ich wollte –

SPRENGER *kommt zurück, begleitet vom Ortsgendarmen Neyroud, einem untersetzten älteren Mann, der eine Dienstkappe und ein Polizeicape trägt.*

SPRENGER Das ist eine unerhörte Schweinerei! Ich habe Befehl, sechzig Zivilarbeiter zum Straßenbaukommando zu stellen. Nun hab ich keine dreißig. Ich dachte, auf Sie kann ich mich verlassen, Neyroud!

NEYROUD Das können Sie auch, mein Herr. Das können Sie auch! Aber ich schwöre Ihnen, es war wie ich sagte, ich mußte auf dem vordersten Camion sitzen, weil der Fahrer den Weg nicht kannte, wir fuhren immer in Kolonnenfühlung, Nase am Hintern, bis zu der verdammten Haarnadelkurve in der Waldschlucht, da kann man nur Gas geben, sonst steckt man fest, und wie der andere nachkommt, ist er leer, die Kerle sind einfach abgesprungen und rechts und links in die Zirbeln, da spürt man keinen mehr auf, da kann man eher die Murmeltiere mit der Hand fangen, im Geröll droben.

SPRENGER Da hätt doch ein Polizist dabei sein müssen! Auf jedem Wagen ein bewaffneter Mann von der Garde Mobile!

NEYROUD *eifrig* War ja auch, mein Herr! War ja auch! Mein Kollege Maurice, aus Cruchy-sur-Lac, der beste und zuverlässigste Polizist im Departement, mit geladener Handfeuerwaffe –

SPRENGER Na und? Was hat der getan?

NEYROUD Ja – – der ist mit ausgerissen...

SPRENGER *will schreien* Mensch – – *Er wird leise* Es werden dreißig Leute aus dem Ort gestellt, bis Montag früh sechs Uhr.

NEYROUD Wir – wir haben doch keine mehr – außer den Kranken, und den Reklamierten –

SPRENGER *bemerkt Creveaux, der wieder näher zur Straßenkreuzung gekommen ist, gibt ihm einen Stoß vor die Brust* Was hängst du da herum, mach dich weg.

CREVEAUX *unterwürfig* Pardon, ich warte auf einen Passagier – *Geht außer Reichweite.*

SPRENGER Die müssen alle ran, die sogenannten Versehrten werden neu überprüft. *Schaut Neyroud an* Bis Montag früh um sechs. Ihr Sohn ist wohl auch reklamiert.

NEYROUD Für die Autowerkstätten der Kommandantur, als Fachmechaniker – Ich weiß wirklich nicht, woher ich dreißig Leute …

SPRENGER Die Reklamationen werden aufgehoben. Und wenn die Männer nicht reichen, müssen die Weiber ran. Allez. Abtreten!

Creveaux ist ein Stück nach rückwärts gegangen, wo jetzt ein junges Mädchen erscheint, es ist Sylvaine Castonnier. Sie trägt keine Schwesterntracht, nur einen offenen Rotkreuzmantel über Rock und Bluse, und ein kleines Bündel in der Hand. Sie schaut geradeaus, will vorüber.

CREVEAUX Sylvaine!

SYLVAINE *bleibt stehn* Louis! Louis Creveaux! Bist du auch wieder im Ort?

CREVEAUX Ja, bei Gelegenheit – meine Firma in Dijon hat jetzt nicht viel zu tun – der Krieg, du weißt … Wie geht's dir?

SYLVAINE Das weiß ich im Augenblick nicht genau – gut, glaub ich. Ich muß erst Luft schöpfen. Ich war so lang nicht mehr da.

CREVEAUX Kann ich dir helfen? Hast du Gepäck?

SYLVAINE Nichts als das Zeug hier. Nein, danke – das kann ich selbst tragen. Auf Wiedersehn.

CREVEAUX Ich hab den gleichen Weg. Gib schon her. *Nimmt ihr das Bündel ab* Du hast kalte Finger –

SYLVAINE *zieht die Hand zurück, steckt sie in die Manteltasche* Längst keine Handschuhe mehr … *Im Weitergehn* Ob mein Vater weiß, daß ich heut ankomme?

CREVEAUX Das kann er nicht wissen. Das darf nie bekannt werden im Dorf, wenn Camions ankommen oder Postwagen. Das weiß nur die Polizei.

SYLVAINE *sieht ihn sonderbar an* Und du? Woher hast du es gewußt?

CREVEAUX Ich habe es ja nicht gewußt. Das war – Schicksal – könnte man glauben. Nicht wahr? Wenn das kein Schicksal ist –

SYLVAINE *lacht leise* Ach, Schicksal. So was gibt's ja gar nicht.
Sie gehen ins Dorf.

SPRENGER *und die andren Soldaten schauen ihnen nach* Also deshalb hat der hier rumgestanden. Wenn das die Tochter von unsrem Patron ist –

PETER Fast zu schade fürn Stall, mang die Ziegen.

NEYROUD *schwitzend, hinter Sprenger* Ich werde mit dem Herrn Ortskommandanten sprechen –

SPRENGER *ohne sich umzudrehn* Das würde ich Ihnen nicht empfehlen. Zeitverschwendung. Wir haben Samstag.

NEYROUD *zuckt die Achseln, geht.*

SPRENGER Also du bist der neue Funker.

SYLVESTER Jawohl. Sylvester Imwald.

SPRENGER Ich weiß. Ich habe deine Papiere schon da. Oberwachtmeister Sprenger.

SYLVESTER Freut mich.

SPRENGER Mich auch, Kam'rad, ohne Übertreibung. Wir sind hier aufgeschmissen, wenn die Drahtlose nicht funktioniert. Hier ist noch Krieg, weißt du. Verflucht ekliges Kommando. Unser vorletzter Funker ist mit einer Mine hochgegangen, die sie da droben vor einem ihrer Fuchslöcher eingebuddelt hatten.

SYLVESTER Und der letzte?

SPRENGER Kopfschüßchen, aus dem Hinterhalt. Die werden bei uns nicht alt, die Herren Spezialisten. Das ist nicht wie am Atlantikwall.

SYLVESTER Dritter Mann? Macht mir wenig Sorge. Ich bin kein Skatspieler, nicht mal im Massengrab.

SPRENGER Na wart mal ab. *Deutet auf den länglichen Gegenstand in Sylvesters Tasche* Was hast du da drin? Ersatzdetektor? Dynamitstange?

SYLVESTER Das gehört zu meinem Gepäck, ich bin noch auf dem Marsch. Ich möchte bitten, mich später in vorschriftsmäßigem Anzug zum Dienstantritt melden zu dürfen.

SPRENGER Mensch, du redest wie ein Generalstabsadjutant. Na schön. Man ist ja nicht neugierig. Aber hier bist du bei einer Polizeitruppe, merk dir das. Dem SD unterstellt. Wir sind keine feinen Leute. Wir räumen den Dreck weg, aber gründlich. Ist das klar?

SYLVESTER Ich bin Funker. Ich tue meinen Dienst bei jeder Truppe, zu der man mich kommandiert.

SPRENGER Das weiß man. Sonst hätte man dich nicht angefordert. Du hast allerhand Punkte voraus. Im Norden auszeichnungsweise befördert, bei Stalingrad verwundet, nach sechs Wochen wieder zur Front gemeldet, nicht schlecht. Aber du brauchst trotzdem die Schnauze nicht so hoch zu tragen, als wärst du hier unter die Schweißfußindianer gefallen. Hier gibt's keine Extrawurst.

SYLVESTER Ich möchte gleich bemerken, daß mir Weihnachtsurlaub zusteht, von meiner letzten Dienststelle schriftlich bestätigt. Darauf bestehe ich, trotz der Versetzung. Schaut euch rechtzeitig nach einem Ersatzmann um. Morgen ist der erste Advent.

SPRENGER So so. Bist du katholisch, womöglich?

SYLVESTER Das ist Privatsache. *Wendet sich zum Gehn.*

SPRENGER Wo willst du hin?

SYLVESTER Ich hab noch eine Kiste im Wagen, Ersatzgerät. *Geht.*

MARTIN Er hat für tot unter den Leichen gelegen, bei Smolensk, selbst schon ganz steif. Da kommt das dann so – *Deutet auf seinen Kopf.*

SPRENGER Quatsch nicht. Hilf ihm tragen.

MARTIN *folgt Sylvester.*

SPRENGER *fixiert Peter, der sich das Grinsen verbeißt. Tritt dicht zu ihm* Hör mal. Du bist doch aus Berlin. Da seid ihr ja helle.

PETER In keinster Weise, Herr O'ach'eister. Hier liegt eine Verwechslung mit den Sachsen vor. In Berlin ist das Volk doof, aber jerissen.

SPRENGER Das heißt, ihr stellt euch doof, damit man nicht merkt, wie schlau ihr seid. Nun paß mal auf, Schlaukopp. Du bist jetzt diesem Major Mühlstein als Wichser zugeteilt –

PETER Zu persönlichen Dienstleistungen beigeordnet –

SPRENGER Laß die Witze. Sache ist ernst. Da paß mal'n bißchen auf – verstehst du?

PETER Nein, Herr O'a'chster.

SPRENGER Ich meine, was der so redet, wenn er besoffen ist. Oder, was er für Post kriegt. Couverts aufheben und so weiter. Und was er für Sender hört, wenn er abends die Rolläden runterläßt. Das ist ein dienstlicher Befehl. Wenn was zu melden ist, werd ich dann selber eingreifen. Verstanden?

PETER In keinster Weise, Herr –

SPRENGER Du – dich werd ich mir merken. Man kann sehr rasch abgelöst werden von so einem Druckpöstchen. Dann heißt's, ade Berlin. Partisanenpatrouille gefällig? Bedürfnis nach Heldentod vorliegend? – Verstehst du jetzt?

PETER Jawohl, Herr Oberwachtmeister. *Sie gehen.*

SPRENGER *bleibt noch einmal stehn, lauscht befremdet* Was ist denn das?

Man hört von rückwärts, hinter der Straßenkreuzung, jemanden Flöte spielen – eine einfache Melodie.

Lichtwechsel

Leiser dünner Schneefall am Morgen des ersten Advent. Man hört das gedämpfte Ausschwingen einer Kirchenglocke, die bald verstummt. Sylvaine Castonnier und Michelle Neyroud kommen die Dorfstraße entlang. Sie tragen die seidenen Kopftücher der Gegend, in verschiedenen Farben, wie sie am Sonntag üblich sind. Michelle ist ein schönes, dunkles Mädchen, vielleicht etwas jünger als Sylvaine.

SYLVAINE Da ist der grüne Moosfleck am Stein und die Stelle, wo der Widerschein des Brunnens flimmert, wenn die Sonne hineinfällt. Stein, Brunnen, Moos, ihr wart immer da, als ich fort war und lange vor mir, und werdet lang nach mir sein, und ihr gehört mir doch, als hätte ich euch gekauft, für einen Sou, wie Abziehbilder im Laden. Und hier ist die Ritze im Pflaster, der böse Strich, auf den ich nicht treten durfte. Wäre ich drauf getreten, hätte es Pech gebracht, Strafe, Liebeskummer, ein zerrissenes Kleid oder die Mumps in den Ferien. Und wenn es passiert ist, dann brachte es auch Pech. Glaubst du an so was? *Sie tritt vorsichtig über den Strich* Hörst du mir überhaupt zu? Manchmal möcht man denken, du wärst anderswo.

MICHELLE Es glaubt wohl jeder an so was. Aber das ist kein richtiger Glaube. Das ist Einbildung.

SYLVAINE Warum auch nicht. Was hätte man schon, wenn man sich nichts einbilden könnte. *Lacht* Louis zum Beispiel, der bildet sich ein, er wär ein Erfinder, und wenn er sich's lang genug einbildet, wird er noch was erfinden.

MICHELLE Nichts Gutes, wahrscheinlich.

SYLVAINE Du magst ihn nicht.

MICHELLE Er lügt.

SYLVAINE Lügst du nie?

MICHELLE Er hat allen erzählt, er sei Vertreter eines Radiogeschäfts, in Dijon, Teilhaber sogar. Und als mein Bruder dort zu tun hatte, entdeckte er ihn an einer Straßenecke, da hat er Gemüseschaber an die Hausfrauen verkauft und den Köchinnen vorgemacht, wie man damit die Karotten putzt, die Gurken, den Selleriekopf, den Kohlrabi. Das Neuste vom Neusten, Madame. Dafür ist er gut, zum Aufschwatzen und Schwindeln.

SYLVAINE Und dann habt ihr es im Dorf rumerzählt und ihn lächerlich gemacht, wie?

MICHELLE Nein, das haben wir nicht. So was würde Francis nicht verzeihen. Aber einmal, wie ich ihn grad wieder schwadronieren hörte, über seine Patente und die Angebote, die er bekommt, da bin ich ganz dicht zu ihm hingegangen, hab den Zeigefinger wie eine Wurzel hängen lassen, bin mit dem andren dran runtergefahren und hab gesagt: Schabe schabe Rübchen. Da ist er gelb geworden. *Sie lacht auf.*

SYLVAINE So gemein kannst du sein.

MICHELLE Magst du ihn denn?

SYLVAINE Mögen, ich weiß nicht. Das weiß man doch nicht so genau.

MICHELLE Natürlich weiß man das. Das muß man wissen.

SYLVAINE Ich hab ihn auch jahrelang nicht mehr gesehn – wie euch alle. Du – Michelle – glaubst du, daß er was mit der Polizei zu tun hat? Oder mit den Deutschen?

MICHELLE Wie kommst du darauf?

SYLVAINE Ach – nur so. Ich weiß selber nicht.

MICHELLE Nein, das ist ausgeschlossen. Das müßte mein Vater wissen. Mein Vater hat ihn sogar im Verdacht, daß er Flüchtlingen über die Bergpässe hilft, in die Schweiz hinüber. Er war doch Führer und Skilehrer. Aber das macht er dann auch nur für schmutziges Geld oder aus Eitelkeit.

SYLVAINE Meinetwegen. Ich mag ihn nicht.

MICHELLE Wieso jetzt plötzlich? Nach zwei Minuten?

SYLVAINE Was vom Gefühl kommt, ist immer plötzlich. Ich weiß es halt jetzt, und vor zwei Minuten hab ich's nicht gewußt.

MICHELLE Aufs Gefühl kann man sich nicht verlassen.

SYLVAINE Worauf sonst?

SYLVESTER UND MARTIN *gehen vorüber, sonntägig gekämmt und rasiert, mit geputzten Stiefeln. Martin trägt ein Gesangbuch in der Hand, Sylvester hat die Hände in den Rocktaschen.*

SYLVESTER *dreht sich zurück, wenn er schon vorbei ist, als erkenne er jetzt erst Sylvaine in ihrem Kopftuch* Salut, Mademoiselle. *Er nickt ihr zu, geht weiter.*

SYLVAINE *nickt kurz* Salut.

MICHELLE *hat sich abgewendet, bis die beiden verschwunden sind, jetzt dreht sie sich um, mit einem fast verzerrten Gesicht* Wie ich sie hasse.

SYLVAINE Kennst du die zwei?

MICHELLE Ich kenne keinen von denen. Für mich sind sie alle gleich. Aber ich hasse – jeden davon. Wie den Teufel. Und du hast ihm auch noch gedankt, für seinen frechen Gruß. Das tät ich nie.

SYLVAINE Er war auf dem Camion, mit dem ich gekommen bin. Er war sehr nett. Er hat mir seinen Mantel über die Beine gelegt, und dann hat er mir ein Stück Schokolade angeboten.

MICHELLE Und du hast es genommen? Und gegessen?

SYLVAINE Natürlich. Ich hatte Hunger. Er hat auch sonst gar nichts versucht oder so. Da war noch ein alter Mann, dem gab er auch ein Stück.

MICHELLE Ich hätte es ihm vor die Füße geworfen.

SYLVAINE Das fände ich einfach blöd, und lächerlich.

MICHELLE Lächerlich! Jetzt sag noch, die seien auch Menschen ... Weißt du, was sie getan haben, mit ihren Tieffliegern, auf den verstopften Landstraßen?

SYLVAINE Ich weiß es. Ich war dabei.

MICHELLE Und mit unsern Geiseln in Villers-Chaumond? Weißt du, daß sie den Vicomte Leroy erschossen haben? Den Vater von Francis und Francine?

SYLVAINE Und Francis? Er ist Priester geworden, einfacher Dorfkaplan, obwohl er das Schloß geerbt hat und die großen Güter. Kann der auch so hassen?

MICHELLE Er sagt, daß es einen heiligen Haß gibt und einen gerechten Kampf gegen die Unterdrücker, die die Gottes- und Menschenliebe mit Füßen treten. Er wählt immer solche Stellen aus der Bibel, wenn er predigt. Ich hatte schon Angst, daß sie ihn auch noch holen, aber sie verstehen es nicht.

SYLVAINE Er hat ja auch Grund dazu, wenn sie seinen Vater erschossen haben.

MICHELLE Und du? Hast du keinen Grund? Haben sie dich nicht jahrelang im Lager gehalten und arbeiten lassen, ohne Recht?

SYLVAINE Eine Art von Recht hatten sie schon. Man hat Waffen gefunden bei uns, das war gegen die Convention. Es ging alles drunter und drüber, weißt du. Wer nicht weggelaufen ist, hat versucht, sich zu verteidigen und auf die Tiefflieger zu schießen.

MICHELLE Weil sie die Ambulanzen nicht geschont haben, und die Rotkreuzfahne mißachtet!

SYLVAINE Das war damals.

MICHELLE Du sagst das, als ob's heut anders wär oder vorbei. Damals, da waren wir stolz auf dich. Du warst freiwillig eingetreten, du hast gesungen, wie du weg bist – weißt du noch?

SYLVAINE Ich weiß alles. Aber das hat alles – gar keine Wirklichkeit mehr.

MICHELLE Jetzt begreif ich dich nicht.

SYLVAINE Ich kann's dir auch nicht erklären. – Komm, wir gehen zu euch, ich will Marcel begrüßen.

MICHELLE Marcel, der wird dir den Kopf waschen, wenn du so Reden führst. Der ist noch ganz anders als ich. Sie nennen ihn den Tambour, in den versteckten Lagern, weil er immer Neue zusammentrommelt, für den Maquis. Der wird dir Bescheid sagen!

SYLVAINE Ich glaube, er wird mir zuerst einen Kuß geben, und – ach Gott.

MICHELLE Was hast du denn?

SYLVAINE Jetzt bin ich drauf getreten. Auf den bösen Strich. *Sie starrt auf den Boden.*

MICHELLE Aber – du bist doch kein Kind mehr. *Legt den Arm um sie.*

SYLVAINE *schaut unter sich, antwortet nicht.*

LOUIS CREVEAUX *kommt von rückwärts um eine Hausecke. Beobachtet die Mädchen einen Augenblick, ohne daß sie ihn sehen.*

SYLVAINE *fährt herum* Da ist jemand.

CREVEAUX Guten Morgen, Sylvaine. Salut, Michelle.

SYLVAINE Ach, du bist es. Guten Morgen.

MICHELLE Salut.

CREVEAUX *zu Sylvaine* Ich hab dich bei euch gesucht, im Wirtshaus, aber dein Vater meinte, du wirst wohl zu Neyrouds gegangen sein. – Ich hatte nämlich Gelegenheit, nach Villers zu kommen, gestern nachmittag. Die Geschäfte sind zwar geschlossen, aber wer seine Beziehungen hat, kommt hinten herein, und wenn man bekannt ist als guter Kunde, findet sich auch noch dies und das, unterm Ladentisch. Ich habe einen ganz guten Ruf, in Damengeschäften. – *Er lacht und sucht vergeblich, Sylvaines Blick auf sich zu ziehen, die verstimmt an ihm vorbei auf den Boden schaut* Ich dachte – du hattest so kalte Hände gestern ... Man sagt zwar, kalte Hände warmes Herz, – aber – bei diesem Wetter – sind warme Finger doch vorzuziehen – oder? *Nimmt ein Päckchen aus der Tasche, wickelt ein Paar Handschuhe aus* Ich hoffe, ich habe deinen Geschmack getroffen. Die Auswahl war nicht sehr groß –

SYLVAINE, *ohne hinzuschauen* Sie passen nicht.

CREVEAUX Du hast sie noch nicht probiert –

SYLVAINE Das weiß ich. Da brauch ich nicht zu probieren. *Schaut flüchtig hin* Sie sind hübsch.

CREVEAUX Es ist – sie sind höchstens ein bißchen zu groß. Eine halbe Nummer vielleicht –

SYLVAINE Zu klein.

CREVEAUX Willst du sie nicht einmal überziehn –

MICHELLE Merkst du nicht, daß sie deine Handschuhe nicht will?

SYLVAINE Wer sagt, daß ich sie nicht will? Zeig mal her. *Probiert einen Handschuh* Siehst du. Ich komm nicht rein. Ich hab es vorher gewußt. Ich weiß so was immer vorher. Es klingt dumm, aber es ist so.

CREVEAUX Die haben mir eine Kindernummer angehängt, das hätte ich sehen müssen –

SYLVAINE Allerdings, bei deiner Erfahrung in Damengeschäften.

CREVEAUX Es war der Übereifer. Ich wollte dir eine Freude machen, zum Anfang. Zum Willkomm, meine ich.

SYLVAINE Es war nett von dir, Louis. Ich dank dir schön.

CREVEAUX Ich werde versuchen, sie umzutauschen – falls noch was da ist. –

MICHELLE Das ist nicht nötig. Ich hab ein Paar übrig, wir tragen die gleiche Größe.

SYLVAINE Nun – wenn es so hübsche sind – versuch's ruhig noch einmal.

MICHELLE *nimmt den Arm aus dem ihren, geht auf und ab.*

CREVEAUX Vielleicht hab ich Glück. Ich habe eigentlich immer Glück. Ich bringe auch Glück, wie ein Pilz – das wirst du schon merken. Ich glaube, ich bin unter einem glücklichen Stern geboren.

SYLVAINE Wann bist du geboren?

CREVEAUX Das – das ist ein Geheimnis. Ich darf nicht davon sprechen, von meiner Geburt. Da ist ein Geheimnis dahinter. Vielleicht werde ich's einmal enthüllen, später, wenn der

Krieg vorbei ist, und mein Patent angemeldet, dann brauche ich keine Rücksicht mehr zu nehmen. Jetzt – geht das andere vor.

SYLVAINE Was geht vor?

CREVEAUX Nun – du weißt schon. Oder hat Michelle dir noch nichts gesagt? Du wirst ja wohl auch mitmachen. Da wird man sich öfter sehen …

SYLVAINE Das ist mir zu geheimnisvoll, was du da redest.

CREVEAUX Du wirst staunen, wie es hier zugeht, in den Bergen. Wir sind alle dabei. Die besseren wenigstens, die moderne Intelligenz. Auch von der älteren Generation machen manche mit, soweit sie Mut haben und eine Gelegenheit. Natürlich gibt es auch andere. Wenn einer Gendarm ist, zum Beispiel, da hat man seine Grenzen. Aber dein Vater, der hilft uns, wo er kann.

SYLVAINE Über so was sollte man nicht soviel sprechen zu Leuten, die man kaum kennt.

CREVEAUX Aber dich kenn ich doch. Du warst ein wildes Mädel und immer sehr patriotisch. Dir gefällt so was. Du – wenn ich dir sage, was ich schon angerichtet habe. Ich bin wie ein Wolf in der Nacht. Der letzte Funker, den ließ ich an mein Versteck herankommen, bis man die Augen sah, und dann – mitten hineingepfeffert. Ich hab auch ein paar mit der Hand erledigt, und mit dem langen Messer. – Das erzähl ich dir alles – *Mit belegter Stimme* Ist es dir recht, wenn ich zu dir komme? Heute abend?

MICHELLE *ist näher gekommen, tritt dicht zu ihm hin, läßt ihren rechten Zeigefinger wie eine Wurzel herabhängen, fährt mit dem linken ein paarmal dran herunter* Schabe schabe Rübchen.

CREVEAUX *verfärbt sich* Ich weiß nicht, was sie meint. – *Versucht zu lachen.*

SYLVAINE *grausam* Aber ich. *Geht mit Michelle.*

CREVEAUX *starrt ihnen nach, steckt sich die Handschuhe in den Mund; dann zerreißt er sie mit den Zähnen.*

Castonniers Estaminet ›Au Bon Vin‹.

Es ist durch eine große transparente Glastür von der Straße getrennt, die noch im Spielraum liegt. Von dort fällt in schrägem Strahl der Schneeschimmer des Adventnachmittags auf einen Ecktisch mit Bank in der Gaststube. In einer Nebenstube, die etwas höher liegt, flackert der Schein eines Kaminfeuers, beleuchtet ein paar Plüschsessel und einen kleineren Tisch mit Steppdecke. Dort sitzt der Gendarm Neyroud, abgewandt, vor einem Gläschen Eau-de-Vie und schreibt oder streicht mit einem Bleistift auf einem Bogen Papier herum.

Albert, George, Martin, Pierre, Soldaten der Garde Mobile, sitzen am ungedeckten Holztisch der Gaststube. Albert zerteilt mit dem Seitengewehr ein langes Weißbrot und einen Käslaib in vier Teile.

PIERRE Hallo! Patron! Castonnier! Nobler Greis! Hast du ein Tröpfchen Ziegenmilch für deine braven Kinder? Nur ein Tröpfchen, weil Sonntag ist –

CASTONNIER *ein fülliger Fünfziger mit einer Neigung für Hammelbraten, Rotwein und grüne Wollwesten, kommt von nebenan* Wenn ihr mich Greis nennt, kann ich euch keiner Antwort würdigen. Ich ziehe noch jeden von euch jungen Helden mit meinem krummen Mittelfinger über den Tisch und saufe ihn drunter, aber das könntet ihr nicht bezahlen. Ich bin auch bei Verdun damals nicht ausgerissen wie ihr in der Maginot-Linie.

PIERRE Du hast vollkommen recht, reifer Mann, aber ein Tröpfchen Ziegenmilch verwandelt Mäuse in Tiger. Tu mal was für unseren Blutdurst.

CASTONNIER Dafür ist es zu spät. Ihr seid eine Generation von Täubchen, die nichts können, als andern Leuten etwas Weiches auf den Kopf zu machen. Bleibt wie ihr seid und benutzt eure Schwerter zum Brotschneiden. Du weißt, ich hab nichts. Es ist verboten.

PIERRE Die Käsfratze ist nach Villers gefahren, ins Haus der barmherzigen Hühner, da kommt er vor morgen früh nicht zurück. Die andern sind harmlos –

CASTONNIER *hat eine Flasche mit gelbgrüner Flüssigkeit aus der dunklen Ecke geholt, wo sein Wandschrank sein mag, stellt vier Wassergläser auf den Tisch, gießt jedem rasch einen Schuß hinein* Der Apéritif ist das Unglück der Nation, Absinth und Pernod zersetzen das Mark in unsren Knochen, hat der greise Maréchal gesagt. Goldene Worte. Ich nehme auch einen. Damals, vor Verdun, trank er noch jeden Tag seine halbe Flasche und sagte: On n'y passe pas, hier kommt keiner durch. Holt euch das Wasser vom Brunnen, und wenn einer reinkommt, werft eure Mützen über die Gläser. *Er schenkt sich selbst ein.*

MARTIN *geht hinaus, kommt gleich darauf mit einem Krug Wasser zurück, aus dem Pierre dann die Gläser auffüllt.*

PIERRE Ich weiß nicht, wie ich dir den Dank des Vaterlandes ausdrücken soll, nobler Greis –

CASTONNIER Du, schließe deinen Pariser Lasterschnabel. Ihr habt mehr Glück gehabt wie Verstand. Ich bin nur deshalb so nachgiebig heute, weil meine Tochter zurückgekommen ist. Die Vaterfreude läßt mich meine tiefe Antipathie gegen euch überwinden. Ich sollte mir einen Rausch gönnen, aber ich warte damit bis zum nächsten Sonntag, damit sie nicht gleich einen falschen Eindruck von mir bekommt, und weil ich bis dahin hoffe, einen Gigot aufzutreiben, als Grundlage. Wir Franzosen sind ein nüchternes Volk der kleinen Sparer und die Eckpfeiler der christlichen Familie – hat der greise Maréchal gesagt. Santé! Es lebe die christliche Familie.

PIERRE Welcher du, als leuchtendes Beispiel, eine einzige Tochter geschenkt hast. A la tienne!

GEORGE Aber was für eine! Habt ihr sie schon gesehen? Ich kann euch sagen, so was trifft man sogar im Rhônetal nur in einzelnen Fällen, und wenn ich das sage, dann heißt es was, denn ich bin vom Rhônetal und behaupte, daß es dort den besten Wein und die schönsten Frauen gibt, und wer etwas anderes behauptet, der –

ALBERT Der ist dann vermutlich von Bordeaux, oder aus der Champagne. Ich versteh nichts von Wein, aber ich möchte als alter Grubenhund und Lohnsklave bemerken, die Mädchen sind vorne und hinten, in der Mitte und überall schön. A la très bonne!

PIERRE Santé, Caporal! Santé, Martin! Wie denkt man in der kühlen, sturmzerpflügten Bretagne über den Wein und die Liebe? Oder kennt man dort nur das Salzwasser und die Treue?

MARTIN *ernst aber freundlich* Man redet dort nicht soviel.

GEORGE Das ist eine Tugend, für die ich gar keinen Sinn habe. Schweigsam ist jede Weinbergschnecke, und die macht Knaatsch, wenn man drauf tritt. Wozu hat uns der Herrgott das Mundwerk verliehen, nur für den Lebensunterhalt der Zahnärzte und die Erfüllung der ehelichen Pflicht? Und unsere schöne Sprache –

PIERRE Sprache!! Du glaubst, du sprichst eine Sprache? Was du hervorbringst, sind unartikulierte Naturlaute von ländlicher Dekadenz. Nur in Paris spricht man Französisch, und zwar vor allem in der Gegend der Rue de la Bastille –

CASTONNIER, *da George aufbrausen will* Der nächste Krieg wird innerhalb sämtlicher Länder zwischen den Vertretern der verschiedenen Dialekte geführt werden. Es bleiben dann nur die Taubstummen übrig, und die können endlich den Weltstaat ausrufen, auf Grund müheloser Verständigung und völliger Abschaffung des Radios. Ich muß zu Neyroud hinüber, der wird mir noch trübsinnig mit seinem kleinen Gläschen. Ich an seiner Stelle – na – Punkt. Man hat immer leicht sagen, was man an der Stelle eines anderen täte, solang man nicht an der Stelle steht.

PIERRE Was ist mit Papa Neigerouge? Warum kommt er nicht zu uns rüber?

CASTONNIER Das wißt ihr nicht? Er muß neu ausheben im Dorf, für den Obligatorischen. Bis morgen früh. Sitzt über der Liste und kriegt sie nicht zusammen. Seinen Sohn Marcel hat er schon zwanzigmal hingeschrieben und wieder ausgestrichen. Aber der würde sich selber ausstreichen, zur Not. Den seh ich nicht in einer Sauerkrautkolonne. *Er gießt rasch jedem etwas nach, geht hinüber.*

PIERRE Oh, chien! Manchmal vergißt man für fünf Minuten, wo man lebt. Der verdammte Dienstvertrag. Könnt ich nur aus diesen Brocken heraus. Wir werden womöglich rumgeschickt werden, sie aus den Betten holen. Lieber würde ich meinem Vater den Trauring stehlen.

ALBERT Am Arbeitsdienst ist schließlich noch keiner gestorben. In die schlimmen Lager schicken sie nur die Ausreißer und die Rebellen.

PIERRE Rebellen! Man kann sie auch anders nennen.

ALBERT Ich gebe zu, es ist nicht ganz angenehm, für die Deutschen zu arbeiten. Aber man tut's ja auch für unser Land, das keine andere Wahl hat. Der Befehl kommt von unsrer Regierung, und wir haben ihn auszuführen, sonst nichts.

PIERRE Und Politik geht uns nichts an, das kenn ich schon. Und Charakter trägt der Mensch außerdienstlich am Sonntag nachmittag. Aber heut ist Sonntag nachmittag, zum Teufel nochmal –

ALBERT Du kannst wohl nichts mehr vertragen, wie? Nimm dich zusammen.

GEORGE Das ist doch die reine Großmäulerei. Der, und einen Befehl verweigern. Er meint nur, als Pariser müsse er sich aufspielen, solang's nichts kostet.

ALBERT *zu Pierre* Ich weiß überhaupt nicht, was du willst. Diesen Krieg haben wir nie gewollt, und für uns ist er vorbei, Gottseidank, muß ich sagen. Wir aus dem Kohlendistrikt sind im internationalen Gedanken groß geworden. Und von den deutschen Bergleuten und Industriearbeitern hört man, daß es ihnen gar nicht schlecht geht, besser als vorher mit den Gewerkschaften und der Arbeitslosigkeit.

PIERRE Heilige Einfalt. Natürlich geht's ihnen gut, solang man ihre Arbeit braucht für den Krieg. Aber dann müssen sie auch hinein, in den Krieg! Dann geht's ihnen nicht mehr gut, im weiten Rußland.

ALBERT Das sind Gerüchte, man weiß nie, was stimmt. Wir sind jedenfalls durch die Befehle unserer Regierung gedeckt.

GEORGE Und schließlich liebt man sein Land, nicht wahr? Auch wenn mal schlecht Wetter ist. Der alte Herr in Vichy weiß schon, was er tut. Sollen wir vielleicht wieder für die Engländer fallen, die entschlossen waren, Europa zu verteidigen bis zum letzten Franzosen, und sich per Luxusjacht verdrückt haben, als es mulmig wurde? Dann lieber mit Hitler.

PIERRE Und du sagst, du liebst dein Land – *Aufspringend* – du –

MARTIN *legt ihm die Hand auf die Schulter – drückt ihn auf den Sitz zurück. Spricht langsam, nach Worten suchend* Ich war einmal mit einem Fischkutter sechs Tage im Sturm. Mast über Bord, Notsegel zerrissen. Da gab es einen großen Streit, ob wir Luv oder Lee halten sollten, weil der Wind dauernd umsprang. Da sage ich: jetzt können wir nur noch rudern, soviel jeder Kraft hat, und beten, daß das Boot nicht kentert. Sonst müssen wir alle ertrinken.

PIERRE Nun, und? Hat es genutzt?

MARTIN *leise* Das Boot ist gekentert. Aber zwei sind gerettet worden. *Er schaut unter sich.*

GEORGE So viel hat der Bretone noch nie hintereinander gesprochen.

PIERRE *schiebt sein Glas weg* Trink aus, wer will. Ich mag nicht mehr. *Nimmt eine Zeitung aus der Tasche, liest.*

GEORGE Idiot!

ALBERT Schluß jetzt. *Er greift hinter sich, dreht ein Wandradio an. Man hört, leise und fern, die Melodie der ›Lili Marleen‹ mit dem französischen Text. George summt mit. Die andern schweigen.*

MAJOR MÜHLSTEIN *kommt mit Sylvester Imwald von draußen, der ein kleines Kofferradio in der Hand trägt.*

ALBERT *pfeift scharf durch die Zähne* Achtung! *Alle werfen rasch ihre Mützen über die Gläser und stellen sie dann neben sich auf die Bank.*

MÜHLSTEIN, *ein Mann Ende vierzig, glattrasiert, mit völlig haarlosem Schädel, im Eintreten zu Sylvester* Heimatklänge, Heimatklänge aus dem Radio Paris. Es gibt zu viele Heimatklänge auf der Welt. Ich habe immer gesagt, man müßte auswandern. Aber wohin? Ich bin sicher, das hört man jetzt schon in Patagonien, in Qualhuaxpocapetl und in Sansibar. *Zu den Sol-*

daten, die aufgestanden sind Bleiben Sie bedeckt, meine Herren, und setzen Sie sich nicht in Ihre Gläser. Die Hosen lassen sich flicken, aber verschüttete Ziegenmilch ist unersetzlich, heutzutage. Sie wissen, ich habe Verständnis.

DIE SOLDATEN *setzen ihre Mützen wieder auf, nehmen grinsend die Gläser auf den Tisch zurück, einer stellt das Wandradio ab.*

SYLVESTER *lacht* Ich sehe, hier bin ich im richtigen Quartier gelandet. Aber aus dem Zeug mach ich mir nichts.

MÜHLSTEIN Das ist für Leute, denen es mehr auf die Wirkung ankommt als auf den Geschmack. Auch das hat was für sich. Wenn Sie mehr für einen guten Rotspon sind, dann stellen Sie sich gut mit Vater Castonnier, dem Patron. Der ist ein Schutzpatron aller durstigen Seelen. Aber man muß ihm sympathisch sein, er ist wählerisch. Ich werde ein Wort für Sie einlegen.

SYLVESTER Vielen Dank, Herr Major. Das wäre furchtbar nett.

MÜHLSTEIN Ich finde es nett, daß Sie Ihre Sonntagsruhe opfern, um mir das Ding da zu richten. Hat mir meine Frau geschickt, als Vorweihnachtsgeschenk. Zu Weihnachten hoffe ich ja heimzukommen. Wenn das ordentlich eingestellt ist, soll man alle kriegen, auch die Kurzwellensender. Bis jetzt krieg ich nur – *Stößt ein paar Pfiffe aus* Ich bin kein Bastler, wissen Sie. Alte Schule, Pferde und Hunde, bißchen Pirsch oder Ansitz, gute Bücher, Zigarren. Zur Not kann ich auch einen Reifen wechseln – aber der nervus technicus ist bei mir noch unterentwickelt. Euch ist er an Stelle der Zirbeldrüse in den Embryonalbregen gepflanzt. Sie waren gewiß schon als Kind ein Elektrogenie.

SYLVESTER Ich bin Landwirt, von Haus aus. Das heißt, meine Eltern haben ein kleines Gütchen, bei Lauenburg. Ich dachte auch immer dran, es zu übernehmen. Das liegt mir am meisten.

MÜHLSTEIN Und trotzdem den Spaß am kalten Mechanismus?

SYLVESTER Ist er so kalt? Ich denke manchmal, der Unterschied ist gar nicht groß, ob ein Saatkorn im Boden aufgeht, oder ob so ein Kasten die Wellen fängt und zurückgibt. Es hat alles mit Licht und Wärme zu tun.

MÜHLSTEIN Und mit Verbrennung, sagte der Schnapshändler auf dem Weg zum Krematorium. Na ja, Feuer, Wasser, Luft und Erde. Er soll eine hübsche Tochter haben, der Castonnier. Mein Bursche hat sie ankommen sehn. *Haut sich auf die Glatze* Vorbei, vorbei. Im letzten Weltkrieg war ich in Ihrem Alter – *Singt*

»Si tu veux faire mon bonheur – Margarète, Margarète –
Si tu veux faire mon bonheur – Margarète, donne moi ton coeur –«

Zu den Soldaten Singt ihr das noch? Ah – la jeunesse. Jetzt macht mal Licht an, damit der junge Pythagoras etwas sieht in der Welten Finsternis. *Geht ins Nebenzimmer* Alors! Vieux Combattant!

CASTONNIER, *der inzwischen bei Neyroud gesessen hat* Service, Commandant! *Steht auf, sie schütteln einander die Hände.*

NEYROUD *ist auch aufgestanden* Ich wollte mit Ihnen sprechen, Herr Kommandant –

MÜHLSTEIN Zu Ihrer Verfügung, Constable. Aber ich denke, wir machen erst eine kleine Kellerbesichtigung. *Castonnier zuzwinkernd* Es wird ein kalter Abend –

CASTONNIER Und ein langer. Ich hol die Lampe.

MÜHLSTEIN Kommen Sie mit, Neyroud. Die Akustik ist drunten besser. *Die drei Männer entfernen sich. Einer der Soldaten in der Gaststube hat Licht angedreht. Sylvester hat etwas abseits von ihnen Platz genommen, ein paar Drahtstücke und eine kleine Zange aus der Tasche geholt und beginnt an dem Kofferradio zu arbeiten.*

Draußen ist es dunkler geworden, der Lichtschein fällt jetzt umgekehrt von der Gaststube auf die Straße.

Dort ist inzwischen Blanche erschienen, ein sehr junges Mädchen, klein, blaß, in einem dünnen Mantel. Man sieht deutlich, daß sie ein Kind erwartet. Sie geht mehrmals auf und ab, schaut auch in die Gaststube herein, dann scheint sie von der dunklen Straße einen Schritt zu hören, bleibt lauschend stehen. Louis Creveaux schlendert heran. Sie geht ihm rasch entgegen. Er schaut sie kurz an, dann dreht er den Kopf weg, betritt die Gaststube. Sie bleibt noch einen Augenblick draußen stehen, mit einem erstarrten Gesicht, dann geht sie langsam.

CREVEAUX *eintretend* Salut. Ist der Patron nicht da?

ALBERT Er hat Besuch.

CREVEAUX Ich wollte ihn was fragen.

ALBERT Wenig Hoffnung. Die Flasche ist leer, mehr wie eine wird er nicht aufmachen.

CREVEAUX Es ist nicht deshalb. Dann werde ich warten. *Beobachtet Sylvester, tritt zu ihm* Ist es erlaubt? Oder störe ich?

SYLVESTER Keine Spur. Das ist eine Privatarbeit, die ich da mache, nichts Dienstliches.

CREVEAUX Interessant, die kleinen Apparate. Deutsches Fabrikat, natürlich?

SYLVESTER *nickt.*

CREVEAUX Ja, dort ist man fortschrittlich. Ich – ich hätte eine ganz große Bitte, mein Herr. Falls Sie es nicht als Unverschämtheit auffassen – Sie verstehen gut französisch, wie ich merke –

SYLVESTER Ich hab es gelernt. Nämlich?

CREVEAUX Könnten Sie mir so ein kleines Stückchen Kupferdraht ablassen? Falls es privat ist und kein Heereseigentum – ich würde es gern bezahlen –

SYLVESTER Was wollen Sie damit anfangen?

CREVEAUX Ich bastle auch ein wenig, so nebenbei. Das heißt, eigentlich bin ich vom Fach, wir haben nur keinen Markt derzeit. Daher versuche ich meine eigenen Experimente – oder was man so nennt. – *Er lacht* – Als Techniker wird Sie das interessieren. Ich habe eine Erfindung gemacht, die – nun, ich denke, sie wird Aufsehen erregen. Und ich bin einer neuen auf der Spur.

ALBERT UND GEORGE *am andern Tisch, stoßen einander an, lachen.*

CREVEAUX Ein Laie versteht nichts davon. Ihnen wird es sofort einleuchten. Sind Sie Skiläufer? Hochtourist?

SYLVESTER Bei uns daheim ist es mehr flach.

CREVEAUX Nun, das macht nichts. Sie wissen schon Bescheid. Der Skiläufer, sehen Sie, gerät manchmal in die Dunkelheit. Oder er muß früh aufbrechen, am Morgen. Worin besteht dann sein Ärger? Das kennt jeder Soldat. Er hat die Taschenlampe vergessen! Sie ist verlegt. Sie steckt zuunterst im Rucksack. Nun – meine Erfindung. Es ist ein Wunder, daß noch kein andrer draufgekommen ist, aber so geht es mit allen Erfindungen: Einer muß die Phantasie aufbringen. Skistöcke – mit eingebauten Blendlaternchen. Verstehen Sie die Idee? Ganz einfach. Die Greifkolben am oberen Stockende kaum 30 mm dicker im Durchmesser. Von unten her, direkt unter der Schlaufe, zu öffnen, mit automatischem Klappverschluß. Kleine, stets auswechselbare Batterie. Die Blende aus unzerbrechlichem Glas, oder auch Zelluloid, das ist eine Kostenfrage, – vorne im Knauf, nur in Augengröße – die Birne von einem lichtdurchlässigen Fasergeflecht geschützt, damit sie nicht gleich beim ersten Sturz kaputt geht, Schiebekontakt nach oben, der sich nicht von selbst einschalten kann – es ist an alles gedacht. Patent, wie? Hier ist die Zeichnung, da der Voranschlag. Das wird ein ganz großes Geschäft. Ich brauche nur noch das Herstellungskapital.

SYLVESTER *schaut flüchtig auf die Zeichnung, die Creveaux aus der Tasche genommen hat* Gar nicht so dumm. Es gibt immer Leute, die für so Humbug Geld ausgeben.

CREVEAUX Sehen Sie! *Rückt näher zu ihm, dämpft die Stimme* Aber nun kommt meine neue Erfindung, das heißt, die Idee. Ich muß sie technisch noch entwickeln. Das ist keine Spielerei. Das kann menschliche Leben retten, mein Herr, im Krieg und im Frieden. Sie benutzen doch auch schon die sogenannten Gehsprecher bei der Armee. In Amerika sind sie längst in Gebrauch. Das kleine transportable Sendegerät, das man umhängen kann und jede entsprechende Station damit anrufen. Stellen sie sich nun vor: Skistöcke mit eingebautem kleinem Radiosender. Das wird für Erstbesteigungen, für Expeditionen, für die Gebirgstruppe unentbehrlich werden. Das ist ein Millionengeschäft. Aber dazu brauche ich einen Partner. Wir sind hier derzeit in technischer Hinsicht zurück. Das muß auf internationaler Basis aufgezogen werden. Ich könnte einen Partner brauchen – zunächst einen Mit-Konstrukteur –, interessiert Sie das?

SYLVESTER *lacht gutartig* Ich kannte einen, der hatte Kühe mit rotem Schlußlicht im Hintern erfunden, damit man sie nicht anfährt bei Nacht. Aber dann lag der Treiber besoffen quer über der Straße, weil er nicht mehr aufzupassen brauchte.

CREVEAUX Bitte, mein Herr. Wie Sie meinen. Sie verstehen mehr als ich.

SYLVESTER Mit den Erfindungen, das ist wie mit Gift und Gegengift. Die meisten heben einander auf. *Er verändert sich* Es wird immer mehr erfunden, um – wie sagten Sie? – menschliche Leben zu retten. Aber dann schafft das alles – nur für den Tod.

CREVEAUX Nun ja – das menschliche Leben ist schließlich das höchste Gut – sogar in Kriegszeiten –

SYLVESTER *hat sich abgewandt* Nur für den Tod.

CREVEAUX Verzeihung – ich möchte Sie nicht belästigen. – *Schielt böse. Sylvester antwortet nicht, beugt sich über seine Arbeit. Draußen ist während des Gesprächs das Mädchen Blanche wieder erschienen, einige Male hin und her gegangen, vor der Tür stehengeblieben.*

Jetzt kommt, von der dunklen Straße her, ziemlich rasch, Sylvaine. Sie will zur Tür, prallt fast auf Blanche – bleibt stehen.

SYLVAINE Blanche! – Du bist doch die Blanche Ducrez, von der Sägmühle, oder? Du warst noch ein Kind, als ich wegfuhr, mit langen Zöpfen – Wie geht's dir? Willst du nicht mit hereinkommen?

BLANCHE *schlägt plötzlich die Hände vors Gesicht, rennt weg.*

SYLVAINE *im Eintreten, schaut ihr nach.*

DIE SOLDATEN *werden lebhaft, George räuspert sich, Albert knöpft seinen Rock zu und setzt sich in Positur, Pierre vergißt seine schlechte Laune, steckt die Zeitung weg und zieht sich rasch mit einem Taschenkamm den Scheitel nach. Nur Martin bleibt unverändert.*

CREVEAUX *ist aufgestanden* Guten Abend, Sylvaine –

SYLVAINE Guten Abend. Dich trifft man ja überall.

CREVEAUX Ich sitze hier öfters, am Nachmittag. Ist es dir nicht recht?

SYLVAINE Weshalb nicht? Hier ist ein Gasthaus. Was hat nur die kleine Blanche? Sie stand da draußen, als ob sie herein wollte. – Ist sie verheiratet?

CREVEAUX Ich weiß nicht – ich kenne sie kaum.

SYLVAINE *nickt Sylvester zu, der sie wortlos grüßt.*

CREVEAUX Ich glaube – was man so hört – sie ist ein bißchen zurückgeblieben.

SYLVAINE *ist durch den Raum gegangen, schaut in die Nebenstube.*

GEORGE Der Herr Papa ist im Keller, Mademoiselle.

SYLVAINE Das dachte ich mir schon.

PIERRE *zieht eine Taschenlampe heraus* Darf ich vielleicht leuchten, auf der Treppe?

Auch George und Albert ziehen Taschenlampen hervor.

SYLVAINE *amüsiert* Ich kenne den Weg. Laßt euch nicht stören. *Geht rasch nach hinten.*

GEORGE *zu Pierre* Als ob du allein eine Taschenlampe hättest.

PIERRE Nachahmung verboten, ich war der erste. Aber es hat mir auch nichts genutzt. *Blendet George in die Augen.*

GEORGE Alter Apache, so machst du das wohl in der Rue de la Bastille, wenn du den Leuten das Portemonnaie klaust.

PIERRE Ihr Provinzler stellt euch das zu primitiv vor. Meine Geschäftsgebarung ist bedeutend eleganter, aber das geht dich nichts an.

GEORGE Interessiert mich auch gar nicht.

ALBERT Jedenfalls ist die Garde Mobile auf leuchtende Skistöcke nicht angewiesen. Unsere Kolben leuchten von selber. *Die andern lachen.*

CREVEAUX *tut, als höre er nichts, lugt in die Nebenstube, wo Sylvaine verschwunden ist.*

Gleichzeitig ertönt von draußen das kurze Knattern eines rasch um die Ecke kurvenden Motorrades.

PIERRE Chien! *Leise zu den andern.* Die Käsfratze!

ALBERT Da muß was los sein, wenn der so früh vom Taubenschlag zurückflattert.

Sie räumen rasch die inzwischen ausgetrunkenen Gläser weg.

SPRENGER *kommt von rückwärts, wohl durch einen Hofeingang, in die*

Gaststube. Er hat einen schwarzen Fahrermantel umgehängt, schüttelt ihn ab. Ist sichtlich guter Laune Guten Abend. Tag Imwald. Fleißig am Sonntag? Der unwiderstehliche Betätigungsdrang des deutschen Fachmanns. Hat jemand von euch den Ortsgendarm gesehen?

ALBERT Er ist im Keller, mit dem Major und dem Wirt. Soll ich ihn holen?

SPRENGER Nein, danke. Ich gehe selbst. *Schaut auf die Armbanduhr* Wir haben schon achtzehn Uhr fünf.

ALBERT Wir wollten grade in die Quartiere –

SPRENGER Geht lieber in die Wachstube. Alarmbereitschaft.

DIE VIER SOLDATEN *brechen auf.*

SPRENGER *leutselig* Zigaretten? *Hält ihnen sein Etui hin, aus dem er vorher eine bestimmte Zigarette herausnimmt und später wieder hineinlegt.*

DIE SOLDATEN Merci, Monsieur. Merci beaucoup. *Sie bedienen sich, gehen rauchend fort.*

SYLVAINE *ist durch die Nebenstube zurückgekommen, bringt ein Glas und eine Karaffe mit Rotwein. Sie tritt zu Sylvester, während Creveaux sie aus einigem Abstand beobachtet* Das schickt Ihnen der Ortskommandant.

SYLVESTER, *der über die Arbeit gebückt war, schaut überrascht zu ihr auf* Oh – ich danke sehr.

SPRENGER Du scheinst dich hier schon breit ins Nest gesetzt zu haben. Mir schickt man nichts dergleichen, mit so aufbauender Bedienung.

SYLVESTER *zu Sylvaine* Darf ich ein zweites Glas haben?

SPRENGER So war das nicht gemeint. Ich will sowieso hinunter.

SYLVESTER So mein ich's auch gar nicht. *Zu Sylvaine, die ein zweites Glas bringt* Ich wollte Sie bitten, mir etwas zu helfen. Ich trinke das niemals allein. Darf ich einschenken?

SYLVAINE *lächelnd* Ganz gern.

SPRENGER Weidmannsheil, Kam'rad!

SYLVESTER *trocken* Weidmannsdank.

SPRENGER *geht, ohne Creveaux zu beachten, der ihn mit einer Verbeugung grüßt, durch den Nebenraum zum Keller.*

SYLVESTER *hat zwei Gläser gefüllt, trinkt Sylvaine zu* Ich habe gehört, es ist Ihr Zimmer, das man mir als Quartier angewiesen hat. Es tut mir leid, Sie verdrängt zu haben.

SYLVAINE Das macht nichts. Ich wohne gern bei meiner Freundin.

SYLVESTER Vielleicht läßt es sich ändern. Ihr Vater war recht ärgerlich. Er braucht Sie wohl auch zur Hilfe, da sonst keine Frau im Hause ist.

SYLVAINE Nicht für das Restaurant, das ist offiziell geschlossen, und gekocht hat er immer selbst. Mehr für den Stall. Dafür eigne ich mich auch besser.

SYLVESTER Wieviel Kühe?

SYLVAINE Zwei. Eine wird kalben, nächster Tage.

SYLVESTER Um diese Zeit? Das ist doch zu spät, nach dem Novembermond. Warum ist sie nicht rechtzeitig gedeckt worden?

SYLVAINE Weil kein Stier da war, rechtzeitig. *Etwas ironisch* Es ist Krieg, mein Herr. Da geht nicht alles nach Wunsch, für die Zivilisten.

SYLVESTER *lacht* Natürlich. Das war eine dumme Frage.

SYLVAINE Auch nicht zu dumm, für einen Bauern.

SYLVESTER Wie kommen Sie darauf, daß ich ein Bauer bin?

SYLVAINE Nun, wenn Sie solche Fragen stellen. Ein Städter denkt nicht an so was.

SYLVESTER Das stimmt. Ich dachte schon, Sie wären hellsichtig.

BEIDE *lachen und heben die Gläser.*

CREVEAUX *ist aus der unbeleuchteten Ecke hinter Sylvester getreten, der ihn nicht bemerkt, schaut Sylvaine an, hebt die Hände, legt beide Daumennägel gegeneinander und bewegt die gekrümmten Finger nach innen, wie wenn man eine Kehle zudrückt.*

SYLVAINE *setzt ihr Glas ab* Louis! Was tust du denn?

SYLVESTER *dreht sich um, ruhig* Ach, der Erfinder.

SYLVAINE Das wissen Sie auch schon.

CREVEAUX *hat die Hände sinken lassen, lächelnd* Wir haben eine kleine unwichtige Konversation geführt.

SYLVESTER Setzen Sie sich doch. Möchten Sie auch ein Glas?

CREVEAUX Ich wollte mich eigentlich verabschieden.

SYLVESTER Ich dachte, Sie warten auf den Wirt.

CREVEAUX *immer Sylvaine anschauend* Das hat sich erübrigt.

SYLVESTER *aufhorchend* Das klingt wie Gesang. Oder ist es der Wind?

SYLVAINE O nein. Das sind die Adventgänger. Wie lang hab ich die nicht mehr gehört.

Man vernimmt, näher kommend, den kunstlosen, fast leiernden Gesang von drei gedämpften Stimmen: eine in leisem Falsett, eine in tiefem Baß, die dritte nur summend. Die Worte, wenn man sie unterscheiden kann, sind aus der Ballade von St. Nicolas

»Ils étaient trois petits enfants
Qui s' en allèrent glaner aux champs.«

SYLVAINE Die drei Kinder!

SYLVESTER Kinder?

SYLVAINE *lächelnd* Mehr in der zweiten Kindheit. Es gibt im Gebirg droben ein paar alte Hirten und Häusler, die ganz allein leben, nicht anders wie vor hundert Jahren und immer. Wenn der große Schnee kommt, sind sie dann völlig abgeschnitten, und an den Adventstagen gehen sie durch die Dörfer, um sich ein Weihnachtsmehl und etwas Wein zu erbetteln oder ihre Kräuter und Wurzeln anzubringen.

Das ist ein Lied vom heiligen Nicolas und den drei Kindern, die er auf dem Feld draußen schlachtet und in seinen Sack steckt.

SYLVESTER Eine schaurige Geschichte.

SYLVAINE Er macht sie dann wieder lebendig. Sie können auch andere Lieder.

DIE ADVENTGÄNGER *sind auf der Straße draußen erschienen, bleiben aber fast unkenntlich im Schatten, plumpe, in grobe Kotzen gehüllte Gestalten. Sie singen jetzt, immer mit den gleichen, gedämpft leiernden Stimmen, ein anderes Adventslied*

»Je sais un rosier qui fleurira
A la minuit, la sainte –«.

CASTONNIER *ist mit einer Flasche und einem Säckchen Mehl vom Keller gekommen, geht durch die Gaststube zur Tür* Sylvaine, möchtest du mit hinauskommen, bitte.

SYLVAINE Gern! *Sie springt auf, folgt ihm vor die Tür, wo beide – noch im Lichtschein – kurz stehenbleiben, während Sylvester drinnen versucht, die Melodie mitzupfeifen, und Creveaux mit steifem Rücken, wie in einem Bann, auf die Tür starrt.*

CASTONNIER *draußen, hastig, zu Sylvaine* Lauf rasch zu Neyrouds hinüber und warne Marcel. Sie wollen ihn als Geisel nehmen. Er soll sich dünn machen, aber sofort. Halt – geh übern Hof, und schleif den Häckselsack hinter dir her, der vor der Stalltür liegt, damit man deine Fußspur nicht messen kann, im Neuschnee. Eil dich und komm gleich wieder, als wärst du im Stall gewesen.

SYLVAINE *nickt, läuft durch die Gaststube nach hinten ab.*

CASTONNIER Hier, euer Weihnachtsmehl und einen Herzstärker!

Er ist zu den Adventgängern ins Dunkel getreten, die aufhören zu singen und einen Dank murmeln. Wenn er sich in die Gaststube zurückwendet, löst sich eine Gestalt von den dreien und folgt ihm auf dem Fuß, während die beiden andern sich trollen.

Ah – la Soularde. Bist du wieder dabei. Du warst heut schon dreimal hier, das ist zu viel, du kannst ja nicht mehr gehn.

LA SOULARDE *läßt sich im Eintreten auf die Hände fallen* Doch. Auf vier Beinen – *Sie lacht leise, mit einer kratzigen Stimme, krabbelt wie ein Tier einige Schritte in die Gaststube hinein, hebt sich dann auf die Knie, kramt aus einem umgebundenen Sack eine leere Flasche heraus, schüttelt sie, kläglich* Leer, leer, leer – alles leer, der Kopf, das Herz, der Bauch, die Flasche.

CASTONNIER In Gottesnamen, alte Schnapseule. Hock dich ans Feuer, ich füll dir nach. Vielleicht säufst du dich endlich mal tot. Es wäre höchste Zeit für ein seliges Ende.

LA SOULARDE Ich mach euch Musik. Selige, süße Musik für die schönen Seelen. – *Sie hat sich aufgerappelt, kramt aus dem Sack eine kleine zerbeulte Spieldose hervor, beginnt sie zu drehen, während sie Castonnier durch die Stube folgt – eine dünne, zittrige Kin-*

dermelodie produzierend, von der ein paar Töne fehlen wie Zähne in einem Greisengebiß, und die sich immer wiederholt.

CREVEAUX *hat sich bei ihrem Eintritt in die äußerste Ecke zurückgezogen, versucht, ihr auszuweichen, da sie in ihrem wankenden Schritt auf ihn zukommt, wie in Angst.*

LA SOULARDE *bemerkt ihn, läßt die Spieldose fallen, hebt die Hand und gabelt zwei frostkrumme Finger gegen ihn, wie man es in den Mittelmeerländern gegen den Malocchio tut.*

CREVEAUX *zu Sylvester, der die Szene beobachtet, mit einem Versuch zu lachen* Die ist nicht richtig im Kopf. Sie hat sich toll gesoffen.

LA SOULARDE *murmelnd* Er ist böse. Er war immer böse. Er wird gezeichnet werden. Mitten auf die Stirn.

CREVEAUX *geht hastig hinaus, schlägt draußen den Rockkragen hoch, läuft weg.*

LA SOULARDE *kauert sich mit der Spieldose in eine Ecke. Castonnier hat etwas in ihre Flasche eingefüllt, gibt sie ihr, sie saugt schmatzend daran, wie an einer Zitze – setzt ab* Gott segne dich und was du anrührst. Du bist gut. Aber es wird dir nichts nutzen. *Saugt wieder, dreht ihre Spieldose.*

Major Mühlstein, Sprenger und Neyroud kommen aus dem Keller, während Castonnier nach rückwärts abgeht.

SPRENGER Es tut mir leid, Neyroud. Wir sind keine Unmenschen. Aber wir müssen uns sichern, gegen solche Vorfälle. Gehen Sie mal in den Hof und schauen Sie sich mein Motorrad an. Es lehnt neben der Tür. *Zu Sylvester, während Neyroud hinausgeht* Weidmannspech? Vergaser? Oder haben wir das scheue Wild vergrämt?

SYLVESTER *zu Mühlstein* Alles in Ordnung, Herr Major. Es hatten sich nur die Rollen gelockert, durch den Transport. Vielen Dank für den Rotwein.

MÜHLSTEIN Bedanken sie sich beim Patron. Vielleicht können Sie mir das Ding in die Villa rüberbringen und gleich an Ort und Stelle ausprobieren.

SYLVESTER Gern, Herr Major.

SPRENGER Aha, das gehört dem Herrn Ortskommandanten, das neue Radio.

SYLVESTER Soll ich's im Schlafzimmer anschließen?

MÜHLSTEIN Um Himmels willen, nein! Dort wird geschlafen! Im Herrenzimmer bitte, beim Kamin.

SPRENGER Aber der englische Sender kommt erst nach zehn.

MÜHLSTEIN Den höre ich nur in Gesellschaft, als Kabarettersatz. Wenn Sie's interessiert, können Sie mal rüberkommen.

SYLVESTER *geht mit dem Radio.*

SPRENGER Ich komme zu Gustav Siegfried. Den hören Sie doch auch.

MÜHLSTEIN Spaß beiseite, Sprenger – unter vier Augen – müssen wir so rigoros vorgehen, hier im Ort? Das erzeugt doch nur neuen Widerstand. Wir könnten Arbeitseinsatz anfordern, für den Straßenbau, von der OT. Die paar jungen Männer, die hier noch reklamiert sind, werden wirklich gebraucht, und was wir sonst herausquetschen, ist sowieso nicht viel wert, von den Frauen ganz zu schweigen.

SPRENGER Ich kann nichts daran ändern, es liegt höhere Weisung vor – *Zieht ein Schriftstück aus der Tasche* – bitte einzusehen, SD-Befehl Nr. 33-8-16 B 242, Ziffer 5.

MÜHLSTEIN *klemmt ein Monokel ein, durchfliegt den Befehl* Da steht nichts von Frauen drin.

SPRENGER Es ist nur die Stückzahl angegeben, ohne Geschlechtsbestimmung. Die Zahl muß ich aufbringen, und zwar aus dem einheimischen Bestand.

MÜHLSTEIN, *ihm das Papier zurückgebend* Solang ich hier Ortskommandant bin, werden keine Frauen eingezogen. Verstanden?

SPRENGER Auf Ihre Verantwortung, Herr Major.

MÜHLSTEIN Auf meine Verantwortung. *Geht, dreht sich in der Tür um* Sie können ja Freiwillige anwerben. Es gibt auch solche. *Ab*

SPRENGER *grinst* Freiwillige... *Er vergewissert sich, ob er allein ist – sieht die Soularde, die in ihrer Ecke eingenickt ist, geht hin, stößt sie sacht mit der Stiefelspitze an.*

LA SOULARDE *kommt zu sich* Service, mein Herr – Service – *Beginnt die Spieldose zu drehen.*

SPRENGER *lacht* Schon eine Freiwillige ... *Er beachtet sie nicht weiter, tritt unters Licht, klappt sein Zigarettenetui auf, entnimmt ihm die von Louis Creveaux gedrehte Zigarette, wickelt sie auf, bläst den Tabak weg* Caporal. Nix bon. *Er hält das Zigarettenpapier gegens Licht, betrachtet es dann mit einer Lupe, die er samt Landkarte aus der Rocktasche nimmt, macht auf der Karte ein Kreuzchen, wirft das Zigarettenpapier ins Feuer.*

NEYROUD *kommt herein* Es ist unglaublich. Zwei Durchschüsse im Nummernschild und eine Hinterradspeiche herausgeprellt. Man muß Sie beglückwünschen, mein Herr, vor allem zu Ihrer Kaltblütigkeit. Sie haben kein Wort gesagt, als Sie heimkamen, niemand hätte gedacht, daß Sie gerade in Lebensgefahr waren. –

SPRENGER *zuckt die Achseln* Disziplin – oder Gewohnheit. Aber nun sehen Sie, daß ich handeln muß. Der Befehl ist beim Oberkommando angefordert und wird jede Minute eintreffen. Es ist auch im Interesse Ihrer eigenen Sicherheit, Neyroud, und es wird Sie in Ihrer Zuverlässigkeit bestärken. Natürlich brauchen Sie die Sistierung nicht selber durchzuführen. Das macht meine Truppe, in diesem Fall. Sie bleiben hier zur Verfügung, bis die Aktion beendet ist. Damit sind Sie auch über jeden Verdacht der Warnung oder Vorschubleistung eines eventuellen Fluchtversuchs erhaben. Verstehen Sie mich recht – ich glaube nicht, daß Ihr Sohn mit dem Anschlag selbst was zu tun hatte. Ich habe schon feststellen lassen, daß er zur fraglichen Zeit zu Hause war. Aber – Sie wissen ja Bescheid – er war leichtsinnig. Es laufen zu viele Spuren bei ihm zusammen, er ist der einzige, an den wir uns halten können. Wenn er sich nicht widersetzt, wird ihm nichts geschehen. Ich meine es gut mit Ihnen –

NEYROUD *ganz gebrochen* Jawohl, mein Herr – ich bin Ihnen sehr verbunden. –

SPRENGER Noch was. Ein kleines Kommando für Sie. Das wird Sie auf andere Gedanken bringen. *Zeigt ihm das Kreuzchen auf der Karte* Sie kennen diesen Punkt?

NEYROUD Gewiß. Dort geht der alte Schmugglerweg zum Schweizer Seeufer hinunter.

SPRENGER Morgen nachmittag wird eine Flüchtlingsgruppe hier übern Grat gehen, um bei Einbruch der Dunkelheit die Grenze zu erreichen. Sie sind von unsrem Geheimdienst avisiert. Seien Sie rechtzeitig dort, mit Ihren Jägern, und fassen Sie Posto. Es ist ein Gesuchter dabei. Damit können Sie sich verdient machen. Ist das klar?

NEYROUD Jawohl, mein Herr.

SPRENGER Danke. – Setzen Sie sich ruhig und trinken Sie was, wenn Ihnen nicht wohl ist. *Geht nach rückwärts, ruft* Castonnier! Wo ist Ihre Tochter?

CASTONNIER *aus der Küche antwortend* Im Stall.

SPRENGER Würden Sie sie mal hereinschicken?

CASTONNIER *erscheint, hat eine Kochschürze umgebunden* Möchten Sie etwas, mein Herr?

SPRENGER Nur Ihrer Tochter – Gutenacht sagen.

CASTONNIER Es geht nichts über gute Manieren. Das muß angeboren sein. *Ruft* Sylvaine?

SPRENGER *Wartet mit hochgezogenen Brauen.*

SYLVAINE *kommt herein* Hast du gerufen?

CASTONNIER Der Herr wollte sich überzeugen, ob du zu Hause bist.

SPRENGER Das habe ich nicht gesagt. – Sie haben andere Schuhe an als vorhin.

SYLVAINE *lacht* Würden Sie mit Ihren guten Halbschuhen in den Stall gehen? Wir erwarten ein Kälbchen.

SPRENGER *unsicher* Das ist schön. Das macht Freude. Ich gehe jetzt, mein Kommando zusammenrufen. Neyroud, Sie sind verantwortlich, daß niemand das Haus verläßt. Ortssperrung, bis morgen früh.

CASTONNIER *auf die Soularde deutend* Dann muß die alte Dame hier übernachten.

SPRENGER Besser als im Rinnstein. *Geht, setzt draußen eine Trillerpfeife an, läßt einen scharfen Pfiff ertönen, ruft* Wache! Antreten! *Verschwindet im Dunkel.*

CASTONNIER *seufzt auf* Hol's der Kuckuck, ich werde alt. Ich habe Herzklopfen. *Tätschelt Sylvaines Wange* Das hast du gut gemacht. Ich hatte keinen Dunst, ob du zurück bist. – Der arme Neyroud. Er ist ganz kalkig. *Läuft mit der Flasche zu ihm hin.*

NEYROUD *ist in der Nebenstube auf einen Plüschsessel gesunken* Der Junge bringt Unglück über mein Haus. Der Junge zerstört unsere Familie. Meine Frau hat Wasser in den Beinen –

CASTONNIER Und du hast es im Kopf. Der Junge ist richtig. *Zurück zu Sylvaine, flüsternd* Wo ist er hin?

SYLVAINE *ebenso leise* Ich weiß nicht. Michelle sagt, sie kennt ein sicheres Versteck.

CASTONNIER Es ist auch besser, wenn wir's nicht wissen. Jetzt mach ich das Essen fertig – ein Pot-au-feu, Herzchen – wenn auch nur von flachsigem Kuhfleisch, aber mit guten Knochen.

SYLVAINE *hält ihn zurück* Ich wollte dich etwas fragen. Es ist – wegen Louis Creveaux. Wo stammt er eigentlich her? Wer waren seine Eltern? Ich weiß nur, daß er als Bub die Gemeindeziegen gehütet hat. –

CASTONNIER Nun ja, er ist auf Gemeindekosten ernährt worden. Sein Vater ist unbekannt. Man spricht nicht gern darüber. Es war – es war gegen Ende des vorigen Krieges.

SYLVAINE Und die Mutter?

CASTONNIER War wohl von den Bergbauern da droben. Eine ledige Magd oder so. Man spricht nicht gern darüber. Er war dann zur Erziehung im Lehrerhaus, die haben ihn streng behandelt, da ist er durchgegangen und kam erst später zurück. – Warum willst du das wissen? Interessiert er dich?

SYLVAINE Nur so. Er ist so – merkwürdig. Man weiß nicht recht, ob man sich vor ihm fürchten soll – oder –

CASTONNIER Früher konnte ich ihn auch nicht leiden. Aber jetzt – jetzt stellt er seinen Mann. *Leise* Er gehört zur Aktionsgruppe.

SYLVAINE Wirklich? Ich dachte, das lügt er nur.

CASTONNIER Vielleicht schneidet er ein bißchen auf – macht nichts. Nein, der ist wie ein Fuchs. Dem kommen sie nicht auf die Schliche.

SYLVAINE Ich hab ihm versprochen, mit ihm nach Villers zu fahren, am nächsten Samstag. Da ist ein Tanz, bei der Jeunesse Nationale.

CASTONNIER Du, paß auf. Ich glaube, der kann gefährlich sein, für junge Mädchen.

SYLVAINE *lacht* Keine Sorge! So jung bin ich längst nicht mehr! *Sie küßt ihn.*

CASTONNIER *über ihre Schulter nach rückwärts in die Luft schnuppernd* Der Pot-au-feu! Der Pot-au-feu kocht über!

SYLVAINE Komm, ich helf dir!

Beide laufen rasch in die Küche.

Draußen erscheint Louis Creveaux, späht durch die Scheiben, sieht die Soularde, die grad ihre Flasche ansetzt, weicht zurück. Aus dem Dunkel folgt ihm Blanche, immer dicht hinter ihm wie ein Hündchen. Er dreht sich um. Sie hebt zögernd die Hände zu ihm auf. Er schlägt ihr mit der Knöchelseite der Finger kurz und hart über die Hände. Geht.

Blanche bleibt stehen, starrt auf ihre Hände.

La Soularde dreht die Spieldose, summt unverständlich vor sich hin.

Sprengers Alarmpfeife schrillt mehrmals in der Ferne.

Lichtwechsel

Bibliothek im Pfarrhaus.

Eine Wand mit Bücherrücken, verdämmernd. Francis Leroy sitzt im Schein einer Arbeitslampe, liest.

Seine Schwester Francine, gerade noch im Lichtkegel, auf einem Schemel, bindet einen Adventskranz. Tannen- und Fichtenzweige auf ihrem Schoß und neben ihr auf dem Boden.

Francis trägt die Soutane, deren Schwarz das Schmale, Langgliedrige, Hochstrebende seiner Erscheinung betont. Er mag Ende der Zwanzig sein, Francine nicht sehr viel jünger. Ihr Kleid, eng anliegend, läßt Hals und Nacken frei, ihr Gesicht ist von zarter, bestrickender Dissonanz.

FRANCINE Ich bin zu spät mit meinem Kranz. Er hätte schon heute morgen in deinem Zimmer hängen sollen, mit Kerzen besteckt. Aber ich hab es vergessen. Ich vergesse so viel in letzter Zeit. Mir ist erst in der Kirche eingefallen, was für ein Tag heute ist.

FRANCIS Es wundert mich nicht.

FRANCINE Daß ich so viel vergesse?

FRANCIS Daß man die Zeit vergißt, wenn ihr Gang sich beschwert. Ich merke manchmal, zwischen zwei Herzschlägen oder Atemzügen, wie sie stockt und ganz langsam fließt. So muß es sein, wenn einer auf seinen Tod wartet. Es warten so viele darauf, in diesen Tagen.

FRANCINE Du sollst nicht immer daran denken.

FRANCIS Das tue ich gar nicht. Ich glaube, für unsern Vater war es nicht so schwer. Ich hatte neulich einen Traum, da saß er mit uns am Tisch und hielt ein Glas Burgunder gegens Licht, seine Augen lachten, er freute sich an der Farbe, wie stets, und dann sagte er: »Man braucht es doch nur zu leeren.«

FRANCINE Was für ein schönes Bild.

FRANCIS Auch dein Kranz ist ein schönes Bild. Bilder sind Wahrheitsspiegel. Hör zu. *Liest.*
»Die Natur hat vollkommene Züge, um zu zeigen, daß sie das Bild Gottes ist – und sie hat Fehler und Mängel, um zu zeigend, daß sie nur das Bild ist.«

FRANCINE Pascal?

FRANCIS Ich werde nie fertig mit ihm. Er wußte so viel, auf einen Blick, was wir erst wie durch ein Mikroskop, das man scharf schraubt, aus winzigen Schnittchen zusammensetzen. Hätte ihm das Rüstzeug der modernen Naturwissenschaft zur Verfügung gestanden, der Physik, der Astronomie, der Mathematik – *Zögert.*

FRANCINE – dann wär er gefährlich worden?

FRANCIS Ich wollte sagen – dann hätte er einen Gottesbeweis geschaffen, der sich nie mehr erschüttern ließe.

FRANCINE Oder, er hätte versucht, ihn völlig abzuschaffen.

FRANCIS Dazu war er viel zu gescheit. Sich die Welt ohne Gott vorstellen, das können nur sehr beschränkte Menschen. Und, natürlich, die Diktatoren. Aber die müssen dann, in Konsequenz, sich selbst anbeten, woran sie zugrunde gehn. Gelingt's ihnen trotzdem, auf der Höhe zu sterben, so versetzt man sie unter die Sterne – oder man baut Weltsymbole über ihren kleinen, braungeschrumpften Gesichtern – oder sie liegen einbalsamiert im gläsernen Sarg, zur Anbetung für die Knechte. *Lächelnd* Im gläsernen Sarg der Dialektik.

FRANCINE *auch lächelnd* Jetzt würde Marcel sagen, du bist ein Feind der Klarheit und ein mystischer Finsterling.

FRANCIS Mystik – die will doch erst recht zur Klarheit. Sie ist nichts als der Nebel, der den klarsten Tagen vorangeht. Aber sie liegt mir nicht. Ich kehre von den inbrünstigen Deutschen immer wieder zu den unbeirrbaren Römern, den lateinischen Geistern zurück. Die lassen uns in den geschliffenen Kristall schauen und bringen es fertig, daß wir in seiner leeren reinen Strahlung das Bildnis des Schöpfers und all seiner Werke erkennen.

FRANCINE Still – hörst du nichts?

FRANCIS Die Alarmpfeife?

FRANCINE Nein – es hat geklopft – jetzt wieder!

FRANCIS Schau nach – *Man hört jetzt das leise, hastige Pochen.*

FRANCINE *rasch hinaus, öffnet im Dunkel eine Tür.*

MICHELLE *steht wie mit einem Sprung im Lichtkreis, atemlos.*

FRANCIS *ist aufgestanden.*

MICHELLE Sind alle Fenster verhängt?

FRANCIS Die Läden sind fest geschlossen. Was gibt's?

MICHELLE Sie sind hinter ihm her. Er kommt nicht mehr aus dem Dorf. Alle Wege sind besetzt. Jetzt kämmen sie die Häuser und Scheunen durch.

FRANCIS Dann werden sie auch hierher kommen. Soll er verhaftet werden?

MICHELLE Als Geisel. Sylvaine hat uns gewarnt.

FRANCIS *ruft leise* Francine! Bring ihn herein und leg die Kette vor.

FRANCINE *kommt aus dem Dunkel, mit Marcel, dessen Hand sie mit ihren beiden Händen umfaßt hält. Marcel ist ein Jüngling von ungewöhnlich kraftvollem Körperbau, mit derben Gesichtszügen, doch klugen, scharfblickenden Augen und einem heiteren Mund. Er wirkt völlig ruhig, schaut Francis an, der seinen Blick erwidert.*

MARCEL Nun, Schwarzer?

FRANCIS Nun, Roter?

BEIDE *platzen heraus.*

FRANCIS Es ist etwas Furchtbares, daß wir immer das Lachen kriegen, wenn wir uns anschauen, seit wir zusammen in der Dorfschule gesessen sind und in der Bibelstunde Fratzen geschnitten haben. Selbst in den ernstesten Situationen.

MARCEL Uns fehlt der rechte Ernst, das hat man uns damals schon gesagt.

FRANCIS Gottseidank kommt man dahinter, daß auch im tiefsten Ernst immer noch etwas Spaß verborgen ist.

MARCEL Ja, der Flüchtling ist eine spaßhafte Figur, solang man ihn nicht erwischt.

MICHELLE Sie können jeden Augenblick hier sein.

FRANCIS Sie werden nicht gleich mit den Kolben die Tür einschlagen. Habt ihr die Spuren verwischt?

MARCEL Wofür hältst du uns? Anfänger?

FRANCINE Hier im Haus weiß ich keinen Platz, wo sie ihn nicht finden würden. Aber die Kirche haben sie bis jetzt noch nie durchsucht. –

MARCEL Sie könnten leicht auf die Idee kommen. Hemmungen haben die keine.

FRANCIS Hättest du welche, als strenggläubiger Marxist, in einer Kirche Zuflucht zu nehmen?

MARCEL Das hat schon mancher anständige Ketzer getan, wenn's ihm an den Kragen ging. *Ernst* Ich wollte nicht zu euch kommen und euch da hineinziehen, aber Michelle hat mich einfach mitgezerrt.

MICHELLE Wir wußten wirklich nicht mehr wohin.

FRANCIS Das ist doch selbstverständlich. Paß auf. Die Seitentür dieses Zimmers führt direkt in die Sakristei. Francine wird dich führen. In der Apsis, hinterm Altar, ist die Grabplatte des

Diacone Alexandre, aus dem 12. Jahrhundert. Da ging's früher in eine Krypta hinunter, die längst verschüttet ist. Aber die Platte ist beweglich, und darunter habe ich schon, für alle Fälle, den Schutt weggeräumt. Ein paar Stunden kann man's aushalten ohne Luftzufuhr. Länger werden sie nicht suchen. Dann kannst du hier übernachten, und morgen fahren wir dich in aller Ruhe mit dem Leichenwagen aus dem Dorf. Der alte Seefischer ist gestorben und muß abgeholt werden.

MARCEL Merci, camarade. *Drückt seine Hand* Ich verschwinde ins Totenreich. Die Geister werden erschrecken.

FRANCIS Keine Sorge. Unsere Geister haben gute Nerven. Das bißchen Materialismus regt sie nicht auf. Die haben mehr überlebt.

MARCEL Muß die Kirche dann neu geweiht werden?

FRANCIS So viel vom Teufel hast du gar nicht in dir.

FRANCINE Könnt ihr dieses Spiel nicht ein andermal fortsetzen? Wir Mädchen sind weniger mutig. Ich zittere bis er drunten ist.

FRANCIS Dann macht rasch. Ich bin besser im Haus, falls sie kommen.

FRANCINE Und Michelle? Wie erklären wir, daß sie hier ist?

FRANCIS Es wird uns schon was einfallen. Nimm die Taschenlampe und blende sie mit der Hand ab.

MARCEL Vielleicht kann ich dich auch mal rausbeißen, Francis –

FRANCIS Gerne – wenn die Roten hinter mir her sind –

FRANCINE Jetzt aber los! *Faßt Marcels Hand und führt ihn weg, bevor er etwas erwidern kann.*

MICHELLE Ich wußte, daß du uns helfen wirst.

FRANCIS Ich bin dir dankbar dafür.

MICHELLE *wie in einer plötzlich ausbrechenden Ekstase* Ich würde immer zu dir kommen! Immer! In jeder Not!

FRANCIS *leise* Du sollst auch ohne Not kommen.

MICHELLE *stockend* Manchmal – ist mir, als möchte – als müßte ich – das gleiche tun wie du. Der Welt ganz entsagen. Alle Menschen fliehn.

FRANCIS Menschen und Welt gehören zusammen. Kein Mensch soll die Menschen fliehn.

MICHELLE Glaubst du, ich wäre zu schwach?

FRANCIS Wer lebt, ist schwach. Man wird erst stark im Sterben.

MICHELLE Und woher nimmst du die Kraft?

FRANCIS *antwortet nicht.*

MICHELLE Kann man nicht – schon auf Erden – in der Gnade sein?

FRANCIS *hebt die Arme ein wenig, läßt sie sinken.*

Es wird heftig gepocht. Ein Hund schlägt draußen an.

FRANCINE *kommt hastig zurück* Sie sind da. Sie haben den Wolfshund mit. Wenn der das Versteck aufspürt –

FRANCIS Ich werde den Hund nicht in die Kirche lassen. Rasch, mach auf. *Stärkeres Pochen. Francine läuft hinaus.*

FRANCIS *zu Michelle* Setz dich da auf den Schemel und hilf am Kranz. Nimm dein Tuch ab.

MICHELLE *nickt, tut, was er sagte.*

SPRENGERS STIMME *draußen, das Belfern des Hundes übertönend* Platz, Nero. Platz. Du hast gut geführt. Keine Angst, junge Dame. Der Hund ist dressiert. Er faßt nur auf Kommando.

Kommt herein, von den Soldaten Albert, Georg und Martin gefolgt. Auch Francine kommt zurück, tritt zu Michelle.

SPRENGER Herr Curé, ich bedaure die Störung. Aber ich glaube, wir haben Grund. Wir suchen den flüchtigen – *bemerkt Michelle* – da, schau, Mademoiselle Neyroud. Was tun Sie denn hier?

MICHELLE Sie sehen doch – ich helfe meiner Freundin beim Kranzbinden.

FRANCINE Das tun wir immer zusammen, am ersten Advent.

SPRENGER Eine schöne Sitte. Seit wann sind Sie hier?

MICHELLE Seit es dunkel wurde, so zwei, drei Stunden.

SPRENGER Aha. Und wo ist Ihr Bruder?

MICHELLE Mein Bruder? Daheim, denk ich – oder bei Castonnier.

SPRENGER *lacht* Mit solchem Schwindel kommt ihr bei mir nicht durch.

FRANCIS Darf ich um eine Erklärung bitten, mein Herr?

SPRENGER Gern – wenn Sie eine brauchen. Aber ich sage Ihnen

eins: wenn wir den Mann hier im Pfarrhaus finden, kommen Sie auch mit, samt den jungen Mädchen.

MICHELLE Was wollen Sie von meinem Bruder? Hat er etwas getan?

SPRENGER Versuchen Sie ruhig, Ihre Rolle durchzuführen. Es ist unterhaltend.

FRANCIS Sie täuschen sich, mein Herr. In diesem Haus ist kein Mensch versteckt. Sie können alles durchsuchen.

SPRENGER Hm. Wieso hat uns dann der Hund schnurstracks hierher geführt, nachdem er die Witterung genommen hat, von den Arbeitskleidern und Hausschuhen des Herrn Marcel Neyroud?

MICHELLE *lacht* Ich trage die Bergschuhe und die Skisocken meines Bruders, bei dem Matschwetter. Meine sind kaputt.

SPRENGER Um Ausreden seid ihr nicht verlegen. Aber mir ist etwas aufgefallen. Wem noch? *Schaut seine Soldaten an.*

ALBERT *eifrig* Mir ist auch etwas aufgefallen, Herr Oberwachtmeister.

SPRENGER Nun, bin gespannt auf deine Beobachtungsgabe.

ALBERT Der Curé hat gesagt, in diesem Haus ist kein Mensch versteckt, Sie können alles durchsuchen. Dabei hat er das Wort Haus in auffälliger Weise betont.

SPRENGER Mensch, aus dir wird noch mal ein Kriminalkommissar oder ein Sherlock Holmes, ohne Übertreibung. Priester lügen nicht. Was schließen wir daraus?

ALBERT Er muß außer Haus versteckt sein, im Stall, oder –

SPRENGER Hier ist kein Stall. Oder –? *Schaut Francis an* Gibt es einen direkten Zugang zur Kirche, von Ihren Wohnräumen?

FRANCIS Wollen Sie das Gotteshaus entweihen?

SPRENGER Von einer Entweihung kann keine Rede sein. Wir tun nur unsere Pflicht. Wo ist der Zugang?

FRANCIS Hier – durch die Sakristei.

SPRENGER Machen Sie Licht. *Winkt Albert und Georg* Mitkommen! *Zu Martin* Bleib hier, und laß die Leute nicht aus den Augen. Niemand verläßt den Raum.

MARTIN Jawohl, Herr Oberwachtmeister.

FRANCIS Ich kann Sie nicht hindern. Aber ich bitte Sie um den schuldigen Respekt.

SPRENGER Keine Sorge. Wir spucken auch im Wirtshaus nicht auf den Boden.

FRANCIS *hat ein Licht angedreht, so daß die nebenan liegende Sakristei von einem matten Schimmer erhellt ist, ohne daß man mehr als den Widerschein eines farbigen Glasfensters erkennt. Er geht voran in die Kirche. Sprenger, Albert und Georg folgen.*

MICHELLE *leise zu Francine, die sich neben dem Schemel an ihre Seite gekauert hat* Sie nehmen den Hund nicht mit –

FRANCINE *mit einem Blick auf Martin, macht ein hastiges Zeichen, zu schweigen.*

MARTIN *hat es bemerkt – lächelnd, mit seiner schweren Zunge* Fürchtet euch nicht.

FRANCINE *erwidert sein Lächeln, deutet auf den Stuhl.*

MARTIN Danke. *Er setzt sich.*

MICHELLE UND FRANCINE *binden am Kranz weiter, beginnen leise zu singen*

»Je sais un rosier qui fleurira
A la minuit, la sainte –«

MARTIN *nimmt, aus dem aufgeschlagenen Buch des Francis, ein kleines Blättchen mit vorsichtigen Fingern auf, betrachtet es.*

FRANCIS *kommt zurück.*

MARTIN *läßt wie ertappt das Blättchen fallen, steht auf.*

FRANCIS *hebt es rasch auf, hält es ihm hin.*

MARTIN *wie zur Entschuldigung, auf das Blättchen deutend* Sankt Martinus. Ich – Martin.

FRANCIS Bitte behalten Sie es.

MARTIN O nein – *Schüttelt den Kopf.*

FRANCIS Doch, wenn es Sie freut. Es wird Ihnen Glück bringen. Es ist ein geweihtes Bild.

MARTIN *steckt das Bildchen ein, strahlend.*

SPRENGER *kommt zurück* Der Altar scheint von solidem Granit zu sein. Hohlraum ausgeschlossen. Hier hat sicher mal ein heidnischer Opferstein gestanden. Wie alt ist diese Kirche?

FRANCIS Ursprünglich soll eine kleine Basilika an der Stelle gewesen sein, schon zu Römerzeiten. So wie sie jetzt steht, mindestens sechshundert Jahre, die Mauern wenigstens.

SPRENGER Interessant. *Zu Albert und Georg, die zurückkommen* Nun?

ALBERT Nichts. Ich hatte Verdacht auf den Beichtstuhl und das Wandtreppchen zur Kanzel. Aber es war alles leer.

SPRENGER *lacht* Kunststück, Sherlock Holmes. – *Zu Francis* Solche alten Kirchen sollen doch unterirdische Gewölbe gehabt haben, und so weiter.

GEORG Ja, bei uns am Rhein, da hanse so Kapellches mit so Doppelbödches, da müßt man die Steine abkloppe.

FRANCIS Die sind hier seit Menschengedenken verschüttet und zugemauert.

SPRENGER Man sollte mal einen Fachmann für mittelalterliche Architektur herkommen lassen. Der hätte seine Freude. Allerhand Gemäuer, hier in der Gegend. Sind Sie nicht auch der Schloßerbe?

FRANCIS Ja. Möchten Sie es einmal besichtigen?

SPRENGER Bei Gelegenheit. – Mit weiterer Hausdurchsuchung werden wir uns nicht mehr aufhalten. Vielleicht ist der blöde Hund wirklich der Mademoiselle nachgelaufen.

MICHELLE Dann war er doch gar nicht so blöd.

SPRENGER *sieht sie scharf an* Sie freuen sich ein bißchen zu früh. Gehen Sie jetzt zu Ihrem Vater hinüber, er wird sich Sorgen machen. Ich möchte Ihnen auch in seiner Anwesenheit noch einige Fragen vorlegen. – Auf Wiedersehn. *Geht, die Soldaten folgen.*

MICHELLE *springt auf, umarmt Francine.*

FRANCINE Wie dein Herz pocht.

MICHELLE Ich weiß nicht, ob es mehr um Marcel klopfte, oder um – euch. Warum hat er den Hund nicht suchen lassen?

FRANCINE Vielleicht doch ein Fünkchen Ehrfurcht?

MICHELLE Wohl mehr die Angst, sich zu blamieren. Ein Schutzengel, jedenfalls.

FRANCINE Ich wußte, daß es gut gehen wird. Ich war ganz unbesorgt.

FRANCIS Wir sind aber schlechte Komödianten. Wir müssen dazulernen.

MICHELLE Nun, für den hat es gereicht.

FRANCIS Das möcht ich bezweifeln. Etwas gefällt mir nicht daran – daß er so plötzlich aufgegeben hat. Ich hatte das Gefühl, da war ein Hintergedanke. Vielleicht kommen sie wieder. Oder – sie haben was Schlimmeres vor. Wir dürfen jetzt nicht zu sicher werden. Marcel soll in der Sakristei schlafen, damit er rasch verschwinden kann. Und du gehst jetzt besser. *Reicht Michelle die Hand.*

FRANCINE Ich laß es dich wissen, wenn er durchgekommen ist. Er wird durchkommen.

MICHELLE Habt Dank. Hoffentlich bleibt es ruhig, heute nacht. *Zu Francis* Jetzt müßte die Kirche neu geweiht werden – um den bösen Feind auszutreiben, der sie durchpoltert hat.

FRANCIS Ich fürchte, es bedarf eines stärkeren Exorzismus, gegen die unreinen Geister. An jedem Straßenkreuz.

MICHELLE *zögert kurz, als wolle sie noch etwas sagen – dann geht sie rasch.*

FRANCIS *geht auf und ab.*

FRANCINE Merkwürdig – was für ein gutes Gesicht der hatte, dem du das Martinsbildchen geschenkt hast. Er hat sich gefreut, wie ein Kind.

FRANCIS Könnte man ahnen, was in Menschen vorgeht. Könnte man mehr vom andern verstehen. Die Worte dienen eher zur Verschleierung. Marcel und ich – wir tun, als ob es Spiel wäre. Aber es ist ein Kampf. Und mit Michelle – ist es noch schwerer –

FRANCINE Was man vom andern versteht – das ist so unheimlich, wie wenn im Nebel wo ein Hund anschlägt, in einer fremden Gegend. Und das Blut ist stumm.

FRANCIS *schaut sie forschend an, legt die Hand auf ihr Haar, macht mit dem Daumen ein rasches Kreuzzeichen auf ihrer Stirn* Ich gehe hinauf. Du sorgst ja für Marcel. Bring ihm Decken, und etwas Wein. A Dieu. *Er geht.*

FRANCINE *läuft, wenn er fort ist, rasch durch die noch matt erhellte*

Sakristei in die Kirche, kommt gleich darauf wieder, Marcel an der Hand führend. In der Sakristei bleiben sie stehen, dicht aneinander gelehnt.

MARCEL *berührt mit den Lippen ihre Handgelenke, ihren Hals, ihre Wangen, flüsternd* Rosenblatt. Rosenblatt. Rosenblatt.

FRANCINE *wirft die Arme um seine Schultern, saugt sich an seinen Mund.*

Lichtwechsel

Eine Stall-Laterne, Ölfunzel, ist an einem Balken aufgehängt und bewegt sich manchmal, wenn ein Luftzug geht, wirft große, zitternde Schatten.

In ihrem trübgoldnen Schein die Umrisse eines Bretterverschlages und einer Futterraufe. Dahinter, im Dunkel, ist der Kuhstand. Ein Bund Stroh oder ein Futtersack liegt auf dem Boden.

SYLVAINE *mit einer zweizinkigen Gabel, gibt etwas Heu in die Raufe. Lehnt die Gabel an die Wand, geht zur Seite ins Dunkel, kommt mit einem hölzernen Tränkeimer zurück.*

SYLVESTER *kommt von der andern Seite. Man erkennt ihn nicht gleich.*

SYLVAINE Vater? – Wer ist da?

SYLVESTER Ich bin es. *Kommt ins Licht.*

SYLVAINE Was wollen Sie denn hier? *Setzt den Eimer ab.*

SYLVESTER Ich hörte Sie rufen, im Hof, daß das Kalb kommt. Ich war noch wach. Da braucht man manchmal Hilfe.

SYLVAINE Wenn ich Hilfe brauche, hole ich meinen Vater.

SYLVESTER Ihr Vater ist beschäftigt. Der Erfinder sitzt bei ihm und scheint ihm zu berichten, was im Dorf vorgeht. Da wird einer gesucht, an dem ihm, glaube ich, viel gelegen ist.

SYLVAINE Beteiligen Sie sich nicht an der Suche?

SYLVESTER Ich habe nichts damit zu tun. Ich bin kein Polizist. Ich bin Funker. Das ist mein erstes Kommando bei einer solchen Truppe. Ich war sonst immer an der Front, und zuletzt am Atlantik.

SYLVAINE Dann schlafen Sie gut. *Nimmt den Eimer auf, wendet sich zum Verschlag.*

SYLVESTER Danke. Das heißt, ich soll mich trollen.

SYLVAINE Dem Sinne nach, ja. Nur etwas höflicher.

SYLVESTER Das ist ganz schlimm. Je höflicher, desto böser.

SYLVAINE Bös war es nicht gemeint.

SYLVESTER Lassen Sie mich Ihnen wenigstens den Eimer über das Brett heben. Der ist schwer. *Tritt neben sie, nimmt ihr den Eimer aus der Hand, hebt ihn hinüber.*

SYLVAINE Danke. Ich hätte leicht was verschüttet. Ich bin das nicht mehr gewohnt.

SYLVESTER Was für Arbeiten mußten sie drüben machen – bei uns?

SYLVAINE *lacht* Kartoffelschälen, hauptsächlich. Geschirrwaschen. Manchmal im Lazarett, aber auch da mehr die Drecksachen.

SYLVESTER Und sonst? Hat man Sie anständig behandelt?

SYLVAINE *zuckt die Achseln* Es ist mir nicht besonders gegangen – bei euch. Nicht besonders gut, nicht besonders schlecht. Darüber ist gar nichts zu sagen. Es ist vorbei ...

SYLVESTER Sie sind aber nicht verbittert. Ich meine – nicht gegen alle.

SYLVAINE Wem geht es schon besonders.

SYLVESTER Ja, das ist wahr. *Beugt sich in den Kuhstand* Sie atmet ein bißchen schwer. Schauen Sie die Flanken an. Das sind die Wehen. Saufen tut die jetzt nicht, bis es vorüber ist.

SYLVAINE Nein, aber gleich nachher. Deshalb hab ich jetzt frisches Wasser geholt, damit's nicht so lange absteht.

SYLVESTER Das war richtig. Sie kann nicht alt sein. Hat sie schon öfter gekalbt?

SYLVAINE Es ist ihr drittes. Es ging immer ganz leicht. Ich hab sie selbst noch als Kälbchen gekannt. Sie heißt Ramona.

SYLVESTER *lacht* Wie eine Bardame oder ein Filmstar. Nun, schauen Sie nicht so beleidigt. Es ist ein schöner Name.

SYLVAINE Es ist auch ein schöner Name.

SYLVESTER Für eine Kuh.

BEIDE *lachen.*

SYLVAINE Jetzt ist sie erschrocken. Ruhig, Ramona. So, ja. Nur ruhig. Ich bleibe bei dir. Ich glaube kaum, daß sie es schwer haben wird, aber man muß bei ihr bleiben. Vorhin, als ich auf den Hof ging, hat sie gebrüllt.

SYLVESTER Das kann auch die ganze Nacht dauern.

SYLVAINE Schon möglich. Aber ich nehm es nicht an.

SYLVESTER Geburten finden oft in den Übergangszeiten statt, auch bei Menschen. In den Dämmerungen, vor Tag oder vor Nacht.

SYLVAINE Wenn das so ist, kommt's mir natürlich vor. Ich meine, daß das neue Leben kommt, wenn sich das Licht wendet.

SYLVESTER Es ist natürlich, und doch geheimnisvoll. *Fast tonlos* Man tötet auch Menschen gern in der Dämmerung. Ums Morgengrauen.

SYLVAINE Das hielt ich immer für eine besondere Grausamkeit. Oder ist das auch geheimnisvoll?

SYLVESTER Ich weiß es nicht. *Wendet sich ab.*

SYLVAINE *betrachtet ihn von der Seite* Was haben Sie denn da in der Tasche?

SYLVESTER Meine Flöte.

SYLVAINE Ach, Sie waren das! Ich hörte es spielen, vorhin, vom Hof aus. Ich dachte, vielleicht ist es vom Radio. Aber es klang wie ein Mensch.

SYLVESTER Es ist eine ganz einfache Blockflöte. Wenn ich allein bin, macht mir das Vergnügen. Zu spielen, was mir so einfällt.

SYLVAINE Sind Sie gern allein?

SYLVESTER Viel zu gern. *Lächelnd* Glauben Sie, daß es Ramona stören würde?

SYLVAINE Wenn Sie spielen? Das glaube ich kaum. Im Sommer, die Hüterbuben, pfeifen immer auf dem Weidenrohr.

SYLVESTER Vielleicht mag sie es.

SYLVAINE Vielleicht.

SYLVESTER *setzt sich auf den Futtersack am Boden, setzt die Flöte an.*

SYLVAINE *lehnt sich über den Rand des Bretterverschlags, so daß ihr Gesicht im Dunkel ist* Spielen Sie nur, wie wenn Sie allein wären.

SYLVESTER *schließt die Augen, als lausche er auf etwas. Setzt dann die Flöte an, spielt.*

Setzt ab.

SYLVAINE *wendet sich zu ihm um* Bitte noch einmal.

SYLVESTER *spielt die gleiche Melodie, etwas langsamer.*

SYLVAINE *singt leise, wenn er geendet hat, mehr sprechend, im Bogen der Melodie*

»Rosen, die blühn und verwehen,
Wir werden das Christkindlein sehn.«

SYLVESTER *schaut auf* Woher haben Sie das? Die Worte?

SYLVAINE Sie kamen mir grad in den Sinn. Sind es die richtigen Worte?

SYLVESTER Mir ist, als hätte ich sie schon gehört.

SYLVAINE In einem Märchen, vielleicht? Das Ihnen einmal vorgelesen wurde?

SYLVESTER Ja, ich glaube, sie kommen in einem Märchen vor.

SYLVAINE Dann hab ich sie wohl daher.

SYLVESTER Hat Ihnen Ihre Mutter viele Märchen erzählt?

SYLVAINE Ich kann mich kaum besinnen. Sie starb so früh. Ich erinnere mich mehr – an die anderen.

SYLVESTER Was für andere?

SYLVAINE Solche, die uns das Wetter erzählt. Der Wind und die Nacht und der Regen.

SYLVESTER Meine Mutter erzählt mir heut noch welche, wenn ich mal heimkomme. Das darf natürlich niemand wissen. – Zu Weihnachten soll ich auf Urlaub fahren.

SYLVAINE Freuen Sie sich darauf?

SYLVESTER Das weiß ich noch nicht. Ich weiß nie, wie etwas sein wird. Nur wie es grade ist.

SYLVAINE Dann wissen Sie genug. Man soll gar nicht mehr wissen.

SYLVESTER Sie wissen mehr.

SYLVAINE Warum glauben Sie das?

SYLVESTER *antwortet nicht, schaut sie an.*

SYLVAINE *tritt etwas näher zu ihm* Ich weiß nichts. Aber ich träume viel, und ich sehe so mancherlei, wenn es finster ist, und wenn es brennhell wird –

SYLVESTER Brennhell? Das hab ich noch nie gehört.

SYLVAINE Ich auch nicht. Wenn ich die Augen zumache, vorm Einschlafen, sehe ich manchmal ein großes Feuer, hinter den Lidern. Es fängt dunkel an, blutrot, und wird immer greller und heller, bis dann der Schlaf kommt. – Daher mag ich das Wort haben.

SYLVESTER Das hat irgendwas zu bedeuten.

SYLVAINE *flüchtig* Vielleicht wird man ein Bergfeuer machen, wenn der Krieg zu Ende ist, und darüber springen, wie wir's als Schulkinder zur Sonnenwende getan haben. Bitte spielen Sie das noch einmal.

SYLVESTER Jetzt weiß ich's nicht mehr.

SYLVAINE *sagt leise, ohne Melodie*

»Rosen, die blühn und verwehen,
Wir werden das Christkindlein sehn.«

SYLVESTER *spielt die Melodie.*

SYLVAINE *steht einen Augenblick versunken, wendet sich plötzlich rasch zum Kuhstand zurück – dann hastig flüsternd* Das Kälbchen!

SYLVESTER *springt auf, tritt zu ihr. Beide beugen sich tief über den Bretterverschlag* Herrgott – wie rasch es gegangen ist.

SYLVAINE Als hätte es die Flöte hervorgelockt.

SYLVESTER Die alte Hirtenflöte.

SYLVAINE Los, nehmen Sie auch eine Handvoll Stroh. Wir wollen sie trocken reiben.

Beide nehmen etwas Stroh vom Boden auf, treten hinter den Verschlag, reiben – nur durch die Körperbewegung kenntlich – die Kuh ab, und tun die nötigen Handgriffe. Ihre Gesichter sind noch im Flackerschein.

SYLVESTER Jetzt muß es ihr leicht sein.

SYLVAINE Sie leckt es schon wach.

SYLVESTER Es ist ganz weiß. Nein, es hat einen schwarzen Fleck auf der Stirn.

SYLVAINE Einen schwarzen Stern. Wir hatten einen Stier, der war weiß, mit einem schwarzen Stern auf seiner breiten, wolligen Stirn. Ich glaube Ramona stammt von ihm ab. Es war der sanfteste Stier, den es je gegeben hat. Überhaupt wohl das sanfteste Geschöpf. Er hieß Cäsar. Man holte ihn immer für die ganz jungen Kühe, weil er so leicht sprang – wie ein Wind über die Sommerblumen, die er bestäubt. Und wenn eine Kuh gekalbt hatte im Stall, dann ging er hin und half ihr das Junge wachlecken. Er wurde nie angebunden, und solang er lebte, hat nie eine Kuh verworfen. So, jetzt ist es genug.

Sie hören auf zu reiben, kommen, etwas atemlos, nach vorn.

SYLVESTER *dreht sich noch einmal zurück* Ein prachtvolles Kälbchen. Schau, es versucht schon aufzustehn.

SYLVAINE Wir sind so stolz, als ob wir die Eltern wären.

BEIDE *lachen.*

SYLVAINE Und ich bin auch so müde, auf einmal. *Sie setzt sich auf den Sack.*

SYLVESTER Jetzt können Sie ruhig schlafen gehn.

SYLVAINE Ja, Sie auch.

SYLVESTER *schaut einen Augenblick auf sie nieder, die ihn nicht ansieht, dann setzt er sich neben sie* Ich bin froh, daß ich hier bleiben durfte.

SYLVAINE *nickt, lächelt.*

SYLVESTER Ich dachte – die Mädchen hier wären anders.

SYLVAINE Wie denn?

SYLVESTER Leichtsinnig.

SYLVAINE Ich bin auch leichtsinnig. Sogar sehr. Haben Sie etwas dagegen?

SYLVESTER *schweigt.*

SYLVAINE Wie sind denn bei euch die Mädchen? Bissig? Fingerzahm? Oder haben sie Borsten auf der Haut?

SYLVESTER Vielleicht sind nicht alle so. Ich habe nämlich nur solche kennengelernt.

SYLVAINE Haben Sie viele kennengelernt?

SYLVESTER Keine guten. Warum sagen Sie, Sie wären leichtsinnig? Das stimmt doch gar nicht.

SYLVAINE Doch, es stimmt. Ich bin auch eitel. Und herzlos.

SYLVESTER *legt leicht die Hand auf die ihre. Sie zieht sie nicht weg* Sag mir – warum bist du dazu gegangen, damals? zu der Kolonne?

SYLVAINE Ich weiß nicht. Ich wollte – fort von hier. Etwas tun – etwas erleben. Jetzt kommt mir das ganz sinnlos vor. Es hatte gar keine Wirklichkeit.

SYLVESTER Ja, so ist das. Du weißt also genau so wenig damit anzufangen wie ich. Wie wir alle.

SYLVAINE Womit?

SYLVESTER Mit dir selbst. Mit dem Leben.

SYLVAINE Muß man das unbedingt wissen? Kann man nicht abwarten, was es mit uns anfängt?

SYLVESTER Ob es dann nicht zu spät ist? – Ich denke manchmal, man lebt nur, um zu sterben.

SYLVAINE Wenn man einmal – wirklich gelebt hat – könnte man sterben.

SYLVESTER Ich habe dich – wirklich gern.

SYLVAINE *schweigt eine Weile, schaut auf seine Hand* Jetzt muß ich gehn.

SYLVESTER Du – ich glaube – wenn du jetzt gehst, wirst du für immer gehn. Und wenn du jetzt bei mir bleibst, wirst du für immer bleiben.

SYLVAINE Ich kann nicht für immer bleiben. Es gibt kein Immer.

SYLVESTER Nicht – für dich und mich?

SYLVAINE Nicht für dich und mich.

SYLVESTER *traurig* Vielleicht bleibst du doch.

SYLVAINE *schaut ihn an, fast heiter* Sag mir – machst du immer die Augen zu, wenn du Flöte spielst?

SYLVESTER Es ist eine Gewohnheit. Wenn ich sie offen habe,

fällt mir nichts ein. Nichts Eignes, meine ich. Ich kann auch von Noten abspielen. Da muß ich sie offen halten.

SYLVAINE *lächelnd* Spiel das noch einmal, bitte. Weißt du es noch?

»Rosen, die blühn und verwehen –«

SYLVESTER *auch lächelnd* Ich weiß. *Er nimmt jetzt erst die Hand von der ihren, holt die Flöte aus der Tasche, setzt sie an, schließt die Augen. Spielt langsam die Melodie – wiederholt sie.*

SYLVAINE *während er spielt, erhebt sie sich – streicht leicht über sein Haar, neigt rasch die Lippen über seine Augen – geht lautlos.*

SYLVESTER *öffnet die Augen, läßt die Flöte sinken* Ich weiß, du bist noch da. Du bist noch da. *Er bleibt sitzen. Die Laterne verflakkert langsam.*

Zweiter Akt

Starker Strahlenglanz auf den Gipfeln der Berge.

Es ist gegen Abend. Die Abhänge und Täler liegen schon im Schatten. Vater Wind, Mutter Frost, Bruder Nebel treten, jeder allein, auf die Kuppen ihrer einsamen Almsässen, dem Licht zugewendet, sehen einander nicht. Sie tragen gleichartige grobe Wettermäntel, halten die Arme darunter verschränkt.

WIND

Wenn sich das Licht wendet, wollen die Berge gebären.
Die Fahnen der Schneedrift wirbeln um ihr Genick,
Der Windsbraut Flammenhaar um ihren Scheitel.
Von ihren harten Schultern
Poltert lockres Geröll. Aus ihren eisigen Brüsten
Sprudelt Gletschermilch. Weitausgespreizt die schwarzen
Bewaldeten Schenkel, stoßen sie trübe
Schäumendes Erdblut hervor aus erznem Gedärm,
Daran sich die Toten atzen,
Und bringen Totes zur Welt.

FROST

Die Kälte schlägt ihr Gebiß in die Adern der Steine.
Der Himmel wird blanker Stahl. Die scharfen Schnäbel des
Frostes hämmern Sprühfunken daraus.
Die Wurzeln der mageren Kräuter frieren ein
Wie Fische im Grundeis. Der Tiere Nüsternhauch
Qualmt rauchig. Aus vielen Lungen
Blutet die Welt.

NEBEL

Aus der Tiefe wallt Finsternis. Aus den Schatten der Täler
Steigt Not und Klage herauf, in vergeblicher Flucht.
Wer hört das Stöhnen der todgehetzten
Geschöpfe? Des Nebels flatternde Wolle
Verstopft ihren Mund.

WIND

Der Wind geht seiner Wege.

FROST

Der Frost weiß nichts von euch.

NEBEL

Der Nebel kennt euch nicht.

WIND

Der Berg treibt krüppliges Holz, daran die Axtschneide
Verschartet. Der Sturm haut auf den Wald,
Die schwere Schneelast
Trampelt die Äste herab. Aber der Arme
Wärmt sich am kohlenden Glutrest.

FROST

Die grätigen Ähren der Berge spenden
Verschrumpfte Körner. Das niedere Würzgras
Macht dürres, zerkrümelndes Heu. Die Knollen und Rüben
Sind holzig, und faulig gefleckt. Aber der Arme
Nährt sich vom Rest in der Schüssel.

NEBEL

Die Schafe versteigen sich oft,
Wenn die Bergdünste kreiseln. Die Schur
Wird versäumt. Das Fleisch geht verloren.
Die Raben des Abgrunds
Zerren an ihrem Gebein. Aber der Arme
Spinnt seinen fasrigen Flachs.

WIND

Der Wind hilft ihm nicht.

FROST

Der Frost schont ihn nicht.

NEBEL

Der Nebel beschirmt ihn nicht.

FROST

Denn das Kind des Schnees ist die Erde,
Die er bedeckt und wärmt.
Die Kinder der Erde sind ihre Toten,
Die sie bedeckt und verwandelt.

Der Mensch aber entflieht seiner Mutter Schoß
Und sein Vater ist fern.
Darum erbarme dich deines Bruders,
Denn die Erde erbarmt sich euer nicht.

NEBEL

Der Nebel zerfließt, er weiß nichts von Steg oder Abgrund.
Er hüllt die Guten ein wie die Bösen.
Er führt Freund und Feind in die Irre.
Bald verbirgt er die Spur des Verfolgten,
Bald verlegt er die Flucht. Er ist ohne Wahl
Und ohne Anteil. Er kennt euch nicht.
Er gewährt keine Hilfe.

WIND

Nur ein Mensch kann dem anderen helfen.
Doch daß er es könne, braucht er des Himmels
Hilfe.

WIND, FROST, NEBEL

Beugt euch vor seinem Licht.

Das Licht auf den Gipfeln strahlt mächtig auf, bevor es verglimmt.

VATER WIND *nimmt seinen Mantel ab, schwingt ihn um sich, wirft ihn vor sich auf die Erde*

So geht der Wind.

MUTTER FROST *tut ebenso*

So treibt der Schnee.

BRUDER NEBEL *tut ebenso*

So fällt der Nebel.

ALLE DREI *kauern sich nieder, umhüllen sich mit ihren Mänteln, und verwandeln sich in Bestandteile der Landschaft, einen verkrüppelten Baumstrunk, einen zerfallenen Schafstall, einen Felsblock.*

Von unten her, gegen Wind und Schnee ankämpfend, steigt eine Flüchtlingsfamilie mühsam zum Bergpaß hinauf. Vater und Sohn helfen der Mutter, der Vatersbruder schleppt sich an der Schulter seiner Frau. Er ist krank und blaß, die Frau jünger und von einer derben Schönheit.

Louis Creveaux geht als Führer vor ihnen her, er trägt eine Windjacke und bedient sich eines Alpenstocks mit Pickel.

DER VATER *leise*

Herr Herr – hilf uns in der Not.
Herr Herr – führe uns aus dem Elend.

DER SOHN Wie weit noch bis zur Grenze?

CREVEAUX Dort, wo der Rauch aufsteigt. Das ist ein Hof, der liegt schon drüben.

DIE MUTTER Dort leben Menschen, die sich nicht fürchten müssen. Was glänzt dort unten so?

CREVEAUX Der See. Die Schweizer Seite.

DIE MUTTER Der See. Der See! Dort leben Menschen, die schlendern am Ufer entlang und lieben ihre Sorgen!

DER SOHN Bald bist du dort, Mutter.

DIE MUTTER Bald sind wir dort.

CREVEAUX Nicht rasten. Es ist bald Nacht.

DER VATERSBRUDER Ich kann nicht mehr. *Er sinkt nieder, die Frau hält seinen Kopf hoch.*

DIE MUTTER Steh auf! Wir m ü s s e n weiter!

DIE FRAU Sein Herz schafft es nicht mehr. Der Puls flattert leise. Er muß getragen werden.

CREVEAUX Man kann ihn nicht tragen, ohne Bahre. Es geht steil bergab, durch ungespurten Schnee.

DIE FRAU Dann muß eine Bahre her.

CREVEAUX Woher? Hier ist keine Behausung, weit und breit.

DIE FRAU Sind dort nicht Menschen?

CREVEAUX Nichts. Ein alter Baumstrunk. Ein zerfallener Schafstall. Ein vereister Felsblock.

DIE FRAU Es muß doch Hilfe geben! Laufen Sie doch zurück, und holen Sie Hilfe!

CREVEAUX Dann kämen wir ins Dunkel. Das ginge schon, mit Blendlaternen. Aber wenn ich noch einen hole, das kostet noch einmal fünftausend.

DIE FRAU Wir gaben Ihnen alles, was wir hatten. – Habt ihr nichts mehr?

DIE MUTTER Nichts! Wir haben ihm das letzte Geld gegeben. Wir müssen hungern und betteln, wenn wir hinüber kommen. Wir haben nichts, gar nichts!

DER VATERSBRUDER *leise* Bitte laßt mich zurück.

DIE FRAU *kniet bei ihm nieder, umfaßt ihn.*

DIE MUTTER Wir müssen weiter! weiter!

DIE FRAU Um Gottes willen, wartet! Vielleicht erholt er sich. *Sie behaucht sein Gesicht, reibt seine Knöchel.*

DER VATERSBRUDER Ich werde schlafen. Das ist sanft und leicht.

DER VATER *wie vorher*

Herr Herr – hilf uns in der Not.
Herr Herr – führe uns aus dem Elend.

DER SOHN Herr Herr! ... Was für ein Herr? Der alte Dämon, der uns immer schlug und bestrafte? Der hat uns schon zu vielen Häschern ausgeliefert. Winsle nicht nach ihm. Er ist unser Fluch, unser Verhängnis!

DER VATER Sohn, du trägst den Namen Askenasi. Das heißt: der Heimgesuchte. Nur der Herr kann helfen. Nur der Geist des Herrn.

DER SOHN Wenn's einen Geist gibt, der mir helfen kann, dann wohnt er hier *Schlägt sich gegen die Stirn* Komm, laßt uns etwas tun! *Will zu dem Niedergesunkenen.*

DIE MUTTER *klammert sich an ihn* Tu's nicht! Wir müssen weiter! Du bist verfolgt! Du mußt gerettet werden!

CREVEAUX Man kann nichts tun. Ihr seid zu schwach, ich muß den Pfad austreten. Ihr müßt der Alten helfen.

DER VATER Herr Herr.

DER VATERSBRUDER *zur Frau* Bitte laß mich zurück. Bitte geh du mit ihnen.

DIE FRAU Nie verlasse ich dich!

DER VATERSBRUDER Ich war reich, jetzt bin ich arm und alt. Ich kann dir nichts mehr geben.

DIE FRAU Ist deine Liebe nichts?

DER VATERSBRUDER Du bist zwanzig Jahre jünger.

DIE FRAU So bin ich zwanzigmal so reich, daß ich sie opfern darf.

DER VATERSBRUDER Du gehörst nicht zu meinem Volk. Du sollst nicht teilhaben an seinen Martern.

DIE FRAU Willst du mich so bestrafen? Hatte ich nicht teil an deiner guten Zeit? War ich so schlecht, daß ich nicht geben dürfte, was mir nichts mehr wert ist ohne dich. Du hast mich reich gemacht, als ich dir diente. Jetzt laß mich mit dir schlafen, unterm gleichen Tuch. *Sie küßt seine Hände.*

DIE MUTTER Wir können nicht mehr warten! Wir müssen hinüber! Wie lang braucht man noch?

CREVEAUX Zwei Stunden.

DIE MUTTER Zwei Stunden!!

CREVEAUX Und der Nebel fällt.

DIE FRAU Habt ihr nicht einen Tropfen Branntwein?

DIE MUTTER *fast schreiend* Nichts! Keinen Tropfen mehr, kein Geld! Wir gaben alles her, wir haben nichts als unser Leben! Sein Leben! *Reißt den Sohn an sich.*

DER VATER Herr Herr.

CREVEAUX Seid still! Hört ihr denn nichts?

DER SOHN Die Dohlen schreien.

CREVEAUX Nein. Da sind Stimmen.

DIE FRAU Stimmen! Menschen! Hilfe!

CREVEAUX Hilfe? Das können nur die Grenzjäger sein. Das kommt davon, wenn man Mitleid hat.

DIE MUTTER Dann – laufen! rennen! uns verkriechen!! *Macht ein paar wilde verzweifelte Kreisschritte durch den tiefen Schnee, den Sohn am Arm zerrend.*

CREVEAUX *vertritt ihr den Weg* Das nutzt nichts mehr! Sie kommen von überall. Sie haben uns eingekreist.

DIE MUTTER Wir haben ihn bezahlt! Du Dieb! Verräter! Wir haben dich bezahlt, daß du uns durchbringst! Du bist schuld! *Geht auf ihn los.*

CREVEAUX *hebt den Pickel gegen sie* So – du verdammte –

DER SOHN Mutter! Er ist selbst in Gefahr – um unsertwillen!

DIE MUTTER Er muß – er muß uns helfen! Die müssen sich erbarmen! Die müssen uns weiterlassen! Zwei Stunden – nur noch zwei – mal sechzig – mal sechzig –

DER SOHN Wenn es Franzosen sind –

CREVEAUX Ich glaube, es ist die Garde Mobile. Ich kann sie schon sehen.

DER SOHN – dann ist noch Hoffnung.

CREVEAUX Wenig genug. Die sind im Dienst und haben ihre Order. *Zum Vater* Vergeßt nicht unsere Abmachung. Ihr habt geschworen, daß ihr mich nicht angebt. Ich werde sagen, daß ich euch per Zufall hier gefunden habe, auf einem andren Weg. Per Zufall – verstanden?

DER VATER Wir werden den Schwur nicht brechen.

CREVEAUX Wenn ihr es tut, dann geb ich die an, die euch versteckt hatten, in der Stadt. Das muß ich, die liefern mich sonst aus, da werd ich geschlagen, beim Verhör –

DER VATER Wir brechen ihn nicht. Der Herr ist unser Zeuge.

DIE MUTTER Zweimal sechzig – mal sechzig –

DER GENDARM NEYROUD *stapft heran. Von verschiedenen Seiten nähern sich Albert, George, Martin, Pierre, mit Pistolen.*

NEYROUD Halt! Grenzpolizei. Wer seid ihr? Habt ihr Pässe? *Schweigen.*

ALBERT Pässe – für den Gemsbock und für die Dohlen. *Lacht. Schweigen.*

NEYROUD *erkennt Creveaux, der beiseite getreten ist* Louis! Hast du die geführt?

CREVEAUX Ich? Ich hab mit denen nichts zu tun. Ich wollte hinauf, auf die Mayen Marmoré, Schafwolle holen, vom alten Frère Brouillard. Für neue Wintersocken. Da hab ich die gefunden, die steckten im Schnee. Ihr könnt sie fragen.

NEYROUD Wie kommt ihr daher? Wer hat euch den Weg gezeigt?

ALBERT Der heilige Geist. *Lacht.*

DER VATER Es war ein anderer.

NEYROUD Namens?

DER VATER Das weiß ich nicht. Ich kannte ihn von einem Wirtshaus, in der Stadt. Er hat uns hierher gebracht und uns die Richtung gewiesen, dorthin, wo der Rauch aufsteigt. Dann lief er zurück. Den da – den kenne ich nicht.

CREVEAUX Da siehst du.

ALBERT Man muß die Spuren prüfen.

NEYROUD Die sind schon zugeweht. Die Bise macht das rasch.

ALBERT Sauwind.

CREVEAUX Die gute alte Bise! *Lacht.*

NEYROUD Nehmt sie in die Mitte.

DIE MUTTER Nein, nein! Nur noch zwei Stunden –

DER SOHN Mutter. *Legt den Arm um sie.*

DIE SOLDATEN *treten näher heran.*

NEYROUD Halt. Was ist mit dem hier? Ist er tot?

DIE FRAU Er schläft jetzt. Er ist erschöpft.

NEYROUD Verdammt. Ich mache das nicht gern. Verdammt nochmal.

PIERRE *tritt vor* Hör mal, Neyroud. Der Nebel fällt. Die gute alte Bise hat die Spuren verweht. Wir brauchten sie nicht erwischt zu haben. Wir könnten sie laufen lassen.

DIE MUTTER Habt Erbarmen! Mein Sohn – ist noch so jung –

DER SOHN Mutter.

MARTIN Laßt sie laufen.

ALBERT Und die Postenvorschrift? Kennt ihr die Vorschrift nicht?

PIERRE Die Vorschrift ist in der Kaserne. Hier kann sie uns.

MARTIN Es sind Juden. Sie können nichts dafür.

DIE FRAU Wenn ihr uns helft, wird Gott euch helfen, in eurer schwersten Stunde. Tut es – um Christi willen.

NEYROUD Sie sind keine Jüdin?

DIE FRAU *beugt sich über den Kranken, der zu sich kommt.*

NEYROUD Verdammt nochmal.

ALBERT Juden! Die sind reich. Die haben lang genug von unserm Schweiß gelebt.

DER SOHN Das ist nicht wahr! Seit ich denken konnte, seit ich Verstand bekam, hab ich für euch gekämpft! fürs arme Volk! für eure Menschenrechte!

ALBERT *schaut ihn an* Das ist er! Der Gesuchte!

DIE MUTTER Nein! *Will sich vor ihn werfen. Sohn hält sie zurück.*

ALBERT *hat ein Papier aus der Tasche genommen, zu Neyroud* Es stimmt. Hier ist das Lichtbild.

NEYROUD Verdammt nochmal! – Die Alten können weiter. Das werd ich schon erklären. – Der da muß mit.

ALBERT *packt den Sohn an der Schulter* Handschellen!

GEORGE *springt von der andern Seite hinzu, mit ein Paar Handschellen.*

DIE MUTTER *wirft sich vor Neyroud auf die Knie, reißt ihr Kleid auf* Laßt ihn frei! Ich habe Geld! Viel Geld! Hier, nehmt! Nehmt alles! Hier – und da – und da –! *Zerrt Notenbündel aus ihrer Kleidung, hält sie Neyroud und den Soldaten hin, läßt sie fallen* Und eine Flasche Branntwein – hier – der ist gut – *Kramt eine kleine Flasche aus dem Kleid, läßt sie fallen.*

NEYROUD Das geht nicht. Stehn Sie auf! Das geht nicht.

ALBERT Das wird beschlagnahmt. Das ist fremdes Geld, Devisen! Das ist unerlaubt.

DER SOHN *in furchtbarem Entsetzen* Mutter! Du hattest Geld! Und Branntwein –!

DIE MUTTER Für dich, mein Sohn – *tonlos* – für dich – mein Sohn –

DER SOHN *wendet sich von ihr ab, hält die Hände hin, läßt sich fesseln.*

DIE MUTTER Mein Sohn – mein Sohn –

VATER *hebt sie auf, nimmt sie in die Arme.*

NEYROUD *zu den Soldaten* Los. Geht voraus.

DIE SOLDATEN *gehen mit dem Sohn, der sich nicht mehr zurückwendet.*

DER SOHN *während er abgeführt wird, leise* Herr Herr.

NEYROUD *zur Frau* Jetzt rasch. Ich hab das gegen meine Vorschrift getan. Schließlich ist man ein Christ – verdammt nochmal. *Hebt die Flasche auf, die noch im Schnee liegt* Da – für den Kranken – das wird ihn auf die Beine bringen. Es ist nicht weit. Gleich da herum – haltet euch immer rechts, daß ihr nicht in die Felsen kommt, und dann dem Bachbett entlang, das ist ungefährlich. Ihr seht dann schon das Licht, von dem Gehöft da drüben. Die nehmen euch auf. Sagt einen Gruß von Papa Neigerouge – so wie der rote Schnee. Vergeßt es nicht. Nein, keinen Dank. Verdammt nochmal. Der arme Junge. Ich habe selbst einen Sohn.

DIE MUTTER *stammelnd, verwirrt* Zweimal sechzig – mal sechzig –

DER VATER Komm. *Stützt sie im Gehn.*

DIE FRAU *hat dem Kranken Branntwein eingeflößt. Er richtet sich auf. Sie zieht seinen Arm um ihre Schulter, hilft ihm fort. Die Gruppe verschwindet.*

NEYROUD *zu Creveaux, der, die Hände in den Taschen, die Szene beobachtet hat* Du – ich verwarne dich. Bilde dir ja nicht ein, ich glaub den Schwindel, den du uns aufgebunden hast. So schlau bin ich noch lange. Ich halte dicht. Aber bei dem Albert, da weiß man nicht. Der will befördert werden. *Kopfschüttelnd* Eins möcht ich wissen – wer euch verpfiffen hat. Das muß doch einer von euren Leuten sein. Hast du einen Verdacht?

CREVEAUX Keine Ahnung.

NEYROUD Nun – gute Nacht. Ich wäre besser Herrschaftskutscher geblieben oder Chauffeur. Ich war Privatchauffeur, beim Vicomte Leroy. Der ist auch schon hinüber. Ich hätte Chauffeur bleiben sollen. *Er geht.*

CREVEAUX *wartet, bis er verschwunden ist – dann beginnt er zu lachen, wie von einem Kitzel gepackt.*
Hält ein, grimassiert, ahmt den Vater nach Herr Herr – *Lacht lauter. Verstummt plötzlich, hebt die Nase in den Wind.*

Vater Wind, Mutter Frost, Bruder Nebel haben ihre Verwandlung abgeworfen und sich erhoben.
Die beiden Männer sind langsam, nach rückwärts, fortgegangen. Auch Mutter Frost macht ein paar Schritte, der Szene abgewandt, tritt gebückt, wie durch eine unsichtbare niedrige Tür, in ihre Hütte, kauert sich zu Boden, bläst ein Feuerchen an.
Es wird jetzt immer dunkler, nur der Schein ihres Feuers leuchtet auf.

CREVEAUX *hat sich merkwürdig verändert, spricht wie im Schlaf* Der Herdrauch. Der rote Schimmer. Das Knacken und Knistern. Die Frühe. Die Morgenmilch.
Er nähert sich langsam der Hütte.

Jetzt bricht sie dürre Äste übers Knie.
Jetzt setzt sie den verrußten Kessel auf.
Jetzt geht sie die Ziege melken.
Er steht vor der Hütte, zögert. Macht eine Kopfbewegung.

MUTTER FROST Wer da?

CREVEAUX *tritt gebückt durch die niedrige Tür, wie sie es vorher tat. Steht ihr gegenüber im Feuerschein.*

MUTTER FROST *unbewegt, schaut ihn an.*

CREVEAUX *weicht ihrem Blick aus, windet sich, als wolle er weglaufen.*
Greift plötzlich in die Tasche, zieht ein Bündel Geldscheine hervor. Hält sie ihr hin – stammelnd
Hier – das ist für dich.
Daß du ein Fleisch kaufst – zu Weihnachten.
Oder zum Bonne Année.
Du – du kannst es nehmen.
Es ist – ehrlich verdient.

MUTTER FROST *rührt sich nicht.*

CREVEAUX *versucht, ihr das Geld zuzustecken, sie zieht ihre Hand zurück, die Scheine flattern zu Boden.*

MUTTER FROST *ihn immer anschauend.*
Ich brauche kein Fleisch.
Es gibt kein gutes Jahr.
Ich kenne dich nicht.
Sie dreht sich um, geht ein paar Schritte, hockt sich, fast im Dunkel, auf einen niedrigen Schemel, der Szene abgewandt, beginnt zu melken. Man hört das Zischen des Euterstrahls.

CREVEAUX *rafft das Geld auf, hastet hinaus – klappt seinen Kragen hoch, stürzt davon.*

Lichtwechsel

Eine kleine elektrische Stehlampe brennt und zeigt den Umriß zweier, mit den Fußenden gegeneinander gestellten einfachen Betten.

Neben einer Gipsmadonna mit Weihwasserschälchen und Buchszweigen ist eine Kerze angezündet. Es ist Michelles Schlafzimmer, das jetzt Sylvaine mit ihr teilt. Michelle sitzt auf dem Bett. Sylvaine steht abgewendet, als blicke sie in einen Wandspiegel, der nicht mehr sichtbar ist, macht sich die Haare auf. Beide Mädchen tragen lange, ländliche Nachthemden.

MICHELLE Du hast deine neuen Handschuhe fallen lassen. Sie liegen dort unterm Haken.

SYLVAINE Ach, wirklich. Ich heb sie dann auf.

MICHELLE Und das ganze Zimmer riecht nach dem Chanel.

SYLVAINE Der Glasstöpsel ist zerbrochen. Ich hab einen Korken drauf gemacht. Stört es dich?

MICHELLE Nein, es riecht ja gut. Wo hast du das her?

SYLVAINE Warum fragst du, wenn du es weißt.

MICHELLE Ich verstehe dich nicht.

SYLVAINE *zuckt die Achseln.*

MICHELLE Man kann sich doch nicht beschenken lassen, von einem, den man nicht liebt.

SYLVAINE Weshalb nicht – solang man keinen anderen liebt.

MICHELLE Weil es schlecht ist. Weil man Hoffnungen weckt, die nicht erfüllbar sind. Man darf damit nicht spielen.

SYLVAINE Ich bin nicht so gut wie du.

MICHELLE Ist das Spott?

SYLVAINE Nein, ganz und gar nicht. Ich glaube wirklich, daß du besser bist als ich. Ich glaube manchmal, daß fast alle anderen besser sind als ich.

MICHELLE Ganz gut ist niemand, ich erst recht nicht. Aber man soll sich doch drum bemühen. Und der – der ist schlecht, und verlogen. Das weißt du doch selbst.

SYLVAINE Deshalb quäl ich ihn ja.

MICHELLE Wenn dir das Spaß macht –

SYLVAINE Es ist – etwas anderes. *Setzt sich neben sie* Wenn ich als Kind einen Frosch fing, oder sonst was, das nackt und glitschig war und in meiner Hand zappelte – eine Quappe, einen Wurm –, dann mußte ich's immer totdrücken, langsam, zwischen den Fingern. Ich konnte nicht anders – es war wie ein Geriesel in mir, es brannte und juckte, unerträglich, und dann war es müd und satt, und ich war traurig und weinte. Ich war ganz verzweifelt darüber, ich habe es auch gebeichtet – und ich fragte mich oft, warum muß man so grausam sein, um still zu werden, und warum fühlt man eine Schuld dabei – wenn man nicht anders kann?

MICHELLE Du kannst ja anders. Du brauchst dich nur zu beherrschen.

SYLVAINE Dann – würde vielleicht noch was Schlimmeres draus. Ich habe Tiere so gern – alle Tiere. Ich könnte heut noch weinen, daß ich das jemals getan habe.

MICHELLE *lacht hart* Dem Creveaux geschieht es schon recht.

SYLVAINE Ich weiß, wie er ist. Ich wußte es schon, wie er noch Hüterbube war. Er hat Zicklein gequält, und Katzen gemartert, auf dem alten Abort in dem verlassenen Schloßtrakt. Einmal hab ich ihn angegeben – weil er am See meine Wäsche weggenommen hatte, als ich baden war. Da hat er dann, aus Rache, meiner Lieblingskatze – ach – er ist ein Teufel!! Und doch kann man ihn quälen. Das ist es.

MICHELLE Gehst du mit ihm auf den Tanz, am Samstag?

SYLVAINE Ich weiß nicht. Ich hab ihn auf einer Kirchweih getroffen, bevor ich weg bin, damals. Da hab ich nur mit anderen getanzt – und als ich heiß getanzt war, bin ich dann zu ihm hin und hab ihn so angesehen, daß er wußte, er hat gar keine Macht über mich, er wird mich nie kriegen. Da war er wie ein geprügelter Hund, und ich mußte lachen – und gleichzeitig hatte ich Angst – und es ekelte mich.

MICHELLE Warum tust du das? Warum mußt du das tun?

SYLVAINE Weißt du, wie das ist, wenn man vom hohen Turmfenster hinunterschaut, im alten Beffroy? Er hat kein Geländer und keine Brüstung mehr. Es schwindelt einem, man wird ganz flau – man könnte wirklich hinunterfallen – oder springen – wenn's da so zieht im Leib. Es ist sehr gefährlich – und man geht doch wieder hin.

MICHELLE Das ist die Versuchung, da hilft nur das Gebet. Man muß Gott um die Kraft bitten, gut zu sein.

SYLVAINE Wie kann denn ein Mensch leben – und gut sein.

MICHELLE Das klingt, als ob du meinst: wie kann man Trauben essen und Bier dazu trinken.

SYLVAINE So meine ich's auch. – Oder soll ich mich aufhängen, weil ich nicht richtig hassen kann, und nicht richtig – *Sie steht auf, bindet ihr Haar zusammen.*

MICHELLE Hast du nie einen geliebt?

SYLVAINE *abgewandt* Wer liebt, weiß das Ende voraus. Mir graut vor dem Ende – bevor es begonnen hat. Wenn eine Liebe wäre, die für immer ist – und Anfang und Ende könnten eins werden – wie bei einem Ring –

MICHELLE Das ist das Zeichen der Ehe. Aber ich glaube, die Ehe ist auch nicht so.

SYLVAINE An die Ehe dachte ich nicht. Nur an die Liebe. An eine Liebe, die uns ganz – erlöst.

MICHELLE *preßt die Hand auf ihre Lippen, wie in einem heftigen Schmerz.*

SYLVAINE Dann könnte man sterben.

Lichtwechsel

Bei Castonnier am Vorabend des zweiten Advent.

Licht in der Gaststube, dessen Schimmer auf die Straße fällt, und Kaminfeuer im Nebenraum, wie am Abend des vorigen Sonntags. Im Nebenzimmer sitzt, wie damals, der Gendarm Neyroud, allein, bei einem kleinen Glas Eau-de-Vie, arbeitet mühselig an einem Aktenstück. Beim Feuer hockt, wie damals, La Soularde, als wäre sie nie aufgestanden, schläft mit herabhängendem Unterkiefer, die Spieldose neben sich, die leere Flasche im Schoß. Von der Küche her dringen dann und wann die Klänge eines alten, abgeleierten Grammophons herüber, das verschollene Weisen aus der Zeit des Ersten Weltkriegs spielt, wie ›La Madelon‹, oder ›Sous les Ponts de Paris‹. Die Stimmen Castonniers und des Majors Mühlstein fallen manchmal für ein paar Takte in die Melodie ein oder schwellen zu kurzem Gelächter. Am rohen Holztisch der vorderen Gaststube sitzen, bei Bier und Schnaps, die deutschen Soldaten Albert, Georg, Martin. Peter fehlt. Sylvester wippt rittlings auf einem Stuhl, über dessen Lehne er die Arme gekreuzt hat. Alle wirken etwas angetrunken und reizbar, nur Martin ist unverändert.

ALBERT Achtung – Achtung: wir singen eins. *Intoniert* »Ein Pro–sit, ein Pro–sit–« *Niemand fällt ein.* Ihr seid wohl nicht in Stimmung? Ganz egal. Es lebe der Spender! Also ich finde es prima vom Spieß, daß er uns den Kasten Bier geschmissen hat. In der Beziehung ist er tadellos.

GEORG Zwo Käste Bier wäre noch tadellöser. Bei so 'ne Gelegenheit.

SYLVESTER Feine Gelegenheit. Da könnt ihr stolz drauf sein.

ALBERT Können wir auch.

SYLVESTER Da wird einer umgelegt, und ihr dürft auf seine Gesundheit trinken. Wohl bekomm's. *Langt nach der Flasche, schenkt sich einen Schnaps ein.* Den Schnaps, den habe ich bezahlt. Es lebe der Spender! – Prost Martin. Im Schnaps ist keine Sünde. Das ist der klare Geist. *Schenkt ihm ein, Martin trinkt mit ihm.*

ALBERT Glück muß man haben, das ist alles. Er hat ihn ja nicht mal selber verhaftet, das war der Gendarm da drüben, und der schwitzt jetzt über seinem Bericht, weil er nicht alle verhaftet hat. Aber der Spieß – der zieht die Masche und darf das Peloton kommandieren.

SYLVESTER Nur keine Eifersucht. Die Masche läuft rückwärts. Du kommst auch noch dran.

ALBERT Was willst du damit sagen?

SYLVESTER Was ich sage. *Lacht* Und den Gendarmensohn, auf den er so wild ist, den hat er doch nicht erwischt.

ALBERT Wart ab, der kriegt, was er will. Ich sage, er ist ein feiner Kerl. Und schneidig. Schneidig. Der fürchtet sich nicht vorm Teufel.

SYLVESTER Bist du so sicher?

ALBERT Der schaut doch nicht mal hin, wenn ihm ein Ding am Ohr vorbeizwitschert.

SYLVESTER Ich meine, ob er sich nicht vorm Teufel fürchtet, wenn er ihn holen kommt.

ALBERT Der Teufel, der ist abkommandiert. Der muß erst mal den Rosenfeld holen, und die Plutokraten, da hat er genug zu tun.

SYLVESTER Du hast die Bolschewisten vergessen.

ALBERT Die kann er von mir aus auch holen. Ich bin Arbeiter. Ich falle auf den Dreh nicht rein. Ist doch alles Propaganda.

SYLVESTER Und darauf fällst du nicht rein. *Lacht.*

ALBERT *gereizt* Ich sage, was ist schon dabei! Was ist schon dabei, wenn so einer liquidiert wird. – Das sind bezahlte Agenten, die denken nur an sich selbst, und wir können stempeln gehn. So war das doch, vorher. Uns machen sie nicht mehr dumm.

SYLVESTER Hast du auch nicht mehr nötig. *Kippt einen Schnaps.*

GEORG So'n gut gezieltes Koppschüßje, das merkste gar nit. Da biste wech wie Dunst.

SYLVESTER Schon mal eins abgekriegt?

GEORG Ich nit, aber der Kumpel neben mich, in unsern erste Gefecht. Manometer, sagt er noch, hab ich ein Kohl! – Kohldampf hat er sage wolle, aber der Dampf, der war schon abgestellt.

SYLVESTER Das ist was anderes. Aber wenn einer drauf wartet, und denkt die ganze Zeit: wie wird es sein. Wie wird es sein. Wie wird es sein. Und keiner weiß, wird er ausgeblasen wie ein Wachslicht, oder muß er sich winden und zappeln, wie ein zerschnittener Wurm.

ALBERT Ist alles Zufall. Sonst gar nichts.

SYLVESTER Zufall. Genügt euch das?

PETER *kommt herein, er sieht verstimmt aus* Ahmd.

ALBERT Ich sage, der Zufall regiert die Welt, und einen Gott gibt es keinen. Jeder muß schaun, wie er durchkommt.

PETER *eine Bierflasche öffnend* Von wat reden die Herrn?

GEORG *angewidert* Die phissolophiere.

ALBERT *zu Peter, scharf* Das Bier hat der Spieß gestiftet. Auf das Wohl des Spenders!

PETER Det is mir Herzenssache. *Setzt die Flasche an.*

ALBERT Meckerbock.

SYLVESTER Prost Martin. Es lebe der klare Geist und die kalte Heimat. Preisrätsel für jedermann: was ist Zufall, und wo kommt er her?

GEORG En Furz ist Zufall, und der kommt vom Schwarzbrot.

SYLVESTER Ungenügend. – Ich hab so meinen Verdacht.

PETER Ick ooch. Den ha'ck schon lange.

SYLVESTER Nämlich?

PETER Daß der olle Herr mitn Bart bißchen komisch veranlagt is. Aber er kann nicht allen Fliegen die Beene ausreißen, weil er zu viele jemacht hat.

SYLVESTER Falsch. Faule Ausrede. Die Spinne, die Katze und der Haifisch, die sind ohne Schuld. Aber wir – wir wissen, was wir tun – und der Zufall, der ist für die Aaswürmer.

ALBERT Ich weiß nicht, wozu solche Redensarten gut sind, von einem Unteroffizier. Mit dem gesunden Volksempfinden hat das überhaupt nichts zu schaffen ... Is ja zersetzend, so was. Los, wir singen eins. »Freut euch des Le – bens –«

GEORG *fällt ein* »Le – bens –«

SYLVESTER *haut mit der Flasche auf den Tisch, laut* – denn der Tod geht um! Maulhalten! Ich kann das nicht hören, was ihr grölt!

ALBERT Jetzt wird's mir zu dumm. Ich muß das zur Meldung bringen.

SYLVESTER Bravo! Mach so weiter, Mann. Aus dir kann was werden. Aaswürmer vor die Front!

ALBERT *fährt hoch* Du willst wohl eins in die Fresse?

SYLVESTER *springt auf* Versuch's mal.

MARTIN *faßt ihn am Arm, zieht ihn auf die Bank* Ihr sollt euch nicht streiten, wenn der Stern aufzieht.

SYLVESTER Vielleicht zieht er nicht auf, dies Jahr. Vielleicht hat er's vergessen ... Vielleicht ist's ihm zu duster, bei uns.

MARTIN *leise* Er steht schon überm Stall.

SYLVESTER Überm Stall? *Schaut ihn an, wie erstaunt* Natürlich – überm Stall. *Er lächelt* Laß gut sein, Albert. Man hat so Tage, weißt du.

ALBERT Meinetwegen. Du bist schließlich, dem Rang nach, mein Vorgesetzter. *Setzt sich, trinkt. – Das Grammophon hat aufgehört. Neyroud steht auf, faltet sein Papier zusammen, geht nach hinten. Die Soularde ist aufgewacht, saugt an der leeren Flasche, nickt wieder ein.*

MARTIN *spricht plötzlich, ohne Stocken, in einem leichten Singsang* Wenn bei uns Aalfang ist, am Weißen Haff droben – der ist nicht in jedem Frühjahr gleich. Aber in manchen Jahren, wenn die Stöcklinge ziehen, die sind gerade so lang wie drei Handspannen, oder ein Meterstock. Da werden die Netze schwer – vier Mann müssen die Seilwinde drehn – und die Mädchen stehn am Strand und reihen sie auf, hundert und aberhundert, an die Trockenschnur. Dann kommt der Mond über Ost, und die Feuer brennen. Da gibt es alte Fischer, die erzählen Geschichten.

PETER Wo ist denn dem sein Zungenschlag geblieben?

GEORG Im Schnaps.

SYLVESTER Was für Geschichten?

MARTIN Die wissen, wo die Aale sich paaren, im tiefen Seetang, auf der anderen Seite der Welt. Und die wissen auch viel, von früher. Da heißt es, daß die Zeit bald wiederkommt, wo die Fische an Land wollen.

GEORG Freiwillig?

PETER Kriegsfreiwillig.

MARTIN Das ist nur einmal in tausend Jahr. Da tauchen große Scharen aus dem Meer, man könnte auf ihren Rücken durch die Wellen gehn, und lassen sich auf den Sand spülen, um zu sterben. Das ist die Zeit, wo der Luzifer auf die Erde kommt und keiner mehr weiß, was gut oder schlecht ist. Was im Wasser lebt, will aufs Land, und was in der Luft atmet, will ins Feuer, und die Erde nimmt die Toten nicht mehr auf, sie liegen nackt ohne Gräber. Aber dann ist die Heimkehr ganz nahe.

SYLVESTER *gespannt* Die Heimkehr? Wohin?

MARTIN *mit schwerer Zunge* Streitet euch nicht.

Motorradgeknatter.

ALBERT Gottseidank, der Spieß. Mir ist schon direkt flau.

SPRENGER *tritt ein, in Helm und mit Handschuhen, hat umgeschnallt* Sitzen bleiben und weitermachen. Habt ihr noch Stoff?

ALBERT Schaumreste, Herr Oberwachtmeister. Reicht knapp zum Rasieren.

SPRENGER Ihr könnt dann mit mir in die Kantine kommen, ich geb noch einen aus. *Er setzt sich auf den Stuhl, auf dem Sylvester gesessen hat* Habt ihr mal zugesehn, wenn sich einer sein Grab schaufelt? Die hören auf zu schwitzen. Das ist ein Phänomen. Erst läuft's wie 'ne Brause, dann sind sie plötzlich trocken. Brottrocken – ohne Übertreibung.

SYLVESTER *reicht ihm ein volles Schnapsglas* Hier.

SPRENGER Glaubst du, ich hab das nötig?

SYLVESTER *zuckt die Achseln.*

SPRENGER Na Prost. – Es friert Stein und Bein draußen, und die Bise bläst. Wird 'ne kühle Weihnacht, dies Jahr. Aber, wir werden einheizen. *Er lacht, schaut Peter an* Auch von der Partie, Herr Offiziersdiener? Solltest du etwa den Wunsch haben, mich allein zu sprechen?

PETER In keinster Weise, Herr O'ach'ster.

SPRENGER Lohnt sich auch nicht mehr. Der Herr Major fährt auf Urlaub, da kommst du zur Truppe zurück und wirst Gelegenheit haben, dich zu bewähren. – Meine Ernennung zum stellvertretenden Ortskommandanten ist mir soeben bestätigt worden.

ALBERT Gratuliere!

SPRENGER Jawoll, von Oberst Merlin persönlich. Ich hatte Befehl, ihm den Plan zu einer Großaktion vorzulegen. Er hat ihn gebilligt.

ALBERT *eifrig* Aushebung der flüchtigen Refraktäre?

SPRENGER Du merkst auch alles – ohne Übertreibung. Erinnerst du dich an die Kirche, Meisterdetektiv? Ich wußte genau, wo der Kerl steckt. Ich habe die Steinplatte gesehen, da war kein Staub in den Ritzen. Da sind mir die Katakomben eingefallen – und noch was. Manchmal, da hat die Bildung ihre Vorzüge.

ALBERT Und warum haben wir ihn dann entwischen lassen?

SPRENGER Wart ab, großer Kriminalist! – Ich dachte, den holst du jetzt nicht heraus. Der soll mal drunten bleiben. Und daß ihr ihn finden würdet, davor war mir nicht bange! *Lacht* Ich sagte mir, jetzt weiß ich, wo der steckt und kann ihm den Spürhund auf die Fährte setzen. Der führt mich dann auch zu den andren.

ALBERT Der Nero?

SPRENGER Heiliger Sherlock Holmes! – Für so was, da braucht man einen menschlichen Spürhund, den hat man. Aber – man muß auch schweigen können, das kann man. Der Pfaffe soll ruhig über mich lachen, ich lache zuletzt. Und ihr werdet nichts mehr erfahren – bis das Kommando zur Großaktion erschallt. Sie hat auch schon einen Namen.

ALBERT Darf man den wissen?

SPRENGER Fehlanzeige.

Das Grammophon hat wieder angefangen. Er schnuppert in die Luft.

Hm. Der Patron scheint einen Hammel im Topf zu haben. Es riecht wie bei Muttern. Ich kriege Hunger. *Steht auf.*

ALBERT Er kocht für den Major und den Ortsgendarm. *Man hört kurz ein Gelächter aus der Küche.*

SPRENGER Verbrüderung der älteren Semester. Die werden sich wundern.

SYLVAINE *kommt von draußen, knöpft im Eintreten ihren Mantel auf, sie trägt ein hübsches Kleid, ist zum Ausgehen hergerichtet.*

SPRENGER Salut, Mademoiselle.

SYLVAINE Guten Abend.

SPRENGER Sie sind fein angezogen. Wird ein Fest gefeiert?

SYLVAINE Nein, ich bin zu einem Tanz eingeladen.

SPRENGER Jaja, ich sehe. Heut haben Sie keine Stallschuhe an. Da möchte man mittanzen, wenn man könnte. Wo soll das Vergnügen stattfinden?

SYLVAINE In Villers, bei der Jeunesse Nationale.

SPRENGER Stimmt. Das ist angemeldet und von der Behörde genehmigt. Da können Sie ruhig hingehn.

SYLVAINE Danke für die Erlaubnis.

SPRENGER Nun, Sie brauchen nicht zu fragen. Aber man überlegt sich besser, wo man hingeht, heutzutage. Das war gut gemeint.

SYLVAINE *geht durch den Nebenraum nach hinten.*

SPRENGER *ruft ihr nach* Würden Sie dem Gendarm sagen, ich möchte ihn sprechen?

SYLVESTER *hat nicht aufgeblickt.*

SPRENGER *beobachtet ihn* Noch nicht rangekommen, Kamrad? Na – schau nicht so grimmig. Was nicht ist, kann werden. Wir sind Kavaliere, es schnappt sie dir keiner weg. Und wenn ich die Kommandantur übernehme – dann werden sie die Flötentöne kennenlernen. Ich meine, die richtigen Flötentöne. Das soll keine Anspielung sein. – Kommst du mit in die Kantine? Die haben Blutwurst in Büchsen.

SYLVESTER Danke. Ich hab schon gegessen.

ALBERT Und getrunken.

SPRENGER Wie du willst. Hier wird niemand zu seinem Glück gezwungen.

NEYROUD *kommt aus der Küche.*

SPRENGER *geht zu ihm in den Nebenraum* Haben Sie den Bericht fertig?

NEYROUD Jawohl, mein Herr. Der Herr Major hat ihn schon eingesehen.

SPRENGER Das ist nicht von Bedeutung. Zeigen Sie her.

NEYROUD Ich habe mich bemüht, alles genau zu erklären. Der Wind – die Schneeverhältnisse – der plötzliche Nebel –

SPRENGER Und das Mitleid, Neyroud. Haben Sie das auch erwähnt? *Lacht* Schon gut. Ich habe ein Wort für Sie eingelegt. Sie wissen, ich halte was von Ihnen. Aber das müssen Sie sich abgewöhnen, für die Zukunft. Sie werden bei der bevorstehenden Großaktion eingesetzt werden – trotz der Geschichte mit Ihrem Sohn.

NEYROUD Darf ich fragen, mein Herr – weiß man etwas von ihm? Ist er noch – ich meine – hat man –

SPRENGER Ist das eine dienstliche Frage? Wollen Sie sich an der Nachforschung beteiligen? Na also. *Er steckt das Papier ein, läßt ihn stehen* Gruppe Sprenger, Sprung auf marsch marsch, Richtung Bierquelle. Zigaretten? *Er tritt zu den Soldaten, klappt sein Etui auf.*

ALBERT Vielen Dank, Herr Oberwachtmeister.

DIE SOLDATEN, *außer Sylvester, bedienen sich.*

SPRENGER Geht voraus. Ich komme nach.

ALBERT Jawohl, Herr Oberwachtmeister.

Verläßt mit den anderen rasch den Raum, sie verschwinden über die Straße.

SPRENGER *zu Sylvester, auf die Armbanduhr schauend* Hör mal. Wenn du die Abendmeldung durchgibst, stelle eine dringende Anforderung an Motorpark AOK, zwanzig Kanister Benzin, zur besonderen Verwendung, von Oberst Merlin genehmigt. Müssen mit dem nächsten Kraftwagentransport geliefert werden, noch vor dem Fest. Klar?

SYLVESTER *hat einen Meldeblock aus der Tasche genommen, notiert* Motorpark AOK, zwanzig Kanister Benzin z. b. V. – Dringend. Wollt ihr so viel spazierenfahren, an den Feiertagen?

SPRENGER Zet Be Vau. *Er läßt sein Zigarettenetui auf dem Tisch liegen.*

SYLVESTER *ruft ihm nach* He! Das Etui!

SPRENGER *scheint nicht zu hören – rasch ab über die Straße.*

SYLVESTER *setzt sich, starrt in sein Glas.*

Major Mühlstein und Castonnier kommen von rückwärts, ziemlich angeregt, Sylvaine folgt mit einem Tablett und vollen Apéritifgläsern.

CASTONNIER Darauf mußt du mit uns anstoßen, Neyroud!

MÜHLSTEIN Sie auch, Mademoiselle! – Wir haben nämlich gerade festgestellt, Ihr Vater und ich, daß wir vor siebenundzwanzig Jahren, beim ›Toten Mann‹, am gleichen Tag im selben Graben gelegen sind und versucht haben, uns gegenseitig das Licht auszupusten – mit durchschlagendem Mißerfolg. Wir müssen verdammt schlechte Schützen gewesen sein!

CASTONNIER Wer weiß, wozu's gut war, Commandant, sonst könnte ich heut keinen Gigot braten, oder Sie könnten ihn nicht verspeisen.

MÜHLSTEIN Wer weiß, wozu's schlecht war, Combattant. Die Kameraden, die beim ›Toten Mann‹ geblieben sind, die schlafen wenigstens mit sauberen Händen, auch wenn sie die Fingernägel voll Dreck hatten.

CASTONNIER Das hoffe ich auch einmal zu tun, Commandant.

MÜHLSTEIN Seien Sie froh, wenn Sie sich's leisten können. Das ist Glücksache, heutzutage. Für Neyroud wird es schon schwieriger sein. Na, Kopf hoch, Constable! Wir sitzen im selben Boot, und leck ist es auch. Da muß man sich dran gewöhnen. *Er drängt ihm ein volles Glas in die Hand.*

CASTONNIER Tu mir den Gefallen, Sylvaine, und hol mir ein Tröpfchen Rahm aus der Milchkammer, nicht mehr als ein halbes Weinglas.

SYLVAINE Gern. *Sie geht durch die Gaststube nach hinten, Sylvester schaut nicht auf.*

CASTONNIER Das kommt erst im letzten Moment an die Sauce, wenn alles Fett abgeschöpft ist.

MÜHLSTEIN Meisterhaft. Die olle Frau Mühlstein muß bei Ihnen einen Kochkurs nehmen. Und was trinken wir zum Gigot?

CASTONNIER Was schlagen Sie vor?

MÜHLSTEIN Nun, wenn noch ein Châteauneuf da wäre? oder ein Beaujoulais?

CASTONNIER Was Besseres.

MÜHLSTEIN Alter Bordeaux? Das wäre die Krone!

CASTONNIER Château Mouton Rothschild, Grand Cru, Schloßabzug 1923!

MÜHLSTEIN Gewaltig! Rothschilds alter Hammel, zum Hammelbraten! Eine philosemitische Demonstration! Ich sage immer, gut hat es der Mensch nur in Kriegszeiten, als Etappenschwein. Mit einem Oberforstratsgehalt, da kann der Mensch keine Sprünge machen. Dabei bin ich, meiner Überzeugung nach, Pazifist. Kosmopolit, Paneuropäer. Na ja. Vive la bataille! *Stößt mit Castonnier an* Ist es nicht blödsinnig, alter Freund? Wir zwei, wir waren doch dabei, damals, und wir dachten, nun wäre es genug. Muß es denn jede Generation für sich selbst erfahren? Immer wieder neu?

CASTONNIER Ihr hättet ja nicht wieder anzufangen brauchen!

MÜHLSTEIN Hab ich vielleicht angefangen? Mein Name ist Mühlstein – und ich bin aus Schneidemühl. Ein Schneidemühlstein, mein Lieber – aber das verstehen Sie nicht. Ein altes Kavalleriepferd folgt der Trompete.

CASTONNIER Nein, das versteh ich nicht. Sylvaine! Wo bleibt der Rahm!?

NEYROUD Mein Junge, sehn Sie, der war immer ein braver Kerl. Der hat nie was Unrechtes getan. Gewiß, er hat Nester ausgenommen. Er hat gewußt, wie man Forellen mit der Hand fängt –

CASTONNIER – in der verbotenen Zeit. Und meine Tochter, die hat sie ihm vor der Nase weggeschnappt. Er war ein Tollpatsch, dein Junge. Aber jetzt ist er richtig!

NEYROUD Ich hab den Jungen gewarnt. Ich hab ihm gesagt, er soll sich da nicht hineinmischen. Man agitiert nicht gegen seine Regierung. –

MÜHLSTEIN Lassen Sie's gut sein, Neyroud. Ihr Sohn ist entwischt, und man wird ihn nicht kriegen – hoffentlich – sage ich. Wir von der Armee waren immer gegen das Geiselsystem.

CASTONNIER Und was tut ihr dagegen?

MÜHLSTEIN Ja, was tun wir dagegen? Wir sind Befehlsempfänger, mein Herr. Allesamt. Eine Welt von Befehlsempfängern. Der Constable, ich selbst, Herr Sprenger, sein Oberst, dessen General, euer Maréchal, die Herren Minister, nichts als Befehlsempfänger. Und unser Allerhöchster, der empfängt seinen Auftrag vom Volk, und das Volk von der ›Vorsehung‹. *In einer plötzlichen Wut* Manchmal, da denke ich – am Jüngsten Tag, wenn die ganze Schweinerei mal aufkommt – da wird sich noch der liebe Herrgott als Befehlsempfänger entpuppen.

NEYROUD Sind Sie ein Atheist, Herr Kommandant?

MÜHLSTEIN Im Gegenteil, mein Lieber. Ganz im Gegenteil. Ich bin aus Schneidemühl. Ich bin Offizier und Christ. Ich möchte mit weißer Weste vor meinen Richter treten. Und wenn die Polen kommen – und sie werden kommen – *er fährt mit der Fingerspitze über seinen Kehlkopf* –, dann heißt es: ab dafür. Konto ausgeglichen. Verstehen Sie mich?

NEYROUD Nein, Herr Kommandant.

MÜHLSTEIN Dann kaufen Sie sich 'ne Landkarte und suchen Sie Schneidemühl. *Er geht hinaus.*

CASTONNIER Wo wollen Sie hin? Der Gigot ist gleich fertig!

MÜHLSTEIN Man darf einen Gigot nicht mit voller Blase essen. Das könnte ihn einschüchtern. *Ab*

NEYROUD Der Teufel verstehe einen Boche.

CASTONNIER Verstehe dich selbst, Constable. – Der Mann ist ein Deutscher, aber er hat Kultur. Er hat Kultur. Er weiß, wie man einen Gigot essen muß, und was man dazu trinkt. Jetzt rasch in die Küche!

SYLVAINE *ist hereingekommen, hat ihm das Rahmkännchen gegeben.*

CASTONNIER Merci, chérie. Du, sag deinem Beau, wenn er kommt, er soll mich rasch mal herausrufen, ich hab ihm was zu sagen. *Er folgt Neyroud nach hinten.*

SYLVAINE *bleibt einen Augenblick vor der schlafenden Soularde stehen, nimmt die Flasche auf, die neben ihr auf den Boden gerollt ist, stellt sie auf den Tisch. Dann geht sie mit einem leeren Tablett in die Gaststube.*

SYLVESTER *ist aufgestanden, während sie sich ihm nähert, will gehn.*

SYLVAINE Sie müssen nicht weggehn, ich räume nur die leeren Flaschen ab. Oder, gehen Sie meinetwegen?

SYLVESTER Nein – nicht Ihretwegen. Ich – ich bin etwas angeheitert. Ich weiß nicht, ob Sie das mögen.

SYLVAINE Sie sehen aber nicht heiter aus. – Sind Sie traurig?

SYLVESTER Man ist ja immer ein bißchen traurig. Auch wenn man lustig ist.

SYLVAINE Jetzt kriegen Sie helle Augen.

SYLVESTER Jetzt mußte ich an Ramona denken. Wie geht es ihr? Und unsrem – ich meine, Ramonas Kälbchen?

SYLVAINE Es trinkt und wächst. Zu Weihnachten wird es getauft.

SYLVESTER Wie denn?

SYLVAINE Cäsar.

SYLVESTER Wie sein Ahnherr, der schöne sanfte Stier.

SYLVAINE Das wissen Sie noch?

SYLVESTER Ich habe sogar schon von ihm geträumt. Da verwandelte sich sein Rindergesicht in einen Römerkopf, und der schwarze Stern wurde ein Diadem aus dunklen Steinen, da stand in Kristallschrift draufgeschrieben: Macht und Milde.

SYLVAINE Haben Sie oft solche Träume?

SYLVESTER Nein. Den hab ich grade erfunden.

SYLVAINE Das hab ich mir gedacht! *Sie lachen* Fahren Sie bald in Urlaub?

SYLVESTER Das wissen Sie auch noch?

SYLVAINE Natürlich.

SYLVESTER Am vierundzwanzigsten.

SYLVAINE Da sind Sie erst nach dem Fest zu Hause.

SYLVESTER Das macht nichts. Ich bleibe dann über Neujahr, und am Sylvesterabend ist mein Geburtstag.

SYLVAINE Wie alt werden Sie da?

SYLVESTER *abwesend* Wie alt – am liebsten –

SYLVAINE Woran denken Sie jetzt?

SYLVESTER Am liebsten möchte ich gar nicht wegfahren.

SYLVAINE Weshalb?

SYLVESTER Sagen Sie – müssen Sie unbedingt dorthin gehen? Zu diesem Tanz, heute abend?

SYLVAINE Was liegt Ihnen daran?

SYLVESTER Eigentlich nichts. Es geht mich auch nichts an. Aber – ich habe Angst. Ich sollte das gar nicht aussprechen.

SYLVAINE Jetzt verstehe ich Sie nicht.

SYLVESTER Haben Sie nicht gemerkt, wie er mit Ihnen geredet hat, vorhin, daß er Sie anschaute wie eine Katze, die mit der Maus spielt?

SYLVAINE Der? So schaut er jeden an. Er kann gar nicht anders.

SYLVESTER Er führt was im Schild. Etwas Furchtbares. Sie behalten das ja für sich, was ich da sage –

SYLVAINE Sagen Sie lieber nichts mehr. Ich könnte Ihnen nichts versprechen – wenn Sie etwas wissen, was man gegen meine Freunde vorhat.

SYLVESTER Ich weiß ja nichts. Ich habe keine Ahnung. Ich weiß nur, er hat etwas vor – und er kann tun, was er will, wenn der Major verreist ist. Ich möchte Sie nicht allein lassen – keinen Augenblick.

SYLVAINE Sie könnten mir auch nicht helfen – wenn mir etwas passieren soll.

SYLVESTER Das weiß ich nicht. Das kann man nie wissen. Ich würde es nicht mal erfahren, wenn ich fort bin. – Ich halte nichts vom Zufall.

SYLVAINE Hängt man nicht davon ab?

SYLVESTER Wenn man glaubt, daß der Zufall regiert, dann hört man doch auf, ein Mensch zu sein.

SYLVAINE Oder man hat noch nicht angefangen. – Sie brauchen sich nicht zu sorgen. Was ich jetzt sage, müssen Sie auch für sich behalten. –

SYLVESTER *nickt.*

SYLVAINE Wir verlassen uns nicht auf den Zufall. Wir wissen immer ganz gut, was geplant ist. Mein Vater hat jemanden, der sich auskennt und ihm alles zuträgt.

SYLVESTER Der Erfinder, womöglich? Ich dachte schon, daß er spioniert.

SYLVAINE *zuckt die Achseln* Wer es auch sei. Wenn man zum Beispiel die Frauen einziehen will – da würde ich rechtzeitig verschwinden. Ich mag das nicht noch einmal erleben.

SYLVESTER Haben Sie einen Ort, wo Sie ganz sicher sind?

SYLVAINE Es gibt solche Orte. Es sind mehr junge Leute verschwunden.

SYLVESTER Ich weiß. Glauben Sie nicht, Sie könnten mir vertrauen?

SYLVAINE Doch. Ich vertraue Ihnen.

SYLVESTER Ich möchte immer wissen, wo Sie sind. Wo ich Sie wiederfinden kann, wenn Sie verschwunden wären. Wo ich Sie warnen könnte und Ihnen helfen, falls es nötig ist.

SYLVAINE Sie sollen es wissen.

SYLVESTER Versprechen Sie mir das?

SYLVAINE Ja. – Werden Sie jetzt unbesorgt nach Hause fahren?

SYLVESTER Danke. Jetzt fahre ich gern.

Das Grammophon in der Küche hat wieder angefangen, spielt einen altmodischen, schleppenden Walzer. Man hört Mühlstein dazu singen: »Les Françaises sont toujours gentilles –«.

SYLVAINE Vielleicht gehe ich auch nicht zu dem Tanz.

SYLVESTER Ich glaube, da ist keine Gefahr. Das schoß mir nur so durch den Kopf, ich weiß nicht warum.

SYLVAINE Vielleicht habe ich keine Lust mehr.

SYLVESTER Sie tanzen doch gern.

SYLVAINE Ich könnte ja hier tanzen.

SYLVESTER Mit wem?

SYLVAINE *öffnet ganz leicht die Arme, nickt ihm zu.*

SYLVESTER *umfaßt sie mit einem Arm.*

SYLVAINE *legt einen Arm um seine Schulter, faßt seine andere Hand. Dann schließt sie die Augen, mit schief geneigtem Kopf. Sie tun ein paar langsame wiegende Tanzschritte, drehen sich zweimal im Kreis.*

Die Nadel bleibt hängen, das Grammophon scheppert auf der Stelle, reißt kratzend ab.

SYLVAINE *lacht, läßt ihn los* Das hätte ich wissen können. Die Platte hat auch ihren bösen Strich. Aber es macht nichts. *Sie hält sich mit den Händen rückwärts am Tisch, als sei ihr schwindlig.*

SYLVESTER Es war sehr kurz.

SYLVAINE So kurz und so lang wie eine ganze Ballnacht.

SYLVESTER Gehn Sie nun doch noch – zu dem Tanz?

SYLVAINE *zuckt die Achseln, ohne ihn anzuschauen, mit einem zärtlichen Lächeln.*

LOUIS CREVEAUX *erscheint auf der Straße. Er schaut durch die Glastür – stößt einen leisen Pfiff aus.*

SYLVAINE *fährt zusammen. Dann ruft sie, mit ruhiger Stimme* Louis? Komm doch herein, bitte.

CREVEAUX *tritt ein, öffnet seine Windjacke. Er trägt einen besseren Rock, Kragen und Krawatte* Salut, Sylvaine. Bon soir, Monsieur.

SYLVESTER *nickt ihm zu.*

CREVEAUX *mit einem schiefen Blick auf Sylvester* Ich dachte, du wartest schon. Wir sind ein wenig pressiert, wenn wir mit wollen. Da geht nämlich ein Fouragewagen, da könnten wir aufsitzen.

SYLVAINE Mein Vater hat gebeten, du solltest ihn rasch mal herausrufen. Er ist in der Küche.

CREVEAUX Das dauert nicht lang. Vielleicht machst du dich fertig unterdessen. *Er will durch den Nebenraum nach hinten, bemerkt die schlafende Soularde, zögert, geht rasch auf den Zehenspitzen an ihr vorbei, ruft im Verschwinden* Castonnier!

SYLVESTER *hat auf die Uhr geschaut, nimmt den Meldeblock auf, der noch auf dem Tisch lag.*

SYLVAINE Wo gehen Sie hin?

SYLVESTER Es ist Zeit zum Dienst. Ich muß die Abendmeldung durchgeben.

SYLVAINE *wie in plötzlichem Schrecken, faßt seinen Arm* Gehen Sie nicht allein, im Dunkeln! Und nie ohne Blendlaterne! Bitte!

SYLVESTER Es ist nur um die Ecke. Ich paß schon auf.

SYLVAINE Den letzten Funker, den haben sie nachts erschossen. Geben Sie mir ein Zeichen, wenn Sie zurück sind, im Quartier. Ich warte hier. – Nur damit ich weiß, daß nichts geschehen ist.

SYLVESTER Das will ich tun. – Lebwohl.

SYLVAINE *leise* Lebwohl.

SYLVESTER Und – werde ich immer wissen, wo Sie sind?

SYLVAINE Immer.

SYLVESTER *geht rasch – während Creveaux und Castonnier im Nebenraum erscheinen, miteinander flüsternd. Sylvaine räumt den Tisch ab.*

CREVEAUX *schaut in die Gaststube* Er ist fort. Wir können laut reden. Ich bin pressiert.

CASTONNIER *redet gedämpft und hastig* Es ist alles vorbereitet, du kannst es ihnen sagen. Der Raum faßt mindestens dreißig, vierzig Leute, und die Rückwand ist durchbrochen, zum Graben hinaus, damit man nicht in der Falle sitzt, wenn was los wäre.

CREVEAUX Da könnte man schon heute nacht dort einrücken.

CASTONNIER Jederzeit. Das ist vollständig sicher.

CREVEAUX Hast du auch an das Stroh gedacht?

CASTONNIER Natürlich. Das war eine gute Idee.

CREVEAUX *fährt zusammen, duckt den Kopf.*

LA SOULARDE *ist wach geworden, tastet und tappt nach ihrer Flasche herum, leise jammernd* Die Flasche – da war sie doch – da hat mir jemand – die hat mir einer gestohlen!

SYLVAINE *rasch zu ihr* Ich habe sie nur auf den Tisch gestellt. Sie war leer.

SOULARDE Leer – leer – leer. *Hebt die Hände bettelnd in Richtung auf die Männer, ohne zu sehen* Gebt mir etwas zu trinken, schöne Herrn. Gebt mir Schnaps – ich will euch Musik machen. Selige, süße Musik, für die schönen Seelen. – *Sie tastet nach der Spieldose.*

CREVEAUX Das ist ekelhaft. Warum wirfst du sie nicht hinaus?

CASTONNIER Es ist kalt draußen. Die andern ziehn wieder im Dorf herum, die werden sie dann schon holen.

SOULARDE *zu Castonnier* Ich kenn deine Stimme, Patron, aber ich seh dich nicht. Ich kann nichts sehen, wenn ihr mir nichts gebt, dann kann ich auch keine Wurzeln suchen, da kannst du kein grünes Glück brennen. Du bist mir noch schuldig, für einen ganzen Sack!

CASTONNIER Den hast du schon zehnmal abgesoffen. Du hast genug.

SOULARDE *böse* Genug! Wer hat genug! Keiner hat genug! Genug!! *Sie beginnt zu husten.*

SYLVAINE Gibt ihr noch was, ich glaube, es tut ihr weh.

CASTONNIER Natürlich tut's ihr weh, das ist die trockene Kehle, und vom nächsten Schnaps wird sie noch trockener. Also in Gottes Namen.

Nimmt die Flasche, geht nach hinten.

SOULARDE Ich mach euch Musik, schöne Herrn. – *Beginnt, die Spieldose zu drehen.*

CREVEAUX *ist in die Gaststube gegangen, hat seinen Rockkragen hochgeschlagen* Kommst du nicht endlich, Sylvaine? Es ist höchste Zeit!

SYLVAINE *schaut ihn an* Warum schlägst du den Kragen hoch? Es ist doch nicht kalt hier drinnen.

CREVEAUX Ich hab doch nicht – habe ich das getan? Das ist, weil wir uns eilen müssen. Der Wind ist scharf draußen.

SYLVAINE Du mußt allein gehen.

CREVEAUX Wieso, was meinst du damit? Das kann nicht dein Ernst sein. Du – du bist doch schon angezogen –

SYLVAINE *setzt sich* Es tut mir leid, Louis. Ich kann jetzt nicht.

CREVEAUX Aber warum denn? – Das ist eine Laune!

SYLVAINE Vielleicht ist's eine Laune.

CREVEAUX Das ist gemein! – Verzeih – Du hast es versprochen. Du kannst mich doch jetzt nicht im Stich lassen – das geht doch nicht.

SYLVAINE Es gibt genug andere Mädchen. Du findest schon eine. Wenn Blanche noch nicht so weit wäre –

CREVEAUX Was hab ich mit Blanche! Die ist doch idiotisch! Die sabbert beim Sprechen und vergißt, wie sie heißt.

SYLVAINE Desto schlimmer. Ihr Vater hat sie hinausgesetzt. Sie streicht im Dorf herum, wie eine Katze um ein verbranntes Haus.

CREVEAUX Das geht mich nichts an! Und dich erst recht nichts!

SYLVAINE Du mußt jetzt gehn, Louis, sonst ist der Wagen fort.

CREVEAUX *beugt sich über sie* Du – das steht dir so gut, das Kleid mit den freien Schultern – und wie du die Haare trägst, heute abend. Du wirst alle verrückt machen. Jeder wird mit dir tanzen wollen. Du hast doch so lang nicht getanzt –

SYLVAINE *lächelnd, für sich* Ich mag wirklich nicht mehr, heute abend.

CREVEAUX Ich – habe dir etwas mitgebracht. *Er nimmt einen bunten Schal aus der Tasche* Den könntest du um die Schultern legen, wenn dir warm ist vom Tanzen. Das ist echte Seide.

SYLVAINE Du sollst mir nichts mehr schenken, Louis.

CREVEAUX Was hab ich dir denn getan, plötzlich?

SYLVAINE Nichts, gar nichts. Es ist meine Schuld. Ich darf nichts mehr nehmen von dir.

CREVEAUX Echte Seide, aus China. Das gibt es heut gar nicht mehr.

SYLVAINE Ich könnte dir nichts dafür geben, Louis.

CREVEAUX *heiser* Ich will doch nichts von dir.

SYLVAINE Dann ist es ja gut.

CREVEAUX *plötzlich nah bei ihr, drohend* Du, komm jetzt mit, sag ich!!

SYLVAINE Glaubst du, ich lasse mich zwingen?

CREVEAUX *faßt ihre Schulter* Du wärst nicht die erste. Manche, die muß man zwingen. Die wollen das!

SYLVAINE *ruhig* Nimm die Hand weg!

CREVEAUX *zieht die Hand zurück* Du bist ja kalt wie Eis. *Er beißt an seinen Fingern.*

CASTONNIER *ist wieder im Nebenraum erschienen, hat etwas in die Flasche der Soularde eingefüllt, gibt sie ihr* Das ist aber zum letzten Mal, heute, falls du keinen Liebhaber findest, der für dich zahlt.

SOULARDE *reißt die Flasche an sich, saugt.*

CREVEAUX Dann gehe ich auch nicht. *Er setzt sich neben Sylvaine* Castonnier! Bring mir ein Achtel von deinem Selbstgebrannten.

CASTONNIER Der ist stark und teuer. Ich dachte, ihr seid pressiert.

CREVEAUX Ich habe Geld genug. – Wir haben den Wagen versäumt, jetzt müssen wir warten, vielleicht nimmt uns ein anderer mit.

CASTONNIER Augenblick. *Geht in die dunkle Ecke, holt eine Korbflasche hervor.*

SOULARDE Jetzt bin ich jung, jetzt könnte ich einen Liebhaber finden – *Lacht* – Wart ab, ich sing euch ein Lied, aus den jungen Jahren!

Sie nimmt ihre Flasche wie ein Wickelkind auf den Arm, wiegt sie hin und her, singt mit dünner Stimme

»Schlaf mein Kind, es treibt der Schnee,
Dein Vater war ein Prisonnier,
Er kam im grauen Haufen,
Sie ließen ihn die Felder mähn
Und helfen Korn und Kinder sän
Und ließen ihn wieder laufen –«

Lacht leise, führt die Flasche zum Mund.

CASTONNIER *hat etwas aus der Korbflasche in eine Karaffe umgefüllt – stellt sie mit zwei Gläsern auf den Tisch* Jetzt stört mich aber nicht mehr, wir essen einen Gigot. Ein Schwein, weißt du, das kann jeder schwarzschlachten, aber einen Hammel! Unter den Augen der Polizei!

CREVEAUX *ungeduldig* Ja ja, du bist ein Held.

CASTONNIER *zu Sylvaine* Ich heb dir was auf, Chérie, du wirst Hunger haben, wenn du heimkommst. *Läuft in die Küche.*

CREVEAUX *schenkt ein, nimmt einen großen Schluck, stößt das Glas auf den Tisch* Ist es ein anderer? Du kannst es mir ruhig sagen.

SYLVAINE *antwortet nicht, trinkt einen Schluck.*

CREVEAUX Du mußt es mir sagen!

SYLVAINE Was hättest du davon.

CREVEAUX Dann wüßt ich, woran ich bin.

SYLVAINE Wär dir dann wohler?

CREVEAUX *auf den Tisch geduckt* Wenn ich das wüßte – und wenn ich wüßte, wer es ist – ich – ich könnte euch mit der Haut zusammennähen und langsam verbrennen lassen, bei lebendigem Leib. Das könnte ich.

SYLVAINE *vor ihm zurückweichend* Ja, das könntest du. Aber da ist kein anderer.

CREVEAUX Jetzt lügst du. – Hast du Angst vor mir? Hältst du mich für gefährlich? Glaubst du, ich sei böse?

SYLVAINE *schaut ihn an* Wenigstens habe ich gar kein Mitleid mit dir.

CREVEAUX Darauf würd ich auch husten. *Er wird weiß im Gesicht* Du – du weißt nicht, wozu ich fähig bin.

SYLVAINE Das habe ich immer gewußt.

CREVEAUX Hast du wirklich kein Mitleid?

SYLVAINE Nein.

CREVEAUX *steht auf, knüllt den Seidenschal zusammen, geht in den Nebenraum, wirft ihn ins Kaminfeuer, das zischend aufloht.*

SOULARDE, *die ihre Flasche geleert hat und vornüber gesunken war, fährt hoch, beginnt wieder, die Flasche zu wiegen, singt lauter*

»Schrei mein Sohn, der Frost tut weh,
Dein Vater war ein Prisonnier,

Er kam im grauen Haufen.
Der graue Haufen ging verlorn,
Die Stallmagd hat ein Kind geborn,
Jetzt will es keiner taufen –«

Sie ächzt leise vor sich hin, jammert Gebt mir noch was zu trinken –

CREVEAUX *reißt ihr die Flasche weg, schwingt sie hoch, als wolle er sie ihr an den Kopf schmettern.*

SYLVAINE Louis! *Sie springt auf, nimmt ihm die Flasche ab, füllt den Rest aus ihrem Glas hinein, gibt sie der Soularde* Hier, da ist noch was.

SOULARDE *im gleichen Ton* Dank, Dank. Du bist jung und schön, aber es wird dir nichts nutzen. *Saugt*

CREVEAUX *ist zum Tisch zurückgegangen, hat sich auf den Stuhl fallen lassen, trinkt. Man hört von fern das leiernde Gesinge der Adventgänger, zwei Altemännerstimmen, die langsam näherkommen.*

SYLVAINE *tritt hinter ihn* Es tut mir leid, Louis.

CREVEAUX Was tut dir leid?

SYLVAINE Daß ich so bin.

CREVEAUX Das braucht dir nicht leid zu tun. Man kann sich nicht ändern. Man kann sich rächen, sonst nichts. Wenn man von Stärkeren getreten wird, kann man Schwächere treten. Aber es hilft einem nichts. – Ich habe ein kleines Dienstmädel, in Dijon, die zerreißt sich für mich. Die lasse ich zappeln, wie eine Mücke am Flügel, wie einen Käfer, den man auf die Nadel spießt. Und sie ist hübsch. Jung, hübsch, wie Milch und Blut. Willst du ihr Bild sehn? Glaubst du mir nicht?

SYLVAINE *abwesend* Doch, ich glaub dir schon.

CREVEAUX Die flennt mir nach, weil ich nicht wiederkomme, die rennt jeden Tag aufs Postamt, ob kein Brief da ist, und da kommt keiner. – Aber es hilft mir nichts. Ich mache mir nichts aus ihr. – Hörst du mir zu?

SYLVAINE Du sprichst doch mit dir selber.

CREVEAUX Ich weiß – du denkst an den andern. Es ist auch gleich. Du holst mich nicht heraus.

SYLVAINE Wo heraus?

CREVEAUX *wild* Wo heraus? – Wo ist man denn drin?! – Du weißt es so gut wie ich! – Glaubst du, der Teufel ist gern in der Hölle? – Aber, er kann sie heizen! – Wenn ich dich nicht habe, dann soll dich keiner haben! Keiner!! Solang du lebst!

SYLVAINE *mit einem Ausdruck von träumerischem Stolz* Ich lebe nicht lang.

CREVEAUX Woher willst du das wissen? – Einmal, da wirst du's bereuen. Da wirst du's bereun!

SYLVAINE Ich werde es nie bereuen! Nie!

CREVEAUX Schlag nur zu.

LA SOULARDE *beginnt wieder zu singen*

»Trink mein Kind, es weht vom See,
Dein Vater war ein Prisonnier,
Gott schlug den grauen Haufen.
Die sind verdorben und erfrorn,
Die Stallmagd wurde auserkorn –
plötzlich kreischend
Im Fusel zu ersaufen –!«

Sie richtet sich auf, macht ein paar wankende Schritte auf Creveaux zu Du, gib mir noch was, du hast Geld!

CREVEAUX Jetzt hab ich es satt! Castonnier! Wirf sie hinaus! Das kann man nicht aushalten! Wirf sie hinaus! *Er weicht zurück, stellt seinen Kragen hoch.*

SOULARDE Ich geh schon. Ich geh schon. Ich will nichts von dir. *Sie tappt zur Tür.* Ich schäme mich meiner Mutter nicht – selbst wenn ich mich in ihrem Dreck wälze. *Sie fällt durch die Tür auf die Erde, rollt über die Straße.*

DIE ADVENTGÄNGER *sind im Dunkel erschienen, zwei plumpe, kaum kenntliche Männergestalten, heben sie auf, schleifen sie mit sich fort.*

Der Gesang ist verstummt.

CREVEAUX *starrt auf den Tisch, spielt mit Sprengers Zigarettenetui, das noch dort liegt.*

SYLVAINE *steht beim Tisch, als lausche sie auf etwas, vielleicht einen Schritt im Hof oder auf der Treppe.*

CREVEAUX *hebt den Kopf, spricht in verändertem Ton* Pardon – ich war dumm. Ich habe die Nerven verloren. Du darfst das nicht ernst nehmen, was ich gesagt habe. Ich weiß es schon gar nicht mehr. Ich verstehe dich. Du bist müde. Du hast keine Lust heute, das kann vorkommen. Es muß ja nicht immer so sein. – Da wird ein Ball veranstaltet, zu Weihnachten, vor der Mitternachtsmette, und nachher. Das ist geheim, da wirst du viele Freunde treffen. Dein Vater weiß, wo. Er wird es dir sagen. Willst du dorthin kommen?

SYLVAINE Vielleicht.

Man hört jetzt, gedämpft, von oben, Sylvesters Blockflöte, er spielt die Melodie aus dem Stall:
»Rosen die blühn und verwehen« –
Sie lauscht lächelnd.

CREVEAUX *beobachtet sie, mitlauschend* Sie werden alle dort sein – Francis, Marcel, alle. Es wird das große Fest werden, für alle, die keine Furcht haben und an den Sieg glauben. Das frohe Fest. Da wirst du doch hingehen, Sylvaine?

SYLVAINE *immer noch lächelnd, mit einem heimlichen Glanz in den Augen* Ja – ich glaube, da werde ich hingehn. *Sie reicht ihm die Hand* Jetzt will ich nach Hause, zu Michelle. Ich bin sehr müde. Gute Nacht, Louis. Verzeih mir.

CREVEAUX *beugt sich tief über ihre Hand* Du mußt mir verzeihn.

SYLVAINE *geht. Die Flöte hat aufgehört.*

CREVEAUX *richtet sich auf, schielt nach der Decke. Dann nimmt er ein Päckchen Tabak und ein kleines Papierblatt aus der Tasche. Befeuchtet die Spitze eines Bleistiftes – kritzelt rasch etwas auf das Papier. Beginnt, die Zigarette zu drehen.*

SYLVAINE, *die schon im Dunkel der Straße verschwunden war, kommt noch einmal in den Lichtschein der Tür, führt Blanche mit sich, um deren Schulter sie ihren Arm gelegt hat* Sie stand da draußen, an der Ecke. Ich glaube, sie wartet auf dich. *Geht.*

BLANCHE *bleibt scheu bei der Tür stehen, den Kopf gesenkt, starrt auf ihren Leib.*

CREVEAUX *beobachtet sie, während er die Zigarette leckt, und die Enden zudreht* Du kannst ruhig näherkommen. Hier ist es gut, zum Aufwärmen.

BLANCHE *geht zaghaft auf ihn zu.*

CREVEAUX *generös* Na, trau dich nur. – Hat dich der Müller hinausgeschmissen? Weißt du nicht mehr, wo du schlafen sollst? Ich werde schon für dich sorgen.

BLANCHE *schaut ihn an, ihre Augen werden groß, ihre Lippen zittern.*

CREVEAUX Ich bring dich ins Schloß hinauf. Dort findest du Freunde, im Keller, und gutes Binsenstroh. Dort bist du versorgt. Bleib da versteckt, bei den andern, bis zum Weihnachtsfest. Dann bin ich auch dort. Dann tanze ich mit dir – wenn die Kerzen brennen. *Er läßt die Zigarette in Sprengers Etui fallen, klappt es zu.*

BLANCHE *preßt ihre Lippen auf seine Hände.*

CREVEAUX Wenn sie lichterloh brennen. *Er schaut auf sie herab, mit einem bösen und qualvollen Lächeln.*

Dritter Akt

Im alten Schloß von Haut-Chaumond. Die Nacht des letzten Advent. Zwei Kerzen, auf eiserne Wandarme gesteckt, beleuchten den Umriß eines verwitterten Mauerbogens, der einen kleinen, erhöhten Vorplatz von einem größeren, nach rückwärts ausgedehnten Gewölbe trennt. Dort arbeitet eine unbestimmte Anzahl von Leuten, im Fackelschein ist nur das Spiel ihrer Schatten zu sehen. Man hört dumpfe Hackenschläge, das gleichmäßige Scharren von Schaufeln, das leise Abzählen der Lasten, die von Hand zu Hand weitergegeben werden. Im Vordergrund führen Stufen nach oben.

Francis Leroy, Francine und Michelle kommen die Stufen herab, geführt von Castonnier, der eine Laterne trägt.

FRANCINE Wenn ich denke, wie oft wir als Kinder hier gespielt haben. Und was für schaurige und gruslige Spiele! Da, unter dem Bogen – weißt du noch, Francis? – das war die Seufzerbrücke – und im Gewölbe hinten, da ging es um – da klapperten die Skelette! Wir wußten, es war ein Sack voll Wäscheklammern, den hattest du in den Windfang gehängt – aber manchmal ängstigten wir uns so, daß wir schreiend hinaufrannten!

FRANCIS Mir kommt es auch jetzt wie ein Spiel vor, was wir da treiben. Haben Sie keine Bedenken, Castonnier?

CASTONNIER Ich weiß, ich habe meine Befugnisse als Castellan überschritten. Ich hätte Sie vorher fragen müssen, Herr Marquis. Aber ich wollte Sie nicht beunruhigen. Ich dachte, es ist in Ihrem Sinne –

FRANCIS Das meine ich nicht. Gewiß ist es in meinem Sinne – Übrigens bitte ich Sie nochmals, mich nicht Herr Marquis zu nennen. Dazu bin ich nicht in die Soutane geschlupft.

CASTONNIER Verzeihung, Herr Kaplan. Es ist eine verdammte Gewohnheit.

FRANCIS Zu fluchen brauchen Sie auch nicht unbedingt. Ich meine, ob Sie den Ort hier wirklich für sicher halten.

CASTONNIER Ohne Zweifel, Herr Mar-plan, schon wieder ausgerutscht. Der Mauerdurchbruch, den ich da hinten gemacht habe, sichert uns absolut. Der ganze Transport geht durch den Schloßgraben, der mit der Waldschlucht in Verbindung steht. Beim vorderen Zugang gibt es überhaupt keine Fußspuren. Da wirkt das Ding so ausgestorben wie ein verlassener Eulenhorst. Seit drei Jahren habe ich hier schwarzgeschlachtet, und kein Mensch kam dahinter. Betrachten Sie das, bitte, als Beichtgeheimnis.

FRANCIS Beichten Sie das dem Gendarm, falls Ihr Gewissen Sie drücken sollte. Aber da waren Sie allein – und jetzt sind es viele. – Verrat halten Sie für unmöglich?

CASTONNIER Ausgeschlossen. Lauter todsichere Jungens, vom Lager Estellon, und die Mädchen sind ihre Bräute.

FRANCIS Bräute. Hm.

CASTONNIER Schwestern, wollte ich sagen. Es sind auch zwei Soldaten von der Garde Mobile dabei, die kommen nur nachts und machen bei Tag ihren Dienst, sie würden uns warnen.

FRANCIS Wenn sie das wüßten. Dieser deutsche Truppführer ist mir unheimlich.

CASTONNIER Käsfratze? Der ist für uns nicht früh genug aufgestanden, über den lachen die Hühner!

Michelle und Francine lachen.

Da sehen Sie. Pardon, junge Damen.

FRANCIS Und weshalb haben Sie uns heute nacht hierher geführt? Ich kenne ja schließlich die Lokalität.

CASTONNIER Einem persönlichen Auftrag entsprechend.

Michelle und Francine fassen einander an den Händen.

Die jungen Damen scheinen etwas zu ahnen.

DER SOLDAT PIERRE *kommt von rückwärts, schweißbedeckt* Alles eingebuddelt. Jetzt schütten wir den alten Staub drüber.

CASTONNIER Und dann kann das Stroh drauf, für die Nachtlager.

PIERRE Die letzten Lasten haben gegluckert. Die habe ich oben gelassen.

CASTONNIER Ein Pariser entwickelt in jeder Lage ein gewisses Feingefühl. Es sind dreißig Liter Anjou. Fünf könnt ihr heute abend verzwitschern, der Rest ist für den Weihnachtsball.

PIERRE Ein nobler Greis – in jeder Lage ein – *Er räuspert sich.*

CASTONNIER Verschluck dich nicht, du ungewaschener Säugling!

FRANCIS Einen Ball soll es geben?

CASTONNIER Das hätt ich Ihnen noch gar nicht sagen dürfen!

FRANCIS Jetzt werde ich neugierig.

PIERRE Da kommt er!

MICHELLE Wer kommt?

Sie läuft nach hinten. Dort ist eine Bewegung entstanden, alles drängt zum rückwärtigen Eingang.

LEISE RUFE Der Tambour! Der Tambour!

MARCELS STIMME Salut, Kameraden!

RUFE Salut! Salut Tambour!

Pierre und Castonnier sind nach hinten gelaufen. Sie stemmen Marcel auf die Schultern, der so aus den Schatten der andern herauswächst, und, während einige gedämpft und mit den Füßen stampfend die Marseillaise intonieren, rasch nach vorne geschleppt wird. Er trägt einen alten Soldatenmantel, rückt sich die Baskenmütze aus der Stirn.

FRANCIS *hat seinen Arm um Francine gelegt.*

MARCEL *springt von den Schultern der beiden herunter, steht vor Francis. Der Gesang und das Stampfen hören auf* Willkommen, Schloßherr! Ich hoffe, du hast nichts gegen unsre stille Einquartierung. *Er streckt beide Hände aus, die Francis und Francine ergreifen.*

FRANCIS Willkommen, Jakobiner. Solang das Schloß nicht dabei in die Luft fliegt, keineswegs. Ich sehe, es geht dir nicht schlecht.

MARCEL Gut genug, nach fünf Stunden Nachtmarsch über die Berge.

CASTONNIER *nimmt ein Schnapsfläschchen aus der Tasche, reicht es ihm* Erste Hilfe.

MARCEL Gott sei Dank. *Tut einen tiefen Zug* – Michelle! *Er küßt sie* Was macht Papa Constable?

MICHELLE Er hat seine Sorgen.

MARCEL Wenn er zu uns hierher käme, wär er sie los. Aber dazu fehlt ihm der Schwung. *Haut Castonnier auf die Schulter* Die Waffen schon eingelagert?

CASTONNIER Samt der Munition. Fünftausend Schuß. Louis hat tadellos funktioniert, der Nachrichtendienst lief wie Öl.

MARCEL Ja – wenn man lautlos gehen will, braucht man Katzenpfoten. *Reibt Francines Hände* Du zitterst ja. *Er schlägt seinen Mantel um sie.*

FRANCINE Sag es ihm jetzt, bitte.

CASTONNIER Ich muß den Proviant ausgeben. *Geht mit Pierre nach hinten.*

MARCEL *setzt sich auf eine Stufe, zieht Francine neben sich* Wir müssen reden, Francis. Komm zu uns. *Er nimmt ein Stück Brot heraus, beginnt zu essen.*

FRANCIS *bleibt stehen, Michelle neben ihm* Ja – wir müssen reden. Du weißt, Marcel, daß ich zu euch halte. Und daß ich die äußeren Folgen nicht fürchte. Aber da sind andere Dinge – die fürchte ich.

MARCEL Wovon sprichst du jetzt?

FRANCIS Von den Waffen. Ihr habt hier eine Zuflucht gefunden, das ist in Ordnung, was mich anlangt. Aber es werden hier Waffen versteckt, von vielen Händen, und wer das Versteck weiß, kann sie benutzen. Das ist nicht in Ordnung.

MARCEL Francis, du bist kein Narr, obwohl du dich manchmal so stellst. Sollen wir mit Dessertgabeln kämpfen? Sollen wir Schneeballen schmeißen und Kirschkerne spucken, wenn es losgeht?

FRANCIS Es mag ein Kampf bevorstehn, den die Waffe entscheidet. So weit sind wir noch nicht. Ich bin für den Widerstand – aber ich bin nicht für Meuchelmord.

MARCEL Ziehst du Geiselmord vor?

FRANCIS Darauf muß ich dir keine Antwort geben. – Ich kenne die Aktionsgruppen, Marcel – besonders die unseren hier, in den Savoyer Bergen. Ich habe Lager besucht, ich habe dort Messen gelesen und Sterbende versehn. Ich weiß, da gibt es viele wie dich, Patrioten und Freiheitskämpfer. Aber, da sind auch andere. Jede Bewegung, die sich verbergen muß, zieht die Lichtscheuen an. Die werden morden um des Mordens willen, und sich dann auf den Widerstand herausreden.

MARCEL Es sind nicht lauter Heilige. Aber sie werden schon Disziplin halten. Dafür wird gesorgt.

FRANCIS Von wem? Wer trägt die Verantwortung? Wer sagt diesen Leuten, worum es geht, wer gibt die Parole aus? Bist du es?

MARCEL Ja, zum Teufel – und ich stehe für alles ein – selbst wenn mal ein bißchen zu viel geschossen wird. Hauptsache, daß geschossen wird!

FRANCIS Halt! Das haben die anderen auch gesagt – und auch bei denen gab es Gutgläubige, die Disziplin meinten und Schindknechte erzeugten. Sobald man so denkt, entfesselt man die Roheit und wird zum Komplizen der Henker, die man bekämpft.

MARCEL Es sind rohe Zeiten, Kaplan. Mit zarten Händen kann man sie nicht verändern.

FRANCIS Aber mit reinen Händen! Sonst verändert man nichts. – Man zählt von alters her die Völker nicht nach Fäusten, sondern nach Seelen.

MARCEL Der Gegner zählt nach Panzern, Gewehren und Handgranaten. Und nach Leichen, waggonweise.

FRANCIS Drum wird er verlieren. Wer an Mengen glaubt, erliegt dem Gesetz der Menge. Die Quanten-Energie entscheidet, und nicht die Anzahl!

MARCEL Das ist Philosophie. Bleiben wir bei der Wirklichkeit.

FRANCIS Es war Physik – das ist die Wirklichkeit. Und das Fünkchen Himmel oder Hölle in jedem deiner Leute ist ebenso wirklich, wie eine Sprengladung, und wie ihre Muskelkraft. Auch dafür mußt du einstehen.

MARCEL Du solltest dir so was für den Sonntag sparen.

FRANCIS Wir haben Sonntag. Es ist der letzte Advent.

MARCEL Willst du hier Seelsorge treiben? Dazu bin ich nicht hergekommen.

FRANCIS Aber ich. Warum hast du mich gerufen?

FRANCINE Du kannst ihm vertrauen, Francis. Auch wenn er hart redet, meint er das Rechte. Wir wollten mit dir von etwas anderem sprechen.

MARCEL Das kommt später. Jetzt muß erst Klarheit werden zwischen uns. Du glaubst, ich mache hier Bandenkrieg ohne Plan und Idee? Ich sei der Verantwortung nicht gewachsen?

FRANCIS Das sage ich nicht. Aber du kannst sie nicht auf einer Schulter tragen, wie eine Flinte. Du kannst nicht einen Teil davon eingraben und für später aufsparen, wie eure Munition. Du kannst deinen Leuten auf die Finger schauen, aber nicht ins Herz. Deshalb mußt du dein eigenes prüfen.

MARCEL Francis, du weißt, wie ich denke. Himmel und Hölle sind mir unbekannt. Für mich sind die guten und die bösen Mächte durchaus von dieser Welt, und wenn wir die bösen bekämpfen wollen, brauchen wie klare, direkte Ziele, wie auf dem Schießplatz. Ich bin dagegen, daß man sie vernebelt.

FRANCIS Das tue ich nicht. Ich sehe sie klarer als du. Denn sie sind nicht aus Holz, wie auf dem Schießplatz, sondern aus Fleisch und Blut, und in jedem lebt eine Seele. Bevor man die Waffen ergreift, muß man wissen, wofür man tötet. Wogegen genügt nicht.

MARCEL Und genügt das nicht: für unser Volk? Für sein freies, friedliches Leben? Genügt das nicht, hier und heute?

FRANCIS Es genügt nicht, Marcel. Es geht um eine Entscheidung, die schneidet mitten durch alle Völker und alle Menschen hindurch.

MARCEL Das ist die Entscheidung gegen die Ausquetscher, und für die Ausgequetschten! Eine andere gibt es nicht, heutzutage!

FRANCIS Es gibt eine andere, und du kennst sie. Warum wirst du sonst so heftig?

MARCEL Weil ich nicht leiden kann, wenn man das Einfache verwirrt. Wir haben die Wahl zu treffen, ob wir frei leben wollen oder versklavt. Das ist alles.

FRANCIS Wir haben die Wahl zu treffen, hier und heute, ob wir das Leben erniedrigen wollen zu einer blinden Funktion – oder ob wir es lieben können, als Gottes Geschenk, in jedem seiner Geschöpfe, noch im Feind, noch in Tod und Vernichtung. Es muß eine Liebe sein, die stärker brennt als der Haß. Alles andere ist zu wenig.

MARCEL Und wer trägt dann die Verantwortung, von der du redest? Wenn wir Geschöpfe sein sollen, Kreaturen Gottes, statt Funktionäre des Volkes und unserer Vernunft? Wer trägt dann die Verantwortung, für Gut und Böse? Der Himmel womöglich?

FRANCIS Jeder, der lebt. Wir haften für dieses Leben mit unsrer Seele, die ein Teil ist vom Wunderbaren, von der geheimen Schönheit und Ordnung, der sie entstammt. Wir sind noch für den Zufall verantwortlich, wenn er mit Steinen wirft – denn es kommt nicht darauf an, was uns trifft – nur, wie wir es bestehn, und was wir uns daraus machen. Das ist die Freiheit, Marcel – die einzige, die allen gemeinsam ist. Dafür mußt du kämpfen.

MARCEL Nein, Bruder, da mach ich nicht mit. Das Wunderbare kann mir gestohlen bleiben, und ich brauche kein Gottesgeschenk. Der Sperling fällt vom Dach, wenn ihn der Schrotschuß trifft, dem Armen wird sein Lamm genommen, wenn er die Steuer nicht zahlen kann, und das Scherflein der Witwe macht die Prälaten fett. So ist die Welt, und wir kämpfen, damit's unserer Mutter nicht in die Stube regnet, wenn sie alt ist, und damit unsre Kinder nicht in Angst leben, daß morgen kein Brot mehr da ist, und damit unsre Frauen nicht mit schlaffen Brüsten gehn, wenn sie dreißig sind, sondern uns mit ihrem Leib und ihrer Wärme erfreuen. Das ist mir Liebe genug – und wenn du mehr von mir willst, dann trennen sich unsre Wege.

FRANCIS Dann müssen sie sich trennen, Marcel – bis das Ende sie wieder zusammenzwingt. Denn es gibt nur ein Ende und eine Mündung.

FRANCINE *springt auf* Und wozu bist du Priester geworden, Francis? Weshalb hast du die Armut gewählt? Ist es recht, daß du ihn unsicher machst in seinem Kampf und ihn mit Fragen bedrängst, die in die Kammer des Herzens gehören? Ihr wißt doch beide, daß ihr das gleiche wollt!

FRANCIS Es ist nicht das gleiche. Wir müssen es erst dazu machen.

FRANCINE Erinnerst du dich, was du dem Vater sagtest, als du die Militärschule verlassen hast? Jetzt kommt die Zeit, wo der irdische Kampf und der ewige sich verbünden. Wer das Schwert Gottes trägt, dient seinem Volk am besten. So hast du gedacht, damals – so denkst du heute!

FRANCIS *nimmt eine Kerze vom Wandarm, leuchtet in ihr Gesicht* War es das, was ihr mir zu sagen hattet?

FRANCINE *schaut Marcel an.*

MARCEL Du hast uns nicht zu Wort kommen lassen, Francis. Jetzt ist es zu spät.

FRANCINE Es ist nicht zu spät!

MARCEL Wir werden ein Fest feiern, am Weihnachtsabend, mit all unseren Freunden hier. Wir wollten dich bitten, daran teilzunehmen.

FRANCIS Was für ein Fest?

FRANCINE Wir wollten dich bitten, uns zusammenzugeben, in dieser Weihnacht, als Mann und Frau.

FRANCIS *läßt das Licht sinken. Nach einer Weile* Wollt ihr nicht warten, bis Frieden ist?

FRANCINE Ich gehöre zu ihm, in Krieg und Frieden. Wir sind schon Mann und Frau.

FRANCIS Warum fragt ihr mich dann?

FRANCINE Um deinetwillen!

FRANCIS Und wenn ich Nein sage!

FRANCINE *faßt Marcels Hand.*

MICHELLE Du könntest Francis verlassen?

FRANCINE Ich liebe Marcel.

MICHELLE Dann bist du so schlecht wie jede –

FRANCIS *legt ihr rasch die Hand auf den Mund. Dann steckt er die Kerze wieder auf ihren Platz* Laßt mir Zeit. *Er lauscht nach rückwärts* Was gibt's, Castonnier?

CASTONNIER *erscheint mit seiner Laterne, hinter ihm Louis Creveaux. Auch die andern drängen nach vorne* Verzeiht, wenn wir stören. Es ist wichtig.

CREVEAUX Wird hier schon gefeiert? Das wäre etwas verfrüht.

MARCEL Was ist los?

CREVEAUX Wir müssen das Schloß räumen und alle Spuren verwischen. Morgen wird es durchsucht.

MARCEL Woher weißt du das?

CREVEAUX Das ist meine Aufgabe, so was zu wissen – oder nicht?

CASTONNIER Einer muß sie drauf gebracht haben. Wenn man wüßte, wer!

CREVEAUX Das kann ich dir sagen.

CASTONNIER Du kennst ihn?

CREVEAUX Natürlich. *Er lacht* Ich kenne mich selbst.

MARCEL Du? Du hast uns verraten?

CREVEAUX Das Wort mußt du zurücknehmen, Marcel. Das ist eine Beleidigung.

MARCEL *packt ihn an der Brust* Kerl – wenn du ein doppeltes Spiel treibst –

CREVEAUX Laß mich los! Sonst sage ich gar nichts mehr.

MARCEL Du hast das zu erklären!

CREVEAUX Erst laß mich los – und entschuldige dich!

CASTONNIER Laß ihn, Marcel. Wenn er Dreck am Stecken hätte, käm er doch nicht hierher. Dann würde er sich hüten.

MARCEL Das klingt vernünftig – aber –

CASTONNIER Er hat uns immer gewarnt, und wenn wir hochgehen, fliegt er selber auf. Hör ihn doch an.

MARCEL *läßt Creveaux los* Ich bin ein Hitzkopf.

CREVEAUX Erledigt. Du bist Monteur, ich bin Feinmechaniker. Jeder macht es auf seine Art. – Ich hab der Käsfratze einen Wink zukommen lassen, hinten herum.

MARCEL Und warum? Das versteh ich nicht.

CREVEAUX Du warst nie sehr leicht von Begriff. Wir wollen hier sicher sein, oder nicht? Ich bin nicht für Überraschungen. Hätte ich ihn nicht jetzt drauf gebracht, dann käm er von selber drauf, früher oder später. Jetzt wissen wir, wann er kommt, wir können uns vorbereiten, und wenn er sieht, daß nichts los ist, dann haben wir Weihnachtsfrieden. Kapiert?

CASTONNIER Ich hab dir gesagt, der Junge ist so gut wie ein ausgestopfter Uhu zum Krähenschießen.

CREVEAUX Bei denen geht alles nach Zirkel und Planquadrat, das kann man berechnen, weißt du? Dann wird das Schloß von der Verdachtpunktkarte gestrichen, und wir sind hier so ungestört, wie die Würmer im Grab –

CASTONNIER Wie was? Pfui Teufel.

CREVEAUX – oder sagen wir, wie die Kinder im Mutterleib, wenn dir das besser schmeckt. Unter ihrer Nase.

MARCEL Aber, sie dürfen nichts riechen.

CREVEAUX Das ist einfach. Hauptsache, daß das Stroh herauskommt, damit sie nicht merken, daß hier gelagert wird. Ihr müßt es im Graben aufschichten, das deckt auch die Spuren ab, und es nur nachts hereinnehmen, bevor ihr euch einrollt.

MARCEL Los, an die Arbeit, ich komme gleich. Wir müssen fort sein, bis es Tag wird. Das Stroh heraus, alle Werkzeuge in die Waldschlucht, und den Boden so feststampfen, daß nichts zu sehen ist. *Zu Creveaux* Du solltest jetzt auch aufpassen. Wenn die herauskriegen, daß du sie an der Nase herumführst, hängst du am nächsten Baum.

CREVEAUX Ja, es wird Zeit, daß ich verschwinde. Ich werde jetzt bei euch bleiben, bis auf weiteres.

MARCEL Und vergiß, was ich gesagt habe, vorhin.

CREVEAUX Da ist nichts zu vergessen. *Er geht mit Castonnier nach hinten, wo gedämpfter Arbeitslärm beginnt.*

MARCEL Was hältst du davon, Francis?

FRANCIS Ich weiß nicht. Ich habe ein schlechtes Gefühl. Traut ihr diesem Burschen?

MICHELLE Der kann doch keinem in die Augen sehn. Ich würde immer denken, daß er alle verrät, heute die, morgen uns.

MARCEL Dazu ist er zu schlau. Der weiß genau, daß wir siegen und daß die andern kaputtgehn. Was hätte er dann davon?

FRANCIS Wenn man glaubt, daß die menschlichen Handlungen

von Logik bestimmt werden, dann hättest du recht. – Hoffentlich hast du recht.

MARCEL Er bleibt ja hier, da kann man ihm auf die Finger sehn. – Es tut mir leid, Francis, wenn ich heftig wurde, gegen dich. Ich wollte dich nicht verletzen.

FRANCIS Du hast mich nicht verletzt. Wir haben die Klingen gekreuzt, und die meine schien stumpfer zu sein – für diesen Gang.

MARCEL Es wird nicht der letzte gewesen sein. – Ich muß nach dem Rechten sehen. *Geht nach hinten.*

FRANCIS *wendet sich, geht die Stufen hinauf.*

FRANCINE Wo willst du hin, Francis?

FRANCIS In die Kapelle, wo der Vater liegt. Ich muß mir Rat holen.

FRANCINE Warum sagst du nicht: wo die Mutter liegt?

FRANCIS Ja – warum sagte ich nicht: wo die Mutter liegt? Wäre sie noch am Leben, dann ginge ich zu ihr. Aber im Geiste spricht man mit dem Vater. Vielleicht weil die Mutter eins wird mit der ganzen Erde.

FRANCINE Du weißt, was sie dir sagen würde.

FRANCIS Ich weiß es. Sie würde sagen: wer liebt, soll dem Herzen folgen. Sie hätte auch recht. Aber der Vater würde sagen: Du bist ein Teil der Welt, die ihr Bestes bewahren muß, wie die Steine in diesem Haus. Marcel ist ein Teil des Feuers, das sie zerstört.

FRANCINE Aber die Mutter würde sagen: die Frauen sind wie das Wasser, das alles verbindet und immer das gleiche bleibt, in den Wolken und im Quellengrund. Ob ihr Blut wurzelalt ist oder knospenjung, in jeder steckt Melusine, die am Freitag in den Brunnen steigt. Ein Bächlein verläuft sich nicht.

FRANCIS Und der Vater würde noch etwas brummen, weil er ihr gar nichts erwidern kann.

FRANCINE Und sie dann auf die Stirn küssen.

FRANCIS Komm. *Sie geht zu ihm, er küßt sie auf die Stirn* Ich glaube, jetzt brauche ich nicht mehr in die Kapelle.

FRANCINE Ich wußte, du wirst mich verstehn.

FRANCIS *lächelnd* Verstehen – das ist zu viel verlangt. Aber du kannst Marcel sagen, ich werde kommen, zu eurem Fest.

FRANCINE Das ist mehr als Verstehen! *Sie will nach hinten, zögert kurz bei Michelle, die im Schatten stand* Michelle! Kannst du nicht froh sein, mit uns?

MICHELLE *wendet sich ab* Geh!

FRANCINE *schaut ratlos zu Francis, der ihr winkt, zu gehen. Sie folgt.*

FRANCIS *tritt hinter Michelle* Warum bist du so hart?

MICHELLE *fährt herum* Warum ist Gott so hart? Warum läßt er mich nichts mehr fühlen als Haß und Bitterkeit? Warum schlägt er mich so?

FRANCIS *leise* Du mußt es überwinden.

MICHELLE *im Erschrecken* Du weißt –?

FRANCIS Ich weiß, was auf dir lastet.

MICHELLE Und hilfst mir nicht. – Der du allen hilfst! Und hilfst dir selber nicht!

FRANCIS Ich habe die Last gewählt – aus freien Stücken.

MICHELLE Warum?! – Warum hast du es getan? – Warum?

FRANCIS Warum –? Wüßte ich die Antwort – dann wäre es keine Last. Damals glaubte ich, sie zu schultern, wie ein Soldat. Jetzt – wird sie immer schwerer.

MICHELLE Ist denn das Leben nichts als ein Strafgericht? Ist Gottes Zorn nicht zu groß?

FRANCIS Seine Liebe ist zu groß. Sie geht wie ein Sturm über die Gräser – es ist eins, ob sie schlägt oder streichelt.

MICHELLE Oft möchte ich ihn abschütteln – wie Marcel es tut.

FRANCIS Auch er kann es nicht. Niemand schüttelt ihn ab.

MICHELLE Könnte ich – in deiner Nähe sein – dir dienen, bei dir bleiben, wenn Francine dich verläßt –

FRANCIS *schüttelt den Kopf* Vielleicht sind wir zu etwas anderem aufgespart.

MICHELLE Wozu?

FRANCIS Durchs Feuer zu gehn. Verwandelt zu werden.

MICHELLE *schaudernd* Ich will nicht durchs Feuer. Ich habe Angst davor.

FRANCIS *lächelnd für sich* »Sie gehen immer stracks geradeaus, und sie gehen, wohin sie der Geist treibt.«

MICHELLE Von wem sprichst du jetzt –?

FRANCIS Von den Engeln. Von denen, die eine andre Liebe kennen. – So heißt es von ihnen, in der Schrift.

MICHELLE Es muß ein furchtbares Schicksal sein.

FRANCIS Dort gibt es nicht mehr, was wir Schicksal nennen. *Er wendet sich* Leb wohl, Michelle. Du mußt zu den andern gehen und ihnen helfen. *Er geht über die Stufen.*

MICHELLE *unhörbar* Bleib –! *Sie wirft sich auf die Stufen* Ach, ich bin so in Sünde!

Lichtwechsel

Vor dem Schloß. Ein grauer Morgen. Der Wind pfeift. Sprenger, mit den Soldaten Martin und Georg, kommt aus dem Schloßkeller herauf, gefolgt von Francis und Castonnier. Sie gehen langsam am Graben lang.

SPRENGER Interessant, so ein alter Kasten. Aber ungemütlich. Da drinnen kam's mir noch kälter vor als hier draußen im Wind. Hat man das jemals warm gekriegt, bei solchem Wetter?

FRANCIS Dieser Trakt war schon lang nicht mehr bewohnt. Meine Eltern haben den Südflügel ganz praktisch eingerichtet.

SPRENGER Den sollten Sie an Sommerfrischler vermieten.

FRANCIS Vielleicht mach ich ein Kinderheim daraus, nach dem Krieg.

SPRENGER Sehr menschenfreundlich. – Wie tief ist so ein Graben?

FRANCIS Sechs, acht Meter, denke ich.

SPRENGER Prima Verteidigungsanlage. Allerdings vor Erfindung des Fallschirms. *Er lacht* Heutzutage muß man unterirdische Schlösser bauen.

FRANCIS Ja, wir kommen immer mehr auf den Höhlenmenschen zurück.

SPRENGER Wir haben die Luft erobert, vergessen Sie das nicht. Mit einem Raketenflugzeug wird man die Schallwellen überholen, ohne Übertreibung. Das ist kolossal.

FRANCIS Es ist sehr rasch – immerhin.

SPRENGER Sehr viel rascher kann es auch der Heilige Geist nicht machen, das müssen Sie zugeben. Bitte die freisinnige Bemerkung zu überhören.

FRANCIS Tun Sie sich nur keinen Zwang an.

SPRENGER Sie haben ja Humor. – Da liegt viel Stroh, in dem Graben.

CASTONNIER Binsenstroh. Wir hatten Reit- und Fahrställe hier, bis die Pferde beschlagnahmt wurden. Da braucht man Vorrat.

SPRENGER Leichtsinn, so was. Wenn da mal Benzin verschüttet würde, und ein Zigarettenstummel hineinfliegt. Das alte Fachwerk und Schindelholz ist so trocken wie Zunder.

CASTONNIER Wer hat schon Benzin heute, um es zu verschütten.

SPRENGER Ja – wer hat schon Benzin.

CASTONNIER *lachend* Wer hat schon Benzin – außer euch.

SPRENGER Und wir verschütten keins.

DER SOLDAT ALBERT *kommt eifrig aus dem Schloß* Herr Oberwachtmeister – ich habe eine Entdeckung gemacht.

SPRENGER Nämlich?

ALBERT In einer Ecke des Kellers, da befinden sich Blutlachen!

SPRENGER Blutlachen?

ALBERT Alte eingetrocknete, aber auch ziemlich frische, da ist der Dreck noch rot und feucht, und die ganze Wand ist bespritzt.

SPRENGER *wendet sich zu Castonnier* Können Sie das erklären?

CASTONNIER Ja doch, gewissermaßen – ich könnte mir das schon erklären. Ich könnte das sogar verstehen, in dieser Zeit – wenn auch niemals verzeihen.

SPRENGER Was meinen Sie damit?

CASTONNIER Die Fleischrationierung. Da gibt es Schädlinge, die versuchen das zu umgehen. So ein einsamer Platz, das ist geradezu eine Verführung für die Schwarzschlächter.

SPRENGER Bei Ihnen hat es neulich nach Hammel gerochen.

CASTONNIER Das war eine tote Gemse. Die riechen manchmal ganz ähnlich.

SPRENGER *zu Albert* Kratz mal was ab von dem roten Dreck. Wir lassen das untersuchen. *Zu Castonnier* Ihr Glück, wenn es Tierblut ist.

CASTONNIER Natürlich ist es – das heißt, woher soll ich das wissen.

SPRENGER Dann kommen Sie mit einer Geldstrafe davon. Man ist ja kein Unmensch. – Brrrr. Der Wind geht durch Mark und Pfennig. Wir hauen ab. Danke für die Führung, Herr Kaplan.

FRANCIS Ich hoffe, Sie haben sich überzeugt, daß hier alles in Ordnung ist.

SPRENGER In bester Ordnung. Bis auf das Blut. Nun, das kommt ins Laboratorium. Ihr werdet ja hier keine Kinder schächten. Fröhliche Weihnachten, meine Herrn. *Geht mit den Soldaten.*

FRANCIS Danke gleichfalls. *Er atmet auf* Jetzt glaube ich selbst, daß wir hier sicher sind.

CASTONNIER *droht hinter Sprenger her* Geldstrafe! Dem möchte man mit dem nackten Hintern ins Gesicht springen! – Oh – entschuldigen Sie, Herr Kaplan.

FRANCIS Nichts zu entschuldigen, Castonnier. Da springe ich mit. *Sie gehen lachend ins Schloß.*

Lichtwechsel

Bei Castonnier, am Heiligen Abend. Im Nebenraum steht ein kleiner Christbaum, dessen Wachskerzen nicht angezündet sind. In der Gaststube sitzt Albert am Tisch, mit einer Schreibmaschine. Sein Stahlhelm liegt daneben. Louis Creveaux steht an den Tisch gelehnt, er trägt die Windjacke. Sprenger, mit Helm und Koppel, geht auf und ab. Aus der Ferne hört man das rasselnde, polternde Geräusch schwerer Motorfahrzeuge auf holprigem Pflaster.

CREVEAUX *liest von einem Zettel, während Albert mitschreibt*
Pierre Gachard, von der Garde Mobile
Martin Maturin, von der Garde Mobile
Maurice Chevalley, von hier
Gaston Rambouillet, von hier
Francis Leroy, von hier
Francine Leroy, von hier
Blanche Ducrez, von hier
Marcel Neyroud, Michelle Neyroud
Emile – *Er schauert zusammen, verstummt.*

SPRENGER Weiter, weiter.

CREVEAUX *zittert, klammert sich an den Tisch.*

SPRENGER Vorwärts, nicht schlapp machen hier, wir brauchen die Liste.

CREVEAUX Emile Castonnier – *Er duckt sich.*

ALBERT *hebt den Kopf* Hören Sie nichts?

SPRENGER Was denn, die Panzer.

ALBERT Ein Hahn hat gekräht.

CREVEAUX *versucht wegzulaufen.*

SPRENGER Kerl, soll ich dir ins Genick schießen! *Stößt ihn zum Tisch zurück.*

ALBERT Ein Hahn, um diese Zeit! Am Weihnachtsabend!

SPRENGER Der Teufel, was? *Lacht*

ALBERT Jetzt wieder!

Das Fahrgeräusch hat aufgehört, es wird sehr still.

SPRENGER Idiot! Das ist beim Fermier Dumesnil drüben. Der läßt die elektrischen Lampen angehen im Hühnerstall, damit wir frische Weihnachtseier kriegen. Der Hahn kräht, wann wir wollen – merk dir das. Los, wer fehlt noch?

CREVEAUX *leise* Sylvaine Castonnier.

SPRENGER Aha. Die auch. *Schaut ihn an* Sind das alle?

CREVEAUX Alle. *Er wischt sich den Schweiß.*

SPRENGER Alle auf einen Schlag – wie das tapfere Schneiderlein. *Hält ihm sein Zigarettenetui hin* Setz dich in die Ecke. Du bleibst hier, bis die Aktion vorüber ist.

CREVEAUX *kauert sich in den Schatten, raucht.*

SPRENGER *zu Albert* Zeig mal her.

ALBERT *hat das Blatt ausgespannt, reicht es ihm.*

SPRENGER Sechsunddreißig. Eine nette Zahl. Sechs mal sechs ist sechsunddreißig. *Schaut die Liste durch* Das macht zweiundsiebzig Augen. Blaue, braune, helle, dunkle, voll Spott, voll Haß, voll Verachtung, da schaut dir jedes beim Verrecken zu und weint keine Träne. Zweiundsiebzig Seziermesser, die operieren dich ohne Narkose – falls du nicht härter bist. Auch Kreuzottern sind hübsche Tierchen. Aber man macht sie tot, bevor sie beißen. Übrigens brauchen wir keine Rechtfertigung. Befehl ist Befehl. *Ruft* Imwald!

SYLVESTER *kommt von rückwärts. Er ist marschbereit, hat den gepackten Rucksack am Arm hängen, die umwickelte Flöte ragt aus der Rocktasche* Ich wollte mich grade abmelden.

SPRENGER Das hat noch Zeit. Das Auto ist zur Kommandantenvilla gefahren, großes Gepäck aufnehmen. Der Herr Major scheint abzubauen.

SYLVESTER Kein Wunder.

SPRENGER Du würdest wohl auch lieber um Versetzung einkommen, wie? Falls nicht gewisse Bande dich hierher zurückzögen. War der Abschied schwer?

SYLVESTER Hast du mich deshalb gerufen?

SPRENGER Man wird wohl noch eine Bemerkung machen dürfen, unter Kam'raden. Das ist keine Indiskretion. Ich habe euch an der Stalltür gesehen, als ich mal raus mußte.

SYLVESTER *gleichgültig, mehr abwesend* Ich habe dem Kälbchen Adieu gesagt.

SPRENGER *lacht* Dem Kälbchen! Tadellos! So kann man das auch nennen.

SYLVESTER Noch was? *Will seinen Rucksack schultern.*

SPRENGER Ja, dienstlich. Du mußt mir noch eine Meldung durchgeben, bevor du wegfährst, dazu ist Zeit genug. Dein Ersatzmann kommt erst morgen.

SYLVESTER *läßt den Rucksack sinken, lehnt ihn gegen den Tisch. Zu Albert* Gib mal den Block.

ALBERT *reicht ihm den Meldeblock.*

SPRENGER *diktiert* SD-Hauptquartier, Oberst Merlin. Brennstoff und Panzerverstärkung rechtzeitig eingetroffen. Aktion Feuerofen beginnt planmäßig zwoundzwanzig Uhr dreißig. Durchführung gesichert. Erfolg wird nach Abschluß gemeldet. Hast du das?

SYLVESTER *hat den Block sinken lassen, sieht starr geradeaus.*

SPRENGER Nun, was gibt's? Nicht mitgekommen?

SYLVESTER *antwortet nicht.*

SPRENGER Irgendwas nicht kapiert?

SYLVESTER *ruhig* Doch. Alles.

SPRENGER Darf ich um Wiederholung bitten? Gefälligst?

SYLVESTER, *ohne auf den Block zu schauen, ohne Zögern, wie eingelernt* Brennstoff und Panzerverstärkung rechtzeitig eingetroffen. Aktion Feuerofen beginnt planmäßig zwoundzwanzig Uhr dreißig. Durchführung gesichert. Erfolg wird nach Abschluß gemeldet.

SPRENGER Danke.

SYLVESTER *mechanisch* Danke.

SPRENGER Das gehört nicht mehr dazu.

SYLVESTER *ebenso* Das gehört nicht mehr dazu. *Er steckt den Block ein, geht, immer mit dem gleichen starren Blick, langsam hinaus, verschwindet über die Straße.*

SPRENGER *schaut hinter ihm her, grinsend* Darüber kann er nachdenken auf der Heimreise.

ALBERT *hat mit offenem Munde gelauscht* Aktion Feuerofen! Pfundig! Pfundig!

SPRENGER Glotz nicht so blöd.

PETER *ist hereingekommen, mit einem Säckchen* Die Post.

ALBERT *springt auf* Zeig her. Was für mich dabei?

PETER Zeitung. VB.

ALBERT Scheiße.

PETER *hat einen Karton herausgenommen* Herrn Oberwachtmeister Lutz Sprenger.

SPRENGER Nanu. Ich hab seit einem halben Jahr nicht mehr heimgeschrieben. Das sind alles Miesmacher, bei mir zu Hause. *Nimmt den Karton.*

MAJOR MÜHLSTEIN *kommt von draußen, auch er abfahrbereit, in Mantel und Mütze.*

SPRENGER Achtung. *Die Soldaten nehmen Haltung an.*

MÜHLSTEIN Danke, rühren. Nur kein Ruckzuck am Weihnachtsabend. Gute Nachrichten von zu Hause, alles wohlauf?

SPRENGER Bestens, Herr Major.

MÜHLSTEIN Bei euch sieht es noch nicht sehr festlich aus.

SPRENGER Wir feiern später.

MÜHLSTEIN Wo ist der Funker? Ich wollte ihn zur Station mitnehmen, aber wir müssen in fünf Minuten weg. Der Fahrer sagt, die Straße ist streckenweise verweht, von dem blödsinnigen Wind. Dieser Treibschnee, der ist so dünn und so trokken wie Asche in der Luft. Wie weiße Asche.

SPRENGER Jawohl, gutes Aschenwetter, heute abend.

ALBERT *lacht.*

SPRENGER Ich hab ihn eben noch mal rübergeschickt, eine Meldung durchgeben. Er muß jeden Moment wieder da sein. Hier liegt schon sein Gepäck.

MÜHLSTEIN Na schön, dann soll er sich eilen. Der Wagen steht vor der Villa, der Motor läuft schon. *Er schaut in die Nebenstube, ruft* Castonnier!

SPRENGER Der ist parti, Herr Major – mit seiner Tochter. Sie feiern bei Verwandten, außerhalb – haben sie gesagt. Aber er hat etwas für Sie unter den Christbaum gelegt.

MÜHLSTEIN *geht hin, nimmt eine Flasche auf, deren Etikett offenbar mit seinem Namen beschrieben ist* Ach – das ist reizend.

SPRENGER Ja, ein reizender Mensch. Schade.

MÜHLSTEIN Weshalb schade? Was meinen Sie damit?

SPRENGER Nur so. – Daß er kein Deutscher ist.

MÜHLSTEIN *schaut ihn an* Sagen Sie – was tun die Panzer im Ort? Haben Sie die angefordert?

SPRENGER Verstärkung. Wir gehen heute abend in Großaktion.

ALBERT *auf die Uhr schauend* Pfundig. Pfundig.

PETER Halt die Klappe.

MÜHLSTEIN Heute – am Weihnachtsabend?

SPRENGER Zwoundzwanzig Uhr dreißig, befehlsgemäß.

MÜHLSTEIN Das heißt, eine Stunde nach meiner Abfahrt.

SPRENGER Stimmt, Herr Major. Da kann man seine Hände in Unschuld waschen.

MÜHLSTEIN Lassen Sie die Witze!! – Und von so was erfährt man nichts. Keine Silbe!

SPRENGER Mir war Schweigepflicht auferlegt. Oberst Merlin wird seine Gründe gehabt haben. Jetzt ist die Sache im Rollen, die hält nichts mehr auf. Wollen Sie die Geheimorder sehen? Oder die Liste der Betroffenen? *Nimmt das Papier aus der Tasche.*

MÜHLSTEIN Nein, nein, nein! – *Läuft umher* Ich kann ja doch nichts machen! – Jetzt erreiche ich gar keinen mehr – beim AOK –

SPRENGER Hätte auch wenig Zweck. Die Verantwortung liegt bei mir, nachdem ich um zwanzig Uhr die Geschäfte der Kommandantur übernommen habe. Sie können natürlich meine Amtsführung beanstanden. Aber erst hinterher.

MÜHLSTEIN Nun, Sie verstehen jedenfalls, Festfreude zu verbreiten. – Peter, mein Sohn – ich sage nur: trotz alledem. Halte die Ohren steif. Wir sehen uns wieder – so Gott will. *Er gibt ihm die Hand.*

PETER Und wenn nich in dieser Welt, dann vielleicht in Bielefeld. Gute Reise und glückliches Neues Jahr, Herr Major.

MÜHLSTEIN *im Gehen* Aber klar – aber klar, wir sehn uns wieder – in vierzehn Tagen schon. Der Funker soll sich eilen. *Ab*

SPRENGER *lacht* Den hast du gesehn, mein Junge. Den sind wir los. Der denkt, ich hätte seinen Bericht nicht gelesen und sein Gesuch um Versetzung nach Paris. Der Schreiber beim AOK ist PG, ein alter Kämpfer. Nun – wir haben Gegenminen gelegt. Er wird sich wundern, der Herr mit der weißen Weste. Weiße Westen, die sind nicht mehr modern. Wir tragen – rotgefleckt. Das ist ehrlicher. *Zu Peter* Du kommst ans erste MG, heute abend, damit du's wieder lernst. Das wird 'ne Hasenjagd.

PETER *ohne Überzeugung* Ich melde mir krank. Ich habe Temperatur. *Befühlt seinen Puls.*

SPRENGER *plötzlich brüllend* Ich auch! Siedegrad! Ein Funke genügt, und – *Er haut auf die Revolvertasche, kneift die Lippen zusammen. Dann reißt er mit einer heftigen Geste die Schnur seines Paketes auf, hebt den Deckel ab.* Na, sieh mal an. So was. *Er nimmt einen runden, blinkenden Gegenstand heraus* Das ist doch der alte Christbaumhalter. Der hat 'ne Spieluhr drin, die kann ›Stille Nacht‹, und noch eins – und der Baum dreht sich dazu im Kreis. Das hatte ich als Kind immer so gern, wenn er sich gedreht hat. Und am Dreikönigstag – na ja. Da kriegt man direkt Erinnerungen. *Er hat einen an die Dose angehängten Uhrenschlüssel in eine Öffnung gesteckt, zieht das Werk auf, man hört das Schnarren, mit dem sich die Feder spannt, dann beginnt es, während der Halter sich dreht, dünn und klimpernd das Weihnachtslied zu spielen* Schau – da kommt der Baum hinein – dann dreht er sich.

PETER Ja, meine Großmutter hat ooch so een jehabt, da ham wa uns mit ner Schere hinter jestellt und die Sarotti jeklaut, wenn se vorbeijesegelt sind.

SPRENGER Da kriegt man direkt Erinnerungen.

PETER Also auch 'n Mensch – vorübergehend.

SPRENGER Das hat mit der Wurst nichts zu tun.

PETER Ick sage ja, vorübergehend.

SPRENGER Oder hat es doch mit der Wurst zu tun? Quatsch. Alles hat mit der Wurst zu tun. Es lebe die Dauerwurst, solange sie hart ist. Nur nicht weich werden hier. *Fegt die Spieldose mit dem Handrücken vom Tisch, ruft* Appell! *Er setzt die Trillerpfeife an, läßt einen kurzen, scharfen Pfiff hören.*

GEORG und MARTIN *kommen hereingespritzt, reihen sich neben Albert und Peter, die ihre Stahlhelme aufgesetzt haben und angetreten sind.*

SPRENGER Mal herhören. Wir beginnen um zwoundzwanzig Uhr dreißig mit einer Großaktion, an der ein Zug Panzer der SS als Verstärkung teilnehmen wird. Kennwort heißt »Aktion Feuerofen«. Der Führer des Zugs, Untersturmführer Benze, hat den Oberbefehl. Wir bilden die Vorhut, die ich kommandiere. Ihr bleibt mit dem MG zu meiner besonderen

Verfügung. *Zu Albert* Die Kanister an Ort und Stelle? Die Scheinwerfer bereit?

ALBERT *vor Aufregung stotternd* Jawohl, Herr Oberwwww –

SPRENGER Neyroud!

NEYROUD *erscheint durch den Nebenraum, im Dienstanzug. Schwerfällig* Zu Ihrer Disposition, mein Herr –

SPRENGER Ihre Leute alarmbereit?

NEYROUD Jawohl, mein Herr. Aber leider – das ist sehr peinlich –

SPRENGER Na? Wird's bald?

NEYROUD Da fehlen zwei Mann.

SPRENGER *zu Albert* Merkste was?

ALBERT *grinst.*

SPRENGER *zu Neyroud* Die kann ich Ihnen mit Namen nennen.

NEYROUD Ganz harmlos natürlich – Urlaubsüberschreitung ... Die dachten wohl, am Weihnachtsabend, da wird nichts los sein.

SPRENGER Na, denen wird ein Licht aufgehen – den beiden Harmlosen. Neyroud – Sie übernehmen mit Ihren Leuten den zweiten Cordon. Abriegelung, in hundert Meter Abstand von der vorderen Linie. Das Schloß wird umzingelt.

NEYROUD Das Schloß –?

SPRENGER Sie rücken gleich hinter den Panzern zum Ortsausgang vor und lassen auf beiden Seiten der Straße ausschwärmen. Das ist nur eine Vorsichtsmaßregel, mit der Kampfhandlung haben Sie nichts zu tun. Es wird niemand durchgelassen, weder aus dem Dorf noch herein.

NEYROUD *ganz verwirrt* Das Schloß – niemand durchlassen – bei der Dunkelheit, es scheint kein Mond heute – wie soll man da –

SPRENGER Wir werden schon hell machen. Verlassen Sie sich drauf.

NEYROUD Sagten Sie wirklich, das Schloß? Das ist doch unbewohnt! Wen wollen Sie denn – in dem Schloß –

SPRENGER Keine überflüssigen Fragen. Kennen Sie Ihre Pflicht?

NEYROUD Meine Pflicht – gewiß – aber –

SPRENGER Das genügt. Sammeln Sie Ihre Leute! *Neyroud ab* Uhren vergleichen! Es ist jetzt –

MARTIN *tritt plötzlich aus der Reihe. Er ist sehr bleich, spricht mit schwerer Zunge* Was – heißt – Aktion Feuerofen?

SPRENGER *starrt ihn an wie einen Irren* Mensch, was fällt dir ein? Wahnsinnig geworden? *Er schüttelt den Kopf, tritt dicht auf ihn zu – grinst* Na, hör mal zu. Du bist doch so 'ne Art von Bibelforscher. Weißt du nichts von den Männern im Feuerofen? Was tun denn die?

MARTIN *leise* Sie singen und loben Gott.

SPRENGER Bravo. Du hast deine Propheten im Kopf. Da waren aber keine Damen dabei, beim alten Daniel. Wenn da nun Mädchen mit drinne sind – wie werden die erst singen!

MARTIN *läßt sein Gewehr auf den Boden fallen.*

SPRENGER *mit spitzer, leiser Stimme* Aufheben!

MARTIN *rührt sich nicht.*

SPRENGER *noch leiser* Wird's bald?

MARTIN *rührt sich nicht.*

PETER *bückt sich rasch, hebt das Gewehr auf, hängt es um Martins Schulter.*

SPRENGER *fährt Peter an* Dir hab ich das nicht befohlen. *Zu Martin* Du kannst ja mich erschießen – wenn du Mut hast! Feige Bande.

MARTIN, *ihn immer anschauend* Ich werde nicht schießen. Ich tue das nicht, am Heiligen Abend.

SPRENGER *schreit* Maulhalten. Ich lasse dich –

MAJOR MÜHLSTEIN *kommt rasch von der Straße, hinter ihm ein Fahrer im schwarzen Ledermantel, der im Dunkel bleibt* Wo steckt jetzt der – wieheißterdoch – den Funker, meine ich! Dieser – Imwald, so heißt der Knabe – es ist der letzte Moment!

SPRENGER Der Imwald – verdammt. Der ist nicht zurückgekommen. Da liegt sein Gepäck. Der muß noch im Funkraum sein.

MÜHLSTEIN Ich komme vom Funkraum. Dort war er gar nicht.

SPRENGER *starrt ihn an* Dort war er gar nicht –

MÜHLSTEIN Dort hat ihn keiner gesehn, es ist auch keine Meldung durchgegeben worden. Da ist er gar nicht gewesen. Ich dachte, vielleicht ist er vorausgegangen –

SPRENGER *wie zu sich* Vorausgegangen –

MÜHLSTEIN Dann muß ich leider ohne ihn abfahren, es ist höchste –

SPRENGER, *ohne auf ihn zu achten, reißt seine Trillerpfeife hoch* Achtung!! Aktion Feuerofen wird vorverlegt, sie beginnt unverzüglich. Los, alle Mann auf die Panzer! Laufschritt marschmarsch! *Er rennt voraus, alle folgen, Martin wird von den anderen mitgerissen. Die Trillerpfeife gellt durch die Nacht – gleich darauf hört man das rasselnde, rumpelnde Anfahren der Panzer, das zu einem immer stärkeren Poltern und Donnern anschwillt.*

MÜHLSTEIN *auf die Geräusche lauschend* Ah – zum Teufel. Zum Teufel.

DER FAHRER *ruft von draußen* Herr Major! – Ihr Zug wartet nicht.

MÜHLSTEIN Nein, nein – der wartet nicht. *Rasch hinaus, verschwindet mit dem Fahrer.*

CREVEAUX, *der die ganze Zeit unbeachtet in der Ecke gehockt hatte, kommt langsam vor, lauscht nach draußen. Schleicht in die Nebenstube, nimmt ein Feuerzeug heraus, beginnt die obersten Kerzen des kleinen Christbaums anzuzünden. Dann hebt er die Hand, nähert den ausgestreckten Zeigefinger einer der Kerzen, hält ihn über die Flamme – sekundenlang – reißt dann den Finger heftig zurück, schüttelt ihn in der Luft, führt ihn an die Lippen, mit verzerrtem Gesicht. Rennt plötzlich wie gejagt davon.*

Lichtwechsel

Der Schein vieler Kerzen blinkt durch das Schloßgewölbe.

Der Mauerbogen ist wie ein Tor mit Girlanden aus Tannenreisern und Misteln geschmückt.

Dann und wann wallen rückwärts die Schatten der Tanzenden vorbei und verlieren sich wieder, zum Klang von Castonniers heiserem Grammophon, das aus einiger Entfernung heraufschallt. Es spielt das alte Soldatenlied

»Dans le jardin d'mon père,
Les lilas sont fleuries –«

Die Stimmen der Tanzenden, in leichter, gedämpfter Fröhlichkeit, fallen – bald näher, bald ferner – in den Refrain ein.

»Auprès de ma Blonde,
Qu'il fait bon, fait bon, fait bon –«

Auch der kleinere Vorplatz strahlt im Kerzenlicht. Nur die nach oben führenden Stufen liegen im Dunkel.

Dort kauert – in den Saal hinabspähend – eine unkenntliche Gestalt.

Sylvaine und Michelle kommen von rückwärts. Sie sind festlich gekleidet, beide in Weiß, Michelle trägt eine purpurne Schärpe um die Hüften, Sylvaine einen Umhang aus hellblauer Seide.

DER SOLDAT PIERRE *folgt ihnen. Er hat die Baskenmütze ins Genick geschoben und mit einem Mistelzweig verziert. Er schleppt den Bretonen Martin mit sich, in dessen Ohrläppchen goldene Ringe glänzen.*

PIERRE Sie wollen wirklich nicht tanzen, schöne Damen? Sie sehen – mein Kamerad ist ganz wild!

MARTIN Aber nein, das bin ich nicht.

SYLVAINE *lachend* Und Sie sind ein bißchen schüchtern, wie mir scheint?

PIERRE Jeder wie er kann, Mademoiselle. Mein Kamerad ist natürlich für die andere Dame.

SYLVAINE Und Sie sind natürlich für mich?

PIERRE Aber ganz natürlich! Darf ich bitten?

SYLVAINE Nicht jetzt – solang ich den Mantel trage.

PIERRE Den Mantel? Der stört mich gar nicht!

SYLVAINE Es ist der Mantel der Jungfrau, darin tanzt man nicht. Und die Purpurschärpe, die meine Freundin trägt, bedeutet den Erzengel. Wir geben ein Krippenspiel – später, vor der Trauung und der Mitternachtsmette.

PIERRE Da muß man bis Mitternacht warten, bevor Sie ein Mensch werden? Das Brautpaar tanzt doch schon.

SYLVAINE Das ist was anderes. Für die hat das Fest schon begonnen.

PIERRE Und für Sie noch nicht?

SYLVAINE Für mich noch nicht.

PIERRE Nun, vielleicht später, nach der Heiligkeit. Ich gebe nicht auf, Mademoiselle, und für Sie gebe ich alles, Rock, Hemd und Hose – für Sie verkauf ich Paris – Sie wissen, wie der pauvre Poilu. *Singt mit der Musik*

»Je donnerais Notre-Dame,
Paris et Saint Denis, – hé!
Auprès de ma Blonde –«

Er zerrt Martin im Tanzschritt mit sich in den Saal, wo der Gesang verklingt.

MICHELLE Warum legst du den Mantel nicht ab bis zum Spiel? Dann könntest du tanzen.

SYLVAINE *zieht den Mantel um sich* Warum legst du die Schärpe nicht ab?

MICHELLE Ich? – Ich mag nicht tanzen. Mit keinem.

SYLVAINE *leicht* Und ich – mit einem. Aber der ist weit.

MICHELLE Dann gibt es doch einen für dich? Hast du nicht immer gesagt –

SYLVAINE Still – da ist jemand, auf der Treppe. – Siehst du nicht?

MICHELLE *wie im Schreck* Das ist – das ist doch gar kein Mensch!

SYLVAINE Ich glaube, es ist Blanche. *Sie geht hin.*

MICHELLE Blanche – warum hockt sie da, wie ein Alb?

SYLVAINE *hat sich zu der kauernden Gestalt niedergebeugt, legt den Arm um sie* Blanche! Warum versteckst du dich? Da kann dich dein Freund nicht finden, wenn er kommt. Er wird doch tanzen mit dir. *Sie hat sie an sich gezogen, führt sie ins Licht.*

BLANCHE *schaut verstört an ihrer Gestalt herunter.*

SYLVAINE Ich weiß, er wird kommen, auf den du wartest! Heut wartet keine umsonst. Vielleicht sucht er dich drunten, im Saal.

BLANCHE *schüttelt den Kopf, lächelt ein wenig, halb in Scheu, halb in ungläubiger Hoffnung. Dann geht sie ein paar Schritte nach hinten, lehnt sich an den Mauerbogen, späht in den Saal.*

MICHELLE *zu Sylvaine* Wartest du auch – auf den?

SYLVAINE Auf den! – Seh ich so aus?!

MICHELLE Du siehst aus, als ob du wen erwartest.

SYLVAINE Wen soll ich erwarten. *Sie schaut in den Saal, unruhig* Da kommt Francis mit dem Brautpaar!

MICHELLE *wendet sich ab.*

BLANCHE *flieht auf die Stufen zurück, kauert sich wieder in den Schatten.*

FRANCIS *kommt nach vorn, er führt Francine, die in alten ererbten Brautstaat aus schwerem Brokat gekleidet ist. An ihrer anderen Seite Marcel* Es riecht nach Tannen und Wachs, wie wenn man von Weihnachten träumt. Wo habt ihr die vielen Kerzen her?

FRANCINE Die waren noch übrig vom letzten Staatsempfang. Findest du nicht, daß sie hier drunten viel schöner sind als im Salon, mit all den schrecklichen Lüstern?

FRANCIS *lacht* Außerdem machen sie warm. Das ist auch was wert.

CASTONNIER *erscheint mit Martin* Es ist alles vorbereitet in der Kapelle.

FRANCIS Und wer wird ministrieren?

CASTONNIER Schauen Sie nicht mich an, Hochwürden! Hier – der ist richtig! *Zeigt auf Martin.*

FRANCIS Ein Seemann? *Zieht die Brauen hoch.*

MARTIN *ganz erschreckt, faßt an seine Ohren* Ich werde die Ringlein herausnehmen, Herr Kaplan.

FRANCIS Nun – der liebe Gott schaut nicht auf die Ohrläppchen. *Schüttelt ihm die Hand* Kommen Sie, ich zeige Ihnen die Sakristei. *Sie gehen treppauf.*

CASTONNIER *ist in den Saal zurückgelaufen, man hört seine Stimme zum Tanz kommandieren* Assemblez! Changez les dames! La valse d'amour!

Er hat eine andere Platte aufgelegt, es ist die, nach der Sylvaine und Sylvester im Estaminet getanzt haben. Die Schatten der Paare wallen wieder vorbei.

SYLVAINE *lächelnd, zu Francine* Er spielt am liebsten seine ältesten Platten. Diese hat einen Sprung.

FRANCINE Desto besser, da kann man sie immer wieder von vorn anfangen. *Sie hat ihre Arme um Marcels Schultern gelegt, der sie leicht an sich zieht.*

MARCEL Du bist so wunderbar, in deinem Staat heute abend – und ich habe meinen Frack vergessen... Aber ich habe mir einen Scheitel gezogen – das hast du noch gar nicht bemerkt.

FRANCINE Deshalb siehst du so dumm aus! *Sie zerwühlt sein Haar* So bist du mir lieber!

MARCEL *dicht an ihrem Hals* Rosenblatt. Rosenblatt.

Sie verlieren sich tanzend im Saal.

MICHELLE *zu Sylvaine, mit der sie allein bleibt* Kannst du dich freuen mit ihnen? Ich kann es nicht – so sehr ich auch möchte. Mir schnürt es die Kehle zu. Ich kann kein Glück ertragen. Ich möchte mich irgendwo verstecken, wie Blanche – oder hinauslaufen in die Nacht, wo mich keiner findet – ach, ich hasse mich selbst, daß ich so bin. – Am liebsten wär ich tot.

SYLVAINE Du – *Sie faßt wie in einem furchtbaren Schreck an ihr Herz.*

MICHELLE Was hast du? Ist dir nicht wohl? Warum reckst du dich so in die Höhe? Sylvaine! Mir wird angst – was siehst du denn? Was gibt's denn dort unten –?

SYLVAINE *hat sich steil auf die Fußzehen gereckt, es sieht aus, als wenn sie wachse, sie hebt die Hände über ihren Kopf, schaut mit weit aufgerissenen Augen in den Saal.*

MICHELLE Himmel!

Die Musik reißt ab, ein kurzer Lärm schwillt auf.

SYLVAINE *fast tonlos, wie in einer Traumlähmung* Er ist gekommen –

RUFE *drunten* Packt ihn! Schlagt ihn tot!

MICHELLE Bleib! Sie werden schießen!

SYLVAINE *wirft sich, als wolle sie durch die Luft fliegen, in den Saal hinab.*

MICHELLE *läuft ein paar Stufen empor, rufend* Francis!

Ein Schuß fällt.

FRANCIS *kommt mit Martin* Was gibt's? Ist was passiert?

MICHELLE Sie hat ihn gesehen, bevor er da war! Sie ist gewachsen, wie eine Kerzenflamme! Und dann – ist sie geflogen, durch den Saal, rascher als die Kugel! Sie flog ihm an die Brust!

FRANCIS An wessen Brust? Ist jemand getroffen?

MICHELLE Ich weiß nicht – sie riß ihn zur Seite.

MARTIN *reißt eine Waffe heraus* Ein Deutscher!

MARCEL *kommt nach vorn, spricht in den Saal hinunter* Zurückbleiben! Bringt ihn hierher! Wer hat geschossen?

Sylvester, dicht neben ihm Sylvaine, werden nach vorn gebracht, von Pierre und Castonnier flankiert. Auch Francine kommt nach vorne, eilt zu Marcel. Sylvesters Rock ist zerrissen, er ist außer Atem.

PIERRE Ich war es, und wenn ich Sie getroffen hätte, ich –

SYLVAINE *ruhig, fast heiter* Es war nicht in eurer Macht. Es hat mein Haar gestreift. Der Tod will uns noch nicht.

MARCEL Das wird sich finden. Hier ist Verrat im Spiel.

FRANCINE Das kann nicht sein. Francis – hilf ihnen doch!

FRANCIS Wie kommt er hierher? Ist er allein?

MARCEL Woher hat er den Einlaß gewußt? Wer hat ihm den Ort genannt?

SYLVAINE Ich habe das getan.

CASTONNIER Du! Meine Tochter!

SYLVAINE *reißt Sylvesters Hand auf ihr Herz* Ja! Und hier ist dein Sohn! Versteht ihr denn nicht? Wacht doch auf – bevor es zu spät ist!

SYLVESTER *leise* Es ist zu spät!

ALLE *schauen ihn an.*

SYLVESTER Sie haben mich überholt. Ich mußte zu Fuß laufen, in der Finsternis.

MARCEL Was heißt das? Was willst du hier?

SYLVESTER Fragt nicht, es geht um Sekunden! Das Schloß wird umstellt.

CASTONNIER Los! In den Graben!

MARCEL Halt! – Woher weiß ich, daß das nicht eine Falle ist?

Wer ist hier Verräter – wer wird verraten? Warum kommst du hierher, um deine Feinde zu warnen?

SYLVESTER Das geht nur mich an. Das ist meine Sache.

MARCEL Nicht ganz. Hier mußt du Farbe bekennen.

SYLVESTER Ich bin ohne Waffen. Ihr könnt mich töten, wenn ihr wollt.

CASTONNIER *packt Marcels Schulter* Riechst du nichts –? Riecht ihr es nicht?

PIERRE Mir ist mein Feuerzeug ausgelaufen.

CASTONNIER Nein – von draußen!

SYLVESTER *bleich, verzweifelt* Zwanzig Kanister Benzin –

MARCEL Benzin –

SYLVAINE *in ein Schweigen hinein* Wo ist Creveaux?

MARCEL Creveaux... *Ruft* Creveaux!

STIMMEN *nehmen den Ruf auf* Creveaux! – Creveaux –! *Es wird einen Augenblick ganz still.*

BLANCHE *stürzt aus dem Dunkel hervor, wo sie verborgen war, mit einem gellenden Aufschrei* Louis Creveaux! Ich trag dein Kind im Leibe!

Sie fällt unter dem Mauerbogen zusammen.

Als habe ihr Schrei ein Echo geweckt, schrillt jetzt ein vielstimmiger Angstruf aus den rückwärtigen Räumen.

MARTIN*, der nach hinten geeilt war, kommt zurück. Meldet mit gefaßter Stimme* Das Stroh brennt im Graben.

CASTONNIER Das Stroh –!

MARTIN Das Holz fängt schon Feuer. Der Notausgang ist verlegt.

MARCEL *zu Castonnier* Was können wir tun?

CASTONNIER Sterben.

MICHELLE *leise, wie in Verzückung* Sterben –!

Die Angstrufe gellen lauter.

MARCEL *nach rückwärts* Bleibt ruhig, Kameraden. Wir werden durchkommen! Bringt alle Frauen hinauf, in die Kapelle! Dann sammelt euch in der Halle, zum Ausfall! Folgt mir, Kameraden! *Er eilt hinweg, Francine und Michelle mit sich führend.*

FRANCIS *hat die ohnmächtige Blanche auf seine Arme gehoben* Wir müssen das Kind retten.

ALLE *drängen hinweg.*

Ein Sturmstoß verlöscht die Kerzen. Das Feuer braust.

Nur Sylvaine und Sylvester sind allein geblieben – sie stehen gleichsam vergessen und ineinander verloren im wachsenden Flammenschein.

SYLVAINE Du bist gekommen!

SYLVESTER Zu spät!

SYLVAINE Was tut's? Du bist gekommen – für immer! Hast du Furcht vorm Sterben?

SYLVESTER *sie umklammernd* Ja, du – ich habe Furcht! Um dich hab ich Furcht. Seit ich dich kenne – hab ich das Fürchten gelernt!

SYLVAINE Und ich, seit ich dich liebe, kenne die Furcht nicht mehr.

SYLVESTER Seit ich dich liebe. Sag es noch einmal. Seit ich dich –

SYLVAINE – liebe, seit ich dich liebe, seit ich selig bin!

SYLVESTER Selig sein! Hast du gewußt, daß es das gibt auf der Erde? Hast du es je geglaubt?

SYLVAINE Ich habe es in mir getragen, wie eine Trauer – um ein verlorenes Leben, an das man sich nur im Traum erinnern kann. Nichts war wirklich als diese Traurigkeit. Jetzt hat sie ihr Ziel gefunden. Mir ist, als hätte ich nur auf diese Stunde zugelebt.

SYLVESTER Ich habe geliebt und gehofft – ins Leere hinein. Ich wußte niemals wozu ich lebe. Jetzt – weiß ich es!

SYLVAINE Daß das Leben gut ist?

SYLVESTER Voll Wunder, voll Sinn, voll Gnade. Ach, Leben! Leben!

SYLVAINE Was tut's, ob es Minuten währt oder Jahre? Was tut's, ob uns die Lust vereint oder der Schmerz? Jeder Herzschlag ist Ewigkeit.

SYLVESTER Was tut's, ob man auf langen Wegen heimkehrt, oder durch ein offenes, flammendes Tor!

SYLVAINE Wir kehren heim, wenn wir lieben. Wir kehren heim,

wenn wir sterben. Ich danke dem Himmel, daß ich sterblich bin.

SYLVESTER Ich danke dem Himmel, daß ich leben durfte! Du – glaubst du, daß wir wiedergeboren werden?

SYLVAINE Ich weiß, wir hören nicht auf.

SYLVESTER Dann hört auch die Liebe nicht auf! Wir trinken sie von unsren Lippen als ein Wasser der Wiederkehr. Wir werden immer jung bleiben, Sylvaine!

SYLVAINE Es gibt ein Immer. *Sie reicht ihm die Lippen.*

SYLVESTER Sind wir jetzt schon erlöst? *Er küßt sie.*

SYLVAINE *aus dem Kuß erwachend* Horch –

SYLVESTER Was ist es? Wo kommt es her? Es klingt wie aus den Wolken.

SYLVAINE Sie singen, in der Kapelle! Es ist das Weihnachtslied, das man zur Mette singt.

SYLVESTER *ganz vergessend* Ist denn schon Mitternacht?

SYLVAINE Noch ist nicht Mitternacht, und das Jahr hat noch sieben Tage, aber das neue steigt schon herauf, und das Kind liegt schon in der Krippe. Komm, führe mich dorthin.

SYLVESTER *hat den Arm um sie gelegt, ihr Kopf ist an seiner Schulter. Während sie die Stufen hinaufsteigen, hebt sie plötzlich den Kopf, in einem schmerzlichen Erschrecken.*

SYLVAINE Ach –

SYLVESTER Wovor erschrickst du? Was betrübt dich noch?

SYLVAINE Die Fledermäuse! Sie hängen zu Hunderten droben, unterm Dach – im Winterschlaf. Müssen die auch verbrennen?

SYLVESTER Vielleicht weckt das Feuer sie auf, vielleicht löst der Sturm ihre Schwingen.

SYLVAINE *lächelnd* Vielleicht weckt sie das Hirtenlied.

SYLVESTER *hebt im Weitergehen die Flöte an den Mund. Schon aus dem Dunkel ertönt die Melodie.*

SYLVAINE *fast unhörbar, spricht die Worte mit:*

»Rosen, die blühn und verwehen,
Wir werden das Christkindlein sehn.«

Erhöhtes Straßenkreuz zwischen Dorf und Schloß.

Finsternis, von immer stärkerem Brandschein durchflackert, von Scheinwerferstrahlen durchzuckt. Hart und hölzern wie Schlagzeug, in knappen Intervallen, hämmert ein entferntes Maschinengewehr. Sonst Stille.

CREVEAUX *hockt auf einem Steinhaufen, starrt zum Schloß. Spricht fast ohne Betonung vor sich hin, als ob er ablese* Jetzt zunderts auf allen Seiten. Und der kalte Wind fährt hinein. Jetzt leckt es zum Dach hinauf. Nur das Tor ist noch frei. Weit offen und schwarz, und der Turm, der Turm drüber, wie ein Kletterbalken zum Himmel. Jetzt packen die Scheinwerfer zu, mit weißen Fängen. Wer da hineinläuft, den packt die Garbe. Den macht sie hin. *Er richtet sich auf* Warum laufen sie nicht? Warum kommen sie nicht? Warum stürzen sie nicht heraus, aus dem feurigen Ofen, ins rasche kalte Grab? Warum schreien sie nicht? *Er lauscht.*
Es muß doch weh tun! Feuer – tut weh! *Er schauert zusammen, führt seinen Finger zum Mund* Was ist ärger, erfrieren oder verbrennen? Die Kälte brennt. Die Hitze brennt. Das Feuer – das Feuer – ist kalt und heiß zugleich. Und wenn's eine Hölle gibt – wenn's eine Hölle – gibt – *Er packt sich an den Hals* Herrgott, warum schreien sie nicht? Herrgott, laß sie doch schrein!
Fühlt ihr denn nichts? Habt ihr denn gar kein – Mitleid? Seid ihr denn schon – erlöst? – Und ich? Warum darf ich nicht bei euch sein? Warum habt ihr mich ausgestoßen? Warum hast du mich nicht herausgeholt? Du – du bist dran schuld! Du bist dran schuld!! Jetzt mußt du brennen, brennen, mit Haut und Haaren! *Er sinkt stöhnend zusammen* Sie lebt noch. Ich weiß, sie lebt noch. Sie ist nicht allein. Du – bist nicht allein! Wer ist jetzt bei dir? Wer nimmt dich in die Arme? Und wenn du verbrannt bist – dann ist deine Asche eins, mit einer andern Asche, mit der von allen andren, von den Mäusen im Stroh,

von den Ratten im Keller – dann – gibt es dich gar nicht mehr! *Er preßt sein Gesicht in die Steine.*

NEYROUD, ALBERT, GEORGE *tauchen im Dunkel auf.*

ALBERT Halt! Ist da nicht jemand? Es darf keiner durch.

NEYROUD Die sind verrückt geworden. Die müssen verrückt geworden sein. Die legen Feuer – an das leere Schloß.

ALBERT Vielleicht hat der Spatz in den Starkasten gebaut.

NEYROUD Was für ein Geschwätz?

ALBERT *lacht* Wenn die eine Röhre ausräuchern, dann wissen sie, ob der Fuchs drin geheckt hat.

NEYROUD Ich verstehe das nicht. Wer soll denn drin sein?

ALBERT Horch!

CREVEAUX *springt auf* Sie singen! Sie singen! *Er hält sich die Ohren zu.*

NEYROUD Louis? Was tust du hier?

ALBERT Seht doch, seht doch dort! – Das Tor! Sie kommen, sie fallen aus – über die Brücke!

ALLE *starren zum Schloß, von dem man, wie aus weiter Ferne, den Gesang des alten Weihnachtschorals aufklingen hört*

»Dans la nuit profond'en tenebris
Apparut le feu du Jésus Christ –
Quand la nuit descendit
Apparut l'étoile.«

GEORGE Martin! Das ist Martin, der da vorausgeht, mit offenen Armen, als ob er – *Breitet die Arme aus.*

NEYROUD Großer Gott! Castonnier!

Eine einzelne Männerstimme hat die Marseillaise begonnen:

»Contre nous de la Tyrannie –«

Jetzt prasselt eine Maschinengewehrgarbe. Der Gesang hört auf. Stille.

NEYROUD *ist in die Knie gesunken* Der hat gelernt zu sterben.

GEORGE Martin – Pierre –

ALBERT Deserteure. *Spuckt aus.*

GEORGE Jetzt kommen keine mehr. Aber sie singen – im Schloß! *Der Choral erklingt wieder, noch weiter entfernt.*

NEYROUD *zitternd* Ob da noch andere drin sind – in dem Feuer? Ob da noch andre – brennen?

CREVEAUX *rasend* Dort brennen deine Kinder, Neyroud! Dort brennt dein Fleisch und Blut! Dort brennen alle Teufel! Dort brennt Gott und die Jungfrau! *Er will davonrennen.*

ALBERT Halt! Zurück! *Versucht, ihn zu packen.*

CREVEAUX Laßt mich durch! Das Feuer darf sie nicht haben! Die Flamme darf sie nicht anrühren! Der Tod darf sie nicht küssen! Sie ist mein Opfer! Sie gehört mir! Mir –! *Er stürzt weg, in Richtung aufs Schloß.*

ALBERT Der rennt ins Feuer!

NEYROUD *flüsternd* Mea culpa. *Schlägt die Hände vors Gesicht.*

Lichtwechsel

Schloßkapelle. Man sieht nur, weit hinten, das schmale Kruzifix auf dem Altar, im Licht einer einzigen Kerze. Rechts und links im Dunkel kauern zusammengeschmiegte Gestalten. In ihrer Mitte, vom Schein des näherkommenden Feuers immer heller überflammt, stehen Francis und Michelle, Marcel und Francine, Sylvaine und Sylvester. Die Kleidung der Männer ist zerfetzt und versengt. Alle haben einen fast überirdischen Glanz in den Augen. Ihre Stimmen sind ruhig und fest.

Francis zu Füßen, als habe er sie eben dorthin gebettet, liegt Blanche, bewußtlos oder schon leblos, mit geschlossenen Augen und einem Lächeln auf dem weißen Gesicht. Man hört das wachsende Feuer wie ein leises Knistern und Wehen.

MARCEL Kameraden, wir sind ausersehen, für unsre Sache zu sterben. Jetzt kommt es nur noch drauf an, wie wir es bestehn. Wer es nicht tapfer tut, der war nie wert, gelebt zu haben. Jeder hat freie Wahl. Ich will denen da draußen nicht in die Bahn laufen, wie ein schußbares Wild. Und wer ihnen lebend in die Hände fiele, der wüßte nicht, ob er stark bleiben kann, beim Verhör. Wenn wir das Ende hier erwarten, fallen wir unbesiegt, Feuer und Rauch tun rasche Arbeit, und unsre letzte Waffe sei unsre glühende Asche auf ihr Haupt.

FRANCIS Unsre letzte Waffe sei die glühende Liebe in unseren Herzen. Unsre letzte Arbeit sei die Überwindung. Wir werden leichter sterben, unsre Qual wird geringer sein, wenn wir die Kraft haben, ohne Haß hinzugehn.

MICHELLE Ich kann es nicht! Ich will sie hassen – in alle Ewigkeit!

FRANCIS *beschwörend* Michelle! Der Haß ist das Nesselhemd einer heimlichen Liebe. Streif ihn ab. Wir werden das Leben abstreifen wie die Schlangenhaut von einem wirklichen Leben! Dann sind wir frei.

MARCEL Francis – wir beide haben immer gerauft, als Knaben und als Männer, gerauft und gelacht zusammen, und wir sind Freunde gewesen, obwohl du der Sohn des Grafen warst und ich der Sohn seines Kutschers. Würden wir weiter leben, dann würden wir weiter raufen und weiter lachen. Jetzt ist es spät. Jetzt bleibt nur ein Lächeln.

FRANCIS Jetzt bleibt die Freundschaft, Marcel. Wir standen im gleichen Kampf auf getrennten Seiten, der Tod kennt nur eine. Was jetzt kommt, liegt jenseits der Kämpfe. Dort sind wir mächtiger, zusammen, als uns das Leben erlaubt hätte. Jetzt beginnt unser Sieg.

FRANCINE Und was wird bleiben, von unsrer Liebe und unsrem Tod? Wer wird Kunde geben, wer trägt unser Vermächtnis? Wer wird wissen, wie wir gestorben sind?

FRANCIS Die Steine werden es wissen, die nicht verbrennen können. Die Erde wird Kunde bewahren, die uns überlebt. Die Lüfte werden das Wort von unsren Lippen tragen.

MARCEL So wollen wir Frieden machen, mit uns selbst, und mit denen, die wir bekämpft haben. *Er tritt zu Sylvester* Ich danke dir, daß du gekommen bist. Ich bitte dich zu verzeihen, daß ich dir mißtraute.

SYLVESTER *leise* Es war deine Pflicht.

MARCEL Es war unsre Pflicht, Feinde zu sein. Jetzt ist es unser Recht, Brüder zu werden. *Er umarmt ihn, sie küssen einander auf die Wangen. Eine Flamme schlägt herein. Ein kurzer, beherrschter Aufschrei vieler Stimmen.*

MARCEL *zu allen* Freunde, wir haben für eine schönere Welt gekämpft. Laßt uns hingehen mit der Hoffnung auf eine größere Schönheit, in dieser Welt und in allen. *Er zieht Francine an sich* Du wolltest uns heute trauen, Francis. Ich bitte um deinen Segen.

FRANCIS *hebt die Hände in einem großen Kreis über allen, während Marcel und Francine, Sylvaine und Sylvester vor ihn treten und Michelle an seiner Seite steht* So segne ich, wenn mir die Kraft verliehen ist, euren Bund – und jeden Bund der Liebe unter euch.
Alles, was Liebe wirkt und zeitigt, sei gesegnet.
Jedes Korn in der Erde, jeder Samen im Wind.
Alles empfangene, alles verschenkte Leben, sei gesegnet.
Noch das ungeborene, unwissend empfangene, sei gesegnet.
Ich spreche euch frei von Schuld.

MICHELLE *in einer großen Überwindung, wachsend, mit leiser Stimme*
Unsere glühenden Herzen veraschen zu Gottes Lob.
Herr, erbarme dich unsrer Feinde.

FRANCIS *legt den Arm um sie – dann geht er, während das Feuer alles überloht, nach hinten zum Altar.*
Man hört, mit dem einfallenden Dunkel, seine Stimme, stark und strahlend im Ambrosianischen Lobgesang:

TE DEUM LAUDAMUS!
TE DOMINUM CONFITEMUR!

Lichtwechsel

Durchflammte Dunkelheit. Sprenger und Albert bei einem Maschinengewehr, beobachten das niederbrennende Schloß. Peter kniet in der Nähe, bei einer am Boden liegenden Gestalt.

ALBERT Da! Was ist das? Da schwirrt's in die Höhe – ein ganzer Schwarm, aus dem Dach!

SPRENGER Glaubst wohl, da fahrn die armen Seelen auf?

ALBERT Immer mehr! Immer mehr!

SPRENGER *lacht* Die Satansschwalben!

ALBERT Fledermäuse! *Lacht mit.*

SPRENGER Denen ist es zu warm geworden, im Feuerofen. – Hörst du noch was?

ALBERT *lauscht* Nein. Es ist alles still.

SPRENGER Jetzt ist ihnen der Lobgesang vergangen.

GEORG *kommt von der Seite* Befehl von Untersturmführer Benze, Feuer einstellen. Die Aktion ist beendet. Wir sollen Verluste melden.

SPRENGER Ein Mann.

GEORG Wer denn? Wer liegt denn da? *Geht hin.*

SPRENGER Unglücksfall.

PETER *leise* Es ist Martin. Der sprang plötzlich auf und lief in die Garbe hinein, als könne er mit seinem Leib die Kugeln fangen.

GEORG Was hat er da in der Hand?

PETER Ich glaube, ein Heiligenbild. Er hält es fest, die Finger sind schon erstarrt.

SPRENGER *ist dazugetreten* Das braucht er zum Einlaß. Visitenkarte. Aber wenn er dann deutsch spricht, dann schickt man ihn doch zum Teufel. Für uns gibt's kein Pardon. Wer ist das, auf der Bahre? *Zwei Sanitäter bringen einen Mann auf einer Bahre, der Stirn und Augen unter seinen gekreuzten Armen verbirgt. Sie stellen die Bahre ab, verschwinden.*

GEORG Keiner von uns. Der Spitzel, der Franzos.

SPRENGER Wie kommt denn der dazu?

GEORG Der is plötzlich dahergebrummt wie 'ne verrückte Hummel und hat ins Feuer wolle, jemand raushole; hat wohl'n Böppche da drin gehabt. Da ist ihm 'n brennender Dachsparren auf'n Deez gefallen.

SPRENGER *tritt zu der Bahre* Nimm die Arme weg. Sind die Augen verletzt? Kannst du mich sehn?

CREVEAUX *starrt ihn an, hebt sich auf die Ellbogen, heiser* Spiegel –!

SPRENGER Bist du um deine Schönheit besorgt? Die hat'n kleinen Fleck gekriegt, den schminkst du dir nicht mehr ab. Da hast du dein Brandzeichen weg, damit man weiß, zu wessen Vieh du gehörst. Da wächst keine Haut mehr. *Er hält ihm einen Taschenspiegel vor die Nase* Hier! Auf Pupille! Wie gefällst du dir?

CREVEAUX *hat sich höher erhoben, sich auf die Handflächen stützend. Man sieht jetzt das blutige Brandmal auf seiner Stirn. Er starrt nah in den kleinen Spiegel – stößt einen halb erstickten gräßlichen Schrei aus* Aaaahh! – *Er läßt sich auf die Bahre zurückfallen, verstummt, spreizt die Hände aus.*

SPRENGER Geschieht dir ganz recht! Ein räudiger Hund warst du immer, auch ohne versengten Pelz. Erst will er sich rächen, dann hat er nicht den Mumm! Eifersüchtig noch aufs tote Leben! Hilft alles nichts. Was dich nicht liebt, das kriegst du nicht, nicht im Himmel, nicht in der Hölle, und erst recht nicht auf Erden. Und wenn du schlecht geboren bist, dann macht dich keiner gut, kein Pfaffe, kein Weib, kein Kind, nicht einmal die eigne Mutter.

CREVEAUX *liegt wie ein Toter.*

GEORG Was solle wir mit ihm mache?

SPRENGER Schmeißt ihn in meinen Beiwagen, ich fahr ihn zur Ambulanz. Der Junge wird noch gebraucht. – Und dann – ins Hühnerhaus. Der Mensch muß sich aufbauen. *Er glotzt vor sich hin* Ich weiß nicht. Irgendwas an der Sache – hat mich enttäuscht. Das ist fast wie nach der Hochzeit. *Er geht.*

Lichtwechsel

Stürmischer Wolkenzug über den Gipfeln der Berge. Regenschauer wechseln mit durchbrechender Sonne. Nah und fern brausen die Schmelzwasser des Frühlings. Vater Wind, Mutter Frost, Bruder Nebel treten auf die Kuppen vor ihren einsamen Almsässen.

WIND

Groß ist die Macht der Toten.
Sie durchwachsen die Erde
Mit wurzelhartem Geflecht, sie wehn
In allen Winden, ihr Wirken
Kennt keine Zeit, ihr Gestern ist Morgen,
Ihr Heute ist Immerdar, ihr Tag
Hat nicht Anfang noch Ende. Überall fliegt
Wie Asche aus nimmerkalten Vulkanen
Ihr Same aufs Land, überall wuchert ihr
Kraut, und zwischen Stern und Sternen
Knistert ihr leises Licht.

FROST

Groß ist die Macht der Toten.
Sie wandern in mahlenden Gletschern
Von Gipfel zu Tal, sie vereisen die
Pole, sie schroten die Steine zu Grieß,
Sie rösten den brennenden Sandstaub der Wüsten,
Sie bauen Gebirge auf
Aus dünnstem Schalengeriesel, sie beschatten
Den Mond, sie machen
Die Meere salzig.

NEBEL

Groß ist die Macht der Toten.
Sie wallen und ziehn
Mit den Schwaden der Bodendünste durch
Die reineren Lüfte und über den
Abgrund hin. Sie gehen um
In den schlagenden Wettern, sie steigen
Empor und wandeln unter dem
Schimmernden Bogen der Iris dahin ins
Milde Gefäll der Versöhnung.
Ihr stummer Gesang
Schallt mächtiger als das
Heulen der Angst und das Wehgeschrei
Der Verfluchten. Ihr lautloses Wort

Spricht lauter als der furchtbare
Donnerstoß der Posaune. Sie kennen
Die Rache nicht.

WIND

Die Toten helfen Gott.

FROST

Sie schaffen an einem unbekannten Gebäude.

NEBEL

Sie weben an einem dunklen
Leuchtenden Teppich.

FROST

Die Toten helfen Gott.

WIND

Doch was mit Lungen atmet, saugt
Das Belebende ein und stößt
Das Erstickende von sich.

FROST

Doch was in Adern pulst und aus den
Wunden träuft, das flutet ruhlos und ruft
Nach Gericht und Vergeltung.

NEBEL

Doch was in Hirnen brodelt und von
Händen getan wird, erbt und vererbt
Alte Schuld, und büßt seine Lust mit dem Grabe.

WIND

Horch!
Es fallen Schüsse in den Bergen.
Das große Treiben ist an.

FROST

Der Jäger
Wird zum Gejagten
Die geschändete Erde
Speit einen Mundvoll Blut
In den Himmel empor.

NEBEL

Unversöhnt
Klagen die Opfer.

FROST

Der Himmel
Verfinstert sich.

WIND, FROST, NEBEL

Beugt euch vor seinem Zorn.
Sie kauern sich nieder, werfen ihre Mäntel über sich und verwandeln sich in Bestandteile der Landschaft. Kurzes Wetterleuchten. Ein ferner Donner grollt. Eine dunkle Regenschloße treibt vorüber.

Sprenger mit Albert, Georg und Peter – von unten den Bergpaß erklimmend, in keuchender Flucht. Albert und Georg tragen ein Maschinengewehr.

SPRENGER Wir müssen noch höher hinauf und dann den Übergang über die Gletscher wagen. Alle Paßwege sind besetzt. Sie lauern uns an jeder Alphütte auf.

GEORG *keuchend* Können wir nicht – das MG – zurücklassen?

SPRENGER Nichts wird zurückgelassen, was ein Loch macht, kein Schuß, keine Patrone. Schmeißt eure Brotbeutel weg und freßt Steine, wenn ihr's nicht schafft. *Hastet weiter.*

PETER *bleibt stehen* Ick mach nich mehr mit. Das hat keinen Sinn mehr.

SPRENGER *fährt herum* Verdammte Ratte, was pfeifst du da?

PETER Was der Spatz von den Dächern pfeift. Daheim ist alles kaputt, die Front existiert nicht mehr, die Russen geben uns Saures, die Führung ist längst verratzt, die Generäle werden aufgehängt und die Kinder ins Massengrab getrieben. Wer da noch weiter knallt oder sich abknallen läßt, der hat selbst 'n Knall und gehört ins Irrenhaus. Mit krimineller Veranlagung is det gar nich mehr zu erklären.

SPRENGER *starrt ihn an* So. Und was schlägst du vor?

PETER Hier geht der Grenzweg ab, in die Schweiz hinunter. Wir kennen ihn von den Patrouillen. Wenn wir die Knarren wegschmeißen und rennen, jeder einzeln, damit's nich so uffällt, dann könn' was schaffen.

SPRENGER *reißt seine Pistole heraus* Ich jage jedem, der zurückbleibt, ein Ding in den Bauch. In den Seealpen steht noch eine ganze Armee, dorthin müssen wir uns durchschlagen, dort wird weitergekämpft.

PETER Is ja Quatsch. Bis wir hinkommen, sind die längst hinterm Stacheldraht, und eh wir hinkommen, sind wir selber am Arsch. Schluß mit der Knallerei. Du hast genug Blut an den Pfoten. Schmeißt das MG weg, wir entwaffnen ihn, denn kann er allein in die Seealpen machen, wenn ihm die Puste nicht ausgeht.

ALBERT UND GEORG *schauen einander unschlüssig an.*

SPRENGER Na! Traut euch doch!

ALBERT Wenn da noch 'ne Armee steht –

GEORG Und wenn wir jetzt abhauen und die Sache kommt doch noch anders, dann werden wir nachher ausgeliefert und kommen vors Kriegsgericht.

SPRENGER *lacht* Du bist überstimmt, Schlaukopp. Vorwärts marsch.

PETER Denn mach ick's alleene, denn rutscht mir'n Puckel lang, ick will nich mehr, ick hab die Neese voll, immer jehabt! *Er duckt sich rasch, da Sprenger auf ihn anlegt, springt hinter einen Felsblock, rennt den Hang hinunter, verschwindet, seine Pistole wegwerfend.*

SPRENGER *macht einen Sprung hinter ihm her, zielt, dann läßt er die Waffe sinken, grinst* Die Patrone können wir sparen. Das macht der Maquis für uns. *Ein paar Schüsse knallen dumpf aus den Schluchten* Da haben sie ihren Mann. Immer den Falschen. Wie der die Halden runterkullert. Wie ein Stück Mist.

ALBERT *sich den Schweiß wischend* Da sieht man's ja. Wie man's macht, is falsch.

SPRENGER Elende Jammerlappen, verfluchte! Glaubt ihr, ich hätte keine Angst? Jeder hat Angst. Die sitzt uns schon in den Knochen, wenn sie noch weich sind, im Mutterleib. Da wirst du herausgepreßt, als ein gemeines Stück Fleisch, und ballst die Fäuste beim Schreien, und in der Kehle, da steckt die Angst und krampft dir die Stimmritzen zusammen! Da heißt es: zuschlagen, zuschlagen, zuschlagen! Und wenn du dich selber zerschlägst, was liegt an dir? Vor dir ist nichts, und hinter dir ist nichts, und in der Mitte ist auch nichts, worum sich's lohnt. Ich spucke aufs Leben, und auf den Tod, ich hasse den ganzen Dreck. Aber solang ich mich wehren kann, da muß man mir die Zähne einzeln aus dem Kiefer brechen. Los – was die Lunge schafft! *Während des letzten ist, den Berg hinaufhastend, Louis Creveaux erschienen, atemlos, schweißüberströmt, vom Regen durchnäßt. Auf seiner Stirn glüht die Narbe.*

CREVEAUX *hinter den vorwärtshastenden Männern her* Halt! Halt! Nur einen Atemzug! Laßt mich mitkommen!

SPRENGER Zurück! Zurückbleiben, Kerl! Der hat uns noch gefehlt.

CREVEAUX Ich weiß die Wege – ich kenne das Land – ich kann euch nützlich werden –

SPRENGER Zurück, sag ich! Sonst knall ich dir eins in die Fresse! Du bringst uns die Kerle erst recht auf die Spur, hinter dir sind sie schärfer her als hinter uns! Beiß du allein ins Gras, bei uns bist du abgehängt! – Vorwärts.

CREVEAUX Nehmt mich mit! Ich helf euch tragen, ich tue alles, was ihr wollt – nur, laßt mich hier nicht allein – nicht allein!

SPRENGER Hände hoch! Einen Schritt weiter, und du hast ausgepupt! Kriech doch der Alten unter die Röcke, der du aus der Spalte gefallen bist! Kriech in ein Mausloch, in eine Hundehütte, in eine Wurmgrube!

CREVEAUX Ich hab euch – treu gedient – ich war euer Ohr, euer Auge –

SPRENGER Jetzt bist du unser Abfall! Jeder für sich allein. Beschwer dich bei deinem Vater, daß er dich gezeugt hat, und fahr mit einem Fluch in die Grube, das vermach ich dir! *Verschwindet mit den beiden Soldaten im Bergnebel.*

CREVEAUX *ist wie in Erschöpfung oder Lähmung vornübergesunken, richtet sich mühsam empor, schaut in ratloser Angst umher* Allein. Allein. Wäre ich nur – allein! Ich seh sie, ich höre sie, überall, in der Luft, im Regen, in der Erde! Wo ich hinrenne, da sind sie schon, und wo ich mich umdrehe, da stehn sie in meinem Rücken. *Er faßt sich an den Hals* Fort – fort! *Er macht ein paar tappende Fluchtschritte nach der Seite* Dort hinaus, durch die Schluchten – wo mich der Nebel deckt –

BRUDER NEBEL *richtet sich auf, schaut ihm stumm entgegen.*

CREVEAUX Nein – nein! Wer bist du? Was hast du da auf der Stirn? Laß mich vorbei! Weg! Weg! Ich kenne dich nicht! *Er dreht sich um sich selbst, in vergeblicher Mühe, seinem Abbild im Nebel zu entfliehen* Hätt ich nur einen Spaten. Könnt ich mich eingraben, unter die Wurzeln, wo es still ist und kühl, und kein Feuer, kein Feuer mehr brennt! *Er kratzt und wühlt in der Erde. Fährt hoch, weicht zurück* Nein, nein! Wer bist du? Was steigst du so lautlos da heraus? Was hast du da auf der Stirn? Hilfe – *Er rennt taumelnd nach der andern Seite* Dort – durch das Schneefeld – wo der Wind meine Spur verwischt –

VATER WIND *richtet sich auf, schaut ihm stumm entgegen.*

CREVEAUX, *als renne er gegen eine unsichtbare Wand, wie von einem Stoß zurückgeschmissen* Warum schlägst du mir – gegen die Stirn? Der Wind! Der Wind! Der Wind ist so hart wie ein eisernes Tor! Der Wind – schlägt alle Türen zu, da komm ich nicht mehr heraus – *Er stolpert nach rückwärts, steil bergauf, versucht, eine Felswand hochzuklettern* Hinauf – nur hinauf, da hängen die Wolken wie nasse Laken herab, die müssen mich einschlagen, verbergen, betten –

ZWEI ENGEL *mit silbernen Masken, dargestellt von Francis und Michelle treten aus den Wolken hervor, heben abwehrend die Hände.*

CREVEAUX Ohh – *Er stürzt zurück* Dann gibt es nur noch – den Sprung hinab, in den Abgrund, in das steinerne Grab – dort, dort wird Ruhe sein! *Er versucht, sich in den Abgrund zu stürzen, weicht zurück, preßt die Hände auf seine Ohren. Aus dem Abgrund tönt leise Sylvesters Flötenmelodie.*

Nein! Nein! Es ist nicht wahr! Ich habe es nicht gehört! *Die Flöte verstummt.* Hergott – ich lebe! Ich lebe noch! Die aber – sind selig! *Er rennt im Kreise umher* Muß ich denn ewig leben!? Wird es denn niemals enden – niemals? Zehntausend – hunderttausend – Millionen – Milliarden Jahre – sind schon herum – und rollen, rollen ohne Ziel im Kreise – *Er stößt mit dem Fuß gegen die Pistole, die Peter auf seiner Flucht weggeworfen hat – reißt sie hoch* Du mußt mich – du mußt mich erlösen! *Er hebt die Pistole an seine Schläfe, aber Michelle – in der Engelsmaske ihn beobachtend – greift hoch oben in die Luft, als umklammere sie ein Handgelenk.*

CREVEAUX Weh, weh! Wer umkrallt mein Gelenk! Laß meine Hand los! Laß sie los! *Die Hand wird ihm wie von unsichtbarem Griff von der Schläfe gezogen, er läßt sie sinken, den Kolben der Waffe umklammernd, starrt auf ihre Mündung – scheint zu sich zu kommen* Wie kommt das Ding da in meine Hand? Es ist geladen. Das muß ich gefunden haben. Mein altes Glück. Mein Geburtsstern. *Er lacht leise.*

Das wird mich retten. Mich erwischen sie nicht. Wenn ihr mich nirgends wollt – dann sollt ihr mich auch nicht haben! *Er späht hinab, lauscht* Jetzt höre ich die Verfolger. Hetzhunde! Seid verflucht! Verflucht, was Augen hat. Verflucht, was atmet. Verflucht, was zeugt und gebiert.

Er verkriecht sich im Heuschober neben Mutter Frosts Hütte, steckt die Pistolenmündung aus dem Heuhaufen heraus.

VATER WIND UND BRUDER NEBEL *sind wieder nach vorn auf die Kuppen getreten, während die beiden Engel verschwinden.*

NEBEL

Die Zeit des Segens bricht an.
Von den Wänden donnern die Wasser.
Es rauscht und sprudelt aus allen Quellen,
Und es gluckst in den Sümpfen vom
Leichten Fußtritt des Moorhuhns.
Die Menschen stehen gebückt
In den Feldern und in ihren kleinen
Gärten, und sie mühn sich
In ihrem Weinberg. All ihre Mühe
Ist auf die Erde gerichtet,
Und die Erde trägt ihnen Frucht.

WIND

Aus dem tödlichen Frost quillt das lebendige Wasser.
Aus der verzehrenden Feuersglut
Strömt die zeugende Wärme.

Es ist aber den Wassern
Ein Maß gemacht, und ein Gewicht
Den Winden. Im Kern aller Dinge
Kreist ein heimlicher Kern.
Und es ist uns bestimmt
Zu messen, was meßbar ist, und das
Wägbare zu wägen, zu suchen und
Zu erfahren, und zu verkünden
Den rechten Spruch. Doch ist
Dem Erkennen eine Grenze gesetzt,
Dem Urteil ein Ziel,
Und allem Wissen ein Ende.

NEBEL

Unendlich und grenzenlos wölbt sich
Der reine Himmel, ergießt sich
Des Himmels Regen, unendlich
Segnet uns
Liebe

Die Wolken sind licht geworden, ein Regenbogen glimmt auf.

WIND UND NEBEL *wenden ihre Gesichter dem Regenbogen zu – entschreiten lautlos.*

MUTTER FROST *hat sich in ihrer Hütte niedergekauert, als warte sie auf den Schlaf.*

NEYROUD *kommt von unten, in einem langsamen, drohenden Schritt. Sein Gesicht ist verfallen und zeigt eine steinerne Würde. Von den Seiten, die Hütte einkreisend, erscheinen die Gardisten Albert und George. Alle tragen Waffen. Neyroud nähert sich Schritt vor Schritt, als spüre er eine Fährte, dem Heuschober bei der Hütte.*

CREVEAUX *streckt die Pistole vor* Halt! Zurück! Was willst du von mir? Willst du dich freikaufen, mit meinem Hals?

NEYROUD Dein Blut und das meine. Komm heraus. *Er steht.*

ALBERT UND GEORGE *stehen auf den Seiten.*

NEYROUD Und wenn ich hier stehe bis zum Jüngsten Tag. Dein Blut und das meine.

ALBERT Bleib zurück. Er wird schießen!

DIE MUTTER *erhebt sich, tritt langsam aus der Hütte.*

CREVEAUX, *der sie noch nicht sieht – zu Neyroud* Du bist so schuldig wie ich. So schlecht wie ich, so verflucht wie alle! Du hast deine Kinder geopfert! Was willst du von mir?

NEYROUD Dein Blut und das meine.

CREVEAUX Dann fließt das deine zuerst! Geht weg oder –

DIE MUTTER *tritt in sein Blickfeld, geht auf ihn zu.*

CREVEAUX *zuckt furchtbar zusammen, duckt sich in seinen Kragen.*

ALBERT Bleib weg, alte Frau! Der scheut vor nichts zurück!

DIE MUTTER *geht weiter, geradewegs auf die Pistolenmündung zu.*

CREVEAUX *schaut ihr entgegen, bewegungslos, als werde er gebannt.*

DIE MUTTER *dicht vor ihm* Komm. Es ist Zeit.

CREVEAUX *läßt die Pistole sinken. In sein Gesicht tritt ein Ausdruck ungeheuren Erstaunens.*

DIE MUTTER *hebt ihre Hand. Er läßt die Waffe fallen. Sie nimmt ihn mit einem sanften Griff, milde fast, wie ein Kind am Kragen. Führt ihn zu Neyroud. Er folgt ohne Widerstand.*

DIE MUTTER Hier. Nehmt ihn. Er ist mein Kind.

CREVEAUX *streckt schweigend die Hände aus – die Gardisten treten mit Handschellen heran. Bevor sie ihm angelegt werden, schlupft er, als lege er eine Haut ab, aus seinem Rock, läßt ihn zu Boden fallen.*

ALBERT *legt ihm die Handschellen an.*

NEYROUD *und die Gardisten, führen ihn stumm davon.*

CREVEAUX *im Gehen, fast unhörbar* Herr, Herr.

DIE MUTTER *hebt den Rock auf, trägt ihn in ihre Hütte zurück. Kauert sich nieder, nimmt den Rock auf den Schoß. Streichelt ihn glatt, legt ihn sich in die Arme, beginnt ihn leicht zu wiegen* Mein Kind. Mein Kind. Mein Kind.

Aus dem
Gesang der drei Männer im Feuerofen

Heilige Schrift. Apokrypher Zusatz zu Buch Daniel, Kap. 3, in antiphonischer Form aus dem Sonntagsbrevier des heiligen Benedikt

Ihr Himmel, *lobet den Herrn, preiset und rühmet ihn ewiglich.*
Lobet den Herrn, ihr Engel, *preiset und rühmet ihn ewiglich.*
Alle Wasser droben am Himmel, *lobet den Herrn, preiset und rühmet ihn ewiglich.*
Sonne und Mond, *lobet den Herrn, preiset und rühmet ihn ewiglich.*
Alle Sterne am Himmel, *lobet den Herrn, preiset und rühmet ihn ewiglich.*
Regen und Tau, *lobet den Herrn, preiset und rühmet ihn ewiglich.*
Alle Winde, *lobet den Herrn, preiset und rühmet ihn ewiglich.*
Feuer und Hitze, *lobet den Herrn, preiset und rühmet ihn ewiglich.*
Schloßen und Hagel, *lobet den Herrn, preiset und rühmet ihn ewiglich.*
Tag und Nacht, *lobet den Herrn, preiset und rühmet ihn ewiglich.*
Licht und Finsternis, *lobet den Herrn, preiset und rühmet ihn ewiglich.*
Eis und Frost, *lobet den Herrn, preiset und rühmet ihn ewiglich.*
Reif und Schnee, *lobet den Herrn, preiset und rühmet ihn ewiglich.*
Blitze und Wolken, *lobet den Herrn, preiset und rühmet ihn ewiglich.*
Die Erde, *lobe den Herrn, sie preise und rühme ihn ewiglich.*
Berge und Hügel, *lobet den Herrn, preiset und rühmet ihn ewiglich.*
Alles, was aus der Erde wächst, *lobe den Herrn, preise und rühme ihn ewiglich.*
Ihr Brunnen, *lobet den Herrn, preiset und rühmet ihn ewiglich.*
Meer und Wasserströme, *lobet den Herrn, preiset und rühmet ihn ewiglich.*
Walfische, und alles, was sich regt im Wasser, *lobet den Herrn, preiset und rühmet ihn ewiglich.*
Alle Vögel unter dem Himmel, *lobet den Herrn, preiset und rühmet ihn ewiglich.*

Alle wilden Tiere und Vieh, *lobet den Herrn, preiset und rühmet ihn ewiglich.*

Ihr Menschenkinder, *lobet den Herrn, preiset und rühmet ihn ewiglich.*

Ihr Geister und Seelen der Gerechten, *lobet den Herrn, preiset und rühmet ihn ewiglich.*

Ihr Heiligen, so elend und betrübt sind, *lobet den Herrn, preiset und rühmet ihn ewiglich.*

DANKET DEM HERRN,
DENN ER IST FREUNDLICH,
UND SEINE GÜTE WÄHRET EWIGLICH.

Ulla Winblad

oder

Musik und Leben

des

Carl Michael Bellman

Personen

GUSTAV III., König von Schweden	
ELIS VON SCHRÖDERHEIM, sein Premierminister	
ANNA CHARLOTTE, dessen Frau	
GRAF HORN	
GRAF ANCKARSTRÖM BARON LINDKRONA	Die Königsmörder
SVEN, sein ältester Sohn, 24 Jahre alt	
AXEL, sein jüngster Sohn, 16 Jahre alt	
SEINE VIER MITTLEREN SÖHNE	
SEIN HAUSHOFMEISTER	
CARL MICHAEL BELLMAN	
VATER MOVITZ KORPORAL MOLLBERG KANONIKUS APPELSTUBBE JERGEN PUCKEL DER DICHTER WETZ	Gestalten seiner Umgebung und seiner Phantasie
LJUNDHOLM, Branntweinbrenner OBERST ZABOTIN, russischer Militärattaché MAESTRO GALUPPI, Hofvirtuose DER PROFOSS DIE BÜTTEL	Existenzen
CAJSA LISA, Wirtin ›Zum Goldenen Frieden‹	
ULLA WINBLAD	

Das Stück spielt in und bei Stockholm, etwa um die Zeit der Französischen Revolution.
Handlung und Gestalten sind mit der Historie nur locker verknüpft, das historische Detail ist daher auch für die äußere Darstellung nicht von Belang.

Szenenfolge

I. Abschied von Ulla Winblad *(Im Fischerdörfchen)*
II. Tragisches Hochzeitslied *(Schloß Lindkrona)*
III. Der Fabelkönig *(Im Schloß)*
IV. Hagalied *(Nachtfest im Park)*
V. Großer Lobgesang *(Die Kümmelkneipe)*
VI. Die Todesglocken *(Königsloge)*
VII. Befreiung *(Schloß Lindkrona)*
VIII. Abschied von Ulla Winblad *(Im Fischerdörfchen)*

Bühnenanweisung

Es empfiehlt sich, die Szene für dieses Stück in Haupt- und Vorderbühne zu gliedern – die letztere etwas vertieft, an Stelle des Orchesters oder einer seitlichen Proszeniumsloge, und mit der Hauptbühne durch Stufen oder Steg verbunden. Sie sollte einem jener primitiven Spielpodien gleichen – Bretter und Bohlen, auf leere Bierfässer gelegt, und auch mit Fäßchen oder Weinkisten zum Draufhocken beschwert –, wie Bellman sie in oder vor den Stockholmer Wirtshäusern zur Darbietung seiner Improvisationen aufschlagen ließ. Dieses Podium ist nur beleuchtet, wenn es benutzt wird, am besten durch Windlichter oder Laternen. Es dient dem Zweck, die Lieder, Gesangsnummern, Interludien, auch soweit sie in die Handlung eingebaut sind und aus ihr entspringen, als selbständige Musikstücke klar vorzutragen. Daher halten sich dort während des ganzen Abends die Instrumentalspieler auf, welche die Gesangsnummern begleiten, und gelegentlich jene Schauspieler, die sie, mit oder ohne Bellman, zu Gehör bringen. Gegen Schluß, wenn einige dieser Gestalten durch Tod oder sonstiges Mißgeschick ausscheiden, verschwinden auch, wie in der Abschieds-Symphonie von Haydn, nach und nach die Musikanten. Am Ende bleiben nur noch Laute und

Horn. – Instrumente, die als Requisiten in der Handlung gebraucht werden, sollen ruhig als kaschierte oder ›leere‹ Instrumente kenntlich sein (was ja, zum Schutz von Autor und Publikum, leider auch auf die Flaschen und Gläser zutreffen muß).

Die Hauptbühne sei immer vom großen Nordlandshimmel überwölbt, der, da das Stück durchweg im Frühling und Sommer spielt, Tag und Nacht hell bleibt. Nur einmal, an einem bestimmten Tiefpunkt der Handlung, wenn alle Wirtshäuser geschlossen sind, verfinstert sich auch der Himmel. Innenräume, wie der Saal im Schloß Lindkrona, das Kabinett des Königs, die Kümmelkneipe, mögen unter diesem Himmel durch rasch aufstellbare, bemalte Wände dargestellt werden, so daß die Verwandlung vor sich geht, während auf der Vorderbühne musiziert oder gesprochen wird. Dies nicht um eines Stil-Prinzips willen, sondern um die Kontinuität des Ablaufs und den Charakter der Bellmanschen Improvisation zu wahren, der dem Stück eigen ist.

Vorspiel und Ouvertüre

Mollberg, Appelstubbe, der Dichter Wetz und Jergen Puckel begeben sich auf die Vorderbühne, auf der die Musiker ihre Instrumente stimmen. Sie sind zum Teil noch nicht fertig angezogen oder tragen ihre Perücke noch in der Hand.

APPELSTUBBE Allerseits guten Abend. *Zu den Musikern* Darf ich um Ruhe bitten. Türschließer! In drei Minuten lassen Sie niemanden mehr herein, dann fängt das Stück an. Momentan sind wir noch, sozusagen, im Übergang, da macht es nichts, wenn sie sich da unten gegenseitig auf die Fußzehen steigen. Und was unsere Rollen anlangt, so bleiben wir auch, gewissermaßen, im Übergang. Wir sind nämlich lauter Leute, von denen es nicht ganz sicher ist, ob sie wirklich gelebt haben, oder ob der Bellman sie sich nur ausgedacht hat –

JERGEN PUCKEL Er selbst aber, der Bellman, der hat gelebt, und was noch schlimmer ist, dieser Mensch hat sein Leben lang

Musik gemacht und Lieder gedichtet, in denen wir alle vorkommen, und die wir hier singen sollen, worüber wir ein bißchen aufgeregt sind, denn wir sind ja eigentlich keine Sänger –

APPELSTUBBE – sondern Schauspieler. Und es ist bekannt, daß die Schauspieler häufig nicht singen können, und die Sänger noch häufiger nicht spielen. Was aber richtige Komödianten sind, die sollten alles können, wenn es sein muß, auch auf den Händen gehn, sich selbst und anderen den Kopf zwischen die Beine stecken, und schließlich sogar ihren Text. Denn auf den kommt es vor allem an, und wenn wir den Text können, dann kann auch mit der Musik nicht viel passieren, die um ihn herumgewachsen ist wie die Blätter um einen Zweig, oder umgekehrt. Der Text um die Musik nämlich.

JERGEN PUCKEL Wir wollen uns hier also nicht als künstliche Sänger produzieren, sondern als richtige Komödianten, und nur als solche beurteilt werden: was man uns glaubt und abkauft, das haben wir auch gekonnt.

MOLLBERG So haltet die Luft an, Brüder, und tut, was unsrer Lage entspricht. Unsere Lage in diesem Stück ist folgende: wir haben Durst, wir haben kein Geld. Also singen wir, einem Drange der Natur gehorchend –

APPELSTUBBE – und immer in der Hoffnung, daß uns jemand dafür einen Schoppen zahlt. Jetzt fangen wir, um uns warm zu singen und etwas Stimmung zu machen, mit einem Bellman-Lied als Ouvertüre an, es heißt: ›Das Lied von Ullas Bett‹, und wenn es vorbei ist, und es wird oben hell, dann haben wir uns um circa hundertsiebzig Jahre zurückgespielt und befinden uns im Fischerdörfchen, das in einer Meerbucht nah bei Stockholm gelegen ist. Darf ich bitten!

Er gibt den Einsatz, die Musik beginnt.

Das Lied von Ullas Bett
(Melodie: Epistlar No. 36. Zweistimmig)

1. Als Ulla einst im Bette allein,
Schon halb in Traum verloren,
Da schlich sich wer zu ihr herein,
Den sie nicht auserkoren.
Draußen hell die Sommernacht
Über den alten Wirtshauslinden,
Drin die Läden zugemacht,
Das Bett ist kaum zu finden.
Ganz verschlafen zieht den Braven
Sie zu sich aufs Linnen,
Doch was spürt sie, was berührt sie?
Hunderttausend Spinnen!
Kratzend, beißend, nachttopfschmeißend,
Bläst dem Alten sie den Takt,
Rennt ihm nach und steht, o Schlag,
Vorm Wirtshaus pudelnackt!

2. Denn Ulla liegt im Bette allein,
Nicht um allein zu liegen,
Doch läßt sie nur noch Einen herein,
Sein Name sei verschwiegen.
Draußen hell die Sommernacht
Schwebt über Schlössern und Spelunken,
Drinnen zwei von Blutes Macht
Und auch von Rotwein trunken.
Stunden gehn auf leisen Zehn,
Die Morgennebel steigen,
Hahn bleibt stehn, vergißt das Krähn,
Und selbst die Uhren schweigen.
Stets dein treuster Hort hienieden,
Sterbens und Gebärens Stätt:
Wahren Krieg und wahren Frieden
Findest du nur im Bett!

I

Hauptbühne: Ein klarer Morgenhimmel, in den starken Lichtern des nordischen Frühlings. Seitlich der Fährkrug ›Zur sanften Brise‹, der dem Branntweinbrenner Ljundholm gehört. Man sieht davon, unterm niedrigen, vermoosten Dach, nur eine Ecke mit weiß getünchter Wand und einem großen ebenerdigen Fenster, dessen Holzläden von innen geschlossen sind. Auf der andern Seite, weiter hinten, ist an einem Birkenstamm ein Schild angenagelt, das ›Zur Fähre‹ weist. Dort sieht man das Flimmern des Meerwassers in der Sonne.

CAJSA LISA *eine junge Witwe von derber Hübschheit, keineswegs ordinär, aber mit einem leisen Stich. Sie ist etwas zu blumig gekleidet, mit Bergerette-Hütchen und Mantille. Kommt eilig von der Fähre* Hee, Ljundholm, altes Walroß! Bring mir rasch einen Schnaps. Mir wird von der Überfahrt immer schlecht, auch wenn es ganz still ist. Ich wünsch dir gar nicht erst guten Morgen, du antwortest ja doch nicht. Nein, bitte, nur keine Anstrengung. Grobheit ist eine Gottesgabe. Du hast schon deine Mutter im Leib gestoßen und wirst noch deine Leichenträger anstänkern. Gib her. Wo steckt Ulla?

LJUNDHOLM *ein ziemlich unsauberer Greis, auf den Cajsas Charakteristik vollständig zutrifft, kommt um die Hausecke geschlurft, mit Flasche und Glas* Im Bett.

CAJSA Um diese Zeit? Hat sie schon – *Sie kippt mit entsprechender Geste ihren Schnaps hinunter.*

LJUNDHOLM Keinen Tropfen. Und keinen Bissen. Nüchtern wie ein ausgenommener Steinbutt. Ich halt ihr den Schnabel sauber, und wenn sie piept vor Hunger.

CAJSA Warum steht sie denn nicht auf, wenn sie piept?

LJUNDHOLM Soll ihr schwerfallen. Kann doch nicht nackt herumrennen, oder? Das fehlt noch, am hellichten Tag.

CAJSA Sag mal, was hast du denn da am Hosenbund hängen?

LJUNDHOLM *grinst* Duftig, was? Wie der Schaum vom Bier. Sowas steckt in Seide, unten herum, als wärs eine herrschaftliche Mätress, anstatt im Spinnhausrupfen, im kratzigen, in den sie gehört. Pfui. *Er spuckt aus.*

CAJSA Das sind doch Ullas Kleider!

LJUNDHOLM *klopft darauf wie auf eine Jagdtrophäe* Jawoll, beschlagnahmt, sonst brennt sie durch. Gibts aber nicht, Pfand ist Pfand. Zwei Gallonen Branntwein, fünf Bouteillen Sekt, und dann das Bier, der Käs, die Heringe, der Tabak. Dabei kein Geld im Beutel. Zahlen soll er, der Lump. *Will gehn.*

CAJSA *aufgeregt* Halt! Ljundholm! Du gibst mir sofort die Sachen und läßt mich hinein zu ihr. Es eilt, hörst du? Ich bin nicht zum Spaß da.

LJUNDHOLM Ich auch nicht. Muß zum Sud, an die Röhre, heizen.

CAJSA *imitiert ihn* Heizen! Wie der Satan, wenn er im Fegfeuer nachlegt. *Da Ljundholm geschmeichelt lächelt, begütigend* Nun sag schon, wo ist ihr Zimmer? Laß mich rein, alter Sudkessel.

LJUNDHOLM Ist schon einer drin.

CAJSA Was! Aber ich hab ihn doch grade in der Stadt gesehn – ja wer denn sonst, womöglich?

LJUNDHOLM Auch ein Kavalier.

Während der letzten Sätze hat sich drinnen ein Lärm erhoben wie von einem heftigen Wortstreit, jetzt hört man Ullas Stimme, immer stärker anschwellend.

ULLA *von drinnen* Raus, raus, du Lügenhüppel, du Schlauch voll saurem Essig, du bist ja so falsch, wie du Horn bläst, meinst du, von dir laß ich mir was erzählen – euch kenn ich, ihr Klopfhengste, ihr seid alle gleich, alle vom selben Galgen heruntergeschnitten – verschwinde, ich will nichts mehr hören.

Dazwischen stammelnd, ohne durchzukommen, schließlich auch zur Wut schwellend, der Klang einer Männerstimme.

CAJSA *beruhigt* Ein herzlicher Abschied.

Jetzt wird von innen der Laden aufgestoßen, eine eher jämmerliche Mannsgestalt springt fluchtartig heraus, von einer unsichtbaren Kraft befördert, und fällt zu Boden, was sein Glück ist: denn hinter ihm her, hart über seinen Kopf weg, saust ein Gegenstand durch die Luft und zerschellt dicht neben dem Krüger Ljundholm, mit Scherbenklirren. Der Laden wird krachend zugeschlagen.

LJUNDHOLM Mortdemavie, das gute Nachtgeschirr! Meißner

Porzellan, mit Amoretten bemalt. Hat eine sächsische Prinzessin unterm Bett vergessen. *Er kramt in den Scherben, läuft fluchend hinters Haus.*

VATER MOVITZ *rappelt sich auf, wischt sich den Schweiß von der Stirn. Es ist ein alter Musikant mit einem charmant verknitterten Affengesicht und großen, gescheiten Augen* Warum müssen solche Damen auch mit eigenem Zimmertöpfchen reisen. Schaff ja kein neues an, Krüger, du siehst ja, es ist gefährlich. *Er bemerkt Cajsa Lisa* Cajsa! Dich schickt der Himmel.

CAJSA Ja, mir ist im Traum ein Engel erschienen und hat mir gesagt, ich solle sofort zum Fischerdorf hinausfahren, um den Vater Movitz bei einer Abfuhr zu erwischen.

MOVITZ Cajsa! Bei meinem grauen Haupt! Du wirst doch nicht sowas von mir denken. Ich, als Bellmans bester Freund –

CAJSA Nun leg noch die Hand aufs Herz, ja? Nein, sowas denk ich nicht von dir, du wirst schon selbst wissen, daß ein alter Heuschreck wie du bei einer Dame keine Chancen mehr hat.

MOVITZ Grace au compliment, meine Edle. Aber es muß wirklich einen fatalen Eindruck machen. Schließlich liegt sie nackt im Bett, und in der Wut ist sie einfach herausgesprungen – ein Temperament hat das Mädchen! und eine Haut! *Küßt seinen Handrücken.*

CAJSA Ein Connaisseur! Aber wieso läuft der Eisbär mit ihren Kleidern herum? Was war denn hier los?

MOVITZ Ach, nichts Besonderes. Eine kleine Verrechnungsdifferenz. Dieser Ljundholm ist plötzlich wahnsinnig geworden und hat verlangt, Bellman solle zahlen!

CAJSA *ironisch* Unerhört.

MOVITZ Beschämend. Ulla lag schon im Bett, Bellman wollte ja auch hier übernachten, aber der Ochs brüllte nach seinem Geld und drohte, die Polizei zu rufen – das wäre kein glückliches Zusammentreffen, weißt du –

CAJSA *betont* Ich weiß.

MOVITZ Da hat er sie denn versetzt.

CAJSA Was hat er sie?

MOVITZ Versetzt! Verpfändet, beliehen, wie du willst. Sie schlief so gut, da wollte er sie auch nicht wecken.

CAJSA Immer Kavalier, wenns nichts kostet. *Lacht* Ulla versetzt – wie eine Schnupftabaksdose. Sowas war noch nicht da.

MOVITZ Wir sind ja gleich in die Stadt hinüber, um Geld aufzutreiben, aber –

CAJSA Aber – da kann sie nackt im Bett liegen bis zum Jüngsten Tag.

MOVITZ *eifrig* Nein, nur bis morgen früh. Er hat einen glänzenden Auftrag bekommen, für heute abend, Gartenfest bei der Baronin Schröderheim, eine sehr komfortable Dame, hab ich gehört, da braucht er nur ein paar amoureuse Strophen zu improvisieren und kann den elegantesten Pump landen. Und jetzt komm ich daher, um ihr die gute Botschaft auszurichten –

CAJSA Und kriegst den Brausetopf an den Schädel. Hättest du dir denken können.

MOVITZ Ach, wenn es nur das wäre –

Er duckt sich hastig, denn von innen wird der Laden aufgestoßen, und durch das offene Fenster sieht man Ulla Winblad mit nackten Schultern, sonst von der Wand verdeckt, im Bett sitzen wie in einer Badewanne. Sie ist nicht eigentlich hübsch und mehr voll als schlank, mehr kräftig als zart, aber von so verlockender Weiblichkeit wie eine Schale voll reifer Erdbeeren und ein Topf voll Sahne, oder ein Beet offener Tulpen, oder ein Kullerpfirsich in Sekt. Ihre Frisur ist ein wenig schlafzerwühlt, doch ihr Mund und ihre Zähne machen einen Eindruck von Frische, als habe sie eben mit Quellwasser gegurgelt, sie hat starke ungeschminkte Lippen, die man gleich beim Aufwachen küssen könnte. Sie schreit jetzt nicht mehr, sondern spricht – zunächst – mit einer gelassenen Amüsiertheit.

ULLA Bist du noch immer hier, du Stück Malheur! Jetzt machst du, daß du hinüberkommst, und sagst ihm, er solle sich ja nie mehr trauen, mir unter die Augen zu treten, aber nie mehr, solang er lebt, verstehst du mich? Ich habs nämlich satt, ich habe genug, ich mag nicht mehr. Nicht weil er meine Kleider versetzt hat – ich bin die Letzte, die keinen Spaß versteht – und wenn es mir paßt, dann fahr ich nackt in die Stadt und lang ihn mir, sogar im Salon einer Baronin – ich kann mich ja sehen lassen, vielleicht besser als die. Aber er braucht keine Angst zu haben. Ich bin nicht eifersüchtig. Er soll sich nur gut amüsieren – dann aber: ohne mich!! *Sie hat sich allmählich wieder in Rage geredet und läßt Movitz nicht zu Wort kommen* Nein, nein, nein, nein! Ich weiß das schon alles. Er kennt die Dame gar nicht, und es ist eine Gönnerin seiner Kunst, und sie verschafft ihm eine Stellung in der Hofbibliothek – meintwegen, bitte sehr, aber ich verschaff ihm k e i n e Stellung, und ich bin k e i n e Gönnerin, und mich k e n n t er. Damit Schluß. Abfahrn.

MOVITZ Du bist so ungerecht, Ulla, er tut es doch nur für dich – er hat gesagt, du sollst dem Ljundholm noch deine Ohrringe geben und die Pantoffel, damit er dich anständig verpflegt bis morgen früh –

ULLA Danke. Danke sehr. Er braucht sich um mich nicht zu kümmern – weder heute noch morgen früh, denn dann ist es zu spät. Fahr ab, Movitz. Mit Herrn Carl Michael Bellman bin ich fertig.

MOVITZ *hilflos* Aber mit wem soll er dann die neuen Duette singen?

ULLA Ausgesungen, mein Engel. Baronin Schröderheim soll ja sehr musikalisch sein.

CAJSA Jetzt fahr schon ab, du Diplomat von der alten Schule, du hast deine Mission erfüllt. Geh hin und laß dich befördern.

ULLA *fährt beim Klang ihrer Stimme herum, freudig* Cajsa Lisa.

CAJSA Ja, ja, mich schickt der Himmel.

ULLA Ach was, du hast natürlich die Lage gespannt und bist rasch hergeflitzt, um mich rauszubeißen. Wirklich reizend von dir. Aber verlaß dich drauf, ich revanchier mich –

CAJSA Du wirst Gelegenheit haben. Jetzt mach, daß du da rauskommst, mein Schaumtörtchen, und schlupf in die Kleider.

ULLA Wie soll ich denn! Der Kerl hat sie sich vor die Stalltür gehängt, und das Haus hat er abgesperrt von außen. –

MOVITZ Jetzt komm ich doch nicht mehr zu Wort.

CAJSA Ausgeschlossen.

ULLA Da, nimm ihm eine von den Topfscherben mit, als Maskotte für sein ferneres Leben. Zur Erinnerung an Ulla Winblad, schreibst du darauf.

MOVITZ *hebt die Hände zum Himmel, nimmt dann eine Scherbe und geht.*

CAJSA *hat Ulla ihre Mantille hereingeworfen* Nimm das Ding um, damit du keinen Schnupfen kriegst, und komm durchs Fenster. Das andere wollen wir gleich haben. *Sie ruft, während Ulla die Mantille umnimmt und sich auf die niedrige Fensterbank schwingt, nach hinten* He, Ljundholm! Rasch die Kleider her! Da draußen segelt der Lehnsmann mit seinem Fernstecher. Wenn der ein nacktes Weib bei dir im Fenster hocken sieht, dann kannst du deine Konzession als Wurstpapier benutzen.

LJUNDHOLM *schaut um die Hausecke* Sie hat ja was an.

CAJSA Ulla, gib mir die Mantille zurück, mir wird kühl.

ULLA *macht eine Bewegung, als wolle sie sie fallen lassen.*

LJUNDHOLM *schmeißt die Kleider hin* Euch sollte man raffinieren und in den Abguß schütten.

CAJSA Danke. Jetzt mach uns einen Würzwein heiß, aber flott. Wir sind angegriffen.

LJUNDHOLM *verschwindet.*

ULLA *lachend* Mein schlaues Pöpsjen, das hast du wieder geschafft.

CAJSA Ja, ja, mein Apfeltörtchen – *Sie tätschelnd* –, du bist ein armes Waisenkind, und dir muß man helfen. Nun zieh das mal an da, los – *Sie reicht ihr die Kleider Stück für Stück über die Fensterbank, hilft ihr dann beim Zumachen.*

ULLA Mir eilts gar nicht. Am liebsten möcht ich baden –

CAJSA Aber mir eilts.

ULLA Warum? Wollen wir weg?

CAJSA Du wirst schon sehen. Das ist ja neu, die Jupons, und der Hemdbesatz?

ULLA Von der Kolmodin, am Großen Markt. Hübsch, was?

CAJSA Entzückend. Bezahlt?

ULLA Glaubst du, ich hab eine Erbschaft gemacht?

CAJSA Leider nein. Weißt du eigentlich, daß er mir auch noch dreihundertfünfzig Kronen schuldig ist?

ULLA Bellman?

CAJSA Ich muß nämlich neu tapezieren. In der Gaststube hängen schon die Fetzen runter. Man kann ja nicht ewig warten.

ULLA Wenn der Verleger Cronberg seine Episteln druckt –

CAJSA – und wenn der Kaiser von China ihm eine Leibrente auswirft –

ULLA Du weißt, es sind die Zeiten. Es ist die Politik. Die haben jetzt ein Kulturamt gegründet. Da gibts für die Dichter nichts mehr zu lachen.

CAJSA Ich will dir was sagen, Ulla. Für uns Frauen gibts keine Zeiten – und schon gar keine Politik. Für uns hats immer nur das eine gegeben: entweder ein Mann kann uns anziehn – oder nicht. Vom Ernähren sag ich schon gar nichts. Knöpf das Dingsda zu.

ULLA Ach du – wegen mir kann er mich ausziehn – bis aufs Hemd und weiter, ich pfeif auf die Garderob, nur lieben soll er mich. Aber ganz.

CAJSA Na, hör mal. Das ist ja unmoralisch. Man kann doch von der Liebe nicht leben. Das ist absolut zweierlei.

ULLA Einerlei – für mich. Leben tut man von selbst.

CAJSA Was hast du eigentlich gegen diese Baronin?

ULLA Ich weiß nicht, ich krieg manchmal die Wut. Es wird schon alles stimmen, was der Movitz erzählt – und er muß ja auch was verdienen. Aber ich kanns nicht ertragen, einfach.

CAJSA Daß er was verdient?

ULLA Geh, du verstehst mich doch. Schau, Cajsa – es ist immer das gleiche. Ein paar Tage – sieh mich nicht so an, sonst red ich nicht weiter. Man kann das überhaupt nicht ausdrücken.

CAJSA Nun drück schon. Drück schon aus. Ein paar Tage –

ULLA *ohne sie anzusehen* – ist es das Schönste. So – wie nichts anderes mehr sein kann – so, daß man sterben möchte hinterher. Aber dann – wenn man es festhalten will – dann ist alles wie Luft. So leicht und so hell wie Luft – aber auch so flüchtig –

CAJSA *faßt sie an der Hand, zieht die nun Angekleidete nach vorn* Hör mal zu, mein Törtchen. Das muß aufhören mit euch. Ihr seid euch zu ähnlich.

ULLA *lacht auf* Wir?

CAJSA Jawohl, ihr. Was du brauchst, ist ein Mann – unterbrich mich nicht. Bellman ist keiner, das heißt schon, fürs Bett. Aber nicht fürs Leben. Ich hab dir gesagt, das ist zweierlei. Es muß einer da sein, der für dich sorgt, das bist du dir schuldig, verstanden? Dann kannst du dir alles leisten. Sogar die Liebe.

ULLA Cajsa; ich muß dir was klarmachen, ein für allemal. Du kennst mich ein wenig – du weißt, wie ich gelebt habe: mit dreizehn hab ich angefangen, als Schankmädel in Helsingfors, dann Moskau, dann hier, und die Zeit mit dem verrückten Obersten, und alles – es war kein Klosterleben, gewiß nicht. Aber ich hab nie mit einem was gehabt – niemals, verstehst du – ohne Liebe. Oder Gefühl, oder Herz, wie mans nennt. Ich kann nicht anders.

CAJSA Brauchst du ja nicht, mein Kind. Du mußt dir nur eine Solidität anschaffen, damit du nicht verkommst.

ULLA Solidität?

CAJSA Einteilung, mein ich. Einer fürs Haus, einer fürs Herz. Das geht ganz gut zusammen. Denk dir mal, wie ich den alten Dunderboom genommen habe, das war harte Arbeit, mir tut noch das Kreuz weh, wenn ich daran denke, aber – eine gutgehende Wirtschaft dahinter. Und ich konnte ja auch nicht wissen, daß ich das Glück habe und er nach drei Monaten platzt. Das, weißt du, nenn ich eine Solidität. Und für die Liebe hat man immer noch Zeit, am Sonntag nachmittag oder so.

ULLA Ach Gott. Die Liebe, die kann mir gestohlen bleiben. *Sie lacht etwas bedrückt.*

CAJSA Unsinn. Es liegt nur am guten Willen. Jetzt mach dir die Haare zurecht, flott, sie kommen schon. *Sie späht zur Fähre hinunter.*

ULLA *starrt sie an* Wer kommt?

CAJSA *versucht, eine leichte Verlegenheit zu übertönen, redet ganz obenhin* Ja, es ist mehr ein Zufall, ich hab sie am Pier getroffen. Sie wollten sowieso einen Ausflug machen, und das klappte so gut –

ULLA Wer kommt??

CAJSA Du hast doch gar nichts gegen den Obersten.

ULLA Zabotin?

CAJSA Du sagst ja selbst, du hast es nie ohne Herz getan, und schließlich warst du doch mal seine Freundin –

ULLA *eisig, in aufsteigendem Zorn* Lange her, mein Kind. Wer noch?

CAJSA Also Liebling, jetzt sei doch vernünftig –

ULLA Ich bin vernünftig. Wer noch?

CAJSA Na, der Baron halt ... *Redet rasch weiter* Er ist doch wirklich ein vornehmer Mensch, ganz große Klasse, und so ein Picknick verpflichtet dich ja zu gar nichts – seit Wochen läßt er mir keine Ruhe, wann er dich wiedersehen kann – und denk nur, wer er ist, der reichste Grundbesitzer im Süden, kein Minister hat was zu melden gegen den – ich gebe zu, er wirkt ein bißchen steif, aber das ist eben das Herrschaftliche an ihm – ich weiß ganz genau, er hat dir Eindruck gemacht, und es kann dein Glück sein, Ulla, es ist deine große Chance –

ULLA, *der man ansah, wie es immer mehr in ihr kochte, haut ihr plötzlich eine Ohrfeige* Halts Maul!

CAJSA *fährt auf sie los, außer sich* Du Racker, du Mistvieh! Für dich soll man was tun!

ULLA *stampfend* Nein, das soll man nicht!! Ich habs dir verboten!!

CAJSA Dann bleib im Dreck, im Dreck, in den du gehörst, du Gans, du blödsinnige, glaubst du, ich lasse mich ohrfeigen von dir –

ULLA Mach dich weg, oder ich reiß dir die Haare runter, du Kuppelhure, du – Pfui! *Sie spuckt nach ihr.*

CAJSA Was, spucken, du Subjekt, du undankbares, das wirst du bereuen, sag ich dir –

ULLA Subjekt? Subjekt nennst du mich, du –

CAJSA Jawohl, Subjekt, Subjekt, und nochmal Subjekt – *zischend* Achtung. Nimm dich zusammen. *Umarmt sie und stößt plötzlich ein künstliches Gelächter aus* Süß! Einfach süß, die Geschichte. Darf ich sie weitererzählen? *Leise in Ullas Ohr* Blamier mich jetzt nicht, ich bitte dich! *Kneift sie in den Arm.*

ULLA Au.

CAJSA *ruft, sie übertönend* Ah, welche Überraschung!

Während ihrer letzten Sätze sind, vom Strand her, die Herren erschienen, Oberst Zabotin und Baron Lindkrona, gefolgt von einigen Bedienten, die schwere Körbe schleppen. Die Körbe sind mit Tüchern bedeckt, aber man sieht Flaschenhälse darunter hervorragen. Zabotin ist ein sogenannter ›schöner Mann‹, brutal und weichlich, von peinlicher Eleganz. Er würde besser in ein Spielkasino passen als in eine kaiserliche Gesandtschaft. Als Heiratsschwindler oder Salonhypnotiseur hätte er großen Erfolg, aber man kann ihm auch Schlimmeres zutrauen, so daß er für eine Frau doch den Reiz der Gefährlichkeit haben mag.

Baron Lindkrona, ein hochgewachsener, fast hagerer Herr, Mitte der Fünfzig, bartlos, mit hartem, aber nicht abstoßendem Gesicht. Es geht eine Art natürlichen Machtbewußtseins von ihm aus, dem sich die meisten Menschen gern und respektvoll unterwerfen würden, da es ganz ohne kleinliche Züge ist.

ZABOTIN Aber wirklich! Das nenn ich bonne chance. Die Damen hat wohl auch die schöne Natur verlockt?

CAJSA Natürlich, die Natur. Die hat es ja in sich.

ZABOTIN Trifft sich ganz ausgezeichnet. Sie sehen, wir haben ein kleines Picknick geplant, und das einzige, was uns fehlte, war die Gesellschaft anmutiger Frauen. Darf ich mir erlauben, Mademoiselle – *Er will Ulla die Hand küssen.*

ULLA Stürz dich nicht in Unkosten, Wladimir. Ich muß leider –

CAJSA Du brauchst dich nicht zu entschuldigen, du bist hübsch genug angezogen. Finden Sie nicht, Herr Baron?

LINDKRONA *antwortet nicht.*

ZABOTIN *zu den Bedienten* Bißchen Trab da, hinstellen, abtreten, das andere besorgen wir selbst. Wo ist der Wirt?

CAJSA Lümmelt sich in seiner Destillation herum. Ich hab schon vor Stunden einen Glühwein bestellt –

ZABOTIN Wir werden ihm Dampf machen, kommen Sie.

CAJSA He, Ljundholm!

Die beiden verschwinden hinterm Haus, mit der deutlichen Absicht, den Baron und Ulla allein zu lassen.

LINDKRONA *hat Ulla die ganze Zeit hindurch angesehen. Sie erwidert seinen Blick, ruhig, ohne Unsicherheit. Nun tritt er einen Schritt näher zu ihr* Es ist ein unerwartetes Glück für mich, Sie wiederzusehn.

ULLA *spricht kühl, aber nicht unfreundlich* Unerwartet? Sie wußten es doch genau.

LINDKRONA So genau wieder nicht. Ich bin schon öfters enttäuscht worden.

ULLA Es ist auch heut nur ein Zufall. Oder besser gesagt: eine Falle.

LINDKRONA Was meinen Sie damit? Sind Sie nicht freiwillig hier?

ULLA Nein, Baron Lindkrona. Ich möchte, daß Sie sich darüber klar sind. Meine Freundin hat diese Verabredung ohne mein Wissen getroffen – sonst wäre sie nie zustandegekommen.

LINDKRONA Was haben Sie gegen mich? Wollen Sie mir das sagen?

ULLA Nichts, Baron. Gar nichts. Ich will Ihnen nur einen Irrtum ersparen. Sie haben da eben schon von Enttäuschung gesprochen –

LINDKRONA Durfte ich das nicht? Ich hatte das Vergnügen, Sie auf einem Tanzfest kennenzulernen, Sie waren so freundlich, sich mit mir zu unterhalten, allerdings nur in der Öffentlichkeit. Seitdem hoffte ich immer, die Unterhaltung fortsetzen zu können –

ULLA Unter Ausschluß der Öffentlichkeit, ja? So ist es doch gemeint. Lassen wir bitte die Floskeln, Baron, und reden wir ehrlich. Ich habe gar keinen Grund, Ihnen irgendwas übelzunehmen. Ich bin wirklich keine Dame – und Sie brauchen nicht so zu tun, als hielten Sie mich dafür. Nur – sollen Sie mich auch nicht für etwas anderes halten, was ich erst recht nicht bin.

LINDKRONA *lächelnd, offenbar sehr beeindruckt von ihr* Und wenn das alles ganz klar ist zwischen uns – und ich versichere Sie, Sie haben mir keinen Zweifel gelassen –, dann könnten wir uns eigentlich die Hand geben, meinen Sie nicht?

ULLA Doch, warum nicht? *Mit einem leisen Lachen ihm die Hand hinstreckend* Guten Tag!

LINDKRONA *nimmt ihre Hand, beugt sich darüber und küßt sie. Dann richtet er sich wieder auf, sieht sie an, ohne ihre Hand loszulassen.*

ULLA *leise* Baron. Bitte.

LINDKRONA Einen Augenblick, Ulla. Ich will jetzt etwas von Ihnen. *Läßt ihre Hand los* Sie haben mich gelehrt, was ich von Ihnen zu denken habe. Nun schauen Sie mich an und sagen Sie mir, was Sie von mir denken. Für welche Sorte Mensch Sie mich halten. Aber rasch, ohne Rücksicht, und ohne Überlegung.

ULLA Wenn es wirklich sein muß – es ist nicht so schwer, und ich brauche Ihnen noch nicht mal eine Grobheit zu sagen. Sie gehören, glaube ich, zu den Männern, die immer wissen, was sie wollen – das ist nicht unbedingt ein Vorzug –, und Sie gehen über Leichen, wo es Ihnen nötig scheint, männliche oder weibliche – ich möchte nicht Ihr Feind – auch nicht allzu gerne Ihr Diener sein – und am allerwenigsten ein Mädchen, das von Ihnen ein Kind bekommt. Dabei sind Sie weder borniert noch gemein. Vielleicht phantasielos.

LINDKRONA Hm. Danke. Das trifft ziemlich viel. War da eigentlich eine gute Eigenschaft dabei?

ULLA Doch. Eine. Vielleicht keine gute – aber eine starke.

LINDKRONA Nämlich?

ULLA Männlichkeit.

LINDKRONA Männlichkeit heißt: Treue.

ULLA Oder Hartnäckigkeit. Aber das ist ja oft dasselbe.

LINDKRONA *ein wenig starr, aber nicht ohne Wärme* Ich werde Ihnen jetzt etwas sagen, Ulla, was Ihre sonst ganz korrekten Vorstellungen von mir nach einer Seite berichtigt. Ich meine die Phantasielosigkeit. Aber es kann auch sein, daß Sie mich einfach für wahnsinnig halten. Ich will Sie heiraten.

ULLA *sieht ihn groß an.*

LINDKRONA *nach einer Pause* Sie lachen ja gar nicht.

ULLA Ist das denn zum Lachen?

LINDKRONA Nein, es ist ernst. Den berühmten Einwand, daß ich Sie nicht kenne, haben Sie selbst entkräftet, soeben. Manche Menschen kennt man sofort oder nie. Außerdem weiß ich mehr von Ihnen, als Sie glauben –

ULLA *etwas spöttisch* Durch Zabotin?

LINDKRONA Wir sind uns über den Obersten Zabotin vollkommen einig.

ULLA Ich war einmal verliebt in ihn, wirklich. Ist es nicht komisch, wie schwer man sich so was später vorstellen kann. Vielleicht ist man selbst immer wieder – ein anderer Mensch.

LINDKRONA Sie waren sehr jung. Ulla. Sie haben sich selbst noch gesucht. Inzwischen aber – haben Sie sich gefunden, das ist es, was ich von Ihnen weiß, dazu brauche ich keinen Zabotin. Sie sind ein ganzer Mensch, Ulla – das ist vielleicht das einzige, was ich anbete. Außerdem sind Sie eine Frau, die einen Mann zum Äußersten bringen kann, und ihm das Äußerste geben: daß er sich selbst vergißt. Auch das weiß ich von Ihnen. Seit ich Sie sah. *Er hat die letzten Sätze fast leise, in immer stärkerer Erregung gesprochen, und obwohl er keinen Versuch macht, sie zu berühren, weicht sie vor ihm zurück.*

ULLA *ihn unterbrechend* Baron Lindkrona! Wenn Sie schon so viel von mir wissen – dann wissen Sie vielleicht auch –

LINDKRONA Sprechen Sie nicht weiter, ich bitte Sie. *Nach einer Pause* Sie werden jetzt nein sagen, und ich kenne den Grund. Aber es kann ja sein, daß dieser Grund einmal wegfällt. *Er hebt die Hand, da sie unterbrechen wollte* Dann, Ulla, biete ich Ihnen – Sicherheit. Das klingt alltäglich. Aber es bedeutet sehr viel und ist sehr selten. Sicherheit. – *Lächelnd, wie um sich selbst zu befreien, fast heiter* Im übrigen bin ich seit zehn Jahren verwitwet, habe Kinder, für deren Erbschaft gesorgt ist, und es gibt auf der Welt niemanden, dem ich Rechenschaft schuldig wäre. Falls Sie das interessiert.

ULLA *langsam und nachdenklich* Sie haben es mir sehr leicht gemacht, Baron Lindkrona – indem sie nämlich die Antwort schon selber gaben. Aber ich muß es Ihnen schwer machen, verzeihen Sie das. Denn Sie müssen wissen: wenn dieser Grund jemals wegfiele – und ich wirklich zu Ihnen käme – dann wäre das für mich ein Verzicht. Allerdings, ein entschlossener. Genügt Ihnen das?

LINDKRONA Es genügt mir – weil es mir Hoffnung läßt. – Soll ich jetzt die anderen zurückrufen?

ULLA *ganz erlöst* Ach ja, bitte. Ich hab einen solchen Hunger.

LINDKRONA Dagegen kann was geschehen. Zabotin! Madame Cajsa! Kommen Sie, wir fangen schon an. *Er beugt sich über einen Korb.*

ULLA *rasch, während man schon die Stimmen der Näherkommenden hört* Baron Lindkrona, ich hab eine Eigenschaft ausgelassen, vorhin – eine gute sogar –

LINDKRONA Welche?

ULLA Noblesse. Die richtige, mein ich.

LINDKRONA *lachend* Jetzt überschätzen Sie mich.

ULLA Dann haben Sie sich aber verstellt, grade.

LINDKRONA Nein, Ulla. Ich liebe Sie.

ZABOTIN *kommt um die Hausecke mit Cajsa eingehängt, die schon ein wenig beschwipst ist und einen Becher Glüchwein schwenkt* Chambertin, Pommard, Romané, Beaune –

CAJSA Kenn ich alles nicht, klingt aber wie gemalt.

ZABOTIN – et Beaujolais. Tous les grands vins de Bourgogne. Aus Schloß Lindkronas Kellereien. Was wollen Sie da mit Krüger Ljundholms Zimmetbrühe. Schütten Sie das weg. *Er nimmt ihr den Becher aus der Hand, leert ihn aus.*

CAJSA Verschwendung, sowas – war doch schon bezahlt!

ZABOTIN Bagatelle. Das Bessere ist der Feind des Guten. *Zu Ljundholm, der um die Ecke schielt* Marsch, Kissen, Decken, Polster, aber flott.

LJUNDHOLM Wozu? Ist doch brottrocken.

ZABOTIN Tu, was ich sage, Muschik. Wir müssen die kostbaren Gefäße der Unschuld vor Erkältung schützen.

LJUNDHOLM Sollen sich warme Hosen anziehen, wär gescheiter. *Geht*

ULLA *lachend, zu Lindkrona* Der ist eine Seltenheit, der Ljundholm! Wo findet man heute noch einen groben Wirt? Ich glaube, die sterben aus. Weißt du noch, Cajsa, der alte Gripsnickel, in Helsingfors? Bei dem haben wir nämlich zusammen gedient –

CAJSA Aber Ulla. Davon spricht man nicht.

ULLA Weshalb? Kellnerin ist ein idealer Beruf. Fast wie Arzt. Nur weniger lebensgefährlich für die Patienten. – Herrje! Gesottene Krebse! Die ersten dies Jahr! Und kalte Schnepfen – und ein ganzer Schinken. *Sie setzt sich neben dem Korb ins Gras, auch die andern lassen sich nieder.*

LINDKRONA *hat inzwischen eine Flasche aufgezogen und Gläser gefüllt* Skall! Es lebe, was wir lieben.

ULLA Das ist ein gefährlicher Trinkspruch, Baron.

LINDKRONA Trotzdem.

ULLA Wie Sie wollen. Skall! *Sie leert ihr Glas, läßt sich auf den Rasen zurückfallen* Jetzt müßte jemand spielen. *Trällert ein paar Takte.*

ZABOTIN Ach was. Nehmen Sie Gänseleber.

ULLA Natürlich nehm ich Gänseleber, aber es müßte doch jemand spielen. Mir schmeckt es halt besser mit Musik. *Beginnt zu essen.*

CAJSA Benimm dich, Ulla. Du bist schon wieder taktlos.

ULLA Warum habt ihr keine Musikanten mitgebracht?

ZABOTIN *giftig* Wir hassen Musikanten, wissen Sie.

LINDKRONA Tut mir leid. Das hab ich vergessen.

ULLA Und können Sie nicht selbst ein Lied singen, Baron?

LINDKRONA Bedaure, nein. *Wendet sich ab.*

ULLA Jetzt werden Sie nur nicht tragisch, sonst heul ich in Ihre Gänseleber. Bei mir sitzt das heut sowieso ganz locker.

CAJSA Ulla! Du solltest glücklich und dankbar sein.

ULLA Ja ja – ich bin so glücklich! *Sie beginnt leise zu heulen.*

LINDKRONA *steif* Fräulein Ulla – wenn Sie allein zu sein wünschen –

ZABOTIN Ach was, damit muß man anders reden. Ulla! Sofort abstellen – oder!!!

ULLA *heult stärker.*

ZABOTIN *schreiend* Dotschka! Dir will ich zeigen – *Greift nach der Reitgerte in seinem Stiefel.*

LINDKRONA *auch schreiend* Herr Oberst! Hüten Sie sich!

CAJSA *dazwischen schreiend* Ulla, bei der Verpflegung! Ist doch die reinste Bosheit sowas!

ULLA *hat ganz plötzlich aufgehört, lauscht* Still! – Still, sag ich! Hört ihr nichts?

CAJSA Hols der Teufel. Bellman!

ULLA *springt auf, strahlend* Das Wecklied! Er glaubt, ich lieg noch im Bett!

Während der letzten Sätze haben die Musikanten auf der Vorderbühne ihre Instrumente gestimmt und intoniert, jetzt wird von Bellman und seinen Freunden, zunächst noch auf der Vorderbühne, nach Art eines Ständchens, das Wecklied gesungen: Melodie ›Der Fischfang‹, Sånger Nr. 31.

Wecklied

Opp Amaryllis,
Schlummre nicht weiter,
Hell ists und heiter,
Kühl die Luft.
Regenbogenfarben
Sprühn schon die Garben
Zärtlicher Sonn durch Nebelduft.
Horch, die Welle murmelt voll Verlangen,
Auf, nun wirf den Schlaf dir von den Wangen!
Traumgott halte länger nicht gefangen
Wimpern und Lippen in dämmriger Gruft.

Wenn die Strophe ausgesungen ist, betreten Bellman und Movitz, Mollberg, Appelstubbe, Jergen Puckel und Wetz die Bühne, und zwar von der Seite her, wo die Fähre zu denken ist. Bellman trägt seine Laute im Arm, die andern verschiedene Instrumente, Horn, Viola, Oboe usw. Sie setzen beim Auftritt zur zweiten Strophe an

Opp Amaryllis,
Gähne nicht länger,
Lausche dem Sänger –

Weiter kommen sie nicht. Wenn sie der kleinen Gesellschaft um Ulla ansichtig werden, brechen Musik und Lied ab. –

BELLMAN *ist in seiner äußeren Erscheinung, in Gestalt, Kleidung, Benehmen, alles andere als was man sich unter einem Sänger vorstellt, er hat nichts Komödiantisches, obwohl er, wenn er will, jede Rolle spielen kann. In seinem Aussehen mischt sich auf eine merkwürdige Weise das äußerst Männliche mit dem äußerst Sensiblen, er wirkt kraftvoll, aber nicht robust – je nachdem ebenso unverwüstlich wie anfällig, er ist körperlich und geistig labil, von raschem Temperament, manchmal überwältigend herzlich, manchmal rücksichtslos aggressiv, aber nie ohne Grazie. Man hat keinen Zweifel darüber, daß er nicht sparen kann, am wenigsten im Genuß und mit der eigenen Substanz, und daß ihm vieles ganz gleichgültig ist, was andere Leute wichtig nehmen, einiges jedoch wichtiger, als mit Vernunft zu messen. Sein Singen ist kein gelernter Kunstgesang, mehr eine gekonnte Improvisation, im Vortrag ganz ohne Eitelkeit, doch von einer persönlichen Passioniertheit und Ausdruckslust, die die Männer betört und die Frauen verrückt macht. Er ist ein Troubadour von Geblüt, auch wenn seine Stimme heiser, verraucht oder versoffen klingt, und das Musizieren ist seine Lebensform, die er fortgesetzt üben und steigern muß. Bei seinen Freunden und Ordensbrüdern handelt es sich, wie schon bemerkt, um Phantasiegestalten, die ihre Rollen aufnehmen und weglegen wie ihr Begleitinstrument, wenn sie im Spiel gebraucht werden. In ihrer historischen Wirklichkeit vegetieren sie am abbröckelnden Rande des Stockholmer Bürgertums und machen schon einen ziemlich abgebröckelten Eindruck.*

Movitz, der neun Instrumente spielen kann, ist von der galoppierenden Schwindsucht gezeichnet, ohne sich viel daraus zu machen.

Der Korporal Mollberg personifiziert den alten Kraftschweden mit Holzbein und Eisengurgel, sollte aber die schönste und bestausgebildete Baß- oder Baritonstimme haben.

Appelstubbe repräsentiert den herabgekommenen Intellektuellen und Spirituosenraisonneur oder Rollmopsphilosophen, während Jergen Puckel, durch körperliche Gebresten dafür ausgestattet, den burlesken und eitlen Märchenzwerg markiert, und der Dichter Wetz, schlottrig und ungelenk, aus wäßrigen Augen schaut, die in einem glücklichen Säuferwahnsinn schwimmen. Alle miteinander sind sie eigentlich arme Teufel.

BELLMAN *hat rasch die Lage erfaßt und bemüht sich, die Pose eines regierenden Souveräns anzunehmen* Schüttle dein Horn aus, Movitz, es ist keine Gartenspritze. Dann mache diesen Herrschaften deine Reverenz und frage sie höflichst, ob sie sich durch unsere Anwesenheit hier in irgendeiner Weise inkommodiert fühlen.

MOVITZ Und wenn sie ja sagen?

BELLMAN Dann werden sie, dank ihrer guten Erziehung, auch wissen, was sie zu tun haben. Wir befinden uns hier jedenfalls auf angestammtem Territorium.

MOVITZ Warum soll ich immer den Parlamentär machen? Ich bin Cellist. Schon das Hornblasen widerspricht meinem Charakter.

BELLMAN Weil du die weiße Fahne auf dem Kopf trägst, Vater. Ein Mensch, der neun Instrumente spielt, hat überhaupt keinen Charakter. Und was willst du damit? Eine würdige Erscheinung zieht an, ein Charakter stößt ab. Also geh und entledige dich deines Auftrags.

MOVITZ *nach einem hilflosen Blick zu den andern, die unbeteiligte Gesichter machen, setzt sich in Bewegung.*

CAJSA *ist zu Ulla getreten, zischelt ihr ins Ohr* Das ist eine Gemeinheit, er verdirbt alles, schick ihn weg!

ULLA Er schaut überhaupt nicht her – du, ich glaub, er ist eifersüchtig.

CAJSA Schick ihn weg, oder ich werds euch eintränken!

ULLA *setzt sich rasch wieder zu Lindkrona, legt ihren Arm in den seinen.*

LINDKRONA *sitzt ziemlich steif, während Zabotin wütend mit seiner Reitpeitsche spielt.*

MOVITZ *hat sich der Gruppe genähert, macht einen reservierten Bückling, spricht väterlich und gelassen* Bitte die Herren ruhig Platz zu behalten. Sie sind ja auch nicht mehr die Jüngsten.

ZABOTIN *fährt auf* Frechheit!

LINDKRONA *winkt ihm ab, zu Movitz* Da haben Sie ganz recht, es sitzt sich schon unbequem genug auf der Erde. Ich schlage vor, Sie teilen unsere Lage und unser Frühstück, mitsamt Ihren Kameraden.

ZABOTIN Einladen, die Bande?

LINDKRONA Warum nicht, Oberst? Sie sind ja auch mein Gast.

ULLA *lacht* Bravo, Sie sind großartig, Baron.

LINDKRONA Danke.

MOVITZ *wendet sich zurück* Carl, er hat uns eingeladen, sie haben Krebse.

JERGEN PUCKEL Das riech ich schon lange. *Schnüffelt wie ein Hund.*

APPELSTUBBE Würdelos! *Schnüffelt mit.*

MOLLBERG Ehrvergessen! *Alle außer Bellman schnüffeln.*

BELLMAN Krebse sind immerhin eine Empfehlung. Ein Beweis, daß wir es mit Männern von gutem Geschmack zu tun haben, die unsre Lebensart nicht verderben werden. *Er tritt näher* Darf ich Ihre Einladung erwidern, mein Herr? Sie sehen einen Himmel, dessen Blau das zarteste Komplement zum Rot Ihrer Krebse, zu Mollbergs Nase und zum Blut in unseren Herzen bildet. Sie trinken eine Luft, welche dem Alter Ihres Rotweins die Frische der Jugend vermischt. Und Sie atmen die Nähe einer Frau – deren pures Dasein schon einen Abglanz der ewigen Freude über Sie ausschüttet. Genießen Sie das alles als mein lieber Gast, so wie ich mich gern an Ihren Schätzen traktieren werde – und laßt uns allesamt, wie die arabischen Bettler sich nennen, Gottes Gäste sein. Mein Name ist Carl Michael Bellman.

LINDKRONA Wenn ich jetzt sage, daß es mich freut, Sie kennenzulernen, so ist es gewiß keine Phrase. Ich heiße Lindkrona.

CAJSA Baron Lindkrona.

LINDKRONA *lächelnd* Man kennt den Namen.

BELLMAN Kommt her, Freunde. Man kennt auch eure Namen – erlaubt mir trotzdem, daß ich euch präsentiere. Es sind rare Gestalten, Baron, und es lohnt sich für einen Sammler, sich von jedem einen Abguß machen zu lassen. Sie begrüßten bereits unsern Vater Movitz, er ist allerdings nie Vater gewesen, obwohl er mehrmals verheiratet war und der schwedischen Krone ein Dutzend würdige Zäckchen ausgebrütet hat. Aber auch ein so zierlicher Vogel wie die Bachstelze brütet, was sie nicht gelegt hat, und vor der Nachwelt ist es vielleicht edler, eine Bachstelze gewesen zu sein als ein Kukkuck – sagte der Kuckuck. Dies hier ist Korporal Mollberg, ein Artillerist ohne Kanone, ein Reiter ohne Pferd, ein Schütze ohne Pulver, und ein Faß ohne Boden, das dennoch immer voll ist. Sein Bein verlor er in keiner Feldschlacht, sondern es wurde ihm von einem Bierwagen abgefahren, als er vor einer Wirtschaft seinen Rausch ausschlief. Er soll noch nicht einmal aufgewacht sein. Diese elegante Erscheinung wird Jergen Puckel genannt, was natürlich nichts über seinen Körperbau besagt, dreh dich um, Jergen, sondern nur über die blühende Phantasie der Stockholmer Gassenbuben. Seine Rarität besteht in der ungewöhnlichen Länge seiner Finger, die es ihm ermöglicht, gleichzeitig auf der Viola die große Terz zu greifen, und seinem Nachbarn, wenn es ihn juckt, auf dem Kopf zu kratzen. Der Kanonikus Appelstubbe spricht für sich selber –

APPELSTUBBE *einfallend* – sobald man ihn läßt –

BELLMAN *ihm die Hand auf den Mund legend* – was aber gefährlich ist, denn dann hört er nicht wieder auf. In der Töchterschule am Schloßplatz war er eine Zierde des Lehrkörpers, aber die minderjährigen Mädchen ließen ihn nicht in Ruh, und man mußte ihn, zum Schutz seiner Unschuld, hinausschmeißen. Unsern großen Dichter Wetz kennen Sie selbstverständlich.

LINDKRONA *etwas verlegen* Wetz?

BELLMAN Wetz! Sie haben nie etwas von Wetz gelesen?

LINDKRONA *höflich* Doch – Wetz! Natürlich.

BELLMAN Das wundert mich. Er hat nämlich nie eine Zeile geschrieben. Das Dichtertum ist bei ihm, sozusagen, unterirdisch, und es äußert sich vor allem darin, daß er nie spricht, nie zuhört und prinzipiell nie etwas liest. Sehn Sie ihm nur ins Auge. Es müssen göttliche Verse sein, die er in solcher Abgrundtiefe verschweigt. Außerdem ist er ein Ökonomist. Erspart seinen Freunden die Anschaffung einer Uhr.

LINDKRONA Einer Uhr – wieso?

BELLMAN Weil er punkt Mitternacht regelmäßig unter den Tisch fällt. Oder, wo keiner da ist, in den Rinnstein. Daran merkt man, daß wieder ein Kalendertag herum ist, und ich denke, mehr, als daß sie herumgeht, braucht man wohl von der Zeit nicht zu wissen. Vielleicht ist das überhaupt ihre einzige Eigenschaft. Es wird ihr zwar sonst noch einiges nachgesagt, zum Beispiel sie heile Wunden, und es scheint etwas Wahres daran, nur ist mir fraglich, ob es die Wunden nicht selber tun, das Heilen meine ich. Aber das führt zu weit.

ULLA *lachend* Allerdings! *Sie springt auf, gibt ihm ein Glas.* Hier Carl, erhole dich, und laß mich jetzt präsentieren. *In seinem Tonfall* Dies ist Sankt Fredman, ein Heiliger ohne Tugend, ein Kapitän ohne Schiff, ein Fechter ohne Schwert. In der Lateinschule hat er gelernt, daß bellum Krieg bedeutet, drum wollte er kein Bellman mehr sein und verlegte sein Studium in die Wirtschaft ›Zum Goldenen Frieden‹. Dort ist er inzwischen zum Erzvater avanciert. Dreimal am Tage sollte man ihn verdreschen, aber fünfmal muß man ihm verzeihen, also ist er immer im Vorteil, was ihn nicht hindert, es schamlos auszunutzen.

BELLMAN Er liebt wohlerzogene Kinder, gescheite Männer, und alle Frauen. Aber sein Herz ist ein ewiges Lämpchen, das nur einer einzigen Gottheit brennt – Skall Ulla! *Er trinkt aus* Skall, meine Freunde. Machen wir unserm Gastgeber keine Umstände.

ZABOTIN *richtet sich plötzlich mit einem Ruck in die Höhe* Finger vom Speck, erst verdienen, gefälligst! Hat nicht die Mademoiselle Musik verlangt? Na bittschön, bittschön! Wozu sind Musikanten da? Zum Aufspielen, denk ich. Oder?

LINDKRONA Ich hab die Leute eingeladen, Oberst –

ZABOTIN Auf Chambertin, Grand-Cru? Sei kein Narr, Baron, das ist niederes Pack, das spielt um ein Bier und einen Hering.

MOLLBERG Dir geb ich Pack! *Stampft drohend mit seinem Holzbein auf ihn zu.*

ZABOTIN Halte-là! Retour! Ich bin diplomatische Person!

BELLMAN Laß, Molle. Ich mach das selber. Die Laute, Movitz.

MOVITZ, *der Bellmans Laute an sich genommen hatte, gibt sie ihm, grinsend* Ein Tischlied?

BELLMAN Ein kleines Tischlied – mit ein paar ausgelassenen Versen, die sich jeder selbst dazu machen kann. *Er verbeugt sich vor Lindkrona* Gestatten Sie, Herr Baron, daß ich etwas zur Stimmung Ihrer illustren Gesellschaft beitrage?

LINDKRONA *etwas verlegen* Es wäre wirklich nicht nötig –

BELLMAN Natürlich nicht. Musik ist nie nötig. Grade deshalb macht man Musik.

Er präludiert kurz, beginnt in einer leichten, fast beiläufigen Art, die gerade dadurch besonders angriffig wirkt, wobei er die Gemeinten nicht direkt ansingt, aber so, daß über seine Meinung kein Zweifel besteht.

Tischlied
(Melodie: Sånger Nr. 21)

1. So trolln wir uns ganz fromm und sacht
Von Weingelag und Freudenschmaus,
Wenn uns der Tod ruft: Gute Nacht,
Dein Stundenglas rinnt aus.
Wer heut noch frech den Schnabel wetzt
Und glaubt, ein großer Herr zu sein,
Paß auf, der Schreiner hobelt jetzt
Schon grad an deinem Schrein!
Scheint das Grab dir tief und dumpf sein Druck:
Alavott, so nimm noch einen Schluck,
Und noch einen hinterher und rasch noch zwei, dreie mehr,
Dann stirbt sichs nicht so schwer.

2. Der nach des andren Liebster schielt,
Und doch sich fühlt als Nobelmann,
Paß auf! Dem Spielmann, der dir spielt,
Springst du ins Grab voran!
Und du, der toll vor Eifersucht

Zerschmiß einst jedes Glas im Saal –
Wenn dich der Tod im Bett besucht:
Hoch lebe dein Rival!
Scheint das Grab dir tief und dumpf sein Druck,
Alavott, so nimm noch einen Schluck,
Und noch einen gleich dabei und rasch noch zwei und noch drei,
Dann stirbst du sorgenfrei.

3. Was hilfts, wenn du vor Wut auch spuckst,
Der Tod ist keiner Münze feil.
Von jedem Schlückchen, das du schluckst,
Schluckt schon der Wurm sein Teil.
Ob niedres Pack, ob hohe Herrn –
Am Ende sind wir Brüder doch:
Dann leuchtet uns der Abendstern
Ins gleiche finstre Loch.
Scheint das Grab dir tief und dumpf sein Druck,
Alavott, so nimm noch einen Schluck,
Und noch einen hinterher, und rasch noch zwei, dreie mehr,
Dann stirbst du nicht so schwer.

Er legt die Laute nieder, nimmt das leere Glas, hält es mit einer ironischen Bettlergeste der Gesellschaft hin. Die Freunde lachen.

ZABOTIN Schluß, genug, dummes Lied, lausiges! Wenn mir Zigeuner sowas vorsingt, ich geb ihm Nagaika!

BELLMAN *zu Lindkrona* Wer ist der Herr? Ein Freund von Ihnen, womöglich?

MOLLBERG Du kennst ihn, Carl, und er kennt dich noch besser, du hast ihn doch schon zweimal verprügelt. Aber um sich eine solche Dutzendvisage zu merken, muß man sie vermutlich dreimal verschönert haben.

ZABOTIN *ist aufgesprungen, brüllt Mollberg ins Gesicht* Kerl, was hast du gesagt?

MOLLBERG *dreht sein Gesicht weg* Nicht so nah, Mensch, du hast ja Totenköpfe gefrühstückt.

APPELSTUBBE Bravo, Mollberg. Eine erstklassige Umschreibung für üblen Mundgeruch. Du kommst in die Akademie.

MOLLBERG Leih mir lieber deine schwache Schulter, Kanonikus, ich will mein Bein abschnallen. Es juckt mich im Holz.

APPELSTUBBE – was bedeutet, daß es auf dem Dach eines Mikrozephalen tanzen möchte.

ULLA *lacht.*

ZABOTIN Baron Lindkrona! Erlauben Sie, daß man mich hier beleidigt?

LINDKRONA Sie haben sich das selbst zuzuschreiben.

ZABOTIN Sie haben die Bande verwöhnt, jetzt wird sie frech. Und alles wegen dieser gemeinen Weibsperson –

LINDKRONA *fährt in die Höhe* Ich verbitte mir –

BELLMAN *ihm zuvorkommend* Halt! Das geht mich an. *Er tritt auf Zabotin zu, so nah, daß dieser zurückweichen muß* Sie werden es vorziehen, mit dieser Bande nicht länger die gleiche Luft zu atmen. Aber zuerst werden Sie sich bei dieser Weibsperson entschuldigen. Los! Wirds bald?

ULLA *in Angst* Paß auf, Carl.

ZABOTIN *hat hinter seine Hüfte gegriffen, will seinen Degen herausreißen* Den spieß ich ins Gras, den –

LINDKRONA *sehr herrisch* Oberst Zabotin! Unsere Zeit ist bemessen. Wir müssen zur Stadt zurück. *Zu Bellman* Ich danke Ihnen und hoffe, ein andermal mehr von Ihrer Kunst zu genießen. *Er verbeugt sich tief vor Ulla. – Dann zu Zabotin* Kommen Sie. *Geht.*

ZABOTIN Na ja. Werd mich an sowas nicht besudeln. *Folgt ihm.*

CAJSA Warten Sie bitte, ich komme mit.

ULLA *leise* Bleib doch.

CAJSA *wütend* Red mich nicht an. *Tritt zu Bellman* Hast du eigentlich daran gedacht, daß am Ersten der Wechsel fällig war? *Geht*

BELLMAN *ruft hinter ihr her* Nein, Herzchen, daran denke ich nie, das wäre eine Beleidigung deines Zartgefühls. Auf Wiedersehn. *Wendet sich zu den andern zurück – strahlend* Kinder! Sie sind weg!

MOVITZ Und den Stoff haben sie dagelassen.

MOLLBERG Ran! *Macht sich über die Flaschen her, während die andern sich wie ein Krähenschwarm über die Eßkörbe stürzen.*

BELLMAN *zieht Ulla neben sich nieder, füllt Gläser* Ich hoffe, du zürnst uns nicht, daß wir deinen Baron vergrämt haben.

ULLA Warum sagst du »dein Baron«. Ich hab ihn erst zweimal gesehen.

BELLMAN Ebendrum sage ich »dein« Baron, denn ich sah ihn erst einmal. Übrigens ist er gar nicht so übel, nur fehlt ihm, was den Menschen reich macht: das Salz, und die Feuchte. Ohne das wächst auf dem besten Grund kein Pflänzchen.

MOVITZ Armer Baron! Dabei gehört ihm halb Wärmland und ein Drittel der schwedischen Erzgruben.

APPELSTUBBE Daß immer die armem Leute das viele Geld haben. Man müßte endlich was für sie tun.

JERGEN PUCKEL Tun wir ja. *Einen Krebs auslutschend* Dieser Krebs heißt Zabotin. Es würzt mir die Mahlzeit, wenn ich bedenke, wie dem jetzt die Zunge heraushängt.

MOVITZ Und mir macht es den Wein sauer.

APPELSTUBBE Was heißt das, Movitz, willst du auf deine letzten Tage zum Menschenfreund herabsinken?

MOVITZ Da sei Gott vor. Aber ich hab das nicht gern, daß Carl den zum Feind hat. Seine Gesandtschaft hat mehr zu sagen in unserm Land als das Kabinett und der Reichsrat zusammen.

MOLLBERG Warum? Weil der verdammte Reichsrat dem König das Geld verweigert, um den Russen das Fell zu gerben. Wärs anders, ich ginge heut noch mit, trotz meiner Stelze.

BELLMAN Nur keine Politik, Mollberg. Sei froh, daß du ein Kämpfer der Muse geworden bist. Von oben kommt uns nichts Gutes – und der Himmel ist über Schweden genauso hoch wie überm heiligen Rußland. Nur die Könige der Märchen haben ihre Sänger beschützt und die Zeichen ihrer Dichter verstanden. Vielleicht begegnen wir denen auf einem anderen Stern. Auf diesem mags uns genug sein, unsere eigenen Hoheitsrechte zu pflegen – um die uns kein Vogt und kein Büttel betrügen kann: zu singen, zu lieben, zu träumen.

APPELSTUBBE Und uns par occasion sternhagelvoll zu saufen.

BELLMAN Du sagst es, Appel. Denn warum saufen wir? Weil uns das Leben freut, nicht weil es uns leid ist. Und warum freut uns das Leben? Weil wir saufen natürlich. *Er lacht* Wir sind ja doch, wenn mans genau nimmt, umgekehrte Asketen – Anachoreten des Appetits. Und wie diese auf ihren wackligen Säulen, erahnen wir in unsern Räuschen und Träumen jenen Zustand der Verklärung, der geistigen Ekstase, an den sich ein nüchterner Kopf nur stückweise und jämmerlich erinnert. Im Traum und im Rausch sind wir verknüpft ins Schweben der Gestirne, und atmen ein und aus im Takte der heimlichen Ordnung, die keinen Zwang mehr weiß, und sind durchronnen, wie einst vom mütterlichen Blut, vom Strom der reinen, der grenzenlosen Freiheit.

MOVITZ Das ist die Musik, Fredman, von der du sprichst.

BELLMAN Die Musik, die Poesie, die höhere Kochkunst, das Schleudern der Speere und die Verehrung der Götter. Sogar der Gedanke, Bruder. S o g a r der Gedanke. Denk dir ein Reich aus, in dem die Wahrheit schön, die Schönheit wahr, und der Mensch ein Mensch sein darf – und laßt uns in diesem Reich verweilen, solang ein Tropfen aus einer Flasche quillt und ein Mund zum Küssen geschwellt ist.

MOVITZ Solang ein Bogen über die Saiten streicht.

APPELSTUBBE Ja, und genau so lang, bis du mit einem Kotzkater im Chausseegraben aufwachst. Ihr redet daher, als ob ihr die schlechten Träume nicht kennt, den bösen Morgen, das Kopfweh und die saure Schnauze. Dann hat sichs ausgerauscht.

BELLMAN Was willst du, Appel, soll ich die schlechten Träume verfluchen? Was hätt ich davon? Ich gebe nichts davon her. Wie kannst du genießen, wenn du nicht weißt, was Ekel ist. Ich möchte den Dreck nicht missen und den Schweiß und die Kälte, ich möchte, bei Gott, nicht im Paradiese leben, und nicht im Zustand der Unschuld geboren sein. Eins aber möchte ich: so sterben, einmal, wie ich zu leben hoffte – an den Brüsten der Erde – im Schoß der Geliebten – mit einem vollen Glas die steigende Sonne grüßend –

APPELSTUBBE Du bist imstand und stirbst auch so. Du bist eben der geborene Schnorrer, du pumpst den Lieben Gott noch um ein besseres Ende an. Unsereiner bescheißt sich die Hosen und krepiert im Armenspital.

MOLLBERG Meinetwegen. Vorher hat man gelebt, und einmal ist man ein Kind gewesen. Ein Schuft, wer sich beklagt.

BELLMAN Dank für das Wort, Korporal. Ein Schuft, wer sich beklagt. – Hast du die Noten mit, Movitz?

MOVITZ *zieht ein Bündel hervor* Das Neue?

BELLMAN *schaut zu Ulla, als geniere er sich ein wenig.*

ULLA Was für ein Neues? Zeig her.

BELLMAN Zuerst was anders. Was Dummes.

JERGEN PUCKEL *hat sich sein Instrument unters Kinn geklemmt, stimmt an:*

> Joachim, der aus Babylon,
> hat ein Weib Susanne –

MOLLBERG Nein, den besseren Text.
(Dieses Lied kann wegfallen. Wenn es gebracht wird, soll es als Kanon gesungen werden, bei dem die Baßstimme führt, mit Flöte, Oboe und Streichern. Melodie: Sånger Nr. 41)

> Adam lag im Paradies,
> Faul wie eine Flade –
> Prost Kamrade,
> Jammerschade,
> Daß ers je verließ.
> Doch ihn plagte sein gesunder Leib,
> Darum bat er Gott um Zeitvertreib.
> Prost Kamrade,
> Gottes Gnade
> Schuf das erste Weib!
>
> Und:
>
> Ohne Weib und ohne Sündenfall
> Wär das Leben wie ein Ochsenstall,
> Zwar recht heilig,
> Doch langweilig
> Wars im Paradies!

BELLMAN *hat nicht mitgesungen, sondern in einem Notenblatt gelesen. Jetzt wirft er es in Ullas Schoß, nimmt seine Laute.*

ULLA *liest* »An Ulla Winblad« – das kenn ich noch gar nicht.

BELLMAN *gibt den andern ein Zeichen, sie gehen hinter die Szene oder auf die Vorderbühne* Paß auf den Einsatz auf, Movitz. Und blas nicht zu laut. Das Waldhorn muß aus der Ferne klingen.

MOVITZ Ganz wie gewünscht.

BELLMAN *wirft ihnen noch zwei geschlossene Flaschen nach, die geschickt aufgefangen werden* Hier, den Aquavit und den Pomeranzen. Das Lied ist lang.

Er bleibt mit Ulla allein, sie setzen sich, er beginnt zu singen, während Ulla, ins Blatt schauend, leise die Melodie mitsummt und erst im Refrain einfällt.

An Ulla Winblad
(Melodie: Epistlar Nr. 82)

1. Weile an dieser Quelle,
Sieh – unser Frühstück ist zur Stelle!
Rotwein und Pimpinelle
Und Bekassinchen zart und fein
Klang! Was für Flaschen sollen
Aus jenem Korb, dem übervollen,
Leer in das Glas hinrollen,
Und schmecke welch ein Duft so rein!
Dein Mittagswein
Schäumt aus dem Krug so helle
Im Frühlingsschein –
Weile an dieser Quelle,
Lausch auf des Waldhorns Ton im Frein –! *Horn*
Des Waldhorns Ton im Frein –!

Nach ein paar Musiktakten will Bellman weitersingen

Prächtig dem Blick enthüllen –

ULLA *legt ihm plötzlich die Hand auf den Mund, so daß er verstummt und die Laute sinken läßt. Melodie und Begleitung gehen im Orchester noch leise weiter, bis zum Horn-Solo, brechen dann ab.*

BELLMAN Was ist? Gefällts dir nicht?

ULLA Doch. Komm. *Sie biegt ihren Kopf zurück, er küßt sie.* Ich bin froh, daß du gekommen bist.

BELLMAN Und die neue Melodie?

ULLA Ich kenn keine schönere. Vielleicht gibts keine schönere.

BELLMAN *lächelnd* Dann sollte man aufhören.

ULLA *leicht erschrocken* Wieso? Man weiß doch nie, was noch kommt –

BELLMAN Nein, Ulla, das weiß man nie. Aber die besten Augenblicke sind die, in denen man den Geschmack der Vergängnis auf der Zunge spürt.
Sag, was ist mit diesem Baron Lindkrona?

ULLA *leise lachend* Bist du eifersüchtig?

BELLMAN Was würdest du sagen, wenn ich es nicht wäre?

ULLA Du bist es ja gar nicht.

BELLMAN Soll ich ehrlich sein, Ulla?

ULLA Solangs nicht zu weit geht – ja.

BELLMAN Es kann nicht zu weit gehn. Es hat eine unverrückbare Grenze. Jede Wahrheit, die ich dir sage, gipfelt in den drei Worten: Ich liebe dich.

ULLA Aber die Eifersucht ist ein Prüfstein der Liebe.

BELLMAN Nein. Nur der Selbstliebe. Ich bin nicht eifersüchtig auf dich.

ULLA Bist du so sicher?

BELLMAN Sicher? Ja.
Nicht: dich so fest zu besitzen. Denn das gibt es nicht. Besitzen, haben, halten, gehören – das sind alles Worte für die Tagelöhner des Lebens, und die werden am Schluß um ihren Lohnrest betrogen. Das aber, was du mir bist, Ulla – und was wir uns waren in dieser Zeit –, das ist mein eigen wie mein Gesicht und meine Hände, das ist ein Teil von mir selbst. Wer soll mir das nehmen?

ULLA Du sprichst, als wärs schon zu Ende.

BELLMAN *fast heiter* Das Ende ist immer da – von allem auf der Welt. Auch unser Tod wird schon mit uns geboren. Alles, was lebt, trägt immer sein Ende mit. Nur, wenn es kommt, hat man es nie erwartet.

ULLA Vorm Tod, glaub ich, hätte ich keine Angst. Aber man wünscht sich doch, solange man lebt, daß das Schöne dauert, – und man sehnt sich, manchmal, nach einer Sicherheit … Gibt es das nicht, auf Erden?

BELLMAN Es gibt – zweierlei. So wie die beiden Pole, der Mittag und Mitternacht. Es gibt: das ruhlose Herz, das ist das Meer, der Wind, die Freiheit. Oder: die Küste, den Anker, die Sicherheit. Beides ist ein Verzicht.

ULLA Aber das Glück?

BELLMAN Das Glück ist ein Gipfel. Niemand kann auf einem Gipfel wohnen. Man soll ihn verlassen, bevor er zu wanken beginnt und uns hinabstürzt.

MOVITZ *erscheint* War das Horn zu laut? Hab ich falsch geblasen?

ULLA Nein, Movitz, ich habs nur gelernt, inzwischen. Komm, fang nochmal an.

MOVITZ *geht wieder.*

ULLA *nimmt das Notenblatt auf, Bellman die Laute, sie singen zusammen*

2. Prächtig dem Blick enthüllen
Sich dort ein Hengst mit Stut und Füllen –
Stark hört den Stier man brüllen,
Und hin und wieder blökt ein Lamm.
Seht, wie der Haushahn krähet,
Und wie sein Huhn sich flöht und blähet –
Schwälblein die Luft durchwehet
Und Elster kreischt dort auf dem Stamm.
Erbrausend lind
Sind Busch und Baum gefüllet
Vom Himmelswind –
Prächtig dem Blick enthüllet
Sichs Paradies dem Erdenkind – *Horn*
Dem Erden-, dem Erdenkind.

ULLA *ist aufgesprungen, hat eins der großen Rotweingläser gefüllt, reicht es ihm* Skall, Fredman! Dein Lied!

BELLMAN *hält es ins Licht* Skall, Ulla! Dein Leben! Dein Blut! *Er trinkt aus. Absetzend* Dieser Lindkrona hat einen delikaten Geschmack – was Wein und was Frauen anlangt.

ULLA Dieser Lindkrona – *Sie schüttelt den Kopf, lacht.*

BELLMAN *heiter* Also, was ist mit ihm?

ULLA Er möcht mich heiraten, denk dir.

BELLMAN *lacht auf* Baronin Winblad! Das wäre!

ULLA Weshalb? Glaubst du, ich kann das nicht vorstellen, eine Dame?

BELLMAN Du kannst alles, was du willst, Ulla. Du könntest sogar eine gute Ehefrau werden.

ULLA Aber du kein Ehemann.

BELLMAN Bitte sehr! Denk dir nur, ich hätte den Posten beim Zollamt behalten ... oder ich würde Schulmeister und Pastorsgehilfe in Darlekalien, mit freier Wohnung im Gartenhaus und drei Kronen Monatszulage für jedes Kind –

ULLA Und ich gieß die Blumen und füttere die Hühner, und dafür kriegen wir die geschossenen Salatköpfe und die angebrüteten Eier –

BELLMAN – die erfrorenen Erdäpfel, die Fallbirnen und die versalzenen Stockfische, nicht zu vergessen ... Gott vergelts, Frau Pfarrer – wenn wieder was übrigbleibt – vielleicht ein Hemdchen fürs Kleinste – glänzend, wie?

ULLA Brillant, und zu Weihnachten fliegen wir hinaus, weil du dem Pfarrer seinen selbstgebrannten Obstler ausgesoffen hast –

BELLMAN Nein, schon am ersten Advent. Den ließe ich nicht übergehn, ohne auf der Orgel das ›Lied vom trunkenen Vater Noah‹ zu zelebrieren.

ULLA Das macht aber gar nichts, dann gehn wir ein bißchen betteln – mit hungrigen Kindchen kriegt man mehr – vielleicht huste ich dann auch schon –

BELLMAN Ich huste. *Er tuts* Ich kann das medizinisch perfekt, studier es seit zehn Jahren beim Vater Movitz. Außerdem wird nicht gebettelt, sondern ich mache eine Wirtschaft auf –

ULLA – und nennst sie den ›Schuldenkrug‹, oder ›Zum Gepfändeten Becher‹ –

BELLMAN Du kannst dir also eine solide Existenz mit mir absolut nicht vorstellen?

ULLA Nicht eine Sekunde – Gott sei Dank! Denn weißt du – am dritten soliden Tag ging ich dir durch.

BELLMAN Dann lassen wirs halt.

ULLA Und wie wir das lassen. So wie du bist, Carl – so lieb ich dich. Nur so.

BELLMAN Wie lang?

ULLA Heut, morgen, immer. Ob ich dich hab oder nicht.

BELLMAN Und hast mir doch den Movitz geschickt, mit dem Topfscherben, und ich solle dir nie mehr unter die Augen kommen. Nie mehr!

ULLA Ach, das war wegen der Schröderheim. Aber du gehst ja nicht hin. Oder?

BELLMAN Ausgeschlossen. Ich habe sofort alles abgesagt. Ich kenn sie ja gar nicht, weißt du, aber sie ist –

ULLA Eine ›Gönnerin‹, was?

BELLMAN Na ja, sie soll sehr kultiviert sein, und der Verleger Cronberg hätte hinkommen sollen, und das wäre natürlich –

ULLA Natürlich. Ausgeschlossen. Ich kenne sie gar nicht ... das klingt alles ganz perfid. Du, ich sage dir, wenn du doch hingehst, zu der Kultivierten, dann bin ich imstand und reiße ihr auf dem offenen Marktplatz die Haare herunter, und wenn sie in einer vierspännigen Kalesche sitzt. Ich bin nämlich eifersüchtig, jawohl, ich bins, und ich bleibs, und ich werds immer sein, immer, solang ich dich liebe.

BELLMAN *hingerissen* Ulla – du Frau, du einzige, du – all-einzige Frau du auf der Welt, du Ulla, du Ulla Winblad du! Ich liebe dich – so wie du bist. Nur so.

ULLA Wie lang?

BELLMAN Heut, morgen, immer. Ob ich dich hab oder nicht. *Er nimmt sie in die Arme.*

MOVITZ *erscheint wieder, sieht die beiden* Also dafür muß man sich mit Porzellan bewerfen lassen. *Will gehn.*

ULLA *hat ihn bemerkt, ruft, noch in Bellmans Armen* Spielt, Kinder, blase, Movitz! Wir wollens zu End singen.

BELLMAN Ja, jetzt kommt der Vers auf die Kellnerin.

Er singt mit ihr, öfters von Ullas Lachen unterbrochen

3. Seht wie das Nymphlein eilet
Und wie ihr Füßlein nimmer weilet –
Ei und Oliv zerteilet
Und schwitzt im eifrigen Pläsier!
Seht wie ihr Brüstlein hüpfet
Und sich ihr Rock beim Bücken lüpfet –
Hei, wie sie dreist entschlüpfet,
Faßt man ans Knie und drüber ihr.
Skall, Ulla, Skall,
Laßt uns ein Schnäpslein trinken,
Gestrichen voll –
Dazu ein Stücklein Schinken,
Das uns vortrefflich munden soll – *Horn*
Vortrefflich munden soll.

4. Spielet, ihr Musikanten,
Laßt Lied um Lied wie Schaum aufbranden –
Lachet der alten Tanten,
Die uns mit dürrem Finger dräun.
Schwirret wie nächt'ge Falter
Um unser Licht, ihr trunknen Psalter –
Bald naht sich kaltes Alter,
Drum laßt uns heut an Liebe noch erfreun.
Viel Winde wehn
Von unbekannten Landen,
Viel Jahre gehn –
Spielet, ihr Musikanten,
Laßt Lied um Lied wie Schaum aufwehn – *Horn*

BELLMAN *hat, mit dem Abklingen der Musik, das Notenblatt aus ihrer Hand genommen, schreibt etwas drauf.*

ULLA Was schreibst du?

BELLMAN Ich habe den Titel geändert.

ULLA *liest* »Abschied von Ulla Winblad« – – weshalb?

BELLMAN *leicht* Es soll unser letztes sein, wenns mal zu Ende geht.

ULLA Es geht ja nicht zu Ende. *Schaut auf das Blatt.*

DIE FREUNDE *kommen zurück.*

APPELSTUBBE *brüllt* Bier! Bier! Wo steckt der Krüger? Ich hab heute einen äquinoktialen Durst.

JERGEN PUCKEL Was soll denn das wieder heißen?

APPELSTUBBE Das ist doch ganz klar, hast du noch nie vom Äquinoktium gehört? Das Äquinoktium ist die Tag- und Nachtgleiche, ein äquinoktialer Durst ist also ein Durst, der sich Tag und Nacht gleichbleibt, das begreift doch ein Kind, sogar ein minderbegabtes –

MOLLBERG Gut.

JERGEN *beleidigt* Gar nicht gut. Schnickschnack.

APPELSTUBBE *zu Bellman* Du siehst, das einfache Volk versteht mich, nur diese Halbgebildeten alterieren sich über meine klassische Dialektik –

BELLMAN Jeder wie er kann, Appel. Der Kopf, mit dem wir geboren sind, ist unser bester und außerdem nicht umzutauschen. Kommt, wir wollen unsere Mütter hochleben lassen – sie waren prachtvolle Frauenzimmer, allesamt, und haben sich eine Mordsmühe gegeben, uns dicke Burschen durch ein Mauslöchlein in die Welt schlupfen zu lassen.

APPELSTUBBE Fragt sich, ob man ihnen dafür ein Denkmal setzen oder sie vom Jüngsten Gericht verlästern sollte.

BELLMAN Ein Denkmal, Appel, auf alle Fälle ein Denkmal. Die meine war ein Herz von einem Weib, sie hatte nur eine einzige schlechte Gewohnheit: jedes Jahr mußte sie sich ins Kindbett legen. Und als sie das fünfzehn Jahre getrieben hatte, war die Familie ruiniert.

DER DICHTER WETZ *ist während des allgemeinen Redens und Lachens plötzlich aufgesprungen, rudert mit seinen langen Armen in der Luft herum und bleibt dann mit vorquellenden Augen und starrer Haltung, die Rechte steif ausgestreckt, stehn.*

BELLMAN Was hat der Wetz – um Gottes willen! Ob er seine Gedichte vortragen will?

APPELSTUBBE Tu's nicht, Wetz! Bleib Philosoph und schweige!

WETZ *schlägt mit der Hand gegen seine Stirn, deutet wild und aufgeregt zum Strand hin. Die Blicke der anderen haben sich mittlerweile in die gleiche Richtung gewandt, und es entsteht eine Totenstille.*

LJUNDHOLM *kommt um die Wirtshausecke, blickt ebenfalls, die Hand über den Augen, zum Strand* Das Patrouillenboot. Polizei.

MOVITZ Cajsa ist dabei.

ULLA *ist aufgesprungen, bei Bellman* Cajsa! Das wäre ihr zuzutrauen!

JERGEN *packt Bellman am Arm* Lauf, Michel.

BELLMAN Lächerlich. Sie sollen nur kommen. *Er tritt, ziemlich gefaßt, einen Schritt vor.*

Vom Strand her erscheint, in raschem Tempo, eine kleine Polizeitruppe, die einen rohen, büttelhaften Eindruck macht. Der Profoß mit Prügelstock, Handschellen und Halseisen. Dahinter, gleichsam unbeteiligt herbeischlendernd, Cajsa Lisa.

PROFOSS Carl Michael Bellman?

BELLMAN *nickt kurz.*

PROFOSS *legt ihm die Hand auf die Schulter* Mitkommen.

BELLMAN *schüttelt die Hand ab* Wohin?

PROFOSS Geht dich nichts an. Festnehmen.

ZWEI BÜTTEL *packen Bellmans Arme, reißen sie nach hinten.*

BELLMAN Wen geht das sonst an? Ich bin kein Verbrecher, ihr habt kein Recht, mich einfach fortzuschleppen. Ich verlange einen Haftbefehl zu sehen. Ich will wissen, was gegen mich vorliegt!

PROFOSS *höhnisch* Kannst du haben. *Zieht ein Papier aus der Tasche, liest* Carl Michael Bellman, Alter zweifelhaft, Beruf zweifelhaft, Wohnung unbestimmt. Anzuhalten wegen Wechsel- und Schuldvergehens in Gesamthöhe von 570 Kronen. Im Nichteintreibungsfall ist das Eigentum des Beklagten einzuziehen, er selbst dem Schuldgefängnis zu überstellen.

Blickt sich um Außer leeren Flaschen wird hier nicht viel zu beschlagnahmen sein. So leben die Herren! *Hebt etwas auf* Krebsschalen. Um diese Jahreszeit. Unsereins knabbert Stockfische. Dreht ihm die Taschen um.

BELLMAN Ich protestiere. Ich –

EIN BÜTTEL Maul halten! *Haut ihm über den Mund. Die andern reißen ihm den Rock von den Schultern.*

ULLA *bei Cajsa Lisa* Schämst du dich nicht? Das kannst du ruhig mit ansehn?

CAJSA Es fällt mir schwer genug, aber ich tu meine Pflicht. Um deinetwegen, mein Kind.

ULLA *hilflos* Du Biest – die schmeißen ihn in den Turm, das kann viele Wochen dauern, das hält er nicht aus – er hats doch auf der Lunge, weißt du das nicht?

CAJSA Es braucht nur jemand für ihn zu bürgen, der es sich leisten kann. Baron Lindkrona, zum Beispiel. *Zu Ljundholm* Wieviel ist er dir schuldig? Er geht gleich in einem hin.

LJUNDHOLM Mir ist er nichts schuldig. Sauerei! *Spuckt aus, geht hinters Haus.*

DER BÜTTEL *hat einen Kohlestift und einen Korkenzieher aus Bellmans Taschen gekramt* Das ist alles.

PROFOSS Konnt ich mir denken. Abführen.

DIE BÜTTEL *packen zu.*

MOLLBERG *außer sich, will auf sie los* Laßt ihn – oder ich –

BELLMAN Mach keine Dummheiten, Molle. Ich komme schon frei. Es handelt sich nur um eine Gratisüberfahrt. Nimm meine Laute, Movitz, und spann die Saiten ab.

PROFOSS *reißt rasch die Laute an sich, ehe Movitz sie aufnehmen kann* Gehört das Ding ihm?

BELLMAN Natürlich, es ist –

PROFOSS *gibt sie einem Büttel* Gepfändet. Mitnehmen.

BELLMAN *außer Fassung* Das geht nicht! Das ist – davon lebe ich doch, damit verdiene ich meinen Unterhalt, das dürft ihr nicht!

PROFOSS Blödsinn! Wenn das Ding was wert ist, wirds verkloppt.

BELLMAN Ihr gebt sofort das Instrument heraus! *In großer Not* Es ist ein Erbstück – das einzige – von meinem Vater – ich – ich brauche sie überhaupt, heute nacht –

PROFOSS Den Ratten im Turm aufspielen, was? *Lacht*

BELLMAN *in äußerster Erregung* Ihr müßt mich sofort freilassen und mir die Laute wiedergeben, ich werde heute abend erwartet zu einem Fest der Baronin Schröderheim – Sie wissen, wer das ist –, ihr Gatte ist Erster Staatssekretär. Ich verlange, daß sie benachrichtigt wird! Die Dame wird mich sofort auslösen!

PROFOSS *ungläubig* Sie sind mit der Baronin Schröderheim bekannt?

BELLMAN Bekannt? Befreundet! Ich gehe in ihrem Haus aus und ein. Schicken Sie einen Mann hin, wenn Sie's nicht glauben. Aber wenn die Baronin erfährt, daß ihr mein Instrument weggenommen habt – dann könnt ihr euch zur Beförderung gratulieren!

PROFOSS *unschlüssig, zu Cajsa* Ist das wahr, mit der Baronin Schröderheim?

CAJSA *mit einem Blick auf Ulla* Ich weiß nichts. Ich kann nichts sagen.

BELLMAN Schickt einen Boten hin, dann erfahrt ihr es. Der Kerl soll seine Pfoten von meiner Laute tun. Wie hält er sie denn, er bricht ja den Hals ab.

PROFOSS Sie glauben wirklich, die Baronin Schröderheim würde für Sie bürgen?

BELLMAN Ja, mit drei Dörfern und einem Schloß und einer Kiste voll Schmuck, wenn Ihnen das genügt. – *Seine Chance nützend* Außerdem ist ihr Bruder Polizeichef.

PROFOSS Der Präsident von Stapelmohr?

BELLMAN Ganz genau der. Wollt ihr jetzt meine Laute hergeben oder nicht!?

PROFOSS Wenn man so eine Bürgschaft in der Hand hätte –

BELLMAN Gebt mir die Hände frei, ich schreib einen Brief an sie.

ULLA Herr Kommissar! Sie können sofort eine Bürgschaft haben. Man braucht die Baronin Schröderheim nicht zu bemühen.

PROFOSS *verwirrt* Was soll nun das wieder heißen?

ULLA Cajsa, du bist die Hauptklägerin. Steh ich dir gut für die Summe?

BELLMAN Laß jetzt die Späße, Ulla –

ULLA *knapp* Es sind keine Späße.

CAJSA Kind! Liebstes!!

ULLA Ja oder nein?

CAJSA Wahrhaftig? Wirklich?

ULLA Unbedingt.

CAJSA *in Tränen* Herzchen! Du!! *Will sie umarmen.*

ULLA Laß das. Sprich mit dem Profossen.

CAJSA *zieht den Profoß beiseite, flüstert auf ihn ein.*

ULLA *ist zu Bellman getreten, der noch zwischen den zwei Bütteln steht* Was brauchst du nötiger, Carl – mich oder deine Laute?

BELLMAN Unsinn! Das ist doch kein Vergleich. Das steht auch hier nicht zur Entscheidung.

ULLA Doch. Nur das steht zur Entscheidung – und es ist entschieden. Leb wohl, Fredman. *Sie wendet sich weg.*

BELLMAN Ulla – *hastig, leise* – das ist doch alles ganz anders, mit der Schröderheim – das mußte ich doch sagen –

ULLA Kann sein. Aber das ist jetzt schon gleich.

BELLMAN Was soll das heißen – Ulla. Ich versteh dich nicht.

ULLA Du wirst mich verstehn. *Sie geht.*

CAJSA Kindchen – ich komme mit!

ULLA Laß mich allein jetzt – *Läuft rasch zum Strand, rufend* Hee, Fährmann! Ich will noch mit! *Verschwindet*

BELLMAN Ulla! *Will ihr nach.*

DIE BÜTTEL *halten ihn fest.*

PROFOSS *zu Cajsa* Ja, wenn das so ist –

CAJSA Es ist so. Die Klage wird zurückgezogen. Ich werde selbst mit den andern Gläubigern sprechen.

PROFOSS Dann haben wir hier nichts mehr verloren. *Zu Bellman, mit einem plumpen Versuch zu scherzen* Gratuliere, Herr Baronstellvertreter. Vielleicht könnten Sie auch mal was für mich tun. Abtreten. *Geht mit den Bütteln.*

BELLMAN *steht unbeweglich.*

MOVITZ *hat die Laute genommen.*

CAJSA Nimms nicht so schwer, Carl. Es mußte ja einmal sein. Du willst doch selbst ihr Glück. Und so eine Chance kommt nicht wieder. Hab ich recht?

BELLMAN *scheint sie nicht zu hören.*

CAJSA Also, sei ein Mann, Carl. Wenns auch schwerfällt, ja?

BELLMAN *macht eine ungeduldige Bewegung mit dem Kopf.*

CAJSA Wie du meinst. Ich will mich nicht aufdrängen. Wenn du mich brauchst – ich bin im ›Goldenen Frieden‹. *Sie geht.*

DIE FREUNDE *haben sich auf einen Wink Mollbergs leise zurückgezogen. Nur Movitz bleibt.*

MOVITZ *tritt mit der Laute neben ihn* Soll ich abspannen, Carl?

BELLMAN Gib her. *Er nimmt das Instrument, betrachtet es wie in Gedanken. Dann spannt er die Saiten ab, schlägt es in ein Tuch. Nach einer Weile* Sie ist fort, Movitz.

MOVITZ Vielleicht kommt sie wieder ...

BELLMAN *schüttelt heftig den Kopf* Nein. Es ist aus. Das war der Abschied. *Erstaunt* Aber ich habe es nicht gewußt. *Er setzt sich nieder, wo er vorher mit Ulla saß, birgt seinen Kopf in die Hände.*

Die Hauptbühne wird dunkel. Interludium: Die Musik spielt, auf der Vorderbühne, ohne Gesang das Lied: ›Abschied von Ulla Winblad‹.

II

Die Hauptbühne zeigt eine geräumige Vorhalle in Schloß Lindkrona – Seitenwände und eine geteilte Rückwand aus altem, angedunkeltem Holz. Womöglich der Steinrahmen eines Feuerplatzes, in dem die Glut flackert. Seitlich im Vordergrund ist der Haupteingang, weiter hinten eine schmale verschlossene Tür – auf der andern Seite ein tiefes, offenes Fenster. Rückwärtig ist der Festsaal zu denken – der breite Zugang von einer gerafften Gobelin-Portiere verdeckt, die aufgezogen oder völlig niedergelassen werden kann. In der Halle haben sich die sechs Söhne des Baron Lindkrona versammelt. Ihr Alter bewegt sich zwischen sechzehn und vierundzwanzig. Sie sind etwa gleich groß und sehen einander ähnlich, zumal in der feierlich dunklen Festgewandung, die sie an-

gelegt haben. In Art und Wesen jedoch wirken sie völlig verschieden. Sven, der älteste, mit Speckhals und Schmalzbacken, gefällt sich in Ton und Haltung des forschen Landjunkers. Axel, der jüngste, auch körperlich schmälste und zarteste, ist sein Gegenteil: das Bildnis eines jungen Edelmannes von hohen geistigen Anlagen und mit schwärmerisch-exaltierten Zügen.

SVEN *der gerade von draußen kam und seinen Hut in die Ecke feuert* Er ist völlig übergeschnappt. Er verlangt, daß wir Mutter zu ihr sagen.

AXEL *außer sich* Nie!!

SVEN Nicht so laut, die ganze Dienerschaft steht auf der Treppe, zum ›Empfang‹.

EIN MITTLERER SOHN Und wie wars in der Kirche?

SVEN Glänzend. Kein Mensch erschienen, leer wie eine ausgefutterte Tenne. Selbst die Trauzeugen waren fortgeblieben.

DER MITTLERE Horn und Anckarström?

SVEN Ja, sie ließen sich durch ihre Diener entschuldigen. Man mußte dann für die Unterschrift den Vikar nehmen. Der wird wohl auch der einzige Gast an unserer Festtafel sein, obwohl für zwanzig Herrschaften gedeckt ist.

AXEL Wir sollten auch gehn, alle, auf und davon. Jeder Schlag, den unser Herz noch in diesem Hause tut, macht uns mitschuldig.

SVEN Blödsinn. Hier wird nicht kapituliert. Denk an die Erbschaft. Ein Federstrich – und wir können betteln gehn.

AXEL Lieber betteln – lieber verhungern, als in Schande leben.

SVEN Du vielleicht, ich nicht. Gewiß, er kann mir das Majorat nicht nehmen – aber er kann sein Geld rausziehn, dann hock ich auf meiner Klitsche und kann am Strohhalm knabbern. Nein, das gibts nicht. Wir müssen auf andere Weise mit ihr fertig werden.

EIN MITTLERER Rausekeln?

SVEN Ganz genau. Also paßt mal auf gefälligst, ich bin der künftige Schloßherr und verlange absolute Disziplin. Wer ihn reizt und ihm Gelegenheit gibt, uns rauszuschmeißen, der ist sein eigener Feind und der meine, bitte ich zu bemerken. – Wir müssen nach einem gemeinsamen Plan vorgehen, ganz kalt und ausgerechnet. Wenn er dabei ist: kühle Höflichkeit, zivile Sitten. Sobald sie allein ist, spricht keiner ein Wort mit ihr, keiner bemerkt sie, keiner schaut sie an. Man muß ihr das Leben hier zur Hölle machen. Ich werde schon das Personal entsprechend bearbeiten. Aber nach außen hin: korrekt und tadellos – so lang bis wir dem Alten was über sie stecken können, daß ihm die Wampe platzt. Dafür laßt mich nur sorgen.

AXEL Ich ertrag das nicht. Ich kann diese Heuchelei nicht mitmachen, ich –

SVEN Still, sie kommen. – Du hältst die Schnauze gefälligst.

AXEL Ich kann mich immer noch töten. Ja, das kann ich.

Man hört das Rollen eines Wagens. Gleich darauf schreitet in hahnenhafter Gravität der Haushofmeister in die Halle – stößt mit einem Stab auf den Boden, meldet.

HAUSHOFMEISTER Baron und Baronin Lindkrona. Der Herr Vikar.

DIE SÖHNE *stellen sich in einer Reihe auf, nur Axel bleibt abseits.*

Durch den Haupteingang kommen jetzt, in völliger Lautlosigkeit, Lindkrona und Ulla herein. Lindkrona, wie seine Söhne, dunkel und feierlich, Ulla in schlichtes fließendes Weiß gekleidet. In einigem Abstand folgt ihnen, recht ungelenk und verlegen, ein jüngerer Geistlicher.

Der Haushofmeister verharrt in einer tiefen Verbeugung, während die Söhne steif und unbeweglich stehen.

LINDKRONA *bleibt einen Augenblick stehen, Ullas Arm haltend, sein Gesicht hat einen abwesend-versonnenen Ausdruck, als sei er allein. Dann wendet er sich, mit einer knappen Bewegung, zum Haushofmeister* Wo sind die Gäste, Larsen?

HAUSHOFMEISTER *entnimmt seiner Tasche einen Stapel gleichartiger weißer Couverts, reicht sie ihm schweigend.*

LINDKRONA Was soll das?

HAUSHOFMEISTER Ich fürchte, Herr Baron –

LINDKRONA Gut. Danke. *Er wirft die Couverts ins Feuer* Lassen Sie anrichten.

HAUSHOFMEISTER Für wieviel Personen, bitte?

LINDKRONA *scharf* Anrichten.

HAUSHOFMEISTER Sehr wohl, Herr Baron. *Geht nach hinten, klatscht in die Hände* Anrichten!

LINDKRONA *zum Vikar* Darf ich Sie bitten, einstweilen im Salon einen Apéritif zu nehmen.

VIKAR Wenn es vielleicht ein Glas Milch sein könnte –

LINDKRONA Warm von der Kuh.

VIKAR *folgt dem Haushofmeister, beide ab.*

LINDKRONA *tritt zwischen Ulla und die Söhne, die immer noch wie zum Appell bereitstehen* Dies, Ulla, sind meine Kinder. Ich will sie dir jetzt nicht einzeln vorstellen, du wirst sie bald kennen und – ich hoffe – schätzen lernen. *Zu den Söhnen gewendet* Ich habe eine neue Herrin und Mutter in unser Haus gebracht – und wünsche, daß man ihr Respekt, Gehorsam und Liebe entgegenbringt.

DIE SÖHNE *stehen unentschlossen.*

LINDKRONA Ich erwarte, daß ihr meine Gattin begrüßt.

SVEN *räuspert sich, spricht dann im Ton einer offiziellen Rede, ohne merkbare Ironie* Wenn ich, als Majoratserbe, auch im Namen meiner jüngeren Brüder sprechen darf: wir sind natürlich – überglücklich – und gratulieren ergebenst zu deiner ungewöhnlich aparten Wahl. *Macht eine kleine Verbeugung zu Ulla hin.*

LINDKRONA *sieht ihn scharf an* Danke. Ich hoffe, daß dein Glückwunsch aufrichtig gemeint ist. Andernfalls – *Er zögert.*

SVEN Bitte?

LINDKRONA Andernfalls würde ich der Frau meiner Wahl die nötige Achtung zu verschaffen wissen. Ist das klar?

SVEN Allerdings. Aber ich finde deine Drohung – überflüssig.

LINDKRONA *will aufbrausen.*

ULLA *legt ihm leicht die Hand auf den Arm. Spricht frei und unbefangen* Das ist sie auch, ganz bestimmt. Ich kann mich nämlich selbst wehren – ich meine, wenn es nötig ist. Und ich versichere dir, ich habe gar keine Angst vor meinen Söhnen. *Sie tritt zu Sven* Wir wollen uns doch lieber nichts vormachen, von Anfang an. Ihr habt euch natürlich keine neue Mutter gewünscht – und wenn schon, dann nicht grade mich – na, und ich habe mir das Mutterwerden bisher auch anders gedacht. Aber nun ist es mal so, und ich glaub, das beste wird sein, wir schaun, wie wir zusammen auskommen. An mir solls nicht fehlen. *Sie streckt ihm die Hand hin.*

SVEN *durch ihren Freimut aus dem Konzept gebracht* Also – dann – herzlich willkommen. Ich heiße Sven.

DIE VIER MITTLEREN *der Reihe nach* Knud. Erik. Kristian. Gustav-Adolf.

ULLA Dank schön. Und mich nennt ihr Ulla. Wir könnten ja beinah Geschwister sein. *Sie steht nun vor Axel, der ihr totenblaß und mit flackernden Augen entgegensah* Das ist wohl der Benjamin, ja? Guten Tag. *Streckt ihm die Hand hin.*

AXEL *mit zusammengebissenen Lippen, dreht sich plötzlich hart auf dem Absatz um, so daß er ihr den Rücken wendet.*

LINDKRONA Axel!! *Dann leise* Axel – du?

SVEN Axel, zum Donnerwetter –

ULLA Laß ihn doch.

LINDKRONA Nein. Wer mich in diesem Augenblick im Stich läßt – der hat mich verlassen. *Nach einer Pause* Ich warte, Axel.

AXEL *reißt die geballten Fäuste an sein Herz, ohne sich umzudrehen.*

LINDKRONA *plötzlich brüllend* Hinaus! Du betrittst mein Haus nicht wieder.

AXEL *wirft wild den Kopf zurück, eilt zum Ausgang.*

LINDKRONA Axel!

AXEL *bleibt stehen, blickt zu ihm hin – dann stößt er vor* Ich kann nicht, Vater! – Leb wohl – *Will wegrennen.*

ULLA *vertritt ihm den Weg, sie spricht rasch, klar und ohne Weichheit* Axel, hör mich erst an. Ich hab dir nämlich etwas zu sagen, was du wissen mußt. – Eh du dieses Haus verläßt – das dein Vaterhaus ist –, eher verlasse ich es, die ich noch kaum sein Gast geworden bin. Hörst du mich, Axel? Ich bleibe keinen Augenblick bei deinem Vater, wenn er durch mich einen Sohn verliert – den er so liebt wie dich. Jetzt schau mich an. Sieh mir doch ins Gesicht. – Ich weiß, daß es schwer ist. Aber glaubst du denn, es wäre für ihn so leicht – oder für mich? Weißt du nicht, daß jedes Schicksal sein Gewicht hat? Du bist noch sehr jung – vielleicht verstehst du mich, grade du. Ich will versuchen, deinem Vater eine Frau zu sein – weil er es wünscht und braucht. Versuche du, Axel, ihm ein Sohn zu bleiben – trotzdem. Und dann laß das Leben weitergehn und hab ein bißchen Geduld. Es läuft doch immer anders, als man vorher denkt. – Jetzt komm, ja? *Sie faßt leicht seinen Arm.*

AXEL *hat unterm Zwang ihrer Stimme die Augen gehoben und ihr ins Gesicht geblickt. Sein trotzig-verzweifelter Ausdruck weicht, während sie spricht, einer immer stärkeren, staunenden Verzauberung. Ohne den Blick von ihr zu lassen, folgt er nun ihrer leisen Lenkung zum Vater, vor dem er stehenbleibt. Dann senkt er den Kopf* Verzeih, Vater.

LINDKRONA *umarmt ihn kurz und heftig* Dummer Junge du. *Dann zu Ulla* Ich dank dir.

AXEL Auch ich – *fast unhörbar* Mutter! *Er faßt ihre Hand und küßt sie stürmisch.*

ULLA Na, na. *Streicht ihm übers Haar.*

SVEN *leise zu den Mittleren* Der Bengel verdirbt alles.

EIN MITTLERER Du bist ja selbst schon verknallt.

SVEN Quatsch – *Er starrt erschrocken.*

DER MITTLERE Bäh! *Streckt ihm die Zunge heraus.*

HAUSHOFMEISTER *erscheint, zieht den Gobelin auf. Man sieht dahinter den Kopf einer festlich gedeckten, von Kerzen bestrahlten Tafel* Monsieur, il est servi.

LINDKRONA Wissen Sie nicht mehr, Larsen, daß man der Hausfrau meldet?

HAUSHOFMEISTER *zu Ulla, mit Verbeugung* Madame, il est servi.

ULLA Merci. Und in Zukunft sagen Sie einfach: bitte zu Tisch. Ich kann nämlich kein Französisch.

LINDKRONA *heiter* Desto besser Schwedisch, wie mir scheint. Unsere Gäste sind leider alle unpäßlich geworden, es muß auf den Schlössern eine Epidemie ausgebrochen sein. *Zum Vikar, der im Hintergrund erscheint* Sie müssen sich mit dem engsten

Familienkreis begnügen. Darf ich bitten – *Will Ulla den Arm geben.*

DER HAUSHOFMEISTER *tritt zu ihm* Verzeihung, Herr Baron – die Herren Grafen Horn und Anckarström sind soeben vorgefahren.

LINDKRONA *erfreut* Also doch! Ich lasse bitten.

HAUSHOFMEISTER Die Herren sind ohne Damen und wünschen den Herrn Baron allein zu sprechen. Es sei sehr dringlich.

LINDKRONA Jetzt? – Nun gut. – Sven, willst du einstweilen meine Frau zu Tisch führen. Es dauert nicht lang.

SVEN *zu Ulla* Darf ich Sie – darf ich dich – wollen wir nicht vielleicht –

ULLA *lachend* Brüderschaft trinken? Das meinst du doch, nicht wahr? Kommt, alle Sechse. *Sie hängt sich leger zwischen Sven und Axel ein.*

ALLE *außer Lindkrona nach rückwärts ab.*

Der Haushofmeister schließt die Portiere, dann läßt er die Grafen Horn und Anckarström ein, verschwindet. Beide sind bedeutend jünger als Lindkrona – Horn von weltmännischer Eleganz, intellektuell, geistreich – Anckarström mit den engen Augen und der Hysterie des Fanatikers. Sie grüßen Lindkrona mit knapper Verbeugung, die er erwidert.

LINDKRONA *nach einer Pause* Ein bißchen spät, meine Herren. Ich hatte euch in der Kirche erwartet.

HORN Warst du sehr erstaunt über unsere Absage?

LINDKRONA Ja, von euren Vätern hätte ich nichts anderes verlangt. Euch, die ihr euch die »Generation der Aufklärung« zu nennen beliebt und vom »Zeitalter der Vernunft« redet –

HORN Gerade deshalb. Verzeih, wenn ich unterbreche – gerade weil wir uns nicht als Nutznießer der angestammten Rechte betrachten, sondern als ihre Verpflichteten, zur Herrschaft Verpflichteten, müssen wir in unseren eigenen Reihen die Zucht über alles stellen. Und wenn du, der für uns Jüngere wie kein anderer den Hochsinn des Adels verkörperte, wenn du dich selbst und die Ehre deines Standes verrätst –

LINDKRONA Jetzt muß ich unterbrechen. Ich höre da große

Worte, die zum Teil durch bescheidenere und realere wie Joch, Morgen, Grundzins zu ersetzen wären. – Aber hier geht es um eine rein persönliche Entscheidung, und es liegt mir nicht auf, mit euch über Begriffe zu streiten. An meinem Entschluß ist nichts zu ändern, und wer mich dafür ächten will – bitte sehr. Meine Stellung, soweit ich darauf Wert lege, werde ich trotzdem zu wahren wissen – sogar im Reichsrat. – Seid ihr gekommen, um euch darüber Klarheit zu verschaffen? Ich habe nichts hinzuzufügen.

ANCKARSTRÖM Nein, Baron Lindkrona. Wir sind gekommen, um dich zu warnen.

LINDKRONA Wovor? Sprich deutlicher.

ANCKARSTRÖM Der König liegt im Sterben.

LINDKRONA Ich werde in gebührender Ehrfurcht hinter seinem Sarg gehen. Aber mein Verhältnis zum Königshaus ist nicht derart, daß ich mir Asche aufs Haupt streuen müßte.

ANCKARSTRÖM Willst du mich nicht verstehen – oder bist du vom Sinnendunst so benebelt, daß du wirklich nicht verstehst? Kronprinz Gustav ist aus Paris zurückberufen.

LINDKRONA Natürlich. Er ist ja der Erbfolger.

HORN *erregt* Hast du vergessen, wer er ist? Wir dürfen nicht dulden, daß er zur Macht kommt – sonst ist es um die unsere geschehen.

LINDKRONA Was ist unsere Macht? – Korn, Holz und Eisen. – Geht heim und schaut wie eure Felder stehn.

HORN Aber er stickt, Lindkrona! Er stickt!! Stell dir einen König von Schweden vor, der am Stickrahmen sitzt wie eine Jungfer –

LINDKRONA Er wird aus der Hand fressen, verlaß dich drauf.

HORN Er stickt, er malt, er macht Verse, er spielt Theater – er kokettiert nach allen Seiten, heute mit den Damen von Versailles, morgen mit der Crapule – er besucht die Ostermesse in Rom und übersetzt Voltaire, den Affen seines Oheims –

LINDKRONA Mit einem Wort: er ist ein Schöngeist. Schöngeister sind harmlos und verächtlich.

ANCKARSTRÖM Das ist nicht alles! Ich kenne ihn – ich habe mit ihm zusammen bei seiner Mutter als Page gedient – und ich sage dir, er ist eine Viper, ein glatter, giftschillernder Dämon, den man nicht fassen kann, er ist – er ist abnorm!!

LINDKRONA Du hast einen Haß auf ihn?

ANCKARSTRÖM Ja, ich hasse ihn.

LINDKRONA Dann halte dich zurück. Haß ist stets eine Überschätzung.

ANCKARSTRÖM Und was ist Liebe, Lindkrona? Wach doch auf und hilf, solang es noch Zeit ist.

LINDKRONA Ich habe jetzt allerdings keine Zeit, mit euch über Politik zu sprechen.

ANCKARSTRÖM Es zwingt dich niemand dazu. Aber dann wundere dich nicht, wenn sie ohne dich gemacht wird.

LINDKRONA Habt ihr mir sonst noch etwas mitzuteilen?

HORN Nein, wenn du fürchtest, deine Rauschzeit dabei zu vergeuden. Du bist für uns verloren, Lindkrona. In dein Haus ist die Pest eingezogen.

Man hört aus dem Festsaal ein helles, heiteres Gelächter.

LINDKRONA Ich hoffe, in mein Haus ist die Freude eingezogen. Ich hätte sie gerne mit euch geteilt.

ANCKARSTRÖM Danke. Vielleicht wirst du noch einmal die Not mit uns teilen. Oder den Haß. *Verbeugt sich, geht. Horn folgt ihm.*

LINDKRONA *schaut ihnen kurz nach, zuckt die Achseln* Schwachköpfe. Phantasten!

Er geht nach rückwärts und zieht den Vorhang auf. Lachen und Gläserklirren schallen ihm entgegen. Man sieht einen Teil der um den Tisch versammelten Gesellschaft.

ULLA Gott sei Dank, jetzt wirds was zu essen geben. Ich habe schon sechs Willkommtrünke hinter mir!

LINDKRONA Aber den siebten kann ich dir trotzdem nicht ersparen. *Er tritt zu Ulla, ergreift ein volles Glas* Ich trinke auf den Einzug der Freude in dieses Haus – denn ein Haus ohne Frau ist von den guten Geistern verlassen. Wir wollen diese himmlischen Geister mit unserer Herzkraft beschwören – und wollen sie festhalten, für immer! Skall, Ulla!

AXEL *springt auf* Skall!

ALLE *haben sich mit den gefüllten Gläsern erhoben, stoßen an. Schon während Lindkronas Toast hat auf der Vorderbühne Musik eingesetzt, jetzt wird dort leise das ›Tragische Hochzeitslied‹ gespielt – Melodie: Epistlar No. 80.*

LINDKRONA *nach einer Pause* Hat jemand Musik bestellt?

HAUSHOFMEISTER Nicht, daß ich wüßte, Herr Baron –

SVEN *schaut durchs Fenster* Wandervolk, Bettelmusikanten. Drei Stück, ein Alter, ein Holzbein, ein Puckel. *Er ruft* Kommt näher, Burschen, damit man was versteht!

LINDKRONA *mit einem Blick auf Ulla* Still.

ULLA *ist aufgestanden, geht allein in den vorderen Raum.*

MOVITZ, MOLLBERG UND JERGEN PUCKEL *haben sich inzwischen auf die Bühne begeben, singen vorm offenen Fenster*

Hochzeitslied
(Melodie: Epistlar No. 80)

Leg an deiner Mutter Hochzeitshemd,
Wenn Fackel und Herz entbrannten.
Die Welt war im Anfang kalt und fremd,
Eh Mann und Frau sich erkannten.

Erblüh, erblüh, du Rose am Strauch,
Verglüh, verglüh im nächtlichen Hauch,
Streif ab dein Kleid, begrab dein Leid
Und schenk es dem Strome der Zeit –

ULLA *ist langsam, allein, ans Fenster getreten, jetzt steht sie den dreien gegenüber, blaß, wortlos.*

MOVITZ *reicht ihr ein Notenblatt durchs Fenster herein* Mit Fredmans Glückwunsch – als Hochzeitsgabe –

ULLA *nimmt das Blatt, winkt ihnen zu gehen.*

LINDKRONA *ist zu ihr getreten, nachdem er den Vorhang hinter sich schloß* Hier. Nehmt. *Zieht eine gefüllte Geldbörse, reicht sie durchs Fenster, läßt sie zu Boden fallen. Dann schließt er das Fenster* Gib mir das Blatt, Ulla.

ULLA *preßt es mit einer heftigen Bewegung an ihre Brust.*

LINDKRONA *leise* Ulla – man gibt nur: alles oder nichts. Weißt du das nicht, Ulla? Hast du dich nicht entschieden?

ULLA *reicht ihm das Blatt.*

LINDKRONA Bis heute hab ich auf dich gewartet, Ulla. Du bist gekommen. Jetzt – werde ich um dich kämpfen. *Er zerreißt das Blatt.*

In diesem Augenblick zerklirrt die Fensterscheibe, die schwere Geldbörse fliegt vor Lindkronas Füße.

LINDKRONA *mit kurzem Lachen* Ein Handschuh? Ich nehm ihn auf. Komm.

Er faßt Ullas Arm, führt sie zum Saal zurück.

Die Hauptbühne wird dunkel, das ›Hochzeitslied‹ wird auf der Vorderbühne im Finstern wiederholt.

III

Hauptbühne: Das Arbeitskabinett des Königs im Alten Schloß. Ein helles, luftiges Gemach, spärlich eingerichtet, mit hohen, schmalen Fenstern, die fast am Fußboden beginnen und deren mittleres auf einen Balkon hinausführt. Schräg in den Raum gestellt ein Schreibtisch, mit Papieren und Akten bedeckt. Dahinter, auf einem Ebenholzsockel, eine Nachbildung des florentinischen David Michelangelos. Ein kleines Spinett und ein Sofa, auf dem aufgeschlagene Bücher liegen. In einer Ecke ein Stickrahmen mit einer unvollendeten farbigen Seidenstickerei.

Ein Page läßt durch eine Seitentür die Baronin Schröderheim und Bellman eintreten, der nicht anders als vorher, höchstens ein wenig ordentlicher gekleidet ist. Anna Charlotte von Schröderheim ist eine schöne junge Frau, eher noch mädchenhaft, elegant und apart, verwöhnt und gebildet, schlank, dunkel, mit durchsichtiger Haut und dem Hauch eines Schattens unter den Augen.

CHARLOTTE Kommen Sie, Carlos, wir warten am besten hier, im Allerheiligsten. *Zu dem Pagen* Mein Mann ist bei Seiner Majestät zu Tisch, vielleicht wollen die Herren den Kaffee mit uns nehmen. Melde ihm, daß ich hier bin, mit dem Dichter, der zur privaten Audienz beschieden ist.

PAGE *geht.*

BELLMAN Zur privaten Audienz beschieden – ui! Man hat so ein Gefühl von ›abgeschieden‹. – Den Kaffee nehmen, das klingt schon ein bißchen besser.

CHARLOTTE Sie sollten den Widerstand aufgeben, Carlos. Jetzt habe ich Sie glücklich hierhergeschleppt wie einen Lachs am Haken, und Sie kommen mir nicht mehr aus. Was haben Sie nur dagegen, einen interessanten Menschen kennenzulernen?

BELLMAN Nichts als daß dieser interessante Mensch eine Krone trägt. Potentaten sind nun einmal kein Umgang für mich. Und ich sage Ihnen, Carlotta, wenn diese elende Geschichte mit dem russischen Haftbefehl nicht wäre –

CHARLOTTE Gott segne den Zaren und seinen Militärattaché. Ich weiß, daß Sie nur deshalb mitgekommen sind. Warum müssen Sie eigentlich mit dem Ekel andauernd karambolieren? Immer noch wegen dieser –

BELLMAN Bitte?

CHARLOTTE Nun, wegen dieser Frau.

BELLMAN Nein, wegen seiner Nase. Sie gefällt mir nicht. Ich kann dam Bedürfnis nicht widerstehen, sie jedesmal umzuformen, wenn ich ihm begegne. Ich hätte vielleicht überhaupt Bildhauer werden sollen.

CHARLOTTE Warum sind Sie so ein Kindskopf, Carlos? Warum werden Sie nie erwachsen?

BELLMAN Soll ichs Ihnen sagen? Um kinderlosen jungen Damen Gelegenheit zu geben, ihre Mütterlichkeit zu betätigen.

CHARLOTTE Sie sind manchmal beinah verletzend.

BELLMAN Nichts liegt mir so fern.

CHARLOTTE Deshalb sind Sie es ja auch nicht wirklich. Sie sind nur sehr unglücklich.

BELLMAN Ich könnte fragen –

CHARLOTTE Bitte?

BELLMAN Nein. Ich will nicht schon wieder beinah verletzend sein.

CHARLOTTE Ich weiß, was Sie fragen wollten. Aber ich hatte nicht die Absicht, von mir zu reden. Auch der König, Carlos, ist sehr unglücklich.

BELLMAN Dann sollte er abdanken. Das Volk will glückliche Fürsten oder wenigstens solche, die so aussehen. *Er setzt ein breites Grinsen auf, als winke er einer Masse.* So!

CHARLOTTE Das wollen wir den Beherrschern der sogenannten freien Völker überlassen. Das wahre Königtum hat ein Recht auf Tragik. So wie das wahre Künstlertum.

BELLMAN *schaut sie forschend an* Sind sie so schlau, Carlotta – oder meinen Sie es ehrlich?

CHARLOTTE Jetzt versteh ich dich nicht.

BELLMAN Ich meine: willst du mich herumkriegen, mich protegieren zu lassen, indem du mir einredest, daß du den König protegierst?

CHARLOTTE Ich bin nicht schlau, Carlos. Der König braucht dich.

BELLMAN Gut. Ich bleibe.

CHARLOTTE Als ob ich dich hätte gehen lassen.

BELLMAN Nein, ich weiß, du bist ein strenger Gott –

CHARLOTTE Aber ungerecht, wie?

BELLMAN Aber süß. *Er küßt ihren Hals.*

CHARLOTTE Achtung. *Sie drückt seine Hand, rückt ein wenig von ihm ab, zur Tür schauend.*

BARON ELIS VON SCHRÖDERHEIM *kommt rasch herein. Er könnte Charlottes Vater sein und benimmt sich ihr gegenüber entsprechend. Auch sonst hat er eine Art von souveräner und ernst gemeinter Herzlichkeit. Jetzt macht er einen innerlich angespannten, erregten Eindruck* Liebe Charlotte, ich muß dich leider bitten – *Zu Bellman* Guten Tag, lieber Freund – es ist mir ja furchtbar leid, Ihretwegen – aber ich glaube, es wird jetzt wirklich nicht gehn, ich wußte das nicht, es sind unvorhergesehene Geschäfte dazwischengekommen –

BELLMAN *sichtlich erleichtert* Ich bin sehr enttäuscht – muß ich sagen … Aber unter solchen Umständen natürlich – *Will zur Tür.*

CHARLOTTE *ist aufgesprungen, hält ihn zurück* Nein, Elis, das ist unmöglich!! Der König hat es selbst gewünscht, und er wird es in fünf Minuten bedauern, auch wenn er jetzt vielleicht Magendrücken hat.

SCHRÖDERHEIM Er hat kein Magendrücken. Kind, ich bitte dich –

CHARLOTTE Wenn du Kind zu mir sagst, fühlst du dich schon im Unrecht. Du kannst mich hier nicht wegschicken wie eine Bittstellerin. Außerdem ist es unaufschiebbar, du weißt, wegen der russischen Geschichte – Bellman kann jeden Augenblick verhaftet werden –!

SCHRÖDERHEIM Nicht in unserm Haus. – Vielleicht fahren Sie mit meiner Gemahlin –

CHARLOTTE Ausgeschlossen. Wir warten hier nebenan, aber nicht länger als fünf Minuten.

BELLMAN Ich möchte wirklich lieber –

CHARLOTTE Nein! Ich will doch sehen, ob ein König sein Wort hält. Fünf Minuten, Elis! Sonst komme ich einfach herein! *Sie zieht Bellman ins Nebenzimmer.*

SCHRÖDERHEIM *schließt die Tür hinter ihr mit einem leisen Seufzer, dreht den Schlüssel um. Dann tritt er zum Schreibtisch, nimmt ein handgeschriebenes Blatt auf, liest mit halblauter Stimme*

»Der König verkündet und gewährleistet seinem Volk die Freiheit der Person, die Freiheit des Gerichts, die Freiheit der öffentlichen Meinung. Leibeigenschaft, Folter und Zensur werden abgeschafft.« – *Er läßt das Blatt sinken.*

Werden sie »Hosianna« schreien oder »Kreuziget ihn«?

KÖNIG GUSTAV *ist, von Schröderheim unbemerkt, eingetreten. Sein Gang ist von einer federnden, fast tänzerischen Leichtigkeit, der man anmerkt, daß sie das Ergebnis einer dauernden bewußten Selbstkontrolle ist. Das Jünglinghafte in seinem Gesicht und seiner Erscheinung ist von seinem wirklichen Lebensalter unabhängig. Sein ganzes Wesen und Gebaren zeigt einen leicht theatralischen Zug, der aber mehr dazu dient, eine angeborene Schüchternheit zu überwinden. An einem Handgriff trägt er einen schwarzen Holzkasten. Auf Schröderheims letzten Satz antwortend* Beides, Elis, beides!

Aber darauf kommt es nicht an. *Er stellt den Kasten auf den Tisch* Schau her, Freund, ich hatte die Dinger noch im Reisesack, aber sie wären zu schade, um damit auf Briganten und Strauchdiebe zu schießen. – *Er hat den Kasten geöffnet, man sieht darin zwei reich mit Silber und Elfenbein ausgelegte Pistolen. Gleichzeitig nimmt er das Blatt aus Schröderheims Hand* Wie findest du meinen Entwurf? Ich hatte kaum Zeit, den Stil auszufeilen. Es ging alles so rasch –

SCHRÖDERHEIM Ja, Majestät, es ging rasch – und ich fühle die Pflicht, dich noch einmal um Prüfung zu bitten: ob es nicht zu rasch geht – ob du dich nicht übereilst?

KÖNIG Mein lieber Elis – solche Dinge geschehen stets übereilt – oder sie geschehen überhaupt nicht. Außerdem habe ich diesen Tag schon tausendmal vorausgelebt – ich habe ihn heimlich geprobt wie ein Schauspieler seine Rolle. Aber ich wußte nicht, wann die Klingel zum Auftritt ruft. Jetzt – kann ich aufs Stichwort handeln. Ist die Garnison alarmiert?

SCHRÖDERHEIM Ja, die Offiziere warten auf der Schloßwache.

KÖNIG Ich werde, von den Stufen der Schloßwache, selbst zu den Truppen und zum Volk sprechen – während du im Reichsrat das Auflösungsdekret verliest.

SCHRÖDERHEIM Verzeih, Majestät – ich will deinen Flug nicht lähmen, aber – bist du dir ganz im klaren über die Gefahr? Ist dieser Plan nicht allzu abenteuerlich?

KÖNIG Nein, er ist nur radikal. Er führt zum Triumph, oder zur Niederlage.

SCHRÖDERHEIM Im letzteren Fall – würden sie dich gefangensetzen.

KÖNIG *lächelnd* Das würde ihnen nicht mehr möglich sein. *Er streicht mit der Hand über die Pistolen* Sie sind nicht nur hübsch – sie sind auch geladen.

SCHRÖDERHEIM *einfach* Die zweite für mich, Majesät.

KÖNIG *knapp* Ich danke dir, Elis. *Nimmt Akten auf* Was haben wir sonst noch heute?

SCHRÖDERHEIM Nichts, womit ich dich jetzt behelligen möchte – nichts von Belang.

In diesem Augenblick wird, im Rücken der beiden, mehrmals heftig auf die Klinke der von Schröderheim verschlossenen Tür gedrückt, so daß ein klapperndes Geräusch entsteht.

KÖNIG *fährt herum* Was ist das? – Elis!

SCHRÖDERHEIM Ach nichts – verzeih, es ist meine Frau.

KÖNIG *lacht befreit* Mir scheint, ich habe doch Nerven ... Nein, ich bin nicht zum Heros geboren. – Gewiß, Anna Charlotte mit dem prachtvollen Poeten, der die Russen nicht mag – ich hatte ganz vergessen. Hoffentlich warten sie nicht zu lange.

SCHRÖDERHEIM Ich wollte sie wegschicken –

KÖNIG Weshalb? Ich wüßte mir nichts Besseres für die nächste Viertelstunde als ein Gespräch mit einem Dichter. Ist etwas Wein hier? Er soll eine durstige Seele haben – laß ihn herein, Elis. *Entnimmt einem Wandschrank eine Kristallflasche und zwei Gläser* Noch eins, Elis, laß deine Frau nicht nach Haus fahren, bevor alles vorüber ist. Hier ist sie sicher, in jedem Fall. – Und dann meldest du mir, wenn die Truppen angetreten sind.

SCHRÖDERHEIM Jawohl, Majestät. *Schließt auf, geht in den Nebenraum.*

KÖNIG *klappt den Pistolenkasten zu, füllt zwei Gläser.*

BELLMAN *tritt ein, verbeugt sich. Sein Verhalten und sein Ausdruck sind voller Widerstand und Reserve.*

KÖNIG Treten Sie näher, Bellman, Sie sehen, ich bin auf Sie vorbereitet, aber nicht nur im Geiste des Bacchus. Wenn Sie mein Spinett aufklappen, finden Sie Ihr Abendlied und Ihre bukolischen Gesänge.

BELLMAN *förmlich* Majestät.

KÖNIG *indem er ihn zum Sitzen einlädt* Es ist ein Spanier, hoffentlich nicht zu süß für Ihren Geschmack. Ich bin wirklich froh, daß Sie gekommen sind. Sie werden vielleicht nicht erwarten, an dieser Stelle Verständnis, oder auch nur Interesse zu finden –

BELLMAN Ich bin mir darüber klar, daß ich diesen Vorzug den Empfehlungen einer Gönnerin verdanke.

KÖNIG *betrachtet ihn aufmerksam* Und das kränkt Sie. Das mögen Sie nicht. Sie haben keine Lust, protegiert zu werden. Genau so dachte ich mirs. Sie haben es ja auch nicht nötig.

BELLMAN *erwidert seinen Blick, schweigt.*

KÖNIG *mit einem nervösen, aber höchst gewinnenden Lachen* Sie machens mir schwer, wirklich! – Sehen Sie nicht, daß ich mich furchtbar geniere? Bitte, sagen Sie nichts. Ich weiß, es klingt sonderbar – ist es auch. Ein Staatsbesuch, ein Monarch, eine Kaiserin würden mich kaum aus der Fassung bringen – aber – *sich verbeugend, mit einer fast kindlichen Vertraulichkeit* – ich versuche mich nämlich selbst manchmal, ein wenig – in der Dichtkunst.

BELLMAN Auf französisch?

KÖNIG Nein, Bellman, schlimmer: in unserer Muttersprache. Denn ich betrachte dieses Land als meine Mutter – wenn auch die Frau, die mich geboren hat, nicht von hier stammte. Und das ist es, was mich aus Ihren Liedern so heftig anspricht. Zum ersten Mal höre ich die Stimme des eigenen Volkes, und sie erfrischt mich wie ein unverhoffter Quell.

BELLMAN *hat an seinem Glas genippt* Es ist ein Damenwein, Majestät.

KÖNIG Dann werden wir etwas Stärkeres trinken. *Er klingelt, ein Page erscheint* Bring den Hochheimer, vom ältesten Abzug. *Page ab* Den werden Sie nicht verschmähen.

BELLMAN Majestät –

KÖNIG Ich brauche selbst ein wenig Lockerung, heute. *Er tritt zum Schreibtisch, schaut in die Papiere* Um das rasch zu erledigen: den russischen Haftbefehl habe ich annulliert. Eine Auslieferung kommt überhaupt nicht in Frage. Wenn dieser Oberst einen Rechtshandel mit Ihnen hat, soll er vor einem schwedischen Gericht ausgetragen werden, nach unserm Gesetz. Bis dahin stehen Sie unter meinem Schutz – wie jeder Bürger dieses Landes.

BELLMAN Ich bin Ihnen sehr verpflichtet, Majestät – aber es wäre mir peinlich, wenn meine Person zu irgendwelchen Verwicklungen Anlaß gäbe. Die Sache hatte wirklich nichts mit Politik zu tun. –

KÖNIG *lächelnd* Davon bin ich überzeugt. Aber sie kommt mir gelegen. Mir ist jede Kraftprobe recht, um diese ausländischen Gesandtschaften in ihre Grenzen zurückzuweisen. Reden wir nicht mehr davon. Auch mich interessiert Politik nur so weit, wie sie den Menschen angeht und dem Leben dient.

BELLMAN Das wäre die Aufgabe aller Politik, aber ihre Wirkung ist gewöhnlich das Gegenteil. Sie geht den Menschen nichts an und vernichtet sein Leben.

KÖNIG Wollen Sie damit jeder Staatsführung das Todesurteil sprechen? Glauben Sie nicht, daß auch die Politik eine Kunst sein kann?

BELLMAN Kunst ist ein Spiel, Majestät. Ihr Quell ist der Überfluß, ihr Strom die Verschwendung – ihre Mündung die Unmöglichkeit des Vollendens. Politik, sagt man, sei die Vollendung des Möglichen.

KÖNIG Kunst ist die Verschmelzung von äußerster Freiheit mit äußerster Zucht. Und so, nur so, Bellman, muß das Kunstwerk des Staates, die Gesellschaft, beschaffen sein, wenn sie mehr bedeuten soll als ein Ameisenbau.

BELLMAN Der Staat als Kunstwerk – das klingt, verzeihen Sie mir, wie Musik von einem andern Stern. Aber wir leben auf dieser Erde, Majestät –

KÖNIG – um einen Stern aus ihr zu machen.

BELLMAN Vielleicht nur um uns zu erinnern, daß sie ein Stern ist, von innen leuchtend, einsam im schwarzen Raum – und daß sie um eine Sonne kreist –

KÖNIG – belebt mit Wesen, denen das Feuer des Geistes zugeschleudert wurde, um ihren Träumen Gestalt zu verleihen.

BELLMAN So glauben Sie wirklich an einen Sieg der Vernunft?

KÖNIG Nein, Bellman, den fürchte ich eher. Es ist eine Verschwörung der Vernunft ausgebrochen in unserer Welt, und wenn sie siegt, wird sie den Geist auf lange Zeit versklaven und die Völker mit Blindheit schlagen. Nicht nur das: sie wird mehr Leben vernichten, mehr Blut saufen als alle Barbarenreiche der Vorzeit. Ich aber glaube – an den Sieg einer andern Kraft.

BELLMAN Sie heißt?

KÖNIG Ich kann sie nicht nennen.

BELLMAN Die Liebe, Majestät, ist ein Geschenk. Sie läßt sich nicht verordnen.

KÖNIG Sie läßt sich leben.

BELLMAN Verzeihen Sie mir. Ich frage wirklich, als hätten wir unsere Rollen vertauscht.

KÖNIG *heiter lachend* Ich wärs zufrieden. Denn sehen Sie, Bellman, ich verbinde mit dem Königsein, zu dem ich geboren wurde, einen ganz unverschämten, egoistischen, frevelhaften und maßlosen Wunsch: ich möchte reich sein wie ein Herbstgarten, und ein Füllhorn goldener Früchte ausschütten. Ihnen aber ist das einfach von der Natur gegeben. *Der Wein ist gekommen, der Page hat eingeschenkt* Trinken wir, Bellman!

BELLMAN *hebt sein Glas* Ich trinke auf Ihr Träumen, Majestät, und auf Ihr Tun.

KÖNIG Ich trinke auf Ihr Dichten und Leben, Fredman! *Beide leeren die Gläser.*

KÖNIG *senkt das geleerte Glas, schüttet, nach Art einer Libation, die letzten Tropfen auf den Boden. Dann, nach einer Pause, zu Bellman vorgeneigt* Sagen Sie mir eins, Bellman. Sie kennen dieses Volk besser als ich. Wird man mich verstehen?

BELLMAN Verstehen? – Ich weiß nicht. Aber man wird Sie lieben. Man muß!

KÖNIG Man muß nicht. »Liebe ist ein Geschenk.« Sie werden mich für einen Tyrannen halten oder für einen krankhaften Schwärmer. Für einen Verbrecher oder einen Komödianten. Und man hat ja auch, von beiden, etwas in sich. Denken Sie nicht, Bellman, daß ich auch vor Ihnen eine Rolle spiele? Sagen Sie mir die Wahrheit.

BELLMAN Vielleicht, Majestät. Aber es ist die Rolle Ihres Herzens. Und – verzeihen Sie, wenn ich das sage – ich glaube sie Ihnen und frage nicht nach dem Ende.

Es klopft.

KÖNIG Bleiben Sie hier, Bellman, bis der Wirbel vorüber ist. *Er öffnet, Baron Schröderheim tritt ein.*

SCHRÖDERHEIM Die Truppen sind angetreten, Majestät. Die

Stadt ist voll von Gerüchten. Alles strömt auf dem Schloßplatz zusammen.

KÖNIG Gut. Der Reichsrat?

SCHRÖDERHEIM Vollzählig versammelt und von der Garde besetzt.

KÖNIG Hier, Elis – *Reicht ihm den Pistolenkasten* Die schenke ich dir, zur Erinnerung an diesen Tag. Wir werden sie nicht gebrauchen. Entlade sie und nimm sie als Briefbeschwerer.

SCHRÖDERHEIM Du bist sicher, Majestät?

KÖNIG Ja, jetzt bin ich sicher. – Leben Sie wohl, Fredman – Dank für diese Stunde. Sie schlägt in einem Leben einmal. Wir sehen uns bald.

Gibt ihm die Hand, geht eilig.

SCHRÖDERHEIM *folgt.*

CHARLOTTE *ist in der Seitentür erschienen, aufgeregt* Carlos! Wissen Sie, was geschieht?

BELLMAN *eilt zu der rückwärtigen Fenstertür, reißt sie auf. Man hört einen Trommelwirbel und anschließendes Stimmengewirr. Er lauscht einen Augenblick, tritt plötzlich auf den Balkon hinaus, rufend* Es lebe der König!

Von draußen ein brausendes Echo.

Hauptbühne wird dunkel. Vorderbühne hell.

APPELSTUBBE *mit einem Flugblatt in der Hand, stürzt auf die Vorderbühne, wo Movitz, Mollberg, Jergen Puckel und Wetz um eine Punschterrine sitzen* Wißt ihr, was passiert ist? Der König hat den Reichsrat zum Teufel gejagt und der Adelspartei die Hüte vom Kopf gehaut. Wir kriegen ein Parlament, in das jeder gewählt werden kann, auch du, Wetz, und wir kriegen die Preßfreiheit.

JERGEN PUCKEL Das heißt, daß jeder so viel Most pressen kann, wie er will?

APPELSTUBBE Erraten! Aber wir pressen unsern Most aus den Trauben der Vernunft und den Äpfeln der Erkenntnis, und der König wird staunen, was dann in unsern Köpfen gärt.

JERGEN Fihh, da halt ich mich lieber an Schwedenpunsch.

MOVITZ Hast recht, Jergen, der ist bekömmlicher. Wenn die Köpfe zu gären anfangen, werden die Scharfrichter fett.

APPELSTUBBE Movitz, du bist der geborene Rückschrittler.

MOVITZ Das sagte schon die Hebamme, als ich mit dem Steiß voran auf der Welt erschien. Der weiß, wo's gut ist, sagte sie, der will gleich wieder zurück.

APPELSTUBBE Aber Mensch, begreifst du denn nicht, daß wir jetzt eine bessere Welt kriegen, in der wir jeden feinen Herrn mit Prosit Bauer anreden und jeder Dame ins Gesicht rülpsen können?

MOLLBERG Mich interessiert die Sache nur militärisch. Wird der König die Russen aus unsern Grenzländern hinausschmeißen? Wird es jetzt endlich Krieg geben?

APPELSTUBBE Darüber entscheidet, nach der neuen Verfassung, die Mehrheit des Volkes.

MOLLBERG Das Volk bin ich, und mich juckt es im Holzbein. Kommt, wir gehen auf die Straße und machen eine Massendemonstration.
Es lebe der König!
Sie ziehen los, auf eine Trommel schlagend.

Trommelmarsch ›vom kleinen Mann‹
(Melodie: Epistlar No. 38)

1. Auf, Bruder, lauf, Bruder,
Daß du nicht zu spät kommst, Bruder,
Renn, Bruder, denn, Bruder,
Endlich ists passiert!
Trommelschlag – · · –
Endlich kommt der Kleine Mann ans Ruder
Drum, Bruder, kumm, Bruder,
Ran und nicht geniert!
Stell dich nicht dämlich,
Mach dir nicht die Hosen an,
Du bist jetzt nämlich
Der gros-se Mann.

2. Rauf, Bruder, sauf, Bruder,
Flicke, was ein Loch hat, Bruder,
Mach, Bruder, Krach, Bruder,
Hau der Welt aufs Dach!
Trommelschlag – · · –
Zeig den Großen, daß du auch ein Luder,
Drum, Bruder, Rum, Bruder,
Knall die Menschheit wach.
Auf und marschieret,
Immer mit dem Steiß voran,
Popolitisieret
Den Klei-nen Mann.

IV

Nächtliches Fest im Haga-Park: der Himmel schon spätsommerlich angedämmert. Fackeln, Lampions und Windlichter flackern zwischen Laubmassen und hohen Hecken, die verschiedene Auftritte gewähren. Ein Springbrunnen plätschert.

Weit hinten, projiziert oder gemalt, mag die hauchzarte Silhouette des königlichen Lustschlosses zu sehen sein, oder eine erhöhte Terrasse mit geschwungenen Gittern.

Von dorther, fern und abgedämpft, die Töne einer dünnen etwas farblosen Musik in der Zeitmanier, zu der – vielleicht im Schattenspiel zeitweise sichtbar – ein Menuett oder eine Gavotte getanzt wird.

SCHRÖDERHEIM *allein von der Seite, überquert die Bühne, ruft halblaut hinter eine Hecke* Capitaine?

EIN WACHOFFIZIER *erscheint, salutiert.*

SCHRÖDERHEIM Danke. Der Park ist gut gesichert. Aber verstärken Sie die Wachen an allen Toren und lassen Sie niemanden durch, der sich nicht ausweisen kann.

OFFIZIER *salutiert, geht.*

CHARLOTTE *von einer anderen Seite* Elis? Ich sah dich weggehn ... ist etwas los? Glaubst du, daß eine Gefahr existiert?

SCHRÖDERHEIM Ich habe nur die Wachen kontrolliert. Es heißt, in der Stadt würden Unruhen angezettelt.

CHARLOTTE Von wem?

SCHRÖDERHEIM Schau dich unter den Festgästen um.

CHARLOTTE Warum haßt man den König?

SCHRÖDERHEIM Weil man ihn nicht versteht.

CHARLOTTE Manchmal versteh ich ihn selber nicht ... Weshalb erlaubt er dieser Person, hierherzukommen? Das ist doch verletzend! Weshalb gibt er sich mit ihr ab?

SCHRÖDERHEIM *lächelnd* Du solltest sie nicht so nennen. Seit wann hast du Vorurteile?

CHARLOTTE Sag, Elis – du gibst doch nichts auf Geschwätz?

SCHRÖDERHEIM Komm, Kind. *Er legt den Arm um sie, führt sie weg.*

DER KÖNIG *kommt von einem Parkweg, mit Ulla; sie ist in einfacher Eleganz gekleidet, trägt einen kostbaren alten Schmuck um den Hals* Nehmen Sie meinen Arm, Baronin, hier ist es nicht so hell – aber hier sind wir ein wenig aus dem Schwarm draußen.

ULLA Danke, Majestät. Sie wollten mich etwas fragen, sagten Sie?

KÖNIG Ja, das wollte ich. – *Er zögert ein wenig* Wie fühlen Sie sich auf diesem Fest, Baronin?

ULLA Scheußlich! Verzeihen Sie, Majestät, aber ich kann Sie doch nicht beschwindeln – und daß der Park schön ist, und das Schloß und die Brunnen, das wissen Sie ja selbst.

KÖNIG Aber – die Gesellschaft?

ULLA Ja, die Gesellschaft – die finde ich, wenn ich so sagen darf, sonderbar. Die Herren schauen mich alle an, wie man eine Frau nicht anschaut, und die Damen, als ob sie mich vergiften wollten. Ich mußte natürlich auf sowas gefaßt sein – aber ich finde es herausfordernd gegen meinen Mann.

KÖNIG Und gegen mich, denn Sie sind mein Gast.

ULLA Sie sind sehr gütig zu mir, Majestät – aber ich glaube, es wär am besten, wir gingen in aller Ruhe wieder fort, meinen Sie nicht?

KÖNIG Ich kann Sie nicht hindern, doch es wäre mir leid. Es herrscht eine frostige Luft in dieser Sommernacht – und die Blicke, mit denen man mich betrachtet, sind auch nicht gerade erwärmend. *Er faßt ihre Hand* Ich bitte Sie wirklich, gehen Sie nicht weg. Man ist sehr allein auf solchen Festen.

ULLA Und warum veranstaltet man sie überhaupt? Ich weiß, das ist eine dumme Frage. Es gibt Verpflichtungen, Formen –

KÖNIG – an denen sich das Leben abschleißt und verbraucht. Nein, Sie haben ganz recht. Ein Fest – wie herrlich könnte ein Fest sein, in einer solchen Nacht, wenn es von Menschen begangen wird, die einander nah sind und es zu feiern wissen –

ULLA Die sind sehr selten.

KÖNIG Selten wie Meteore. Jedermann sieht Sternschnuppen in der Nacht, aber wem fiele ein Meteor vor die Füße. Und doch findet man sie – zuweilen –

ULLA *nickt schweigend.*

KÖNIG Sie wissen, an wen ich denke?

ULLA Ich weiß es. Ich möchte ihn nie mehr wiedersehn.

KÖNIG Vielleicht hätte ich nicht davon sprechen sollen. Aber ich dachte, ich darf Ihnen dies sagen: wenn auch Freundschaft niemals ersetzen kann, was Liebende einander schenken – so ist er doch nicht allein.

ULLA Er wird Sie nicht enttäuschen.

KÖNIG Auch Sie, Ulla, haben mich nicht enttäuscht. Sie sind so, wie ich mir Sie dachte. Und ich glaube, ich kann Sie verstehn.

ULLA Jetzt will ich nicht mehr fortgehen, Majestät, und wenn man mich anstarrt wie eine nackte Wilde.

KÖNIG Bleiben Sie, Ulla – bleiben Sie nackt und wild in Ihrem Herzen – wie die ungeteilte, die unzähmbare Natur! *Er küßt sie aufs Haar.*

CHARLOTTE *kommt zurück* Ich hoffe nicht zu stören, Majestät, aber der Maestro Galuppi läßt mir keine Ruhe, er hat eine neue Kadenz einstudiert und möchte wissen, wann er sie vortragen kann –

KÖNIG Ach, liebe Charlotte, befehlen Sie nur selbst – ich dachte, ich hätte Ihnen schon Vollmacht gegeben ... Sie wissen, ich bin nicht so schrecklich erpicht auf seine Divertissements –

CHARLOTTE Ja, man kann einschlafen dabei, und er hört nie wieder auf ... Wir hätten Bellman auffordern sollen, wie ich Ihnen vorschlug. Wenn ich ihn gebeten hätte – er hätte bestimmt nicht abgelehnt.

ULLA Wollen Sie mich der Dame vorstellen, Majestät?

KÖNIG Verzeihung, ich dachte, Sie kennen sich längst?

CHARLOTTE Wir haben uns im Saal gesehen.

ULLA Aber nicht begrüßt, Baronin Schröderheim.

CHARLOTTE Sie kennen mich also?

ULLA Genau so gut wie Sie mich. Sie dürfen mich ruhig beim Namen nennen.

CHARLOTTE *tritt etwas näher, mustert sie* Dieser Schmuck ist mir bekannt. Allerdings – anders getragen. Baronin Lindkrona pflegte ihn als Brosche zu benutzen, das war weniger auffällig.

ULLA Ja, mein Mann sagt, seine erste Frau hatte einen zu mageren Hals. Er hat mir die Kette dazu machen lassen.

CHARLOTTE Er hängt schief. Darf ich helfen?

ULLA Danke, Sie sind zu gütig.

CHARLOTTE Je vous en prie. Wird man Sie jetzt öfters bei Hof sehen?

ULLA Möglich. Sieht man Sie immer bei Hof?

KÖNIG *amüsiert* Ich hoffe, die Damen werden mir beide recht oft die Freude ihres Besuches gönnen.

CHARLOTTE Gewiß, Majestät, ganz wie bisher. *Sie will, ohne einen Blick auf Ulla, gehn.*

ULLA Baronin Schröderheim! Einen Augenblick bitte.

CHARLOTTE *stockt kurz.*

ULLA Ihre Coiffure ist verrutscht. Darf ich Ihnen helfen?

CHARLOTTE *will wütend gehen, besinnt sich* Warum nicht, bitte? Meine Zofe ist sehr ungeschickt. Vielleicht verstehen Sie das besser.

ULLA Es ist gleich geschehen. *Tritt hinter sie, richtet ihr die Nakkenlöckchen* Sie haben eine wunderschöne Haut und hübsche Ohren. Sie sind überhaupt sehr hübsch. Hübscher als ich.

CHARLOTTE Und Sie sind viel klüger und liebenswürdiger, als ich gedacht hätte.

ULLA Wirklich?

CHARLOTTE Finden Sie es nicht auch besser, wenn man sich verträgt?

ULLA *gelassen* Aber nein. Ich hasse Sie.

CHARLOTTE *ebenso souverän* Ich Sie auch. *Geht.*

KÖNIG *der ein wenig abseits stand, tritt lachend zu Ulla* Wenn ich öfters ein solches Damenduell belauschen dürfte, könnte ich noch auf die Idee kommen, mich zu verlieben.

ULLA In diese Eiswassergazelle?

KÖNIG In wen, habe ich nicht gesagt.

ULLA Ich könnte sie umbringen. – Da ist ja Axel. Hast du mich gesucht?

AXEL *ist suchend aufgetaucht. Er ist womöglich noch blasser und flackriger in seinem Wesen als vorher* Nein, Mutter – das heißt, eigentlich doch, verzeih – ich wußte nicht, wo du bist, ich war etwas beunruhigt –

ULLA Lieb von dir, Axel, aber mir ist es gut ergangen. *Zum König* Das ist der jüngste Lindkrona, wir beide sind sozusagen die Balljungfern heute. *Sie hakt sich bei Axel ein.*

KÖNIG *hat ihm die Hand gegeben* Ich hoffe, Sie werden sich gut unterhalten, Baron.

ULLA Mein Gott, da sind sie alle! *Läßt Axel los.*

SVEN *erscheint mit den andern Söhnen, verbeugt sich* Möchtest du nicht die Mantille, Mama? Es ist nicht sehr warm.

EIN MITTLERER SOHN Ich dachte – vielleicht den Fächer gegen die Mücken ...

ULLA Danke, danke Kinder, ich brauche wirklich nichts. Ihr seid zu aufmerksam.

KÖNIG Ich glaube, ich muß mich jetzt dem Hofmusikus Galuppi unterziehen, er kriegt sonst das Gliederzucken. Kommen Sie mit, Baronin?

ULLA Gern, Majestät. *Zu den Söhnen* Nun schwärmt mal ein bißchen aus, junge Herren. Geschlossen wirkt ihr ja wie die Stabstrompeter.

KÖNIG Ich sehe Sie noch, meine Herren. *Geht mit Ulla.*

SVEN Also, habt ihr gehört? Ausschwärmen, bitte.

EIN MITTLERER Schwärm du doch zuerst aus. Du willst ja den Vortritt, wie?

SVEN Couche! Nur nicht frech werden hier. Hör mal, Axel, es ist keine Art, daß du ihr nachspionierst.

AXEL Ihr spioniert, nicht ich.

SVEN Man kanns auch anders nennen, was du tust – nachschwänzeln oder so ... Merkst du denn nicht, daß du sie belästigst?

AXEL Beherrsch deine Eifersucht, Sven. Sie macht dich gemein – und lächerlich.

SVEN Ohrfeigen gefällig? *Geht auf ihn zu.*

AXEL Nicht weiter! Ich hab einen Degen!

SVEN *lacht auf* Hähnchen will kämpfen? Hähnchen kräht auf dem Mist?

AXEL *will ziehen.*

EIN MITTLERER Der Vater!!

SVEN *pfeift durch die Zähne* Ab in die Büsche. *Zu Axel* Dir geb ichs noch! Wo ist sie denn hin, zum Donner? *Ab mit den andern. Axel bleibt.*

LINDKRONA *tritt auf* Du bist allein, Axel? Hast du keine Gesellschaft?

AXEL Auch du bist allein, Vater.

LINDKRONA Ich habe nicht viel Freunde hier – und ich suche keine. Aber du bist jung, Axel, und solltest dich deiner Jugend freuen. Gehst du nicht zum Tanz?

AXEL Ich möchte fort, Vater.

LINDKRONA Wie?

AXEL Ich hasse diese Menschen, sie sind voll Schmutz und Lüge, ich verachte sie.

LINDKRONA Nimm dich zusammen, Axel.

AXEL Warum sind wir hierhergegangen? Damit sich die Leute über unsere Mutter das Maul zerreißen? Und über dich lachen sie, hinter deinem Rücken.

LINDKRONA Kümmere dich um dich selbst, Axel – und nicht um Dinge, die dich nichts angehen. Verstehst du mich?!

AXEL Ja, Vater, ich verstehe. *Wendet sich knapp, geht.*

LINDKRONA *bleibt einen Augenblick allein, krampft die Hände zusammen.*

GRAF HORN *kommt von der anderen Seite, mit zwei Damen.*

ERSTE DAME *ohne Lindkrona zu bemerken* Er hat ihr den Arm gegeben, er führt sie zum Hofkonzert, denken Sie nur!

HORN Was finden Sie dabei, Madame?

DAME Das fragen Sie? Habt Ihr Männer denn kein Gefühl mehr für Standesehre?

HORN, *der Lindkrona bemerkt hat, aber so tut, als sähe er ihn nicht* Nein, Madame, unser Stand hat keine Ehre mehr. Die hat hierzulande der Pöbel, die Hure und der Gassenmusikant.

ANCKARSTRÖM *tritt aus dem Schatten* Bravo.

DAME Mein Gott, Anckarström – wie sehen Sie denn aus? Und warum starren Sie so in die Luft? Sehen Sie etwas?

ANCKARSTRÖM Fledermäuse, Madame. Ich sammle sie. *Zu Lindkrona* Die Fledermäuse sind nämlich die Tiere, welche den Nachtschwärmer totbeißen. *Hebt etwas auf, legt es auf seinen Handrücken* Siehst du? Ein königlicher Schwärmer, aber nur Flügel und Kopf. Der Leib ist abgefressen. *Bläst es herunter, tritt drauf* Knacks.

DAME Pfui, hören Sie auf! *Die Damen entfernen sich.*

ANCKARSTRÖM *lacht – tritt rasch zu Lindkrona, zieht ein Papier aus der Tasche* Lies.

LINDKRONA Was ist das?

ANCKARSTRÖM Fledermäuse. Persönlich.

LINDKRONA *schaut flüchtig auf das Papier* Ahlefeldt, Pechlin, Ribbing, Fersen – recht gute Namen, für Nachtgeschöpfe.

ANCKARSTRÖM Zähl sie nach, Lindkrona. Es bleiben immer nur zwölfe, wie die Apostel. Einer fehlt!

LINDKRONA Ich weiß. Verschwören ist teuer. Ihr braucht Geld.

ANCKARSTRÖM Wir brauchen Macht, Lindkrona. Wir brauchen dich – dich, unter jeder Bedingung.

LINDKRONA Ich verhandle nicht auf Bedingung. *Wendet sich ab.*

HORN Baron Lindkrona, warum bist du hierhergekommen?

LINDKRONA Weil ich mich nicht verstecke – weder vor Schwärmern, noch vor Fledermäusen.

HORN Wir dachten, weil deine Frau mit dem König gemeinsame Sympathien pflegen möchte.

LINDKRONA Ihr versteht zu zielen.

ANCKARSTRÖM Und zu treffen, Lindkrona! Es gibt nur ein Ziel –

DER KÖNIG *mit Ulla, Charlotte und Schröderheim – hinter ihnen füllt sich der Platz sehr rasch mit Herren und Damen der Gesellschaft, die sich zum Hofkonzert sammeln. Er tritt zu der Gruppe* Die Herren sprechen vom Schießen?

HORN Vom Jagen, Majestät.

KÖNIG Ein Thema für Kavaliere. Ich kann leider nicht mitreden, ich verstehe nichts davon.

HORN Das Herz Seiner Majestät ist zu gütig, um zu töten.

KÖNIG Um Tiere zu töten, vielleicht. Aber ich will nicht behaupten, daß das ein Zug von Güte ist. Eher von Scham oder Ekel.

ANCKARSTRÖM Sie finden es beschämend, Majestät, ein Ziel zu treffen?

KÖNIG Es kommt auf das Ziel an, Graf Anckarström. Ein Treffer beweist noch lange nichts für den Wert des Schützen – und es gibt keinen dümmeren Satz als den, daß der Überlebende recht behält. *Wendet sich zu den andern.*

HORN *leise zu Anckarström* Weiß er etwas? oder war es nur eine Finte?

ANCKARSTRÖM *fast im Krampf* Er muß weg ... Er muß weg!

HORN Dreh dich nicht um jetzt. Dein Gesicht ist verzerrt. Wir sollten gehn.

ANCKARSTRÖM *sich fassend* Nicht, solange Lindkrona bleibt.

KÖNIG *zu den Festgästen, von denen sich jetzt ein Teil, darunter Charlotte mit Schröderheim, Ulla mit Lindkrona und den sämtlichen Söhnen, auf der Bühne versammelt hat* Meine Damen und Herren, darf ich um Ihre Aufmerksamkeit bitten für ein Solo-Divertissement unseres altverdienten Maestro Galuppi.

Ein dünner Applaus begrüßt den Maestro, der – ein notorischer Hofvirtuose, feierlich aufgeputzt – im Hintergrund auf der Schloßtreppe erschienen ist, von Pagen mit Stocklaternen angeleuchtet, und nach einer Verbeugung die Geige ansetzt, um mit einem halsbrecherischen Lauf über alle vier Saiten und ein paar unreinen Doppelgriffen zu beginnen.

Gleichzeitig aber mit seinem ersten Gewinsel entsteht ein merkwürdiger, verworrener Lärm, irgendwo im seitlichen Hintergrund, wie von verschiedenen, wild durcheinander spielenden Instrumenten und grölenden Männerstimmen, durch ein paar Paukenschläge verstärkt und ganz schnell zu einem Tumult anschwellend, aus dem scharfe Kommandorufe hervorklingen Wache vor Gewehr! Zieht – blank! Schließt die Tore! Zurückbleiben!

Dazu Alarmsignale, Schimpfworte, Flüche

SCHRÖDERHEIM *vorm König* Oberst Liljensparre! Capitaine! Lassen Sie feuern! *Ein paar Damen kreischen auf, ein Teil der Gesellschaft beginnt zu fliehen.*

KÖNIG *hat zuerst wie in Erstarrung gelauscht, jetzt tritt er rasch an Schröderheim vorbei in die Mitte, hebt beide Arme hoch, ruft* Halt! Nicht feuern! Ruhe!

Es wird einen Augenblick still, und in diese Pause hinein hört man von rückwärts

BELLMANS STIMME –sonalausweis? Ich habe noch nie in meinem Leben einen Ausweis vorgezeigt! Nie einen besessen! Sagt eurem König, hier steht Carl Michael – *Wieder Lärm hinten*

KÖNIG *erlöst, strahlend* Bellman! *Ruft* Bellman! Laßt die Tore öffnen.

SCHRÖDERHEIM Die Wache zurück! Die Tore öffnen!

CHARLOTTE *beim König* Ich versichere Sie, Majestät, ich hatte keine Ahnung – es ist eine vollständige Überraschung!

KÖNIG *lachend* Sie ist geglückt, Charlotte, sie ist vollständig geglückt! Jetzt kann der Galuppi für die Grillen geigen. *Zu den Gästen, von denen sich einige wieder versammelt haben* Meine Damen und Herren – verzeihen Sie das kleine Mißverständnis – wir haben die Freude, einen hochwillkommenen Gast zu begrüßen!

Alles wendet sich gespannt dem Ankömmling entgegen.

ULLA *zu Lindkrona, der allein im Schatten steht* Komm, wir wollen gehn.

LINDKRONA Flucht? Wir bleiben.

Nun sind, im Hintergrund, einer von ihnen auf eine Pauke hauend, Bellmans Mitspieler erschienen und verfolgen mit geschwungenen Instrumenten den verzweifelt mit Geige und Bogen fuchtelnden Galuppi – der bisher, in dem Lärm unhörbar, immer weiter gefiedelt hat –, jagen ihn unter Scherzworten wie »alter Musenpopel, nasser Trillerfurz, Froschkratzer, Ohrenschinder, Kolophoniumscheißer« usw. davon. Bellman selbst kommt sofort nach vorn, auf den König zu, der ihn mit einer einladenden Gebärde grüßt, und beginnt im Augenblick seines Erscheinens, aus einem Überschwang heraus, loszureden. Sein Äußeres ist ramponiert, Haare zerrauft, Rock zerrissen, ein bißchen Blut am Mundwinkel, aber er macht einen sieghaften und von sich selbst begeisterten Eindruck, und daß er betrunken ist, merkt man nur an seinem etwas zu steifen Gang und der Lautstärke seines Organs, mit der er das gewisse Brausen in seinem Schädel zu übertönen sucht.

BELLMAN Mein König, die Sterne scheinen auf Gerechte und Ungerechte, auf Parkwächter und Musikanten, auf Nüchterne und Berauschte, auf die Schmalzbacken der Herren und die wunderschönen Busenausschnitte der Damen, und da sind wir nun, um dir zu huldigen und dich zu feiern, wenn es auch Blut gekostet hat und den Herrn Offizier seine beste Uniform – *er hält einen Fetzen Tuch hoch samt Knöpfen und Ordensstern* –, die ich bitte, ihm aus der Kronschatulle zu ersetzen, denn er hat tapfer gekämpft. *Wischt sich das Blut vom Mund* Uns aber, mein König, uns schienen die Sterne glücklich in dieser Nacht, wir dachten an dich, da ist uns ein Lied gelungen, und weil man die Freude teilen soll gleich den Knollen der Maiglöckchen, damit sie überall wuchert, haben wirs hergebracht, frisch von der Quelle weg wie einen Hut voll Wasser, und bitten um deinen Durst – jawohl, das war ein langer Satz, aber er fand nach Hause. – Stimmt an, Freunde!

Mollberg und Movitz, Wetz, Appelstubbe, Jergen Puckel, ebenfalls ramponiert, aber triumphal und in der krampfhaft geraden Haltung der Angetrunkenen, haben sich jetzt um ihn, im Vordergrund der Bühne, gesammelt, er gibt das Zeichen, die Musik auf der Vorder-

bühne setzt, sehr zart und leise, ein, und sie singen, Bellman mit seiner Laute, die Movitz ihm gab:

Das Haga-Lied
(Melodie: Sånger No. 64)

1. Sieh, in Hagas Zaubergärten,
Zwischen Frost und erstem Flaum,
Taumeln Falter, fliehn Lazerten,
In des Frühlings Blütentraum.
Selbst der Wurm im tiefsten Schlamme,
Von dem warmen Schein erwacht,
Fühlt die neue Freudenflamme,
Die des Himmels Hauch entfacht!

Bellman wirft, während der Refrain wiederholt wird, ein zerknülltes Notenblatt in die Luft, das Axel auffängt. Einige singen nun die Melodie mit, der Kreis schart sich enger um die Spielleute, Bellman gibt das Zeichen zur zweiten Strophe, die er allein singt

2. Schenkt der Himmel Tau und Regen,
Treibt der Acker Frucht und Mohn,
Schwanken Sterne, schwer von Segen,
Über unsrer Liebe Thron.
Wachet auf, ihr Toten, preiset
Unser Los mit lautem Schall!
Ja, um eine Sonne kreiset
Auch der finstre Erdenball –!

Er läßt die Laute sinken, der König eilt auf ihn zu, umarmt ihn, die Musik spielt leise weiter.

KÖNIG Dank, Bellman, Dank!

AXEL, *der während des Gesangs aus den Reihen der Zuhörer heraustrat, ruft* Dank, Bellman, Dank!

Der Ruf wird aufgenommen, die Gäste applaudieren.

BELLMAN Carlotta! *Er küßt ihre Hände, begrüßt Schröderheim.*

CHARLOTTE Ich habs gewußt, Carlos, daß Sie kommen, ich fühlte es, ich hab Sie erwartet!

BELLMAN *zum König* Und ich fürchtete schon, der Augenblick sei nicht ganz glücklich gewählt, wir haben nämlich ein bißchen Schnaps getrunken – *Hält sich die Hand vor den Mund.*

KÖNIG Keine Sorge, die Linden blühn.

BELLMAN Das hab ich mir auch gesagt, und als das Lied gelang – *Verstummt, horcht auf.*

CHARLOTTE Als das Lied gelang –?

BELLMAN *hat suchend umhergeblickt, gewahrt nun Ulla, die, mit Axel gemeinsam in das Notenblatt schauend, zu der abklingenden Musik die Melodie mitsummte, und jetzt gleichfalls verstummt. Er macht ein paar Schritte, steht dann wie erstarrt.*

KÖNIG *rasch zur Schröderheim, bevor sie ihm folgen kann* Meine liebe Charlotte, ich darf Sie wohl bitten, diese prachtvollen Künstler ins Schloß zu geleiten und ihnen ein Glas Champagner anzubieten. Kommen Sie, meine Freunde! *Er geht voraus, in Richtung auf die rückwärtige Schloßterrasse, und veranlaßt dadurch die Gesellschaft, ihm zu folgen.*

MOVITZ Ein Glas Champagner! hat er gesagt.

JERGEN Ein Glas – meint er wirklich e i n Glas?

MOLLBERG Zurück in die Kümmelkneipe.

APPELSTUBBE Ihr müßt eurer Glas jedes Mal an die Wand schmeißen, wenn es leer ist, dann kriegt ihr ein neues. Das hat man so bei Hofe.

MOVITZ Aus den ›Erinnerungen eines Zeremonienmeisters‹!

Sie folgen Charlotte, die, sehr gegen ihren Willen, dem König gehorchen mußte. Auch Lindkrona ist mit einer Gruppe von Herren, darunter Horn und Anckarström, die sich schon bei Bellmans Auftritt von den andern distanziert haben, zum Schloß gegangen.

Nur Axel steht noch bei Ulla, die jetzt, da Bellman sich langsam nähert, eine Bewegung macht, als wolle sie rasch davon.

AXEL *hält sie an der Hand zurück* Sprich mit ihm, bitte. Ich möchte ihn aufsuchen, sein Schüler werden –

ULLA *zögert* Geh voraus, Axel, ich komme gleich.

AXEL *ab*

ULLA *geht entschlossen auf Bellman zu, streckt die Hand aus.*

BELLMAN *ohne die Hand zu nehmen* Du bist hier –

ULLA Ja, denk dir. Ich bin hier eingeladen.

BELLMAN Dich – hätt ich hier nicht erwartet.

ULLA Ich dich auch nicht. Ich finde es unmöglich, daß du hier so hereindonnerst.

BELLMAN Hereindonnerst! – Wer hat hier gedonnert, bitte!

ULLA Du. Und in dem Zustand!

BELLMAN Wieso, weil ich ein bißchen illuminiert bin?

ULLA Du nennst es illuminiert, ich nenn es besoffen.

BELLMAN Es gibt für alles auf der Welt mehrere Ausdrücke. Außerdem dürfte es dir bekannt sein, daß ich manchmal was brauche, das dürfte dir bekannt sein, jawohl.

ULLA Es ist mir nicht neu. Aber ich versteh nicht, wie du dem König einen solchen Skandal anrichten kannst.

BELLMAN *in aufsteigender Wut* Skandal?

ULLA Skandal! Die Schloßwache verprügeln, das Hofkonzert abbauen und so weiter. Heut lacht man darüber, morgen dreht man ihm einen Strick draus. Weißt du nicht, was hier gespielt wird? Du bist doch sein Freund, und er liebt dich!

BELLMAN *fast schreiend* Er ist mein Freund, und ich liebe ihn – jawohl!

ULLA Du? Du liebst nur dich selber. Sonst keinen.

BELLMAN Das sagst du mir, Ulla?

ULLA Ja, ich, weils dir kein anderer sagt.

BELLMAN *etwas angeschlagen* Hast du nicht gesehen, wie er sich gefreut hat? Hat dir das Lied nicht gefallen?

ULLA Sicher, das Lied ist schön, und der König hat sich gefreut. Du kannst zufrieden sein. Du kannst weitersaufen.

BELLMAN Warum hast du das gesagt – daß ich nur mich selbst liebe? Meinst du das wirklich?

ULLA Ist es nicht so?

BELLMAN Nein, Ulla, so ist es nicht.

ULLA Vielleicht liebst du die Welt, das Leben, Gott weiß was, alles oder nichts, aber – einen Menschen lieben, für einen Menschen da sein, das kannst du nicht, Carl. Das sollst du wohl auch gar nicht.

BELLMAN Ulla, ich – *Stampft auf* Ach was! Du hast mich verlassen, du bist fortgelaufen, du bist weg von mir – und mir sagst du, ich kann nicht lieben, ich – – Komm! *Er nähert sich ihr, als wolle er sie an sich reißen.*

ULLA Carl!! Laß mich in Ruh! Du bist ja betrunken, laß mich in Ruh!

BELLMAN Ich brauch dich, Ulla – ich liebe dich!

ULLA Geh!

BELLMAN *faßt sich* Verzeih. *Wendet sich weg, will gehn.*

ULLA Carl –

BELLMAN Ja?

ULLA Sag mir Adieu.

BELLMAN *geht zu ihr hin, nimmt sie in die Arme. Sie küßt ihn.*

ULLA *ruhig* Laß mich jetzt, bitte.

BELLMAN Warum, Ulla? Es ist ja alles Wahnsinn, was geschehen ist –

ULLA Aber es ist geschehn.

BELLMAN Dann mach es ungeschehen.

ULLA Das gibt es nicht.

BELLMAN Es gibt alles – alles, was man will – und ich, ich will dich, Ulla, ich will – ich muß dich wiederhaben.

ULLA *leise* Du hast mich doch.

BELLMAN Man hat nur, was man in Händen hält, was man zerbrechen kann, woran man zerbricht – und jetzt, Ulla, halt ich dich, fühl ich dich, deinen Mund, deine Haut, deine Brust – du, laß mich bei dir sein, in dir sein –

ULLA *hart* Schluß jetzt! Ich bin keine Schröderheim.

BELLMAN *läßt sie los* Das war nicht nötig, Ulla.

ULLA Doch – wenn du mich quälst. Man muß doch wissen, was man tut – man muß sich doch entscheiden auf der Welt!

BELLMAN Nein! Ich nicht! Das ist Feigheit, das ist Schacher, das ist Schindluderei! Ich hab keinen Vertrag gemacht, als ich auf die Welt kam, ich brauch keine Pension, ich pfeif auf die Rückvergütung! Aber du, Ulla, du gehörst zu mir! Du gehörst doch zu mir?!

ULLA Das ist vorbei, Carl. Ich hab mich entschieden. *Sie läuft von ihm weg – während man schon Stimmen, Lachen und Reden von der zurückkehrenden Festgesellschaft hört – auf Axel zu, der als erster erscheint* Bring mich nach Haus, Axel. *Rasch ab mit ihm. Gleichzeitig erscheint Lindkrona im Hintergrund, bleibt stehen, schaut ihnen nach.*

BELLMAN *allein, leise* Ulla – bleib doch, Ulla – ich bin ganz nüchtern – ich, ich bin ganz – *Er geht zum Brunnen, taucht beide Hände ins Wasser. Lindkrona, näher kommend, beobachtet ihn.*

RUFE *von rückwärts* Fredman! Carl Michael!

CHARLOTTE *erscheint mit Movitz und Appelstubbe, hinter ihnen andere Damen, in angeregtem Kontakt mit Mollberg, Wetz, Jergen Puckel, gleich darauf erscheinen der König und alle andern – außer Ulla und Axel –, die Lindkrona-Söhne, Schröderheim, Horn, Anckarström, fremde Gäste* Wir wollen tanzen, Carlos! Man spricht von einem neuen Menuett?!

APPELSTUBBE Ja, aber an Fredmans Hof, meine Damen, da wird ganz anders getanzt, in seinem Reich herrscht das orphische Rituell.

KÖNIG Erzähl uns von deinem Reich, Fredman!

BELLMAN *hat die hohlen Hände mit Wasser gefüllt und sich über den Kopf geschüttet. Jetzt dreht er sich langsam zu den andern um* Das ist ein Reich, in dem die Sonne schwarz ist und die Finsternis leuchtet, in dem das Wasser brennt, das Feuer kühlt, der Wein die Sinne klärt und das Brot sie berauscht. Es hat nur e i n Gesetz, und das heißt: Lebe! – und nur eine Strafe, das ist der Tod. Seine Priester lehren, daß unsere Welt die beste sei, die wir kennen, und würden wir sie kennen, so wär sie es auch, sagt dort der Philosoph, und wäre sie's nicht, so laßt sie uns dazu machen, sagt dort der König.

KÖNIG Wenn aber du in diesem Reich der König bist, so möchte ich dort der Spielmann werden.

LINDKRONA Und ich der Bettelmann, der von des Königs Tisch die Brosamen frißt.

HORN Und ich der Narr, der die Wahrheit sagt.

ANCKARSTRÖM Und ich, mit Verlaub, der Henker, der sich selber köpft.

LINDKRONA *leise zu ihm* Kommt morgen zu mir, nach Lindkrona.

ANCKARSTRÖM Endlich? *Packt seine Hand.*

BELLMAN Wir alle aber wollen des Großen Eros Knechte heißen, und seiner Höllen ewige Tänzer sein!

Er schlägt die Laute an, alle fassen einander zum Tanz: der König, die Mörder, Lindkrona, Charlotte, Schröderheim und ein paar Damen an der Rampe, der Tanz wird immer heftiger, besessener, – während Bellman auf der Vorderbühne mit der Musik das ›Große Saufmenuett‹ singt

Großes Saufmenuett
(Melodie: Epistlar No. 9)

1. Herzliebste Brüder, Schwestern, Genossen,
Seht, Vater Movitz schraubt unverdrossen
Schon an der Baßviole, den Bogen schief in der Hand –
Kerze vertropft und Wein wird vergossen,
Bargeld verpulvert, Pulver verschossen –
Daß mich der Teufel hole! Mein Herz geb ich ihm zu Pfand –
Gäb er dafür nur
Wein mir und Bier nur
Morgens und abends zu löschen den feurigen Brand –
Mädchen dazu mit schmelzendem Blick,
Und einen Vers zu jeder Musik –
Dann am End, ich wette,
Schenkt der alte, nette
Satan mir mein Pfand zurück.

2. Herzliebste Brüder, göttliche Prasser,
Schmauchet Tobak, sauft Branntwein wie Wasser,
Löst eurem Schatz die Haare, und küßt sie, wohin es trifft!
Hei, wie vor Lust im Tanze sie stöhnen,
Absätze klappern, Baßgeigen dröhnen,

Himmel und Hölle bewahre uns vor Langerweile Gift!
Erde zu Füßen –
Sterne begrüßen
Abends und morgens dein Auge mit feuriger Schrift –
Brüder und Schwestern, hier fühlt man sich
Halb wie ein Gott und ganz königlich –
Hier ist Bacchi Wohnsitz,
Hier der Liebe Thronsitz,
Hier ist alles –
Hier bin ICH –!

V

Vorder- und Hauptbühne, kombiniert, stellen Cajsa Lisas Wirtschaft ›Zum Goldenen Frieden‹ dar, auch ›Die Kümmelkneipe‹ genannt: ein angeräuchertes Kellergewölbe, in das man von der Gasse aus hinuntersteigt, und dessen zwei Schankräume, primitiv eingerichtet, in verschiedener Höhe liegen. Unten (Vorderbühne) hocken Appelstubbe, Mollberg, Wetz, Jergen Puckel um einen Topf Punsch oder Glühwein, rauchen Tonpfeifen und spielen Karten. Etwas abseits von ihnen sitzt Movitz in einem Lehnstuhl, er ist in Decken gepackt, sieht krank und verfallen aus, und hält einen dünnen Taktstock in der Hand, womit er dem Schüler, der – den Rücken zum Publikum – neben ihm auf dem Cello ›Arpeggien über alle vier Saiten‹ übt, gelegentlich auf die Knöchel klopft. Dieser Schüler ist der junge Axel Lindkrona.

Oben liegt Bellman, allein, auf einem schmalen, lehnenlosen Sofa oder einer Bank ausgestreckt, starrt zur Decke, raucht. Von Zeit zu Zeit langt er nach einer großen Kümmelflasche, die in Reichweite steht, setzt sie an den Mund.

Cajsa Lisa bewegt sich zwischen oben und unten. Zu Beginn füllt sie auf der Vorderbühne die Punschterrine nach.

CAJSA Schmökt nicht so gottlos, Kinder, man kann die Luft hier in Scheiben schneiden wie geräucherten Rentierspeck.

APPELSTUBBE, *die Tonpfeife zwischen den Zähnen* Du könntest ja mal ein bißchen Durchzug machen.

CAJSA *mit einer Kopfbewegung auf Movitz* Nein, das kann ich nicht – du Egoistiker.

APPELSTUBBE Egoist, Cajsa. Nur Egoist – ohne »iker«.

CAJSA Zurück in die Mädchenschule! Aber mich hier nicht belehren, gefälligst! Ich bin ausgewachsen, ich weiß genau, was ich sage. Ein Egoist ist jeder. Leute wie du sind Egoistiker.

APPELSTUBBE Widersprich mir nicht, Cajsa, sonst flieg ich auf dich, ohne Übergang. Au! mein alter Eros Paedagogicus –! *Versucht, sie am Hintern zu packen.*

CAJSA Schäm dich, Appel! Dir ist wirklich nichts heilig. Könnt ihr denn nicht ein bißchen Rücksicht nehmen?

MOVITZ Dankend verbeten, Schwester. Für mich ist es ganz gleich, ob ich durch den Rauchfang oder durchs Kellerloch entschwebe. Man lebt gegen seine Gesundheit, man stirbt auch gegen sie, dazu ist man als Mensch geboren. Gesund sein kann jede Sau – bis man sie schlachtet. – Handgelenk, Axel, Handgelenk locker. Der Bogen ist keine Knochensäge. Bring mir eine Pfeife, Cajsa, und einen Quart Kümmel.

APPELSTUBBE *grinsend* »Egoistiker« –!

MOLLBERG *wirft die Karten hin* Carl, was tust du da droben?

BELLMAN, *ohne sich zu rühren* Ich arbeite.

MOLLBERG Ein neues Lied?

BELLMAN Ausgeliedert.

MOLLBERG Was denn sonst?

BELLMAN Ich übersetze einen chinesischen Philosophen. Aus dem Urtext. *Nimmt die Flasche auf, tut einen tiefen Zug.*

MOLLBERG Lies uns was vor. Man stirbt hier vor Langweile.

BELLMAN, *sich zurücklegend* Paßt auf!

Von einigen Dichtern wird berichtet,
Daß sie nie einen Tropfen getrunken haben,
Und trotzdem gedichtet.
Doch wird mitnichten berichtet,
Daß sie deshalb im Grabe weniger gestunken haben.
Skall! *Nimmt die Flasche.*

APPELSTUBBE Zauberhaft! Klingt wie Confuzius.

BELLMAN Erraten. *Legt sich zurück.*

MOVITZ Carl! Warum singst du nicht mehr?

BELLMAN *dreht sich zur Wand.*

MOVITZ Ich hätte es gerne nochmal gehört – so unter uns … *Hüstelt*

MOLLBERG Du wirst es noch oft hören, alter Leichenwurm. Die angesagten Katastrophen finden nicht statt, bekanntlich.

MOVITZ *lächelnd* Mit Ausnahme der einen.

CAJSA *bei Bellman oben, beugt sich über ihn* Carl!

BELLMAN Heb dich hinweg, Kümmelnymphe. Ich hasse die Weiber.

CAJSA *faßt ihn an der Schulter, leise* Er machts nicht mehr lang. Verstehst du?

BELLMAN *richtet sich mit einem Ruck auf, fährt sich über die Stirn, nimmt die Laute von der Wand – geht hinunter* Los!

MOLLBERG Den ›Großen Lobgesang‹?

BELLMAN *zu Movitz* Kriegt der Junge den Cellopart zusammen?

MOVITZ *strahlend* Aber klar, ich zerklopfe schon den dritten Stecken auf seinen Pfoten, er ist wirklich begabt!

AXEL Ich hoffe, es wird gehn, Meister.

BELLMAN Nenn mich nicht Meister, sonst mach ich Mettwurst aus dir und hänge dich in die Esse.

ALLE *haben sich um Movitz geschart und beginnen den ›Großen Lobgesang‹.*

Großer Lobgesang
(Melodie: Epistlar No. 30, ›An den schwindsüchtigen Vater Movitz‹. Er wird mit wechselnden Stimmen gesungen.)

I. BELLMAN *allein*	Trink aus dein Glas! Der Tod steht auf der Schwelle, Schleift schon sein Schwert – bald ists mit dir vorbei!
UNISONO	Nein – an die Tür nur pochte der Geselle, Wartet wohl noch ein Stündlein oder zwei.
MOLLBERG *allein*	Movitz, du neigst dich zum ewigen Schlafe – *Cello-Solo*

Prob die Oktave!
Stimm deine Saiten, sing vom Lebensmai!

UNISONO — Stimm deine Saiten, sing vom Lebensmai!

2. BELLMAN *allein* — Tief unterm Rasen mündet jede Straße,
Die wir beziehn mit Seufzern und Gesang –

UNISONO — Feurige Würmer winden sich im Glase,
Hohl pocht dein Herz, wie Trommeln dumpf und bang.

MOLLBERG *allein* — Flamme verzehrt sich und Wolken zerrinnen –
Cello-Solo
Lauschst du nach innen?
Rufst du noch Prosit?

MOVITZ *allein* — Ja, noch stundenlang!

UNISONO — Rufst du noch Prosit?

MOVITZ *allein* — Ja, noch stundenlang!

3. UNISONO — Auf denn wohlan! Zur letzten Bacchusprobe!
Freya vom Thron den Abschiedstrunk dir bringt.
Blut wild wallt auf, noch einmal ihr zum Lobe,
Das schon mit Macht aus deinen Adern dringt.

BELLMAN *allein* — Lob, sing, vergiß, und bedenk, und beweine –
Cello-Solo
Schaffst du noch eine?
Noch eine Flasche – bist du tot?

MOVITZ *allein* — Nein – Trinkt!

UNISONO — Noch eine Flasche – bist du tot?

MOVITZ *allein* — Nein – Trinkt! *Musik aus*

MOVITZ *hat sich zurückgelehnt, nimmt Bellmans Hand* Ach, du schönes, trauriges, nie mehr wiederkehrendes Leben. *Er trinkt.*

DIE ANDERN *heben schweigend die Gläser.*

Die Vorderbühne wird dunkel.

CASJA *hat auf der Hauptbühne, im oberen Schankraum, auf einer Bank stehend, die Kerzen der Hängelampe geschneuzt, so daß es nun dort ganz hell wird.*

LINDKRONA *kommt von der Gasse herein, spricht nach rückwärts* Das Haus bewachen, und nur hereinkommen, wenn ich Order gebe. *Zu Cajsa* Ist mein Sohn hier?

CAJSA *springt von der Bank, erschrocken* Hol mich – der Herr Baron! Was für eine unverdiente Ehre, was für ein freudiges –

LINDKRONA *scharf* Ist mein Sohn hier?

CAJSA Ich ... ich kann ihn rufen ... Wollen Sie nicht Platz nehmen, Herr Baron? Vielleicht einen Pomeranzen, oder ein Gläschen Cantemerle?

LINDKRONA Danke. Machen Sie rasch.

CAJSA Sicher, sicher. *Zögert* Wenn ich, Herr Baron, als alte Freundin der Familie, mir einen Rat erlauben darf: Tun Sie nichts mit Gewalt. Warten Sie lieber ein bißchen. Sie wollen Ihren Sohn doch wiederhaben, nicht wahr? Ich meine: nicht nur einfangen.

LINDKRONA *schaut sie an.*

CAJSA Verzeihung, Herr Baron, es ist ja Ihre Sache –

LINDKRONA Allerdings.

CAJSA – aber der Junge ist einfach sinnlos in seine Mutter verknallt. In Ihre Frau, wollt ich sagen. Bei sowas – da hilft nur Gegengift. Wenn Sie ihn mir überlassen, eine Zeitlang, – ich weiß ein paar süße Mädchen, sauber wie meine Punschtöpfe, täglich frisch ausgekocht –

LINDKRONA Rufen Sie ihn!

CAJSA *beleidigt* Wie Sie befehlen.

Will nach unten gehn. In diesem Augenblick ruft

BELLMAN *von unten* Hol den Arzt, Cajsa. Es geht zu Ende.

LINDKRONA Wer war das?

CAJSA Bellman, Herr Baron.

LINDKRONA Bellman. *Tritt in den Schatten.*

BELLMAN *kommt herauf* Lauf. Er erkennt keinen mehr.

CAJSA Und wer zahlt den Doktor, nachher, wenn er schon stirbt? Ist doch die reine Verschwendung.

BELLMAN Frag nicht so dumm. Der König, natürlich.

CAJSA Und wenn er bar verlangt?

BELLMAN Dann legst du aus, zum Donner. Ich bin gerade blank.

LINDKRONA *tritt hervor, gibt ihr ein Goldstück* Hier. Gehen Sie.

CAJSA *knicksend* Hochnobel, Herr Baron. Sie wissen, ein armer Musikant, keinen Nachlaß und keine Hinterbliebenen – für solche Leute muß man ein Herz haben. *Ab.*

BELLMAN *starrt Lindkrona an. Sie messen einander in unverhohlener Abneigung.*

LINDKRONA Sie halten hier meinen Sohn verborgen, der nach Gesetz und Alter in die väterliche Obhut gehört. Ich fordere Sie auf, ihn mir unverzüglich auszuliefern.

BELLMAN Sie, Herr – Sie halten eine Frau gefangen, die nicht die Ihre ist – die nach dem heiligsten Gesetz der Erde zu mir gehört. Wie können Sie es wagen, hierher zu kommen?

LINDKRONA Sie sind ein Narr, Bellman. Sie rütteln an einer Tür, die längst ins Schloß fiel.

BELLMAN Und Sie, Sie tragen den Schlüssel in der Tasche wie ein Kerkermeister.

LINDKRONA *mühsam beherrscht* Glauben Sie wirklich, man könnte eine Frau halten, die nicht bleiben will?

BELLMAN Es gibt einen Zwang, der schlimmer ist als Gewalt. Sind Sie stolz darauf, daß sie Mitleid mit Ihnen hat – daß sie Ihnen nicht wegläuft wie Ihr Sohn?

LINDKRONA Ihre Taktlosigkeit, Bellman, trifft daneben. Sie wurden von einer Frau verlassen, weil Sie Ihrer nicht würdig waren. Was wollen Sie noch? Sie haben verspielt. Geben Sie jetzt meinen Sohn heraus.

BELLMAN Ich hab ihn nicht gestohlen. Er kam von selbst. Hier hält ihn keiner fest.

LINDKRONA Wo ist er? Bringen Sie ihn her.

BELLMAN Suchen Sie ihn, wenn Sie wollen. *Legt sich auf die Bank.*

LINDKRONA Sie zwingen mich zum Äußersten. *Geht zur Tür, nach draußen* Profoß!

AXEL *kommt gleichzeitig von unten, blaß, verstört. Tritt zu Bellman* Es ist vorbei.

BELLMAN *trinkt.*

LINDKRONA *von der Tür her, leise* Axel!

AXEL *fährt herum.*

LINDKRONA Komm heim, Axel.

AXEL *gefaßt* Nein, Vater, ich bleibe.

LINDKRONA Ich bitte dich, Axel. Komm heim.

AXEL *schüttelt den Kopf* Ich kann dort nicht mehr leben.

LINDKRONA Weshalb?

AXEL Muß ich dir sagen, weshalb?

LINDKRONA Ich bestehe darauf.

AXEL *nach einer Überwindung* Weil ich beginnen könnte – dich zu hassen.

BELLMAN *schaut auf, blickt Axel an.*

LINDKRONA Dann bleibt mir keine Wahl.

DER PROFOSS UND ZWEI BÜTTEL *kommen auf Lindkronas Wink zur Tür herein.*

BELLMAN *lacht auf* Da schau. Die Staatsgewalt.

LINDKRONA Jawohl. Die Staatsgewalt. Tun Sie Ihre Pflicht.

PROFOSS *blickt verlegen zu Bellman, macht ihm eine ungeschickte Verbeugung. Dann, zu Lindkrona* Verzeihung, Herr Baron –

LINDKRONA Worauf warten Sie? Nehmen Sie meinen Sohn fest und schaffen Sie ihn nach Hause.

AXEL Vater! Versuch das nicht!!

PROFOSS *zu Bellman gewandt* Wir wußten ja gar nicht, bei wem der Junge ist –

LINDKRONA Das tut nichts zur Sache. Ich habe über meinen Sohn zu verfügen, nach Gesetz und Recht.

PROFOSS Gesetz und Recht sind ja immer ganz schön, Herr Baron. Aber es gibt auch Rücksichten, meine ich – höherer Art, meine ich –

BELLMAN *spuckt aus* Kalfakter.

LINDKRONA Was herrscht hier in diesem Land, das Recht oder die Willkür? Das will ich doch sehn!

AXEL *dicht bei ihm, gedämpft, aber fest und entschlossen* Ich warne dich, Vater. Noch herrscht der König in diesem Land! Ich weiß, wo seine Feinde stehn – und wo sie sich treffen. Ich halte zum König, Vater!

LINDKRONA *starrt ihn an* Du drohst mir?

AXEL Mich zwingt man nicht, Vater.

LINDKRONA Leb wohl, Axel. Du wirst es bereuen. *Geht*

PROFOSS Gott befohlen. *Wischt sich den Schweiß* Wenn ich gewußt hätte, Herr Hofpoet –

BELLMAN *angewidert* Schert euch raus, oder ich lasse euch in den Abtritt werfen und langsam zuscheißen.

PROFOSS *lacht gezwungen* Immer witzig, Herr Oberhof –

BELLMAN Raus!

Profoß und Büttel rasch ab

BELLMAN *füllt ein Glas, reicht es Axel* Hier trink. Du siehst aus wie ein Grabstein.

AXEL Ich danke Ihnen. *Trinkt*

BELLMAN *sieht ihn an, leise* Du liebst sie?

AXEL *läßt den Kopf sinken. Klammert sich plötzlich an seinen Arm* Ich halt es nicht aus!

BELLMAN Komm.

Er steht auf, nimmt noch einen Schluck aus der Flasche, läßt sie dann, leer, auf den Boden fallen, hängt sich bei Axel ein – man merkt jetzt, daß er stark schwankt und strauchelt – und geht mit ihm auf die Straße hinaus.

Kurzes Dunkel, in dem die Kümmelkneipe verschwindet, während auf der unerleuchteten Vorderbühne, sehr leise und ohne Text, der letzte Passus des ›Lobgesangs‹ wiederholt wird. Noch im Dunkel hört man dazu die Stimme Bellmans, der mit Axel durch die nächtlichen Straßen Stockholms geht.

BELLMAN Reiß dir die Liebe aus dem Fleisch, mein Sohn, wie einen giftigen Stachel, sie ist ein Schwammgewächs, ein wuchernder Krebs in den Geweben der Seele; sie ist ein perverses Weib, sie letzt sich an deinen Schmerzen; sie ist wie ein Nachtschweiß, sie stinkt, sie macht klebrige Hände, sie ist so billig wie ein Rutsch in einem Groschenbordell, so kurz wie eine Nummer hinterm Haustor, und so beschämend wie ein beflecktes Bettlaken nach einer verluderten Nacht. Vergiß den Himmel der Kindheit, vergiß, daß ein Schoß dich trug, daß eine Brust dich säugte. Vergiß, vergiß, vergiß.

Die Bühne zeigt nun, unter finsterem Himmel, mittels gemalter Wand oder Prospekt, einen spitzgiebeligen Straßenzug mit geschlossenen Wirtshäusern, nur von trübem Laternenschein angeleuchtet.

BELLMAN *mit Axel die Straße entlang schwankend* Bist du besoffen, Axel?

AXEL Ich – ich weiß nicht – ich – war noch nie – *Er schluckt.*

BELLMAN Ist dir wenigstens schlecht?

AXEL Ich weiß nicht, ich glaube ja.

BELLMAN Das ist gut, Axel, das ist gut ... Aber dir ist – dir ist noch lange nicht schlecht genug ...

AXEL Mir ist furchtbar schlecht, Meister.

BELLMAN Noch einen Meister, und ich laß dich Roßäpfel fressen. Dir muß so schlecht werden, daß dir dein ganzer blödsinniger Liebeskummer vollständig gleich ist – ganz egal – wenns nur wieder besser wird – wenn das nur wieder aufhört!

AXEL Wenn das nur wieder aufhört ...!

BELLMAN Gut. Was wir jetzt brauchen, Axel, ist ein eiskaltes Bier und ein saurer Hering. Aber es ist alles geschlossen – es ist alles zu ... *Er pocht an eine Tür* Hee! Wirtschaft!! Alles geschlossen ... alles zu –

Er läßt sich auf einem Prellstein nieder und hilft Axel, sich auf den Straßenrand zu setzen – seine Stimme ist jetzt ganz klar und nüchtern.

Ach du schönes, trauriges, nie mehr wiederkehrendes Leben.
Mein Herz gleicht einer seidenen Decke an Zärtlichkeit –
Die über ein fünfzehnjähriges Fräulein gebreitet ist.
Und der weggeworfene Fetzen eines alten Rockes am Straßenrand –
Ja, die abgetretene Sohle eines Pantoffels, darauf einmal ein Frauenzimmer gelaufen ist,
Zündet mehr Kerzen der Ehrfurcht in meiner Seele
Als alle Tempel und Denkmäler aus aller Zeit. *Leise*
Denn es hat nichts Bestand auf der Welt, und nichts ist wirklich –

Außer der Liebe.
Während Axel regungslos sitzenbleibt, kriecht Bellman nach vorn und beginnt, halb im Rinnstein liegend, das

Soliloquium
(Melodie: Epistlar No. 23)

Ach, meine Mutter, sag, wer dich sandte
Grad in des Vaters Bett?
Knisternd mein erster Lebensfunk entbrannte
An verfluchter Stätt!
Nur eurer Kammer
Dank ich den Jammer,
Den ich hinschlepp hier!
Da du dich kühltest,
Schmerzwonnen fühltest,
Brannt mein Blut in dir –
Du hieltst sie schlecht in Haft,
Deine Jungfernschaft!

Pfui eurem Pfühl, und Fluch auch dem Holze,
Das man zum Brautbett schlug!
Fluch jenem Blick voll falschem Jungfernstolze,
Weibes List und Trug!
Spott jenen Schwüren,
Die süß verführen,
Löchrig wie ein Sieb,
Fluch dem Ermatten,
Das dich zum Gatten
Hin aufs Lager trieb –
Oder wars auf eines Tisches Rand,
Wo mein Bild entstand – !

Ach, wie ein liebend Herz ich verachte,
Und all das Schöngetu!
Hier lieg ich nun im Rinnstein und betrachte

Meine alten Schuh!
Scheußliche Klumpen –
Rock auch in Lumpen,
Hemd so schwarz wie Ruß,
Hose zerrissen,
Halstuch zerschlissen,
Und ein lahmer Fuß –
Dazu noch juckt mich's Fell –
Ja, ein Prachtgesell.

Seht meine Finger, blau und verfroren,
Und wie sie zittern, schaut,
Faltig die Haut am Hals und an den Ohren,
Recht wie welkes Kraut.
Wimpern und Wangen
Längst schon umhangen
Mit Vergänglichkeit –
Kaum noch das Singen
Will mehr gelingen,
Von der alten Zeit –
Von Liebes Lust und Qual,
Und vom Weinpokal.

Letzt mir die Lippen! Muß ich von hinnen,
Schenkt mir zum Schluß noch eins!
Ich bin ein Heide – bet mit Mund und Sinnen
Nur zum Gott des Weins!
Arm und versoffen,
Seh ich doch offen
Einen Himmelsschein.
Was liegt an Sterben,
Not und Verderben,
Bleibt der Duft vom Wein –
Ja, in der letzten Stund
Heb ich noch's Glas zum Mund.

Da, knarrt die Schanktür? Ja, sie bewegt sich!
Halbnackt ein Pärchen flieht!
Am Himmel schon die erste Röte regt sich,
Morgenkühle sprüht!
Sonnenstrahlen flimmern,
Kirchtürme glimmern,
Zärtlich flirrt die Luft –
Doch aus Spelunken,
Qualmig, verstunken,
Dringt der reinste Duft!
Rasch was zu trinken her!
Ach, mich dürstet sehr.

Skall! Prost! Gesundheit!
Jetzt fühl ich wieder
Segen in Leib und Seel!
Schmiert mir die lahmen, steifgefrornen Glieder
Mit dem besten ›Öl‹!
Hurra, Courage! Stoff her, Bagage!
Noch ne Flasch – herrje!
Wie bin ich mutvoll,
Tapfer und blutvoll,
Pfeif auf Leid und Weh – –
Jetzt noch ein Gläschen Bier:
Dank, meine Mutter, dir!

Dank jener Nacht und Dank eurem Pfühle,
Dank deinem Herzensflug!
Dank auch dem Mann, der fern in Waldeskühle
Holz zum Brautbett schlug!
Dank deinem Brennen –
Und deinem Können,
Alter Vater mein!
Könnt ich dich sehen –
Würdst mich verstehen –
Wir zwei ganz allein . . .
Mein Bruder würdst du sein –
Und wie ich – voll Wein!

VI

Eine geteilte Samtportiere schließt den Ausschnitt einer kleinen Loge nach rückwärts ab, dahinter ist der Ballsaal im königlichen Schloß zu denken, aus dem entferntes Stimmengewirr heraufdringt.

Der König, in einen weiten Brokatmantel gehüllt, der dem sarazenischen Krönungsmantel der Hohenstaufer nachgebildet ist, mit einer auf die Stirn zurückgeschobenen schwarzen Halbmaske, beobachtet durch den Vorhangspalt den sich füllenden Saal.

Schröderheim, mit einem Kreuzrittermantel kostümiert, steht hinter ihm.

KÖNIG Da kommt Anckarström.

SCHRÖDERHEIM Woran erkennst du ihn?

KÖNIG An seinem Gang. Er geht nicht, er schlängelt sich. Ich würde ihn unter jeder Maske erkennen.

SCHRÖDERHEIM Dieser Maskenball ist ein Leichtsinn, Majestät. Eine Herausforderung.

KÖNIG Ich will sie herausfordern, Elis. Ich will sie zwingen, ihre Masken fallen zu lassen. Dann kann ich sie treffen.

SCHRÖDERHEIM Wenn sie nicht rascher treffen.

KÖNIG *unvermittelt* Sag, Elis, betest du manchmal? Oder bist du ein Anbeter der Vernunft?

SCHRÖDERHEIM Ich geh zur Kirche – aber mehr der Form halber ...

KÖNIG Ich bete täglich. Drum bin ich auf alles gefaßt. Aber sag es nicht weiter, das ist Privatsache.

EIN PAGE *erscheint* Majestät, eine Maske wünscht Sie zu sprechen.

KÖNIG Namenlos?

PAGE Es ist eine Dame, Majestät. Sie bittet um ein paar Worte unter vier Augen.

KÖNIG Bring sie her.

Page ab.

SCHRÖDERHEIM Vorsicht, Majestät! Warum empfängst du sie?

KÖNIG Aus Neugier. Aus Langeweile, wenn du willst. Ein kleiner Aufschub, bevor der Tanz beginnt ...

DIE MASKE *erscheint, in einem weinroten Domino, mit einer Larve vorm Gesicht.*

SCHRÖDERHEIM Ich bleib in der Nähe, Majestät. *Ab*

KÖNIG Guten Abend, schöne Maske. Womit kann ich dienen?

DIE DAME *nimmt ihre Larve ab. Es ist Ulla.*

KÖNIG Ulla – Sie! Das ist eine Überraschung, wirklich! *Streckt die Hände aus.*

ULLA *mit einer Neigung vor ihm seine Hand drückend* Ich muß mich kurz fassen, Majestät. Man darf mich hier nicht entdekken.

KÖNIG Sie machen mich neugierig.

ULLA Gehen Sie nicht in den Ballsaal, Majestät! Verlassen Sie das Fest, ich beschwöre Sie!

KÖNIG *sehr ruhig* Das ist eine Warnung. Können Sie mehr sagen?

ULLA Nein, selbst wenn ich mehr wüßte. Aber ich bitte Sie, hören Sie auf mich.

KÖNIG Was befürchten sie für mich? Und was veranlaßt Sie dazu?

ULLA Nichts, Majestät, was ich erklären könnte – Ich weiß, es ist töricht ... von einem Gefühl zu sprechen –

KÖNIG Ich finde nichts Törichtes daran. Aber ich kann Sie über einen Punkt beruhigen, Ulla, der Sie vielleicht Kämpfe gekostet hat. Sie haben Ihrem Gemahl nicht geschadet. Ich wußte bereits von seinen Beziehungen.

ULLA Ich bin nicht eingeweiht – ich breche kein Geheimnis –, ich glaube nur, daß irgend etwas geplant ist. Werden Sie meine Bitte erfüllen, Majestät?

KÖNIG Nein, Ulla – ich könnte es nicht – selbst wenn ich es wollte. Man würde es mir als Angst auslegen, als Schwäche – dann wäre alles verloren. Und ich will es nicht, außerdem. Sehen Sie, Ulla, ich bin nämlich gar kein Held. Aber ich fürchte mich nicht.

ULLA *mit einer Überwindung* Und wenn Sie – das Schlimmste trifft?

KÖNIG Dann trifft es mich, wie's mir bestimmt ist. Aber das Schlimme ist: es wäre ein Mißverständnis. *Gequält* Das – ist das Schlimmste. Nicht die Waffe mordet, sondern das Mißverständnis. *Abbrechend* Doch wer denkt an Mord.

ULLA *hat, während er sprach, den Kopf abgewandt.*

KÖNIG *sucht ihren Blick* Was ist, Ulla! Sie weinen?

ULLA, *ihre Stimme ist fest, aber ihr Gesicht in Tränen* Verzeihen Sie, Majestät. Es ist schon vorüber.

KÖNIG Ihre Tränen machen mich arm und reich. Wie soll ich das vergelten? Sie kommen hierher, Sie kennen mich kaum – aber Sie setzen Ihre Existenz aufs Spiel, um mir zu helfen.

ULLA *ohne Tränen* Ach, Majestät – was ist eine Existenz ohne Liebe!

KÖNIG *wiederholt, wie für sich* Was ist eine Existenz ohne Liebe –? Hast du das gesagt, Ulla – oder sagte das eine Stimme in mir? *Er legt sehr zart die Arme um sie* Wie kann ein Mann leben – ohne die Nähe einer Frau.

ULLA Entbehren auch Sie – die Nähe einer Frau?

KÖNIG Ich weiß es nicht, Ulla – ich gab nicht acht darauf –, vielleicht weil ich es niemals wirklich kannte. Ich hatte es vergessen – so wie ein Schlafender die Nahrung vergißt. Aber man friert und hungert auch im Schlaf – und plötzlich weckt mich diese Stimme und sagt: was ist eine Existenz ohne Liebe –? Bist du deshalb gekommen, Ulla?

ULLA Ja, Majestät. Ich selbst kann ihm nicht mehr nah sein. Aber ich weiß es – fühle es – wenn er Sie verliert, dann ist er verloren. – Lassen Sie ihn nicht allein!

KÖNIG *mit einem abwesenden Lächeln* Gewiß nicht – solang ich lebe.

ULLA So darf ich Sie nochmals bitten –

KÖNIG *schüttelt den Kopf* Bitten Sie mich um nichts, was außer meiner Macht steht. Ich aber danke Ihnen, aus tiefster Seele. Jetzt habe ich die Liebe gesehn, von Angesicht zu Angesicht. So hat man doch nicht – umsonst gelebt. *Im Saal wird ein Tusch geblasen* Es wird Zeit.

ULLA Wie kann ich unbemerkt aus dem Schloß kommen, Majestät? Ich möchte nicht bleiben.

KÖNIG Warten Sie hier, bis alles zum Entrée-Tanz angetreten ist. Dann kann Sie der Page hinausgeleiten.

ULLA Leben Sie wohl, Majestät. *Sie beugt sich vor ihm.*

KÖNIG *ihr zulächelnd* Auf Wiedersehn.

Er hat, während Ulla zur Seite trat, den Vorhang aufgezogen – so weit, daß seine Gestalt im rückwärtigen Saal sichtbar wird. Dort erklingt jetzt, ohne Text, das Haga-Lied.

Wenn der König nach hinten in den Saal verschwunden ist, ertönt von dort eine laute Stimme.

ANCKARSTRÖMS STIMME Guten Abend, schöne Maske.

Unmittelbar darauf der dumpfe Knall eines Schusses. Die Musik reißt, gleichzeitig mit einem vielstimmigen Aufschrei, ab. Dann wird es totenstill.

ULLA *hat sich an die Brüstung der Loge geklammert, ihr Mund steht offen wie der eines Menschen, der im Traum schreien möchte. Dann nimmt sie rasch die Larve vors Gesicht, will nach der Seite davon.*

LINDKRONA *kommt von der Seite her, tritt ihr in den Weg. Hinter ihm Sven, in Uniform* Es ist Demaskierung angeordnet.

ULLA *läßt die Larve sinken* Der König –

LINDKRONA Der König lebt nicht mehr. Du hast mich umsonst verraten.

ULLA *schweigt.*

LINDKRONA Mein Sohn wird dich nach Hause bringen. *Zu Sven* Ich erwarte dich dann, im Reichsrat.

SVEN *salutiert militärisch. Läßt Ulla den Vortritt, folgt ihr.*

Hauptbühne dunkel

Man hört im Dunkel schwere, polternde Schritte. Dann ein hartes, brutales Pochen, und

DIE STIMME DES PROFOSSEN Aufmachen!! Aufmachen, Polizei!

Die Vorderbühne wird schwach erleuchtet. Mollberg, Appelstubbe, Wetz, Jergen Puckel, sind um einen Kerzenstumpf eng zusammengedrängt.

APPELSTUBBE *flüsternd* Da sind sie –

MOLLBERG Verdammt. Verdammt!

APPELSTUBBE Immer um fünf Uhr früh.

JERGEN PUCKEL Ich hab ihm gesagt, er muß fliehn, nach Norwegen, über die Grenze –

APPELSTUBBE Mit vierzig Fieber?

PROFOSS *droben* Aufmachen! Wirds bald?

MOLLBERG *springt auf* Verdammt, ich –

APPELSTUBBE *hält ihn am Arm* Du kannst ihm nicht helfen.

MOLLBERG *ballt machtlos die Fäuste.*

Vorderbühne wird dunkel

CAJSA LISA *oben – im Schein eines Leuchters, den sie in der Hand hält, – sie trägt einen Überwurf überm Nachtgewand. Hinter ihr Axel* Nimm seine Laute, Axel, und steig durchs Küchenfenster, versteck dich irgendwo in den Gassen, bis sie weg sind.

AXEL Können sie ihm – etwas antun?

CAJSA Er ist doch krank – Mach rasch!

AXEL *ab*

Erneutes Pochen

CAJSA *hat den Leuchter abgestellt, geht ins Dunkel, öffnet eine unsichtbare Tür. Der Profoß und die Büttel treten in den Lichtschein.*

PROFOSS Wo steckt er?

CAJSA Wer?

PROFOSS Stell dich nicht dumm. Der Lump, der verfluchte, der Oberhofprolet.

CAJSA Wenn sichs um Schulden handelt, ich –

PROFOSS Haftbefehl der neuen Regierung, wegen staatsgefährlicher Umstriebe. Mach keine Sachen, sonst kommst du selber mit.

CAJSA Er kann nicht aufstehn, er hats auf der Lunge –

PROFOSS *lacht* Der wird jetzt singen lernen, da braucht er keine Lunge dazu. *Zu den Bütteln* Sucht!

Packt den Leuchter, sie stampfen an Cajsa vorbei nach hinten.

Dunkel

VII

Die Halle in Schloß Lindkrona – wie früher. Heller Morgen

ULLA *allein am offenen Fenster, durch das die Sonne fällt* Wie soll man es glauben, daß das immer wiederkommt – Frühling und Knospen und junger Vogelruf, und daß die Veilchen blühn und verwelken, und daß das Herz nicht stillsteht, wenn es müde ist.

SVEN *tritt ein* Mit wem sprichst du, Mutter? Ist der Gärtner draußen?

ULLA Hab ich gesprochen? – Nein, es ist niemand hier.

SVEN *tritt etwas näher, betrachtet sie mit einem Ausdruck von Mitgefühl* Ich lasse grad anspannen und fahr nach Schloß Stenborg hinüber. Willst du nicht mitkommen? Sie würde sich sicher freuen.

ULLA *lächelnd* Danke, Sven, fahr du nur allein. Wann soll die Verlobung bekannt werden?

SVEN Sobald Karen sechzehn wird.

ULLA Ich bin froh für dich.

SVEN *auf und ab gehend* Ich muß mit Vater sprechen. Jawohl, ich tus.

ULLA Ist er denn nicht dafür?

SVEN Nicht deshalb. Deinetwegen. Ich kanns nicht mit ansehn, daß du hier lebst wie eine Strafgefangene.

ULLA Tu es nicht, Sven. Du änderst nichts, und er nimmt es dir übel.

SVEN Er ist im Recht, ich weiß es, aber er treibt es zu weit. Auch uns gegenüber. Der Name Axel darf nicht mehr erwähnt werden – jede Nachricht aus der Stadt wird zensuriert, als lebten wir hier in einer Festung. Politisch bin ich ganz auf seiner Seite – aber früher lehrte er uns, daß der freie Wille das Höchste sei.

ULLA Wenn du von mir sprichst, Sven, ich bin aus freiem Willen hierhergekommen. Vielleicht hätte ich es niemals tun dürfen. Aber ich hab es getan, jetzt muß ich stillhalten.

SVEN Und gehst zugrunde dabei.

ULLA Man geht nicht so rasch zugrunde. Selbst wenn man möchte.

SVEN Ich verstehe mich selbst nicht mehr. Ich war früher nicht so. Früher – da hätte ich Witze gerissen. Aber jetzt – zu dumm.

ULLA Du bist in Liebe, Sven. Da kriegt das Herz ein Fenster. Was gibts, Larsen?

DER HAUSHOFMEISTER *ist eingetreten, verbeugt sich* Eine Dame ist vorgefahren. Sie wünscht, den gnädigen Herrn zu sprechen.

ULLA Wer ist die Dame?

HAUSHOFMEISTER Sie hat mich beauftragt, sie nur dem Herrn Baron zu melden. Aber sie hat den jungen Herrn im Wagen.

SVEN Was sagen Sie da, Larsen?

HAUSHOFMEISTER Herrn Axel. Ich glaube, er ist krank.

In der Tür erscheint Charlotte von Schröderheim, in Mantel und offenem Schleier.

ULLA Rasch, rufen Sie meinen Mann.

Haushofmeister ab

CHARLOTTE *hat nach rückwärts gewinkt, jetzt kommt ein Kutscher herein, der Axel auf den Armen trägt. Axel ist in fast zerlumptem Zustand und scheint bewußtlos, hält Bellmans Laute krampfhaft an die Brust gepreßt.*

ULLA Hierher, auf den Sessel! *Sie kniet bei ihm nieder, fühlt nach seinem Herzen* Bring etwas Wein, Sven, oder Cognac. *Sven eilt nach der Flasche*

LINDKRONA *tritt ein. Er wirkt gealtert, das Kalte und Düstere in seinem Wesen hat jetzt die Oberhand.*

CHARLOTTE *tritt auf ihn zu* Ich bringe Ihren Sohn, Exzellenz. Ich fand ihn in der Frühe vor meiner Haustür, so wie Sie ihn hier erblicken – ich rief einen Arzt, er sagte: Entkräftung, Nervenfieber. Da packte ich ihn einfach in meinen Wagen und brachte ihn her, ich dachte, es wird das beste sein.

LINDKRONA Ich danke Ihnen. *Tritt hinter den Sessel, auf den man Axel gebettet hat, schaut auf ihn herab.*

ULLA *hat die Laute sanft aus Axels Armen genommen und auf den Boden gelegt, hält nun seine Hände.*

AXEL *noch mit geschlossenen Augen, fiebrig stammelnd* Rettet ihn, helft ihm – sie bringen ihn um – *Fährt hoch* Wo ist die Laute? *Er starrt in Ullas Gesicht.*

ULLA Hier, Axel. Ich habe sie.

AXEL *ruhiger atmend* Du wirst ihn retten – Mutter?

ULLA Ja, ich werde ihn retten.

AXEL, *ihre Hände umklammernd* Im Kerker – in Ketten – und krank auf den Tod – Ich hab unter Brücken geschlafen, gebettelt – ich wollte ihn befreien. – Bring ihm die Laute wieder!!

ULLA *küßt ihn auf die Stirn* Du bist zu Hause, Axel.

AXEL Zu Hause – *Er beginnt zu schluchzen.*

LINDKRONA, *der unbeweglich stand und ihn anschaute* Bringt ihn zu Bett.

Sven und der Haushofmeister nehmen Axel auf, tragen den haltlos Schluchzenden hinaus.

LINDKRONA *folgt.*

ULLA *hält Charlotte, die sich zum Gehen wendet, am Arm zurück* Sie wußten, daß er im Kerker ist?

CHARLOTTE Sie nicht?

ULLA Man hat mich belogen. Sonst wäre ich nicht mehr hier. Ich glaubte, Sie hätten für ihn gesorgt.

CHARLOTTE Wie konnte ich das? Wir waren selbst in Bedrängnis ... Ich habe das Äußerste versucht – es war zu spät.

ULLA Es gibt kein Zuspät. Er muß gerettet werden, um jeden Preis. Was können wir tun?

CHARLOTTE Wir sind machtlos, Baronin. Bedenken Sie unsere Lage: ich die Gattin des gestürzten Premierministers – Sie die Frau seines Nachfolgers.

ULLA Dann werde ich seine Frau nicht mehr sein.

CHARLOTTE Wissen Sie, was Sie da sagen? Und wissen Sie – ob es noch einen Sinn hat? Der Mann, an den wir beide uns erinnern – der ist nicht zu retten. Der lebt nicht mehr.

ULLA Sie haben ihn gesehen?

CHARLOTTE Einmal – mit Müh und Not. Aber ich würde es nicht wieder tun. Er wird erlöschen, glauben Sie mir, hier oder dort, und wenn Gott ihm gnädig ist, wird es rasch geschehn.

ULLA *mehr zu sich* Dann ist es soweit.

CHARLOTTE Was meinen Sie?

ULLA Dann ist die Zeit gekommen, in der ich zu ihm gehöre. Ganz und gar.

CHARLOTTE Und Ihre Zukunft? Ihr ferneres Leben?

ULLA Fragt man danach, wenn man liebt?

CHARLOTTE *sieht sie groß an. Dann senkt sie den Blick* Vielleicht habe ich wirklich – nie geliebt. Und jetzt stehe ich vor Ihnen, Ulla, mit leeren Händen, und sehr beschämt. Wie kann ich Ihnen helfen?

ULLA Mit dem Nächsten, dem Dringlichsten: haben Sie Geld?

CHARLOTTE Ich werde es aufbringen. Und ich kenne den Polizeichef. Er hat eine offene Hand.

ULLA Wann, glauben Sie, kann das geschehn? Ich d a r f nicht zu spät kommen.

CHARLOTTE Noch heute. Ich fahre sofort zur Stadt zurück. Er müßte ins Ausland, natürlich –

ULLA Sie werden die Grenzen bewachen –

CHARLOTTE Man muß für Passage auf einem Schiff sorgen. Ich habe Freunde in Frankreich, dort kann er – dort können Sie leben. Am besten hielte man ihn so lange auf einer Insel verborgen.

ULLA Bei Ljundholm draußen. Sie glauben wirklich, noch heute?

CHARLOTTE Vertrauen Sie mir, Ulla. Heute nacht.

ULLA Ich werde am Abend in die Stadt kommen.

CHARLOTTE Gut, ich erwarte Sie. Jetzt gehe ich besser – ich möchte dem Baron nicht mehr begegnen.

ULLA Leben Sie wohl, Charlotte. Ich danke Ihnen.

CHARLOTTE Sie haben mir nichts zu danken, Ulla. Nur zu verzeihn. *Umarmt sie – geht dann rasch.*

ULLA *steht einen Augenblick wie benommen, dann wendet sie sich mit einer entschlossenen Bewegung.*

LINDKRONA *tritt von der Seite herein, blickt sie an* Du willst mich verlassen?

ULLA Warum hast du mich belogen?

LINDKRONA Weil ich dich nicht verlieren wollte.

ULLA Jetzt ist es aus.

LINDKRONA Du glaubst?

ULLA Ich gehe. Und ich komm nicht zurück.

LINDKRONA Es ist ein Vertrag zwischen uns, den kannst du nicht brechen.

ULLA Du hast ihn zerrissen. Ich habe nicht mit einem Mörder paktiert.

LINDKRONA Mörder?

ULLA Du hast die Hand gegen den König erhoben –

LINDKRONA Nicht meine eigene Hand.

ULLA Du mordest auch Bellman nicht mit deiner eigenen Hand. Und doch ist sie mit Blut befleckt.

LINDKRONA *starrt auf seine Hand* Dann braucht sie kein Blut mehr zu scheuen.

ULLA *in einer aufsteigenden Angst, wendet sich zum Ausgang.*

LINDKRONA *vertritt ihr den Weg. Sie stehen dicht an der Seitenwand.*

ULLA Laß mich jetzt gehen – ich bitte dich.

LINDKRONA Niemals!

Er packt plötzlich ihre Handgelenke, stößt sie gegen die schmale Tür in der Seitenwand Lieber begrab ich dich lebendig, in meinem eigenen Grab!

ULLA Laß mich los, ich ruf um Hilfe. Hilfe!

LINDKRONA Es gibt keine Hilfe! *Er schleudert sie mit furchtbarer Gewalt in den Seitenraum, wirft die Tür zu, dreht den Schlüssel um, zieht ihn ab. Dann steht er atemlos, keuchend – lauscht an der Tür. Nach einer Weile hebt er die Hand, die den Schlüssel hält, als wolle er wieder öffnen. Krampft die Faust um den Schlüssel* Niemals!

SVEN *kommt rasch herein, in Offiziersmantel und Mütze* Hat jemand gerufen? Ist etwas – *Er sieht Lindkrona an, verstummt.*

LINDKRONA *steckt den Schlüssel in die Tasche* Geh deiner Wege, Sven.

SVEN *zögert* Vater –

LINDKRONA Ich befehle es.

SVEN *blickt auf die Seitentür, leise* Willst du dich selbst vernichten?

LINDKRONA *knapp* Geh!

SVEN *geht langsam hinaus.*

LINDKRONA *steht ohne Bewegung, wie in Totenstarre.*

Dunkel

VIII

Im Fischerdörfchen – wie früher. Der Himmel weit und hell, in den kühlen Lichtern der Morgendämmerung. Es ist sehr still.

MOLLBERG UND APPELSTUBBE *hocken in Mäntel gehüllt, wie Wachtposten, unterm Fenster, dessen Läden angelehnt sind.*

LJUNDHOLM *kommt mit einer Flasche um die Hausecke, er geht auf den Zehenspitzen* Es ist kalt. Ihr solltet was trinken.

APPELSTUBBE Danke, mein Alter. *Nimmt die Flasche.*

LJUNDHOLM Schläft er?

APPELSTUBBE *schüttelt den Kopf* Er will seine Ruhe haben.

LJUNDHOLM Die hat er jetzt lange genug gehabt, sollt man denken.

APPELSTUBBE Ist dir schon aufgefallen, Ljundholm, daß kein Mensch weiß, was eigentlich die Freiheit ist – von der man so viel redet? Aber wer sie verloren hat – der weiß es. Der weiß es ganz genau. *Er trinkt* Und es gibt Geschöpfe auf der Welt – Tiere, Leute, sogar Völker –, die den Verlust nicht überleben. *Trinkt wieder, gibt Mollberg die Flasche.*

LJUNDHOLM Wie wars überhaupt, wie ist es gegangen?

APPELSTUBBE Wie geschmiert. Es muß ein sehr teures Öl verwendet worden sein. Ein Schlüssel war zufällig steckengeblieben, ein Wächter war zufällig beknüllt, und an der Mauer hielt zufällig ein Wagen.

LJUNDHOLM Und er? Was hat er gesagt, wie er so plötzlich raus war?

APPELSTUBBE Nichts. Als er den leeren Wagen sah, da war es, als wollt er am liebsten wieder zurück.

LJUNDHOLM Versteh ich nicht.

APPELSTUBBE Vielleicht hat er jemanden erwartet.

LJUNDHOLM *zuckt die Achseln* Die Flut steigt schon. Ich mach die Schaluppe klar, bei Sonnenaufgang kommt das Schiff.

APPELSTUBBE Und eine Stunde vor Sonnenaufgang werden die Zellen kontrolliert. Ich wollt, er wär schon an Bord.

MOLLBERG *der bisher wie ein stummer Wächter zur See geschaut hat, springt plötzlich auf, deutet* Da –!

LJUNDHOLM *legt die Hand über die Augen* Ein Schnellboot – von der Stadt.

APPELSTUBBE *ist blaß geworden* Um diese Zeit? Ist – Polizei drinnen? Oder Militär?

LJUNDHOLM Kann noch nicht sehn. Doch. Ein Offizier.

APPELSTUBBE Einer nur?

MOLLBERG Der wird ihn nicht kriegen. *Schlägt seinen Mantel zurück, macht einen Säbel locker.*

LJUNDHOLM Wärs nicht besser, wir gehen ins Haus, sperren zu und stellen uns schlafend?

MOLLBERG Zu spät. Springt schon an Land.

LJUNDHOLM Warum läuft er so?

APPELSTUBBE Kinder – das ist ein merkwürdiger Offizier.

ULLA *in Svens Mantel und Mütze, unter der ihr die Haare herunterfallen, kommt laufend vom Strand.*

MOLLBERG *leise* Ulla – *Er stößt seinen Säbel zurück, breitet die Arme aus.*

ULLA *bei ihm, außer Atem, läßt den Mantel fallen, unter dem sie Bellmans Laute hielt.*

APPELSTUBBE Die Laute. Fredmans Laute. *Er hat sie aus ihrer Hand genommen, wendet sich ab.*

LJUNDHOLM Heul nicht, alte Gießkanne. *Wendet sich ab, schneuzt sich.*

ULLA *an Mollbergs Brust, der sie wie ein Kind streichelt* Wo ist er –?

MOLLBERG *weist mit dem Kopf zum Fenster* Er ist recht krank –

ULLA Jetzt wird er gesund, Molle. Sag, Appel, kannst du die Laute stimmen?

APPELSTUBBE Natürlich. *Er schraubt an den Wirbeln herum.*

ULLA Und habt ihr das Waldhorn mit?

MOLLBERG Versteht sich. Wir gehn hinters Haus.

ULLA Ihr kennt es noch?

MOLLBERG Wir haben es oft gesungen.

ULLA Ich nie – aber ich weiß jedes Wort und jede Note. *Zu Ljundholm, etwas verlegen* Hast du – aber lache nicht, Ljundholm – hast du vielleicht einen Spiegel?

LJUNDHOLM Echt venezianisch. Hat eine italienische Sängerin im Bett vergessen. *Läuft*

APPELSTUBBE Du bleibst jetzt bei ihm, Ulla? Du wirst mit ihm gehen?

ULLA Bis ans Ende der Welt.

LJUNDHOLM *kommt mit dem Spiegel zurück, hält ihn ihr vor.*

ULLA *während sie sich das Haar ordnet* Hör, Ljundholm, du mußt einen Weg für mich machen. Wenn wir auf See sind, dann nimmst du den Mantel und die Mütze und fährst nach Schloß Lindkrona hinaus. Du fragst nach dem jungen Baron, Herrn Sven, verstehst du, und gibst sie ihm.

LJUNDHOLM Herrn Sven. Sonst nichts?

ULLA Sonst nichts. Der hat mir herausgeholfen. Dann weiß er, daß alles gut gegangen ist.

APPELSTUBBE UND MOLLBERG *haben inzwischen das Waldhorn aus einem Tuch gewickelt und sind hinters Haus gegangen. Auch Ljundholm geht.*

ULLA *hat die Laute genommen, setzt sich nun dicht unters geschlossene Fenster und schlägt einen Akkord an, beginnt leise zu singen*

Weile an dieser Quelle,
Sieh – unser Frühstück ist zur Stelle!
Rotwein und Pimpinelle
Und Bekassinchen, zart und fein …
Dein Mittagswein
Schäumt aus dem Krug so helle
Im Frühlingsschein –
Weile an dieser Quelle,
Lausch auf des Waldhorns Ton im Frein! –

Während hinterm Haus das Horn-Solo ertönt, stößt Bellman von drinnen die Läden auf. Er sitzt noch, wie Ulla zu Beginn, aufrecht im Bett – sein Gesicht ist blaß und mager, sonst scheint er kaum verändert – er trägt das grobe Rupfenhemd der Sträflinge und lange Hosen aus schwarzem Stoff. Er summt das Ende der Melodie mit. Dann beginnt er.

BELLMAN

Spielet, ihr Musikanten,
Laßt Lied um Lied wie Schaum aufbranden –

Er schwingt sich hinaus – während Ulla, ohne Text, die Melodie weitersingt –, setzt sich neben sie, sie reicht ihm die Laute, und sie singen gemeinsam den Schluß der Strophe

Viele Winde wehn
Von unbekannten Landen,
Viel Jahre gehn –
Spielet, ihr Musikanten,
Laßt Lied um Lied wie Schaum aufwehn –

Während das Horn ertönt, betrachtet Bellman die Laute, dreht sie um, beklopft mit dem Knöchel den Resonanzboden, lauscht daran.

ULLA Sie schafft es noch – ja?

BELLMAN *legt die Laute neben sich auf die Erde, wendet sich jetzt erst ihr zu.*

ULLA Komm. *Sie beugt den Kopf zurück, schließt die Augen. Er küßt sie.*

BELLMAN *nach einer Weile* Jetzt hab ich fast nicht mehr daran geglaubt.

ULLA *streicht über seine Stirn* Vergiß. Vergiß. Wir haben schlecht geträumt.

BELLMAN Sind wir erwacht?

ULLA Für immer.

BELLMAN Wie leicht wiegen die Leiden, wenn sie vergangen sind. Wie schwach ist der Schmerz.

ULLA Und wie unergründlich das Glück.

BELLMAN Das Glück ist ein Meer, das seine Wasser den Wolken

spendet. Und die Wolken schütten sie reiner und süßer zurück.

ULLA Jetzt werden wir reisen, zusammen. Wohin der Wind uns trägt! Spürst du die Luft? Sie schmeckt nach Gewürz, nach Ferne – nach den unbekannten Küsten.

BELLMAN *schaut sie unverwandt an.*

ULLA Bin ich verändert?

BELLMAN *leise, mit großem Blick* Du bist schön.

ULLA *flüsternd* Ich liebe dich. *Lehnt ihren Kopf an ihn.*

LJUNDHOLM *erscheint an der Hausecke, läßt mit schußartigem Knall einen Pfropfen springen, nähert sich mit Flasche und Gläsern.*

BELLMAN Zum Teufel, Ljundholm, glaubst du, ich bin im Kittchen ein Millionär geworden?

LJUNDHOLM Macht nichts, du hast sowieso noch eine alte Rechnung bei mir stehn. *Lacht*

BELLMAN Komm her. Ich will zahlen.

LJUNDHOLM Dir haben sie wohl ein bißchen zuviel auf den Kopf gehauen.

BELLMAN Doch, Alter, doch. Man muß zahlen. Das weiß ich jetzt langsam. Und es ist richtig so. *Er kramt etwas aus der Tasche, wirft es ihm zu* Da, nimm, es ist Gold. Die haben sie mir im Gefängnis gelassen – das war anständig, immerhin.

LJUNDHOLM *fast entsetzt* Die Denkmünze des Königs!

BELLMAN Nimm. Es ist Gold. *Ruft* Kommt her, Freunde, wir wollen Abschied feiern.

MOLLBERG UND APPELSTUBBE *kommen, während Bellman die Gläser füllt.*

BELLMAN Wie oft hab ich mich gesehnt zu reisen – die Welt zu sehn – und jetzt, wo ich muß – da möcht ich am liebsten bleiben. Ist es nicht komisch, Ulla, daß ich nirgends war – nichts kenne als dieses eine Land? Aber mir ist, als wär ich überall gewesen, überall – als hätte ich alles erlebt und erfahren, was die Erde schenkt. Skall, Ulla! Skall, Freunde! Auf jede – jede Heimat in der Welt! *Er leert sein Glas* Sagt mir – wo steckt der Wetz?

APPELSTUBBE An einem Ort, den ich mit Grausen nenne. Im Trinkerheim.

BELLMAN Heilig Blau. Da kriegt er nichts als Wasser?

MOLLBERG Du kennst kein schwedisches Trinkerheim, mein Junge.

BELLMAN Und Jergen?

APPELSTUBBE Den haben sie nach Danzig abgeschoben, da ist er her.

BELLMAN Schon besser. Dort saufen sie Blattgold im Schnaps. – Und Axel?

ULLA Er ist zu Hause.

BELLMAN Zu Hause, das ist gut. Er wird seinen Frieden machen, mit der Zeit – und mit der Welt. Er ist zu schwach, um ihr zu widerstehen. Wir sind alle – zu schwach. Und sie besiegt uns ohne Unterschied. Aber nur wenigen erlaubt sie, an ihrem Kuß zu sterben. Skall, Ulla – Skall! Auf unser aller Mutter – auf die Erde –! *Er nimmt die Laute, singt, sehr zart und leise*

Skall du und ich!
Skall allen, die entbrannten
In Lieb für dich!
Spielt noch, ihr Musikanten,
Bis uns der Jugend Schein verblich – *Horn*
Des Lebens Hauch entwich –!

Er läßt die Laute sinken, hebt sein Glas in die Luft Trink, Movitz, trink! *Setzt das Glas unberührt auf die Erde* Habt ihr jemals ein volles Glas vorm Fenster stehnlassen – und bemerkt, daß es weniger war, am nächsten Tage? Man sagt, es verdunstet – aber das ist ein Aberglaube, wie alles, was nur erklärt. Ich sag euch: es sind die Lippen der Toten – die nach Leben dürsten. Denn alle Welt dürstet nach Leben, in uns und außer uns. *Mit einer großen Gebärde* Seid unsre Gäste, ihr Toten!
Auf unser aller Vater – auf den Himmel! *Setzt sein Glas ab* Vielleicht ist eine große Kühle dort – wie im Gewölbe eines alten Gasthauses im Sommer? Daß man sich alles nur denken kann, wie man es kennt – und daß unser Blick nicht hinausreicht über die Grenzen der Dinge! Und wenn ich mir die

Hölle als eine Art Schutzhaft vorstelle – denn die kenne ich! – so denk ich mir den Himmel als ein mächtiges Wirtshaus, wo alle Wege münden – wo jeder Fuhrmann seine Streu findet, und jeder Gaul seinen Hafer – den Lieben Gott als Guten Herbergsvater, die Engel als Kellnerinnen, Sankt Peter als Hausknecht, und all die Heiligen als wohlgelaunte Gäste, die an die Rechnung nicht zu denken brauchen – sie haben ja vorher bezahlt ... Denn womit anders, mein König, können wir zahlen – als mit unserm Blut? *Er richtet sich halb auf, neigt sich tief* Wollt ihr euch nicht erheben – wenn er uns anblickt? Nein, Majestät – es ist nichts mehr zu sagen. Das Unvollendbare geliebt zu haben – bleibt unser letzter Sieg. Jetzt fühl ich dein Lächeln, in den Wolken. Ein Lächeln – bleibt – wenn alles endet. *Er sinkt zurück, tastet nach seinem Glas. Ulla reicht es ihm.*

DIE FREUNDE, *die sich erhoben hatten, entfernen sich leise meerwärts.*

ULLA Jetzt geht die Sonne auf.

BELLMAN Schließe die Augen, Geliebte, und öffne sie weit – damit sie im Licht ertrinken! *Er hebt sein Glas, richtet sich empor* Auf unser aller Leben – auf die Sonne! *Trinkt, beugt den Kopf zurück.*

ULLA *neigt ihr Gesicht auf das seine.*

EIN RUF *vom Meer* Schiff – Ahoi!

STIMME *antwortet* Schiff – Ahoi!

ULLA *hebt den Kopf* Das Schiff, Fredman!

BELLMAN *leise, beseligt* Ich brauch kein Schiff mehr. *Das Glas entfällt ihm. Sein Kopf sinkt an ihre Brust.*

DIE FREUNDE *kommen zurück.*

MOLLBERG Das Schiff, Fredman – das Schiff! *Er verstummt – sie treten näher, nehmen die Mützen ab.*

ULLA, *den Toten anblickend, leise* Heut, morgen, immer.

Folge der Lieder:
(nach den Originalausgaben der Epistlar und Sånger, 1792)

Das Lied von Ullas Bett *(Als Ulla einst im Bette allein – Epistlar No. 36)* S. 257
Wecklied *(Opp Amaryllis – Sånger No. 31)* S. 271
Tischlied *(So trolln wir uns ganz fromm und sacht – Sånger No. 21)* S. 276
Kanon *(Adam lag im Paradies – Sånger No. 41)* S. 280
An Ulla Winblad *(Weile an dieser Quelle – Epistlar No. 82)* S. 281, 282, 285
Hochzeitslied *(Leg an deiner Mutter Hochzeitshemd – Epistlar No. 80)* S. 298
Trommelmarsch ›Vom Kleinen Mann‹ *(Auf, Bruder, lauf, Bruder – Epistlar No. 38)* S. 307
Das Haga-Lied *(Sieh, in Hagas Zaubergärten – Sånger No. 64)* S. 316
Großes Saufmenuett *(Herzliebste Brüder, Schwestern, Genossen – Epistlar No. 9)* S. 320
Großer Lobgesang *(Trink aus dein Glas. Der Tod steht auf der Schwelle – Epistlar No. 30)* S. 323
Soliloquium *(Ach, meine Mutter, sag, wer dich sandte – Epistlar No. 23)* S. 328
(Für Musik ohne Text: Epistlar No. 39, No. 12 und andere)

Von diesen Liedern sind 12, der Handlung entsprechend, obligatorisch. Die Musik am besten für kleines Kammerorchester gesetzt, Streicher, Horn, Oboe, Flöte, Laute, vielleicht kleine Harfe.

Bellmans Laute, im Stück, ist die alte nordische Baß-Lyra. Sie wird, ohne Band oder ›Bänder‹, im Arm gehalten.

Obwohl einige Grundzüge der Handlung, wie der Staatsstreich und die Ermordung Gustavs III., den historischen Tatsachen entsprechen, ist das Stück keineswegs als eine Darstellung geschichtlicher Vorgänge zu verstehn. Seine Fabel und ein Teil seiner Charaktere, zum Beispiel Baron ›Lindkrona‹ (für den mit

Absicht ein im Schwedischen kaum existierender Name gewählt wurde), sind frei erfunden.

Die Texte der im Stück vorkommenden Lieder sind teilweise im Sinn Bellmanscher Inhalte völlig neu gestaltet. Den aus dem Urtext übernommenen Strophen und Versen liegen die Übersetzungen von Felix Niedner und Hanns von Gumppenberg zugrunde, wie sie in den Büchern ›Bellman-Brevier‹ bei Albert Langen, München, und ›Fredmans Episteln‹ bei Eugen Diederichs, Jena, früher erschienen sind.

An Ulla Winblad *(Epistlar No. 82)*

Hochzeitslied *(Epistlar No. 80)*

Großes Saufmenuett *(Epistlar No. 9)*

Großer Lobgesang *(Epistlar No. 30)*

Editorische Notiz

Die Texte dieses Bandes sind chronologisch nach ihrer Entstehung geordnet.

Der Gesang im Feuerofen. Drama in drei Akten erschien 1950 im S. Fischer Verlag in Frankfurt am Main. Die Uraufführung fand am 3. November 1950 im Deutschen Theater in Göttingen in der Regie von Heinz Hilpert statt. Zehn Tage nach der Uraufführung wurde das Drama im Hamburger Schauspielhaus in einer Neufassung in der Regie von Heinrich Koch gespielt. Aus diesem Anlaß veröffentlichte Carl Zuckmayer in ›Die Welt‹, Hamburg, 11. November 1950, den folgenden Beitrag.

Zeichen für Klage und Lust. Zur Hamburger Fassung meines Dramas ›Der Gesang im Feuerofen‹

Ein Drama wird zweimal geboren. Es teilt diese Eigenschaft nur mit dem musikalischen Werk. Alle andern Kunstschöpfungen, der Dichtung, der Malerei, der Plastik, ruhen nach ihrer Vollendung in sich selbst. Das Drama, nach seiner grundlegenden Reifung und seiner Ablösung von der Person des Autors, bringt einen Zustand von Beunruhigung in die Welt, der erst durch seine Realisation auf dem Theater und seine Ankunft, seinen Empfang beim Publikum – also der Mitwelt – gebannt werden kann.

Diese Realisation – die Darstellung auf dem Theater, ist ein zweiter Geburtsvorgang. Es muß ihm eine Vermählung vorausgehen, zwischen der elementarischen Phantasie des Autors und dem ordnenden Geist des Regisseurs, ebenso auch zwischen der geistigen Ordnung des Autors und der vitalen Spielfreude, Gestaltungslust des Regisseurs. Es handelt sich nicht, wie man oft annimmt, um »Produktion« und »Reproduktion«, um »Schaffen« und »Nachschaffen«, sondern um zwei so verschiedene und doch substantiell und voneinander untrennbare Produktionsvorgänge wie Pflanzen und Ernten.

Zunächst soll ein Stück wohl so dastehen und in dieser Gestalt auch erhalten bleiben, wie es vom Autor geschaut, erweckt und dem Theater als Gesamtpartitur übergeben worden ist.

Die Gestalt aber, in der ein Drama dem Publikum zum erstenmal entgegentritt, ist in höchstem Maße abhängig von der Persönlichkeit des Regisseurs. Es muß zu der originalen Konzeption des Dichters ein neues, selbständiges und eigenwüchsiges Konzept hinzukommen. Der produktive Regisseur dichtet das Stück noch einmal, indem er es auf seinen Raum überträgt und ihm die klarste, seinem Wesen angemessene Theaterform schafft. Ist nun dieser Raum des Regisseurs gleichzeitig imstande, ein neues und gültiges Raumgefühl und damit eine neue Form des Theaters zu schaffen, so handelt es sich um einen Idealfall. Ich glaube, daß ein solcher Idealfall in der Begegnung zwischen dem Regisseur Heinrich Koch und meinem Stück eingetreten ist.

Bei einem Stück wie dem ›Gesang im Feuerofen‹, das versucht, die ganze Welt- und Lebensfülle einer Zeit, ihre Tode, ihr Grauen aber auch seine Überwindung aus menschlichen und übermenschlichen Kräften einzufangen, ist zweifellos ein besonderer dramaturgischer Klärungsprozeß notwendig, um aus dem Überwuchern der Gestaltenfülle seinen wesenhaften Kern herauszuschälen und darzustellen. Die »Hamburger Fassung«, in Zusammenarbeit zwischen Regisseur und Autor entstanden, bedeutet keine Neufassung oder Veränderung des ursprünglichen Stückes in seinen entscheidenden Substanzen, sondern eben eine nochmalige Verdichtung und damit Vereinfachung und Klärung seiner Kernsubstanz.

Da mir zur geistigen und seelischen Bewältigung der in dem Stück angeschnittenen Verhängnisse – seiner tragischen Verkettung von Schuld und Unschuld, bewußter und unbewußter Verantwortlichkeit des Menschen an seinem Schicksal – die Ebene der menschlichen Realität nicht auszureichen schien, mußte ich sowohl im Vorspiel als in Zwischenspielen eine andere Ebene, die nicht mehr beweisbar ist, sondern nur geahnt oder erfühlt werden kann, die einer geistigen Mittlerwelt zwischen Erde und Himmel und die Welt der mythischen Naturkräfte, die am menschlichen Einzelschicksal keinen Anteil nimmt, aufsuchen. Es handelte sich nun darum, ob und wie diese andere Ebene in die Wirklichkeit des Theaters übertragen werden und wie die gesamte Gestaltenfülle des Stücks in der möglichen Form eines Theaterabends ausgeschöpft werden kann. Hier beginnt die dramaturgische Arbeit des Regisseurs.

Heinrich Kochs entscheidende Erkenntnis und sein dramaturgischer Grundvorschlag bezog sich auf das Vorspiel. Ihm schien – meiner Meinung nach mit Recht – in diesem Vorspiel, wie ich es ursprünglich geschrieben hatte, gleichzeitig ein Nachspiel zu stecken, ein Gesamtresümee, eine Konsequenz des durchlebten Stücks, die nicht vorweggenommen werden darf. Das Urdrama folgt immer dem Vorgang einer Gerichtsverhandlung. Stets wird ein »Fall« menschlichen Schicksals abgehandelt, wobei Klage, Verteidigung, Zeugnis, Rechtsprechung einander die Waage halten.

Man könnte sagen, daß die Weltdramatik einem permanenten Gebet um Gerechtigkeit gleicht, wenn auch nicht um eine solche, die mit den Maßen menschlicher Erkenntnis und Rechtsprechung zu messen ist. Hier also setzte der erste und grundlegende dramaturgische Vorgang ein: wir erkannten im Vorspiel den Aufriß einer großen, allgemeinverbindlichen Gerichtsverhandlung (über den Menschen und das Gute und Böse in ihm schlechthin), das noch außerhalb der irdischen Gegebenheiten spielt und mit seiner Beschwörung der Erde (So ruf' ich dich, Erde!) und seiner Aufforderung an die Darsteller (Träumt euer Leben, sucht eure Spur!) die Ebene der Wirklichkeit und des eigentlichen Dramas herstellt.

Damit beginnt die reale Handlung, die als geschlossenes Ganzes auf der irdisch-menschlichen Ebene abrollt und vom Schluß des ursprünglichen Vorspiels wie von einer thematischen Zusammenfassung abgerundet wird. Es findet damit auch noch einmal und endgültig eine direkte Ansprache und Einbeziehung des Publikums, unserer unmittelbaren Mitwelt und Gegenwart, statt.

Durch solche klare Sinnführung wird eine innere Realität hergestellt, die auf jede äußerlich-realistische Illusion dekorativer Art verzichten kann. Auf jener Insel, die unsere Erde im Weltraum und den Standort jedes einzelnen in seiner Zeit darstellt, vollzieht sich die ganze Handlung, das Drama, in Wort, Raum und Menschengestalt. Als Überleitung von Szene zu Szene in organischer Verbindung mit dem Ganzen, Schaffung der Atmosphäre (statt aus visuellen Momenten) durch die Eindringlichkeit des gestalteten Wortes und Andeutung der übergeordneten, irrationalen Weltmächte hinter dem Lebensvorgang, werden die szenischen Anweisungen des ursprünglichen Dichtwerks gesprochen, soweit sie bildnerische Bedeutung haben. Dadurch kann auf die in den Ablauf der zwingenden Dramatik schwer einzubauenden mythischen Zwischenspiele und ihre Träger verzichtet werden. Jedoch schien es notwendig, einmal auch innerhalb des Dramas, nicht nur in Vor- und Nachspiel, die Grenze der Realität zu überschreiten und die andere Ebene zu beschwören. Deshalb schrieb ich für die »Hamburger Fassung« einen Totentanz, der im ursprünglichen Stück nicht vorhanden war und nur kleine Textanklänge an dessen mythische Einschnitte enthält. Er sei dieser Ausführung beigefügt.

Es mag als Grundton etwas daraus hervorklingen, das nicht Anklage heißt – denn Anklage empfand ich nie als den Auftrag des Dichters –, sondern Klage, Ausdruck der menschlichen Not und Anrufung ihrer Überwindungskräfte. Auch die Klage gehört zur Gerichtsverhandlung auf der überzeitlichen Ebene, aber sie gehört auch ins Herz jedes Erdgeborenen. Und das letzte Urteil, das uns unbekannt bleiben muß, erscheint innerhalb unserer menschlichen Dimension als »Laut und Klage, die Zeichen für Lust und Schmerz, für Ahnen und Erschrecken«. Ich hoffe, daß auf dieser dramaturgischen Grundlage die Hamburger Aufführung imstande ist, die volle überpolitische Menschlichkeit, die das Stück anstrebt, zu übermitteln.

Totentanz

Alle Toten treten an den äußeren Kreis (der den Rand der von Lebenden bewohnten Erde darstellt). Die weißen Binden um ihre Stirnen.

Chor (skandierend, dreimal in steigender Tonart):
Die Toten sind nicht fort.
Die Toten sind nicht fort.
Die Toten sind nicht fort.
Wechselnde Stimmen
Sie durchwachsen die Erde,
Sie wehn in allen Winden,
Ihr Gestern ist Morgen,
Ihr Heute ist Immerdar.
Chor:
Die Toten sind nicht fort.
Klare Stimme:
Ihr sehet sie nicht,
Chor:
Doch sie schaun euch an.
Stimme:
Sie stehn außer Schmerz und Freude.
Chor:
Doch sie schaun euch an,
Sie schaun euch immer an.
Stimme:
Sie stehn außer Klage und Furcht.

Chor:

Und schaun euch an
Und schaun euch immer an.

Wechselnde Stimmen:

Sie stehn wie Bäume im Regen,
Sie wachsen. Sie warten. Sie stehn
Im Strahl der Verwandlung.

Chor (leise):

Die Toten sind nicht fort.

Stimme (stark):

Doch was in Adern pulst und aus den Wunden träuft, das flutet ruhlos und ruft
Nach Gericht!

Chor (ganz leise):

Die Toten sind nicht fort.

1. Stimme:

Horch.

2. Stimme:

Es fallen Schüsse in den Bergen,

3. Stimme:

Das große Treiben ist an.

4. Stimme:

Der Jäger wird zum Gejagten.

Im Zusammenhang mit einer Aufführung, offenbar an einer anderen Bühne – für die Spielzeit 1950/1951 hatten insgesamt 33 Theater das Drama angenommen –, wurde Carl Zuckmayer zu einer Diskussion eingeladen. Er konnte nicht daran teilnehmen und schrieb daher dem (von den Herausgebern nicht ermittelten) Intendanten folgenden Brief, dessen Abschrift sich in seinem Nachlaß befindet.

In meinem Stück ist alles gesagt

Sehr geehrter Herr Intendant!

Da ich erst heute von einer Reise zurückkam, noch dazu an einer Grippe erkrankt, kann ich leider an Ihrer Diskussion am kommenden Montag nicht teilnehmen. Nun finde ich aber auch, von meinem Standpunkt aus, daß es für mich von hier nichts zu diskutieren gibt. Was ich zu sagen habe, das habe ich in meinem Stück ›Der Gesang im Feuerofen‹ deutlich genug getan. In diesem Stück steht unter anderem der Satz: ›Es muß eine Liebe sein, die stärker brennt als der Haß. Alles andere ist zu wenig.‹ Was könnte ich dem in einer Diskussion hinzufügen?

Damals, als ›Des Teufels General‹ zuerst über die Bühnen ging, habe ich an unzähligen Diskussionen teilgenommen. Denn damals ging es darum, den jungen Deutschen zu zeigen, daß ein Mensch, der von draußen kam, bereit war, mit ihnen gemeinsam einen Weg aus dem Chaos zu suchen, – nicht sie zu gängeln, zu belehren oder zu erziehen, sondern die Rechtfertigung und die Sinngebung zu finden für ihre Opfer, für die Tapferkeit und den verlorenen Glauben einer ganzen Welt. Gerade unter dieser Jugend fand ich ein ungewöhnlich hohes Maß an Verständnis, an gutem Willen, an echter Bereitschaft zur Mitarbeit am Bau einer freien Welt, zur Völkerversöhnung, zum Frieden. Dies ermutigte mich zu jener Friedensbotschaft, der ich im ›Gesang im Feuerofen‹ Ausdruck zu geben versuchte, – einer Botschaft, die keinen Unterschied mehr macht zwischen Völkern, Nationen, Rassen, – die den Soldaten, sei er Deutscher, sei er Franzose, als einen Teil des Volksganzen sieht, den keine Sonderschuld trifft, – die sich den guten und den bösen Mächten vorurteilslos zu stellen vermag und die Verantwortung nur in uns selbst, in jedem einzelnen, erkennt.

»Wir haben die Wahl zu treffen«, heißt es in dem Stück, »hier und heute – ob wir das Leben erniedrigen wollen zu einer blinden Funktion – oder ob wir es lieben können, als Gottes Geschenk, in jedem seiner Geschöpfe, noch im Feind, noch in Tod und Vernichtung!« Der dies sagt, ist ein junger französischer Kaplan. Doch der die größte Entscheidung trifft in diesem Stück: das Unrecht zu verhüten oder selbst mit unterzugehen – das ist ein Deutscher. Der Funker Sylvester Imwald. Der Verräter Creveaux gehört, wie das Böse im Menschen überhaupt, aber auch wie das Gute, allen Völkern an. Und selbst der Truppführer Sprenger – wir könnten ihn heute in anderer Uniform oder mit anderer Zunge wiedererkennen – handelt nicht als Exponent einer Nation, sondern als Teil jener Masse, für die das Große nicht an Stelle der Heiligkeit jeden Lebens getreten ist, und deren letzter Schluß die Selbstverachtung und Selbstvernichtung bedeutet. Die Liebenden aber, auch wenn erst der Tod sie vereint, wissen, daß dieses Leben einen Sinn birgt und eine Gnade, von der kein Geschöpf, das von einer Mutter geboren wurde, ganz ausgeschlossen ist.

All das steht in meinem Stück, wer es hören will, kann es daraus entnehmen, und es würde zu nichts führen, das zu zerreden. Daß es Menschen gibt, die nicht hören wollen, und über Dinge und Personen urteilen, ohne sie zu kennen, darf uns nicht irre machen. Es sind, Gott sei Dank, im heutigen Deutschland wenige genug.

Ich will ein persönliches Bekenntnis hinzufügen. Damals, als ich – nicht vom deutschen Volk, sondern von seinen zeitweiligen Unterdrückern und Machthabern – verfolgt und gehetzt, meine Heimat verlassen mußte – da schien mir dies, der ich den Kriegstod von vier Frontjahren her kannte, schlimmer als der Tod. Und als mir das geschah, was ich als das Schlimmste und Härteste empfand: den Heimat- und Sprachverlust – da leistete ich mir selbst den Schwur. Ich schwor mir zu: Wenn jemals die Dinge anders kämen, niemals gleiches mit gleichem zu vergelten. Ich schwor mir zu, in jenen bittersten Tagen und immer wieder in den folgenden Jahren der Not: wenn es auch noch so schwer wäre, durch eigene Toleranz wieder gutzumachen, was Untoleranz an mir und anderen verbrochen hatte.

Ich habe versucht, diesen Schwur zu halten, und ich will es auch denen gegenüber tun, die mich jetzt aus Unkenntnis angreifen. Ich wünsche ihnen Versöhnung, Selbstbesinnung und Frieden.

★

Ulla Winblad oder Musik und Leben des Carl Michael Bellman erschien erstmals 1953 im S. Fischer Verlag in Berlin und Frankfurt am Main. Die Uraufführung fand am 17. Oktober 1953 am Deutschen Theater in Göttingen in der Regie von Heinz Hilpert statt. – Bereits 1938 hatte sich Carl Zuckmayer mit der Gestalt dieses Anakreon des Rokoko beschäftigt und ein Schauspiel in drei Akten mit dem Titel ›Bellman‹ geschrieben, das im gleichen Jahr von der A. G. für Verlagsrechte in Chur veröffentlicht wurde. Wie er überhaupt auf diesen Stoff gestoßen ist, hat er anläßlich der Uraufführung 1953 in den ›Blättern des Deutschen Theaters in Göttingen‹, Heft 49, 1953 / 54, geschildert.

Wie ›Ulla Winblad‹ entstand

Carl Michael Bellman (1740-1795) wurde mir zum ersten Mal dadurch bekannt, daß ihn ein Professor in einem literarhistorischen Seminar, welches ich kurz, aber erfolglos besuchte, tadelnd erwähnte. Es handelte sich, meinte der Akademiker, um einen jener genialischen, doch haltlosen Charaktere, die – wie auch Johann Christian Günther, der Dichter der ›Deutschen Laute‹ – sich selbst nicht bezähmen konnten, »daher zerrann ihnen ihr Leben wie ihr Dichten«. Daß diese letztere Bemerkung von Goethe stammte (auf Günther bezogen), machte mich nicht weniger neugierig auf die Hinterlassenschaft des haltlosen Carl Michael. Ich war damals, mit 22, als »Veteran« des Ersten Weltkrieges, nicht allzu professorengläubig.

Aber ich konnte damals nicht wissen, daß die Lieder dieses in Armut und Not verstorbenen Anakreontikers heute noch, rund anderthalb Jahrhunderte nach ihrer Entstehung – seine Verse und seine Melodien – immer und überall in allen skandinavischen Ländern, in Schweden natürlich am meisten, bei jeder festlichen Gelegenheit gesungen werden, als seien sie heute verfaßt – daß dort jedes Kind seinen Namen kennt, daß er in seinem Land unvergänglicher Volksbesitz geworden ist, wie kaum ein anderer Dichter in irgendeinem anderen Land. Man kann getrost sagen: die Bellman-Lieder sind in Schweden so populär wie bei uns höchstens »Stille Nacht« oder die »Loreley«; dabei sind sie trotz aller Sanglichkeit ihrer Melodien und Volkstümlichkeit ihrer Inhalte keineswegs primitiv oder gar trivial. Aber sie haben für die Skandinavier einen unwiderstehlichen Zauber, der sich über Zeit- und Stilwenden vollständig frisch erhalten hat. Wo immer man auf der Welt einen Schweden trifft – ich habe das auf Afrikaschiffen und amerikanischen Viehfarmen ausprobiert –, braucht man nur eine Bellman-Melodie zu pfeifen, und er wird, falls er nicht taubstumm ist, wie vom Watz gebissen in die Höhe fahren und dann mit strahlender Miene zu singen anfangen. In Selma Lagerlöfs wunderbarem Kindheitsbuch ›Mårbacka‹ kann man in dem Kapitel ›Bellman-Lieder‹ mehr darüber erfahren. Für mich aber wurde damals, in jenen stürmisch erregten Jahren, in denen wir Überlebende der Schützengräben und Materialschlachten unsere Jugend nachholten, das Bellman-Lied zum Ereignis. In der weiträumigen Dachwohnung unseres Freundes und Meisters Doktor Wilhelm Fraenger (über dem »Café Wachter« in Heidelberg), um den sich wie um einen aus Faust und Mephisto gemischten Magus ein Kreis junger Menschen scharte, wurde es nächtelang zelebriert, aus Fraengers phantastischem Vortrag und hinreißendem Lautenspiel wuchs uns die Melodie ins Herz, die über Jahrzehnte hinaus unser »Kenn-Pfiff« wurde: »Weile an dieser Quelle...!«

Einmal veranstalteten wir sogar, unter Fraengers Leitung, mit Harfe und Horn, Laute und Cello, in der romantischen Gartenwirtschaft »Zum Wolfsbrunnen« bei Heidelberg einen öffentlichen Bellman-Abend, in einer mondbefunkelten Frühsommernacht, aus dessen Eintrittsgeldern immerhin der Erlös der von uns verzehrten Getränke herauskam, es war gar nicht so wenig. Wir improvisierten um die Lieder herum kleine Szenen aus Bellmans wahrem oder erdichtetem Leben (da ich 23 Jahre alt war und Cello spielen konnte, gab ich den alten, schwindsüchtigen Vater Movitz), wir hatten uns Kostüme aus dem Theaterfundus geborgt und unsere Ulla, dargestellt von der »Karlsruher Diotima«, die mit Vornamen Mimi hieß und Modell-Freundin eines russischen Malers war, erfreute das Publikum besonders dadurch, daß ihr das Reifröckchen jedesmal beim Hinsetzen wie ein Schirm hochklappte, und darunter trug sie nur ihre schönen Beine. Sonst weiß ich nicht mehr viel von dem Abend, auch von der entzückenden norwegischen Studentin erinnere ich nur noch, wie blond ihr Haar war und wie weiß ihre Haut und daß sie ein flaumiges Maulwurf-Cape um die Schultern trug, als wir gegen Morgen über den Schloßberg zur Stadt zurückspazierten.

Aber damals setzte sich bei mir die Idee an, ein Bellman-Stück zu schreiben. Ich versuchte es zum ersten Mal im Jahr 1938, und es sollte grade in der Wiener Josefstadt mit Paula Wessely als Ulla auf die erste Probe gehn, als der »Anschluß« passierte. So kam es dann nur in Zürich zur Aufführung, bei der sich für mich herausstellte, daß ich das Stück falsch angelegt hatte, nämlich durch eine Belastung der Bellman-Figur mit den dramatischen Akzenten einer Staatsaktion, mit der er nichts zu tun hatte. Dichter und Musikanten sind keine dramatischen Handlungsträger und ihre Aktivität liegt wohl gerade darin, daß sie außerhalb ihrer Phantasie- oder Liebeswelt nur sind und nicht handeln. So wurde in der Neufassung ›Ulla Winblad‹ zur Titelgestalt und zur Trägerin einer bewußt vordergründig gehaltenen Handlung (wie etwa der zu einem Opernbuch), dahinter sich ein Märchen abspielt und eine Melodie.

Warum habe ich es geschrieben? Man singt wohl immer in verschiedenen Variationen das gleiche Lied, damit es die eigene Zeit überlebe.

Inhalt